鞋兒破

老夫狂游日记

史汉富 著

上海大学出版社

图书在版编目（CIP）数据

鞋儿破：老夫狂游日记 / 史汉富著 .—上海：上海大学出版社，2018.3
ISBN 978-7-5671-3082-1

Ⅰ．①鞋… Ⅱ．①史… Ⅲ．①游记—作品集—中国—当代 Ⅳ．①I267.4

中国版本图书馆 CIP 数据核字（2018）第 044216 号

责任编辑　王悦生
封面设计　许　芸　吴　喆
封面题字　王烈君
摄　　影　沈建平　金春发
装帧设计　柯国富
技术编辑　金　鑫　章　斐

鞋儿破——老夫狂游日记

史汉富　著

出版发行　上海大学出版社
社　　址　上海市上大路 99 号
邮政编码　200444
网　　址　www.press.shu.edu.cn
发行热线　021-66135112
出 版 人　戴骏豪

印　　刷　虎彩印艺股份有限公司
经　　销　各地新华书店
开　　本　710mm×1000mm　1/16
印　　张　22.5
字　　数　450 千字
版　　次　2018 年 3 月第 1 版
印　　次　2018 年 3 月第 1 次
书　　号　ISBN 978-7-5671-3082-1/I・491
定　　价　88.00 元

目　录

无聊的话（自序）　/ 1

老上海，白相大上海……　/ 1

上海闲话：上海是个谜　/ 3

一、上海之春：唯有牡丹真国色，花开时节动京城　/ 3

二、上海之夏：荷风送香气，竹露滴清响　/ 10

三、上海之秋：一年好景君须记，最是橙黄橘绿时　/ 29

四、上海之冬：严冬不肃杀，何以见阳春　/ 37

邮轮邮我游韩国　/ 65

题解　人是货色　/ 67

第一天　艺术之船歌诗达　/ 67

第二天　游韩国济州岛　/ 69

第三天　游韩国首尔　/ 70

第四天　邮轮生活深度玩　/ 74

第五天　回家，衔上一根草　/ 76

乡愁漫漫东钱湖　/ 77

前言　归思难收　/ 79

第一天　故乡，游子回来了　/ 79

第二天　东钱湖，休闲之湖 / 82
第三天　走马塘古村：进士第一村 / 85
第四天　雁村古村 / 86
第五天　镇海游 / 90
第六天　三回史家湾 / 91

走狮城 / 95

小引　新加坡，举目皆美的“城市国家” / 97
第一天　一个智慧致富的国家 / 97
第二天　来自中国的鱼尾狮 / 99
第三天　走过了狮城 / 101
第四天　狮城，人间乐园 / 105

海峡那边是台湾 / 107

引言 / 109
第一天　夜台北 / 109
第二天　故宫在台北 / 111
第三天　一边禅寺一边潭 / 113
第四天　阿里山的姑娘和少年 / 115
第五天　温和就是福 / 117
第六天　回家的路不寂寞 / 118

美丽的阿美利加 / 121

前言　我父亲的名字叫美国 / 123
第一天　一个筋斗翻到了旧金山 / 124
第二天　做客橄榄球球员之家 / 128
第三天　与尼克松总统私人医生聊天 / 131
第四天　旧金山，那幢不倒的钟楼 / 135
第五天　酒香纳帕谷 / 139
第六天　欢度圣诞节 / 141
第七天　孤独的老杨树 / 144

第八天　春色长在旧金山 / 147
第九天　来自欧洲的古城堡 / 150
第十天　斯坦福大学从农场走来 / 153
第十一天　坐直升飞机穿越大峡谷 / 156
第十二天　一个传教士托起一座老城 / 159
第十三天　通往好莱坞之路 / 161
第十四天　梦幻夏威夷 / 164
第十五天　相知无远近 / 166

神啊，吴哥窟 / 169

行前的话　这是一次朝圣 / 171
第一天　暹粒，“战胜泰国” / 171
第二天　寂静之地 / 172
第三天　吴哥窟，众生之神 / 177
第四天　活在当下 / 183
第五天　苍凉的感伤 / 187
第六天　吴哥窟，飘扬在柬埔寨国旗上 / 190

长行短歌——祖孙三代赴欧自由行 / 193

引子　短笛声声 / 195
上篇　瑞士 / 196
第一天　西方的西施：琉森湖 / 196
第二天　梦里不知身是客 / 197
第三天　欧洲之巅·少女峰 / 201
第四天　欧洲“群山之王”：马特宏峰 / 204
第五天　首都伯尔尼 / 205
第六天　“和平之都”日内瓦 / 207
第七天　蒙特勒和洛桑 / 210
第八天　苏黎世：百万富翁之都 / 212
中篇　列支敦士登 / 215
第九天　告别瑞士的旅行 / 215

下篇　奥地利 / 217
第十天　老城茵斯布鲁克 / 217
第十一天　萨尔茨堡的魔笛 / 220
第十二天　萨尔茨堡：盐之城 / 223
第十三天　音乐之都维也纳 / 225
第十四天　维也纳，古今相看两不厌 / 228
第十五天　流连忘返多瑙河 / 231
第十六天　余音绕梁 / 234
附录一 / 235
贝多芬小径 / 235
附录二 / 236
短笛声声 / 236

小往大来的泰国 / 243

引子　泰国国名畅想曲 / 245
第一天　老来行路先愁远 / 247
第二天　玫瑰清迈 / 248
第三天　清迈清景润如酥 / 251
第四天　佛光普照曼谷城 / 257
第五天　佛祖人妖共曼谷 / 259
第六天　且尽芳樽恋物华 / 261
第七天　圆满 / 263

十字星空下的澳大利亚 / 265

小引　南十字星座 / 267
上篇　悉尼：都市风光 / 267
第一天　一次小众之旅 / 267
第二天　悉尼，中国的上海 / 268
第三天　漫步悉尼 / 269
第四天　蓝山蓝蓝 / 275

中篇　塔斯马尼亚：原野风光 / 278
第五天　走向世界的尽头 / 278
第六天　亚瑟港，世界第一美监狱 / 283
第七天　远山近水皆有情 / 287
第八天　古城霍巴特 / 290
第九天　花园古城朗塞斯顿 / 293
下篇　墨尔本：艺术风光 / 295
第十天　将士泪洒大洋路 / 295
第十一天　玩转墨尔本 / 296

金银双城俄罗斯 / 301

引子　我的俄罗斯绰号 / 303
上篇　金环和莫斯科 / 304
第一天　莫斯科说："我是我" / 304
第二天　金环，一串金色的古城 / 305
第三天　苏兹洛夫：上帝庇护的城市 / 310
第四天　红星照耀莫斯科 / 311
第五天　"莫斯科，在俄罗斯人的心坎上" / 318
下篇　银环和圣彼得堡 / 325
第六天　银环小镇 / 325
第七天　涅瓦河，圣彼得堡母亲河 / 330
第八天　领悟俄罗斯的神秘 / 335

附录　法国行 / 341

附录一 / 243
莫奈花园纪游 / 343
附录二 / 244
美丽的马赛女郎 / 344

无聊的话（自序）

居盼竹，书贵序。一介“老夫”，几页“破”书，没人愿意出手与之作序。自序呢，实在也是无话可说。

无话找话吧，搜肠刮肚，总算捞到两句说话的由头。李白在《梦游天姥吟留别》中吟诵：“脚着谢公屐”，“霓为衣兮风为马”。东施效颦，亦作梦游状，哼啊哈的，凑成几声打油调：“脚着济公鞋，风为袈裟兮云为帽，疯疯癫癫云游四方。”间关万里，鞋儿破了，屐痕印及，掉落一地泥活活的方块字。

老夫虚度八十，不会上网，也不开设微信号，脑电波几乎与世绝缘了。一位医生朋友提醒我，65 岁以上是老年痴呆症高发期，爬上八十，每四个人中就有一个躺枪，听着汗毛凛凛。朋友教我预防，开列一张独门处方，谓之“两动”：一动身体，常外出走走；二动脑子，多写写弄弄。遵其医嘱，迈开腿，去远足，归来提笔漫录。这帖药方，显见疗效，昨天的事儿今朝还能记着。

以日记形式漫录远足，分明是为了打发无聊的私语和狂狷之言，却拿来付梓出书，无聊加倍了。英国有位名叫 James Attee 的出版商说过，英国每年出版的新书，“其中绝大部分根本没人要读”。他建议：“把所有没有必要的多余之书，同沥青搅拌一起，用来铺设公路。”这位英国佬辛辣妙评，也切中了我国的出版现状。我明知自己的破书根本没人要读，还堂而皇之出世，莫非脑残了？姑且借用一下医生们的行话：待查或随访。

读者朋友，倘若您翻了几页，察觉到了“破”书的无聊，恳请您把它扔进“可回收物”的垃圾筒里，“同沥青搅拌一起，用来铺设公路”。对此，我真的无话可说了。

老上海，白相大上海……

（2012年）

上海闲话：上海是个谜

我起小在上海长大，人称“老上海”。

生性贪白相，今春因病废，脚力不济，出不了远门，无奈，只好在上海滩上以及周边兜兜圈子了。

上海周边，诸如尚湖、沙家浜、平江、震泽、山沟沟、灵山大佛等，都是上海的左邻右舍，当天来回一日游，仿佛亲人间家庭住宅相隔“一碗汤”的距离，沾亲带故，其游记也就携手列入了本篇。

本以为熟悉上海就像熟悉自家屋里一样，没啥玩头。不曾想到，好些熟悉的老地方换了新面孔，另是一片天地，认不得了。老上海碰着新天地，好比旧时“乡下人白相大世界”，看十样镜看花了眼。老地方消失了，或正在消失之中，我怀揣着眷恋，或独游，或与友人同游，几乎每个礼拜都要出去踏访。一年里，我出游的次数达 50 多次，玩疯了。

回顾这过往的一年，我是一个不折不扣“白相大世界”的乡巴佬。在那光怪陆离的“十样镜”里，我窥见一个个翻红翻绿股市般的人生，在那云谲波诡的“新天地里”，我看到一幕幕忧喜欣戚的人间戏剧。哦，大上海，千年前，你从一个小渔村走来，留下来了“沪”的乳名；近百年前，你跌跌撞撞，走过“十里洋场”，蒙受耻辱；如今，你开天辟地，闯出一个新天地。那么，未来呢？上海是个谜。

一、上海之春：唯有牡丹真国色，花开时节动京城

1. 春来辰山植物园（2 月 16 日）

龙年开游，时值阳历 2 月，而阴历尚在数九天。老上海有则谚语：“头九二九，冻开磨子石臼；三九四九，泻水不流；五九六九，岸边看杨柳；七九六十三，破袄两边掼；八九七十二，猫狗寻荫地；九九八十一，耕牛不歇力。”

辰山植物园矿坑公园

天虽冷，心已热，我和梦嘉、莎莎三人，乘兴同游上海辰山植物园。

辰山植物园在松江古城的郊外，走在郊外公路上，空气尖冷，树上的隔年老叶耷拉着脑袋，河道岸边的迎春花，也弯腰屈背不敢露脸。

走进植物园，忽见春光一片，洒满蓝天，一盆盆艳丽鲜花，排着长列，层层叠叠绽放着。我们禁不住张开双臂抒怀："春暖花开！"园艺大师们莳花若子，净土栽培，清泉灌溉，就像古典名著《镜花缘》里的群花之主百花仙子，巧夺天工，别开生面。这是辰山的园艺大师们孕育的春天，这里的一年 365 天，天天是植物大世界，天天是花儿们的狂欢节。

辰山，原名叫神山，是"松郡九峰"最小的一座，山高仅 71 米。一步一登，上山去，山顶有塔，塔不对外开放。从山上的平台俯视，山体一侧被开凿挖掘，留下一个深坑，取名为"矿坑公园"。

莫非曾有人在此山里开矿寻宝，留下了深坑？我们怀着好奇去探个究竟，心里喃喃念着"芝麻，开门吧！"走进矿坑，但见矿坑深深，峭壁黝青，岩顶尽处，两条瀑布铿锵泄入一个清碧的大水池里。我们走在沿池的木栈上，水池里倒映着我们的身影，水气氤氲，深坑诡异，恍惚行走在阿里巴巴的童话里。

植物园很大，占地面积达 200 公顷，有湖有河，还有多个特色园区。本该细细欣赏这里初春的烟景，无奈寒风凛冽，我们只消磨了半日光阴，虽如昙花一瞥，在乍暖还寒的日子里，也是够我们赏心悦目了。

辰山植物园门票每张60元，在售票窗口，正巧碰上一个旅游团队，团队票打6折，导游正巧又是上海小伙，我们上前套近乎，成了他的游客，也享受6折。午餐在园外一家农家乐餐厅，我们点了一只土鸡，菜价72元，差不多就是门票省下的钱，这只土鸡等于白吃了，乐得我们喷饭。

2. 世纪公园之“世纪”相(3月6日)

媒体报道，世纪公园梅花疏影横斜，暗香浮动，我们仨兴冲冲赶去赏梅。到了园中的梅园，不料遭到一位保安的开涮：“我还没看到梅花开，怎么就轮到你们了？”说着，露出俏皮的神色。我们大呼上当，有记者为抢新闻，竟然把世纪公园也摊上了八卦。

世纪公园去过的次数不计其数，只得无聊地东游西逛，也很少遇见别的游客，四下幽幽寂寂，好像在私人花园里散步。放眼顾盼，处处青葱绿润，在疏疏的绿树空隙间见到远处高楼的身影，公园连着天际，显露出“世纪”之相。阳光注射湖面，湖水盈盈，湖上有飞鸟低徊，“心同野鹤与尘远”，远离尘嚣，与野鸟同飞，心神飘逸，虽不见梅破香绽，也算得不枉此行了。

由此想到，我们老年人白相，不妨试试游击战的战术：人进我退，人退我进。总之，不去人多的地方轧闹猛。

3. 临江公园(3月12日)

临江公园临黄浦江，这里是吴淞口，又临长江，一个公园临双江。站在岸边板桥上，见舟楫鱼贯，闻汽笛声声，江风浩荡，心胸浩荡，这般豪气是外滩的黄浦江无法体验到的。我告诉梦嘉和莎莎，我们的脚下曾经是一大片钢渣，上海第五钢铁厂冶炼的钢渣全部堆放在这里。两位听了，不敢相信。黄浦江水流出了吴淞口，五钢和脚下的钢渣也不复存在，沧海桑田就这么短短几十年。

临江公园还有特别值得去的地方，那就是淞沪抗战纪念馆和陈化成纪念馆。陈化成是抗击英军入侵的名将。英国侵略者曾传言：“不畏江南百万兵，唯惧一人陈化成。”陈化成浴血奋战壮烈殉国。陈化成扼守吴淞口，沿塘设175门大炮，现纪念馆门口的两门大炮虽然陈旧，但威风犹存。

临江公园旁边有一个海军博物馆，我们一家曾经去过，小外孙很喜欢那里的军舰。

4. 尚湖(3月20日)

今天和两位同伴去常熟尚湖。

常熟人很自豪家乡取名常熟，一年四季，粮食常熟，富庶之地。而尚湖得名更有来头，因为殷代姜尚避纣隐居垂钓于此。于是，在尚湖自然少不了子牙的踪迹，比如太公岛、太公文化展示馆、子牙亭、太公钓鱼等，姜是老的辣，但游客似乎没感觉，走过路过看过就是了。倒不是不买姜太公的账，人造景点，牵强附会，我也不屑一顾。有趣的是，附近的长堤上，竖着一块块名人的生辰铭牌。从1月排到12月，我意外发现有位名人的生日是4月24日，和我同月同日生，但不同年。名人很年轻，她正是我认识的余秋雨先生的夫人马兰。

尚湖是经过长年精心打造的风景区，有葫芦岛、荷香洲岛、桃花岛等七大风景区。特别有名的是中华牡丹园。冠名中华，自有底气，这里是江南最大的牡丹精品园，我们去时，尚湖入口处正在悬挂一条红色横幅：“中华（常熟）尚湖牡丹会”。“唯有牡丹真国色，花开时节动京城。”（刘禹锡《赏牡丹》）在大好春光里，欣赏到国色天香的绚烂，实在是运气。有一大群小学生在这里游春，遗憾的是好些孩子在花丛里乱走乱踏，还有一个孩子摘下一朵丢着玩，我仿佛辣辣地着了一鞭。孩子们，怎么懂得“一丛深色花，十户中人赋”？我也只能“低头独长叹，此叹无人谕”（白居易《买花》）。

5. 新景南外滩，老店老正兴(3月23日)

从外滩一路向南，便是南外滩了。此话不傻，南外滩是新称呼，这里老早叫十六铺，老上海人挖苦他人说话东拉西扯，就说：“从杨树浦讲到十六铺。”贬低手提大包小包人的模样，说其是“从十六铺来的（乡下人）”。

近些年来，市政建设重新规划，从延安东路摆渡口到十六铺码头，成为外滩的南部延伸段，命名为南外滩。今天，我们去走了一趟。老码头的旧石库门已蜕变成“一号会所”，中西合璧，有外国旅游团在尝新；还有一处取名“阳光沙滩”，一个篮球场大小的人造沙滩，摆着十几张沙滩床，供泳者沐浴阳光。一路上，还有几个大工程在启动。报道说北外滩也在紧锣密鼓筹建中，外滩有了“南北两翼”，将再次腾飞。

午餐在福州路上的老正兴菜馆。我家曾住在福州路上，跟老正兴老熟了。这是沪上著名的百年菜馆，其中名菜油爆河虾获得过全国烹饪大赛金鼎奖，其他如草头圈子、虾子大乌参也列为沪上十大名菜。

今天我们点了油爆河虾。待服务员端上桌来，我们一看，大跌眼镜。那河虾通体红得发黑，油爆虾成了油炸虾。一上口，不知是咸是甜还是苦，倒了胃口。估计那位厨师分了心，走了神，或火候大了，或时间长了，或酱汁倒翻了。我知道，老正兴的厨师长名叫刘斌，沪上有名，也在全国烹饪比赛中获过大奖，他每天坚持掌勺两个小时，也许只是安排在几乎天天客满的晚餐时间。我们今天这道菜，不消说是徒弟烧的，师徒厨艺，相去云泥，名师不一定出高徒。

吃一堑，长一智，老店老矣，尚能饭否？

6. 莘庄公园红梅开（3月25日）

莘庄公园梅花又开了，上海的梅粉们迎来了一年一度的赏梅盛会。

我家住在莘庄镇上，每逢梅开时节，秀色可餐，我会做东，约请三五好友前来梅花宴。

今天，我约梦嘉等四人同往。在公园入口处，一株红梅夺目耀眼，让几位兴奋不已。我推波助澜说：“你们进门时没看到一棵更漂亮的红梅吗？”正当大家诧异时，我向着门房站岗的一位女保安叫喊着：“红梅！”那姑娘一见我，笑着应道：“哦，您来了！”我告诉大家，女保安姓陶，名红梅，来自外地农村，我们相识已多年。大家看着她那红扑扑的脸上，带着乡里人的纯朴和热情，说：“这株红梅真好看。”

莘庄公园游龙梅

我们先到东园，东园的梅树都是老寿星，早在20世纪30年代，它们就从南京迁移到这里落户、扎根。有几株体力不支，歪斜着身板，让大石头帮着支撑着。记得 20 世纪 60 年代，电影《家》里三少爷觉慧和鸣凤的爱情故事情节就在这片梅林里拍摄。

东园进去的第一株梅叫迎春梅：第一个迎来春天。紧挨它身边的那株叫骨里红，不仅叶红，连里面的木质也红。记得周恩来曾赞美说："我们共产党人，就要像梅花骨里红，从外红到里。"

骨里红的斜对面，有一株镇园梅，学名双碧垂枝绿梅，我们俗叫它垂梅或倒梅，花瓣美如碧玉，是摄影师们的模特儿，很上镜。

走近荷花池，泥路边有株叫红灯笼的梅树，在怒放的花瓣里挂着一只红色花萼，阳光照着，像一只只高挂的红灯笼，闪烁着红色的火苗。

在长廊边，藏着一株闺阁千金，芳名金钱绿萼梅，花瓣绿中透白，花蕾像串串金钱，是梅中珍品。这株梅树旁有个加亭，亭上匾额："绿萼染怀"，两边楹联为："红裳犹念林和靖，绿萼常怀欧阳修。"林和靖即宋代有梅妻鹤子之誉的林逋；宋欧阳修在滁州醉翁亭栽绿萼梅。楹联是居住在闵行的著名书法家吴颐人所书。

西园梅花之冠是小木桥畔的游龙梅，枝干向上多达 23 曲，犹如游龙飞天，傲立云间。这是公园主人千辛万苦从安徽深山觅来的。莘庄公园梅花为什么这么美，答案就在这株来之不易的游龙梅。

进西园的门洞上方，有匾额："醉梅"。两旁楹联是："神飞天宇三千界，心享梅林半日闲。"今天，我们逍遥半日，心享醉梅，神飞天外了。

出园时，又见陶红梅在门口迎送游客，很多游客都是她的老熟人。我和朋友们一起挥手向她道别，互相致意："明年见！"陶红梅，莘庄公园最美的红梅，红扑扑的脸，笑得很灿烂。

7. 热闹城隍庙，冷清古豫园（3 月 28 日）

上海城隍庙驰名寰宇，也许可说是"有口皆碑"吧。

我去城隍庙无以数计，可谓"踏破门槛"了。印象最深的是第一次，那是 1956 年的一个夜晚，距今恰巧 56 年。那晚，天色朦胧，老城厢灯火也朦胧，但游客熙熙攘攘，深长小巷更是摩肩接踵。有拉洋片看"西洋镜"的，那个老山东手摇板铃，嘴里像含橄榄似的，含糊其辞地唱道："王八（望把）里看来，王八（望把）里瞧……"气得上海人吹胡子瞪眼反讥道："山东人吃麦冬，一懂也不懂！”讥讽得没有腔调；有唱“小热昏”卖梨膏糖的，两人街头卖唱，一个打竹爿，一个敲铜鼓，“嚓咚咚”开了唱：“勿唱东来勿唱西，只唱戚雅仙（著名越剧演员）阿姐抄三鲜……小姑娘吃了我的梨膏糖，面如桃花红堂堂，小学生吃了我的梨膏糖，将来好当状元郎……不吃我的梨膏糖，裁缝师傅把领头装在裤腰上，剃头师傅把眉毛胡子都剃光。”一帮看热闹的小赤佬们跟着瞎胡调：“乌呀乌里光呀……”还有排八字算命的摊，时有遭劫遇难贫民或前途迷茫的青年男女蹲着听命。让我不寒而栗的是街角的一家“问卦屋”，烛光明灭，香火缭乱，有人在装神弄鬼，我见了逃之夭夭。新中国成立好几年了，城隍庙还盛行着离奇的迷信，今朝年轻人听来有点天方夜谭了。

豫园太湖石玉玲珑

当年，我18岁，刚成年，浑然不知城隍庙菩萨不是神，是人，还是上海本地人，更是著名女演员秦怡的祖上，大名秦裕伯，“有眼不识泰山”，只管双手合十磕响头。

今日城隍庙，还有独门的梨膏糖、宁波猪油汤团、奶油五香豆，最好吃的是南翔小笼，至少要排队半个小时。最热闹的是游人，九曲桥上人挤人，逢年过节更是前胸贴后背，女人的马尾巴搔痒着你的鼻孔，很不好受。

我们不去轧闹猛，躲进南翔小笼店的三楼，那里是“高品质小笼”，其实价格并不太贵，但楼厅里空空荡荡的。我们入座在沿窗的八仙桌边，窗对面正是有160年历史的湖心亭茶楼，八角形两层木结构的亭子，大黄旗迎风猎猎。疏窗映水，俯视湖心荷花池，彩色大鲤鱼悠然游玩，对九曲桥上的人群熟视无睹，游人们倒是频频挥手，自作多情。我爱看九曲桥上的各色人群，那些碧眼金发的西洋男女，多大腹便便，好像有八九个月的身孕。来自各地的同胞，快速地左顾右盼，脑袋转动得像拨浪鼓似的，脚步慢得像“踏杀蚂蚁”。我们一边品尝小笼，一边欣赏窗外景色，尘俗中未尝无清凉之境界也。

城隍庙里有个古典园林名豫园。豫有愉悦之意，列为上海五大名园之首。我以为，豫园相比苏州园林，一点也不逊色。我敢如此“武断”，是有底气的，曾经，我多年在一个导游培训班授课，教授“古典园林”“豫园”等课程，豫园从进门的“三穗堂”到最后景点“玉玲珑”，一路讲来，如数家珍。不少游客，包括沪上一位电台主播，错把“穗”字念成“惠”。还有一些沪上导游，只知道太湖石玉玲珑有“瘦透漏皱”四个特征，殊不知还有一个“丑”，石以丑为美也。

进豫园要买门票，游人稀落，冷冷清清。梦嘉正好有三张免费门票。去了，她们两位坐在水池边，望着一沼清水，贪恋这边的风景，舍不得离开，消受了好些时光。进门时曲里拐弯走了大半个小时，出园时，我穿过一座假山洞穴，径直到门口，仅三五分钟。两位惊喜地异口同声：“老法师，老法师！”夸得我“骨头没有四两重”了。

二、上海之夏：荷风送香气，竹露滴清响

1. 雕塑公园赏樱花（4 月 10 日）

前两天，梦嘉去静安雕塑公园看了樱花，在电话里赞不绝口，硬拖着我和莎莎也去一睹为快。

我仨来到雕塑公园，直奔公园深处一隅的樱花林。

照理讲，以雕塑为主题的雕塑公园，应该细细品味那些精选出来的雕塑作品，但两位对冷冰冰的雕塑毫无热情可言，一晃而过，我也略加一瞥，匆匆走过，冷落了那一件件鲜活的生命。孤寂是雕塑家们与生俱来的基因，如影随形的孤寂，孕育了米开朗基罗，滋养了罗丹。

樱花林里，一大片樱花怒放，顷刻之间，我们也被惹得心花怒放了。

也不知始于哪一年，去日本赏樱，热闹了沪上各家旅行社的门庭。也不知怎么的，国内樱花主题园拔地而起，各家公园也以樱花为脸面，就连静安雕塑公园

也只得圈地割让，尊其为皇后了。只是冷落了我们的市花白玉兰，难觅其芳容。

樱花之国的日本，“樱为花之首”，奉之为幸福之花，但民间也有“樱花七日”的俗语，颂其绚丽，哀其短命。我的一位精于花卉之道的朋友告诉我，日本武士道精神就源自樱花的凄美，日本老人自杀率高，也是这个原因。此话是真是假，听听而已。

于我，只盼望，有朝一日，我们上海的市花白玉兰，奏鸣一曲《白玉兰之恋》，响彻浦江两岸五月天。

2. 延中绿地，城市绿肺（4月11日）

延中绿地

延中绿地，繁华的延安中路上的一条绿色长廊。从车上望去，像是一条清溪，让我想起从前不远处的肇嘉浜、陆家浜和洋泾浜。

今天，我仨来到绿地上，满目清凉，呼吸也清凉。这里是我们上海的城市绿肺，漫步其间，我的肺叶也似清溪流过，9亿颗肺泡透亮透亮，透到我的心窝里。

只是，偌大的上海，这样的绿地还是太少。我的一位医生朋友，医术高超的内科主任医师，他的夫人是一位皮肤科专家，不幸罹患肺癌。问及原因，朋友唏嘘不已，妻子从不抽烟，也很少接触厨房油烟，更无家族史，只因家住一个工业园区，空气严重污染，才导致肺癌。朋友是医学专家，说话有根有据。

我们的城市规划，常把交通堵塞列在首位，车辆不可堵塞，人的肺泡更不容堵塞，性命交关啊。

3. 滨江森林公园绿如蓝（4月18日）

上海滨江森林公园，在浦东新区，在黄浦江畔。

公园处处是艳丽的鲜花，大草坪的斜坡上，一大片紫色小花美得像一群小女孩似的，叫人一见倾心，好想上前亲吻她们。一条浅黄色的木栈道上，被绿绿的森林怀抱，林影很浓很密，莎莎原是云南某歌舞团的一名独唱演员，此刻，她禁不住放开歌喉，唱起了“一条小路曲曲弯弯细又长……”她更是一位性情中人，唱了《小路》，又振臂朗诵似的大声道：“这里真美呀！”四下无人，一片静寂，只有她的歌声在森林里回荡，她的赞词飞向蓝天。

依我看来，滨江森林公园的生态林，远比几十年前建造的上海某森林公园茂密，傍倚浦江，后来居上。“日出江花红胜火，春来江水绿如蓝。”浦江畔的森林公园，红胜火，绿如蓝，上海的母亲河，温婉多情，深爱着她的儿女。

4. 银南翔，古猗园（4 月 24 日）

解放前，上海人评价市郊城镇有句顺口溜：“金罗店，银南翔，铜江湾，铁大场。”罗店镇水陆交通方便，生意好做。南翔土地肥沃，出产多。江湾是穷镇，就如俗话所讲：“穷做穷，还有三担铜。”只是大场镇，只能充当打铁匠的角色，穷得叮当响了。这是老话。

银南翔，半个多世纪前我就造访过，那会儿，南翔被评为全国爱国卫生先进城镇。整个古镇干净得简直让我“瞠目结舌”。卵石铺成的老街一尘不染，水乡宅屋粉墙黛瓦，墙壁粉刷得雪白雪白，见不到丁点儿痕迹。沿街遍植榆树或白杨，角角落落，种载月季、凤仙和不知名的草花。古镇宁静朴素，明丽淡雅，就像画家吴冠中的江南民居画《双燕》。当年，吴冠中是在到达宁波时，被浜河边的几家民居吸引了，激动了，匆匆画了速写，创作了这幅追求简约主义的《双燕》。他写道：“即使双燕飞去了，乡情依然。”

半个多世纪过去了，南翔的“双燕”也飞去了，但南翔乡情依然。那五代的双塔依然，两口古井清沏依然，三座小石拱桥依然架在明镜似的小河上。银南翔华丽转身变成金了，重建的康熙撰写的匾额“云翔寺”，金碧辉煌，还有去年刚刚重建的檀园，也是金光闪烁。

檀园是一座古典园林，居中有荷花池，厅堂环立，廊贯全园。门票 30 元，门槛高了，此刻，整个占地十亩的园林，只有我们三个游客，清静得很。

南翔最著名的是古猗园，上海五大名园之一。园名取自《诗经》：“绿竹猗猗”。古猗园姓“古”，具有古典园所有元素，可游，可行，可居。我以为，古猗园之“奇”在缺角亭，凡凉亭四只角，但缺角亭少了一个东北角，此亭是上海市民为抗议日寇侵占我国东北三省而特别建造，让人民牢记国耻，可惜今日游客知者寥寥。

南翔最著名的小吃是小笼包。以前去品尝过，回想起来乃垂涎欲滴。南翔小笼有三大特点：一是皮子薄，一两面粉做十个包；二是汤汁鲜，馅里加入肉皮冻和芝麻等；三是外形像小塔，每只褶皱至少 14 个。南翔小笼吃法有四句口诀：“轻轻提，慢慢移，先开窗，后喝汤。”今天，我们去了听说是正宗的南翔小笼餐厅。服务员端上桌来很让我们意外。外形扁塌塌，皮质又干又厚，一口咬到底，也不见有汤汁流出来，像是机器一条龙做的，放在冷库里挤压过。那盆小笼简直砸了南翔小笼的金字招牌。但顾客盈门，我们还在嚼着，桌边已站着等候的食客了，真可谓，皇帝女儿不愁嫁。

今天 4 月 24 日，正是我的阳历生日，我是老法的人，只做阴历生日，这些年来，我连阴历生日也不做了。健康专家让我三忘：忘记烦恼，忘记疾病，忘记年龄。最难做到的是忘记年龄，不知为何，很多人常问我：“你几岁啦？”口气就像问幼儿园的小朋友，我是老小孩也。或问：“你多大啦？”分明把我当作中小学生。有点学问的人拱手问我：“您老贵庚？”我真是老了。更有礼貌者躬身揖问：“高寿啦？”我真该寿终正寝了。总之，问得我不胜其烦。今天没人问，与我同行的两位也不知道今天是我的生日，我暗中窃喜。俗话说：“僧不言名，道不言寿。”我非道士，忘不忘年龄，管它呢！

5. 油菜花节菜花开（4 月 26 日）

想去奉贤油菜花节已有多年，路太远，老伴有恙不能陪同，也无他人陪同，只好独游了。

油菜花，民间有褒有贬。褒语赞道：“萝卜花开白如银，油菜花开黄如金，蚕豆花开黑良心，草籽花开满天星。”贬义的俗话说：“菜花黄，痴子忙。”虽是咒语，但有几分医学道理。我曾经去精神病院采访，还和病人们打乒乓。医生告诉我，精神病人只是某一段时间的不正常。因天气因素，油菜花开正是精神病患者的好发季节，提醒患者家人要多加小心。

乘郊区公交车，在奉贤庄行下车。问当地人现场在哪里，他们如此这般的指点，得知还很远，正在踌躇是否要打车时，一辆轿车在身边停下来，走出一位中年男士，很有教养地问我，去油菜花节现场怎么走，我现买现卖，告知路线。当他得知我也去现场时，便客气地让我上车同行。车上有他的妻子，还有他的岳父岳母，他岳父七十多岁了，操着一口山东话，是南下干部，自称老上海。上海解放时，大批南下干部接管大上海的所有企事业单位。我们单位原是知识分子一统天下，接管后，从党委书记、人事科长、保卫科长、院办主任，直至总务科长，清一色的“老山东”。老山东们改造了旧知识分子，也学会了用抽水马桶，爱上了早餐“四大金刚”，几十年来，唯一不变的是他们的乡音，即便说“阿拉”，舌头也卷不过来。今天，这对“老山东”由女儿和上海女婿陪同，专程前来看油菜花，真是好福气。

我们来得早，没见到别的游客，油菜田一片静谧，春日的晨光，抚拂着金黄的油菜花，我独游在花丛里，香气袅袅，引动我儿时的回望。在我乡下的老屋旁，有一个菜园子，在曙光里，在晚霞中，时时有我老祖母小脚摇曳的身影，还有伴随左右的我。世间最美丽的是我的老祖母，最好闻的是那块菜地里泥土的芳香。

披着泥土和油菜花的芳香，我来到奉贤庄行老街。老街很短，但原汁原味。河埠头的油车坊也有近百年的历史了。那里的农家糕点乌金团，清香可口，相比市内的名店沈大成、王家沙、乔家栅的糕团，别有风味，行走在老街的石板路上，一口一口吃的都是乡情和乡愁。

6. 上海植物园的白牡丹（4 月 28 日）

每年 4 月上旬，是牡丹花开时节。上海龙华寺内有一株百年牡丹，家住龙华时，年年去看，这株牡丹虽是一个百岁老妇人了，但依然红艳艳的雍容华贵。牡丹最富盛名的当然是河南洛阳，欧阳修的《洛阳牡丹记》曰：“天下真花独牡丹。”一个“真”字把牡丹捧上了天。把洛阳牡丹捧上天的当推武则天。《镜花缘》作者李汝珍“以文为戏”，其第五回“武太后怒贬牡丹花”，武则天因怒牡丹“今开在群花之后，明系玩误”，下旨贬解洛阳。“所以天下牡丹，至今唯有洛阳最盛。”

上海植物园有个牡丹园，也是“真花”。规模虽小，但姚黄魏紫色色俱全。牡丹中，我独钟白牡丹，原因说来有点可笑，那是缘自家庭麻将台上，我的岳母，每每“西风”碰时，便得意地说：“看见三戏白牡丹，地爬忘记攀。”所谓“碰西风”就是三只西风相碰，“西”和“戏”同音，《三戏白牡丹》是一出旧戏，白牡丹是位美女，那句话的意思是男人见了美女，连门槛也忘记跨，摔倒在地上了。唐刘禹锡《赏牡丹》诗曰：“唯有牡丹真国色，花开时节动京城。”那白牡丹，酷似冰清玉洁的冷美人，花开时节心动男人。

家住莘庄，上海植物园近在咫尺，每年牡丹花开，我就忍不住去那里看看白牡丹“爱美之心，老少皆有。”柴可夫斯基说。

7. 一盆扣三丝，扣响三林塘（5月4日）

侬听讲过三林塘吗？我猜想，多半上海人会摇头。我是老上海，老老早早就晓得浦东有个三林塘镇了。那会儿，去三林塘要摆渡过江，是一个破破烂烂的乡下头。还在“宁要浦西一张床，勿要浦东一间房”的年代，我的一位朋友居然在三林塘购置一栋“楼上楼下，电灯电话”的乡下房子，朋友们无不取笑其“发毛病了”。可谁都没想到，浦东一开发，朋友非但没“发毛病”，还发了一笔动迁房屋财。

近些天来，各家媒体纷纷报道，三林塘镇举办首届民俗文化节，有当地非物质文化遗产的狮龙舞表演，有曾经送往联合国的木雕船帆展示，有清香可口的乡间小吃塌饼，等等，热闹非凡，搔得我心头痒痒的。

今天，我和两位驴友兴致勃勃赶往那里，晚了一步，民俗文化节已落下帷幕，小镇回归冷落。

小镇名三林，只见树木，不见森林。三林之称源自最早定居此地的林姓三兄弟。又谓塘，那塘倒不是池塘之类的水潭，实为一条长长的河流。小河合流，聚成了塘。上海除了三林塘，七宝古镇的蒲汇塘也是一条清澈的河。

三林塘水，穿镇而过。5月的阳光洒满水面，闪金跃银，宁静温柔。塘岸一侧，坐列着一排长长的乡间民居，虽然老了，旧了，但家家门户干净体面，柴门或敞开或半掩，狭长的门弄里，阿婆捡菜，老伯看报，我们探头张望，他们点头微笑，像和老邻居打招呼似的。塘岸另一侧，一座座新建的仿古亭台楼阁，看上去，像村姑穿着旗袍，与阿婆老伯的老屋不太协调。

首届民俗文化节过去了，热闹也过去了。除了我们三人，河塘两岸没见一个游客，要看热闹似乎要等来年了。

岂料，热闹在一夜之间来到三林塘，那夜，中央电视台一档名牌纪录片：“舌尖上的中国”，正在播放三林塘镇一家老式餐馆里的一道菜：扣三丝。馆主父子以传统独门的厨艺，做出一盆让人“鲜得连眉毛也会掉下来”的江南美食，赢得全国观众垂涎三尺。第二天中午，烈日高涨，这家小镇餐馆的食客也高涨，最夸张的一则报道说，一位武汉汉子看罢电视，立马买了飞机票专程前来，只为这一小盆扣三丝。

一盆清清淡淡的上海乡间菜，三份简简单单的冬笋丝、鸡脯丝、火腿丝的配料，丝丝入扣。扣三丝，叩（通扣）响了上海浦东三林塘镇的名声。

8.“风雅嘉定”和“嘉定三屠”（5月18日）

《风雅嘉定》，是一本当地旅游局编印的小册子，我们也去嘉定“风雅”了一回。

踩过州桥老街的弹硌路，这座800多年的古城，如今的老街笼罩在庸俗的时尚里，难以怀旧。见了全城最高点的法华古塔，25年前，我创作过一部电视小品曾在中央电视台播放，小品的拍摄地就在古塔下，小品文稿写的第一句话是：“江南小镇，古朴热闹。”今天，热闹更甚，古朴尚在。

随后我们去参观了孔庙，现在改称“中国上海科举博物馆”；游览了上海五大古典园林的秋霞圃，这是由龚氏、沈氏和金氏等私人园林整合而成，三个园区各具特色，一一流连，把方才老街里沾污的俗气洗了个干净；汇龙潭很大，由五条河流汇集而成，进去要买门票，把很多游客挡在了园外，所以显得格外宁静。我们坐在一棵古树下的长凳上聊天，舒服得久久不想起身。

游“风雅”古城，想起我在绿地上晨练时认识的一位姚老先生，他是土生土长的嘉定人，操着一口脆脆的嘉定土话。他曾和我谈及嘉定历史上著名的“嘉定三屠”。我翻遍《风雅嘉定》，不着一字。倒是权威的《辞海》，有详尽记载：“清顺治二年（1645年），清军下江南，为镇压抗清斗争，在嘉定（今属上海）进行了三次屠杀。第一次在夏历七月四日，侯峒曾领导的义兵失败，破城后死难两万余人。第二次……”

“嘉定三屠”是著名的历史名词，我在“风雅”时，问过几位当地工作人员，都不清楚。家乡的著名历史事件就该像姚老先生那样，记住才是。带住闲话吧，嘉定还是担当得起“风雅”二字，此行不虚。

9. 马陆葡萄：单家父子葡萄（5月20日）

嘉定有个小镇，镇名马陆。也许是，最早在这里落脚生根的两户人家，一家姓马，一家姓陆，小镇由此得名的。如今，马陆又有一户人家，名扬四方，那就是马陆葡萄园的园主单传伦、单涛父子，马陆葡萄园被誉为“全国葡萄之乡”。

今天，我们来到马陆葡萄园，进园要买门票，但售票窗口关闭着。这时，从园门口徐徐走来一位老伯，个子稍矮，衣着整洁，乍一看像是门口收票员。

他微笑着迎上来，我们问他园内有没有餐厅，他答有的。我们又问售票员的去向，他厚道地说，不要买了，跟他进去吧。我有点为他担忧，一旦被老板知道，会丢掉饭碗。

走过一条长长的水泥路，我们一路无语，眼前来到一个叫红葡萄的餐厅，餐厅外面有个极幽雅的小院，绿色的葡萄棚如遮翠幕，婀娜的串形线条，琴弦似的下垂着。阳光如星星，透过绿叶，小院明晃晃的清凉。小院两侧，花卉盛开，小院中央，摆放着精巧的桌椅，环境秀美幽静。

老伯让我们入座，一位中年汉子恭恭敬敬迎上来，天庭饱满，仪表堂堂，彬彬有礼。老伯和他耳语几句后离去，那位汉子随即叫来服务员，还招呼一位三十多岁的女士，吩咐她在我们餐后陪我们参观葡萄园，我们受宠若惊。向他索取名片，一看，肃然起敬，原来他是葡萄园的总经理单涛。单涛告诉我们，那位老伯是他的老父亲，名叫单传伦。他的父亲是马陆葡萄园的创始人，现在年纪大了，改任葡萄研究所所长。谈及父亲，单总一脸自豪，30多年前，他的父亲从山东来上海打拼，在马陆建了葡萄园，经历坎坷。单总叙说得生动简略，他马上要去迎接一批外地来的葡萄专家，告辞了。我们三个都是普普通通的退休老人，父子俩不问出身，视我们为贵宾，我想，他们的成功之道，尽在其中了。

餐后，那位女士陪同我们参观园区，一处不漏，长达一个多小时。我们看到的已不仅仅是多彩的葡萄世界，更是单家父子洒下的汗水，播种的智慧。告别时，女士热情地告诉我们，7月里，他们将举办马陆葡萄节，欢迎我们再次光临。

据说，一般农户葡萄品种20多个，而马陆葡萄园的品种多达60个。一位营养专家说，葡萄因颜色各异，其营养功能也各具特点。白色，能增强骨质，预防疏松；黄色，含有丰富的β胡萝卜素，能预防眼睛黄斑变性；绿色多叶酸，有平喘降压功能，保护肺和肝；红色，含有番茄素，具有抗氧化功能，有益于心脑血管，尤其是男性前列腺；黑色，花青素含量特别高，不仅营养皮肤，是天然的美容品，更有抗衰老作用，特别适合老年人食用。马陆葡萄园，黄有黄玫瑰，红有亚都蜜，黑有夏黑等优质品种，还有名为喜乐和巨峰的品牌，都是抢手货。

马陆的葡萄熟了，单家父子的葡萄很好吃。我每每品尝马陆葡萄，眼前就浮现他们父子俩的身影，想起葡萄园内一块巨大的石碑上铭刻的《马陆葡萄赋》的赋词："蓄一方水土，载天下良种；集八面智慧，写甜蜜篇章。"

周公馆

国民党特务监视楼

10. 周公馆：不朽的“周恩来精神”（5月23日）

今天，我们去了法国风情的复兴公园，去了改造一新的文化广场，还去了思南路上的周公馆。周公馆小花园粗糙的墙上，蔓满了爬山虎，郁郁苍苍。二楼从红色窗框望去，小花园的正对面，有一幢黑黝黝的楼房，在那白色恐怖年代里，楼房里的国民党特务们，24小时监视着周恩来的一举一动。如今，周恩来的骨灰已洒在祖国的大地上，那帮特务们也该“安息”了吧。

在南京梅园新村30号，也有一座周公馆。郭沫若先生曾于1946年去拜访过周恩来。他在《梅园新村之行》里写道：“客厅也很小巧，没有什么装饰”，“正中一个小圆桌，陈着一盆雨花台的文石。这文石的宁静，明朗，坚实，无我，似乎也象征着主人的精神……对于任何的艰难困苦都不会避易的精神，放射着令人镇定，也令人乐观的毅力。”

上海和南京两座周公馆，彰显同一个精神：不朽的“周恩来精神”！

11. 美在昆山公交人（5月27日）

披着5月灿烂的阳光，乘坐梦幻般飞驰的动车，我，一个白发苍苍的七五老汉，独个儿从上海走来，寻访心仪已久的昆山。

曾经到过昆山，那已是年代久远的事了。那时昆山还是个县，记忆中的邑城，

上海虹桥高铁

颇似一个“筚路”和“蓝缕”的乡下老农。改革开放以来，昆山的巨变不绝于耳，“昆山是小上海”，“昆山是上海的后花园”，令无数上海佬们竞折腰，纷至沓来，或经商，或购房，忙得不亦乐乎。老汉我也为之心仪神往，跟老伴挥挥手，独自上路了。

在一位热心路人的引领下，我踏上了昆山南站33路公交车。

上车后，我坐落在紧挨前门的座位上，面朝司机。司机是一位中年汉子，黝黑的国字脸，敦厚又阳光。公交车行至下一站，上来一位腿脚有碍的中年妇女，司机和颜悦色请她去车厢后面。车徐徐启动，我发现司机几次抬头，凝视右上角的反光镜，我好奇地问他在看什么，司机说：“这位女乘客脚不太好，我看她找到位子了没有。要是没找到，我得动员乘客给她让座。”司机说得很随意，我却被深深打动了。我夸他面相好，心也好。后来，当他得知我此行的意图后，他又诚恳地告诉我，他们33路是环绕市区主要街道行驶的，兜上一圈，昆山风貌尽收眼底，建议我跟着他的车一路观光。他的建议正中下怀。

车窗像一只变幻莫测的万花筒，车外是一道五光十色的风景线。街道两旁商号遍布，琳琅满目。转眼间，但见一桥飞架，势如长虹，司机告诉我，那是柏庐高架桥。下得桥去，一个鲜艳的红十字映入眼帘，司机介绍说，那是市中医医院，那里有15个挂号收费窗口，天天排成长龙，可见昆山人多信中医。想起我的一位亲戚曾在那里任总护士长，今日亲眼目睹，倍感亲切。正说着，眼前又见一桥，司机说是正阳桥，每天午后，桥上人头攒动，非常热闹，行人走累了，可以去桥下附近的一个公园里小憩，真是快乐的昆山人。抬头间，蓝天下飘扬着一杆五星红旗，红旗下一个宽阔的广场，司机动情地说，每当夜色降临，彩灯齐放，特别迷人。驶过广场，一幢典雅的建筑物的楼宇上，悬挂着一条红幅：“丝绸文化节”，那是科博馆。离科博馆不远就是昆山文化中心文广新局。一路上，风光处处，那阳刚之气的新客站，那极具江南风情的图书馆，那美轮美奂的娄河两岸风景，看得我目不暇接，心旷神怡。不知不觉中，时间流去了一个多小时，转眼到了终点站，那是他们的车场。司机告诉我，他有 7 分钟的休息，建议我再乘他的车，把我送到繁华的人民路。这短暂的 7 分钟，让我深入了解了这位公交人的生活。

司机姓曹，名振红，一个“全国河山一片红”年代出生人的名字。曹师傅本系安徽宿县人，两年前，携妻来昆山谋生。妻子就在他们场里附近的食堂打工，两口子租住在每月 400 元的陋室里。三个孩子分散在南京、宿县等地，全家人难得团圆。今晨曹师傅 5 点半发车，要开 9 圈，晚上 10 点多下班。他做二休一。午餐自带隔夜的饭菜，我说驾驶员容易犯胃病，他说还有很多职业病，比如颈椎病、腰椎病、脉管炎、前列腺等等。他已有轻度高血脂，从不抽烟，从不喝酒，如今已很少吃肉，生活很简单。他告诉我，公司给他交“六金”，再过 13 年就能享受退休金。听后，我心里一怔，他还得在昆山马路上兜多少圈！看得出，他的心里装着许多苦，但他在乘客面前时刻露出笑容，而且是真诚的笑容。他是一个付出很多索取很少的公交人，为了生活，为了活着，就像我逝去的 75 年的岁月，只想平平安安度过一生。

再一次乘上曹师傅的车，他仔细地给我设计余下的游程：先去奥灶馆午餐，然后去亭林公园，接着往回走，走过正阳桥去人民路。他甚至告诉我，怎样使用上海老年卡，公交转地铁，免费回到家。他是真真切切服务到“家”了。

告别曹师傅，我在乾隆皇帝吃过的奥灶馆，品尝了美味的荤素搭配的红汤面，一碗 18 元。我想起了曹师傅说他还没来此吃过奥灶面，十分感慨。我接着游览了“天下兴亡，匹夫有责”的顾炎武的亭林公园，在公园的昆玉馆门前，读到一块匾额，上书“昆山之玉，玉在其人”。是的，昆玉之美，美在昆山人；昆山之美，美在昆山公交人。

12. 新场不新，古镇远古（6 月 3 日）

“养在深闺人未识”（白居易《长恨歌》），时至今日，新场古镇仍然不在游客们的视野里，好些上海人还把“新场镇”误听为“新长征”。新场镇除了名气不响，交通不便是它的软肋。我乘地铁再转地铁再换长途专线，耗时两个多小时，相当于乘高铁去故乡宁波所花的时间。

悄立市桥，“车尘不到张罗地”，四下不见人头攒动，也无车马杂噪声，新场“沧桑静默”。

一条老街，南北两头。

南街街口，峥立着一座石牌楼，蔚为壮观，雕塑精美，上刻“三世二品坊”，叙说着明朝一家三代，代代二品官，可见牌楼年代之久远，还刻有“九列名卿”，彰显古镇历代有进士 20 多位。大上海有古镇 20 多座，这般古朴精巧的石牌楼似无出其右。

走进牌楼，横着一条小河，河水清澈，河上架着一座古桥，名为洪福桥。倚桥是“江南第一楼”，这栋三层木质结构的建筑，建于清朝，也是古建筑了。这里原是书场兼茶馆，听客云集，今天闭门谢客，没人打扰。

小河两旁是石驳岸，如今很少见了。那得追溯到 800 多年前的南宋。当年浦东下沙是盐场，后来南迁移到此地“南下沙”，盐民们煮海熬盐，成为新的盐场，“新场”由此得名。运盐的船只在河边停靠，河岸筑起了高垒的石驳岸，历经兴衰，新场退出了盐场，但石驳岸保存了下来。保存下来的还有十多座马鞍形的水桥，还有古朴的民居。不知何故，今天，石驳岸边的民居大多掩门，不见主人。我沿石驳岸徐徐而行，偶见一家民居家门口有乡民摆摊，现做现卖草头塌饼，我买了一个，边吃边走在青青石条上看风景，那情景正如古建筑保护专家阮仪三所言，新场古镇是“上海老浦东原住民生活的真实画卷”。

午餐后走北街。北街，窄窄的，长长的，还带着几个小弯，似有一种找不着北的恍惚。沿街绵延铺展着一栋栋老宅，每走百来步，就见宅门上张贴着镇政府的告示：“× 氏老宅，不可移动。”张氏宅院，中西合璧罗马柱；奚家厅堂，雕梁画栋明代砖；嘉乐堂，潘氏房，山墙斑驳，生出“高山空巷”的意境。慢悠悠边走边看，一路不见一个游客，当地乡民也寥寥无几，小巷幽静，时闻小园鸟鸣，安静得仿佛来到世外桃源。走了约莫半里地光景，忽见一栋宅屋，墙门洞开，门口立着农家茶园的招牌。悄悄进去，宅内是一个小花园似的庭院，一池清水，几树绿荫，石板地的天井里，摆放着两张小圆桌，几只藤椅，不见一个茶客。穿着干净的女主人殷勤迎了上来，问喝龙井还是铁观音，我歉意回说没时间消受这份惬意了。上了年纪的男主人厚道地说：“不要紧，坐坐歇息吧。”我向内屋望去，深幽朦胧，恰如“寂寞柴门人不到，空林独与白云期”的梦境，脑海里倏然冒出一个奇特的念头：不妨在此宵宿一晚，待明晨，“鸡声茅店月，人迹板桥霜”。眼前浮现唐朝诗人温庭筠的诗句，还有清代画家高剑父为这首诗作的《商山早行图》，一幅山村破晓图景，做一个浩无边际的缥缈的梦。

徐徐走完此街，一座黄墙寺院呈现在前。该寺叫南山寺，名不见经传，但寺后两棵600多年树龄的古银杏树见证古寺历史的久远，寺院规模不小，且开阔又进深。几声钟鼓梵唱，一种寂灭出世的感觉，“便有出缠结室之想矣”（袁宏道《天目》），同佛门弟子聚会祈祷，脱离尘世的烦恼。

有媒体报道，一两年后，新场镇将有地铁通达，待四年后的2016年，镇旁将建成世界级的迪斯尼乐园，到那时，新场镇将会繁华热闹，面貌焕然一新。新场镇“新”了，古镇的“古”意或将消失。所幸，我亲眼目睹了她那“天生丽质难自弃”（白居易《长恨歌》）的容颜，已无憾。

13. 东平森林公园知青缘（6月10日）

上海标榜“森林”的公园有好些，倘若与崇明东平森林的茂密森林一比，实在该戏称“稀毛癞痢”了。东平森林公园是华东地区最大的平原人工森林，其森林覆盖率高达90%！

我乘轿车直达东平森林公园，满眼绿色，走到那里，那里就是被誉为“活化石”的水杉，森挺高耸，林间不时传来鸟鸣声，绝对是男女青年风花雪月的好地方。

今天，女婿驾车把我送到公园门口，便带着其母亲和儿子去西沙湿地。我是专程来这个公园，为的是看看公园里的知青广场、知青墙。40多年前，我从吴淞口乘渡轮来到崇明，再乘“二等车”（当地乡民载客的自行车，乘客坐在车后的车架上）到一个农场，然后再搭坐知青的牛车到农场场部，深入生活，写了一个短篇《朝霞》。40多年来，心里常惦记着，听说东平森林公园原是东风农场的一部分，辟有一个知青广场，今天特地来了却宿愿。

沿着公园的林荫大道，走不远，就到了知青广场。广场左侧立着一块深色石碑，上面赫然镌刻着四个大字：“青春无悔。”右侧也有一块石碑，记述知识青年在崇明岛上改天换地的往事。两边还有两块反映知青生活的浮雕，还有象征男女青年扎根农场的雕像。我久久伫立，久久凝视，思绪纷繁。

曾经，这里是大海，真可谓“沧海桑田”，人们围海造田，成了上海的“北大荒”，大片大片白花花的盐碱地寸草不生。到了1969年，为了解决上海人民的粮食和副食品供给，上海20万知识青年，浩浩荡荡奔赴崇明农场，怀着战天斗地改造世界的大无畏精神，献出了宝贵的青春。我的《朝霞》也应运而生，描写了知青扎根农场，继承延安南泥湾精神的轰轰烈烈场面。在知青返城浪潮下，几十万知识青年又回到了上海。“青春无悔”吗？我一度陷入迷茫。距知青广场不远处，有一堵长长的知青墙，墙上选择性地记下了知青的名字，名字为首的叫“郑宗培”，这位当年在东风农场摸爬滚打的小伙子，今天成了上海文艺出版社的总编辑。在长长的名单里，我还见到了一些熟悉的名字，他们或走上了领导岗位，或成为一名优秀的知识分子，然普通劳动者居多，我曾和他们谈起农场生活，或无悔，或伤痛，那是人生舞台上的哈姆雷特，见仁见智。

公园里有个鸣翠湖，湖畔有个咖啡屋。我在屋外的水榭上，面湖而坐，品尝咖啡。傍花倚柳，看云淡风轻，听翠水鸟鸣，回忆前尘，“时人不识余心乐”，或谓偷闲学风流。

14. 登卢浦大桥，一览众“厦”小（6月13日）

早已去过南浦、杨浦两座大桥，新建的卢浦大桥也有时日了，我们来迟了。

来到浦江边的桥下，抬头望去，那弓形大桥，好像深黛色的一段山脉，巍巍凌空，比之南浦杨浦更雄伟，更壮观，上海人造大桥，日臻大美了。

卢浦大桥可以登顶。我喜欢登高望远，直抒胸怀。然而同行的两位向来娇贵，望桥兴叹，借口天太热，脚乏力，喜欢坐在桥下长椅上聊天。懒人的借口一年四季都不缺，有道是，“春困秋打盹，夏乏冬不醒”，我只能作独行客登桥去了。

先是在桥上乘一段电梯，走出电梯，仰望上空，好似身在天上。眼前是一条钢铁坡道，笔直笔直指向蓝天，四下不见一个游客，空灵，沉寂，奇异的氛围包围着我，望望桥下，两位娇女的身影在树丛里时隐时现。“惜无同怀客，共登青云梯。”在一恍惚里，我仿佛成了《登石门最高顶》的谢灵运。

攀不完的青云梯，气喘吁吁。此刻，一位小伙子奔跑着来到我身边，带着袖章，是桥上的工作人员。小伙微笑着问我：“老伯，行吗？”我一听，陡然肾上腺素激发了，虽然气喘吁吁，装作轻松的口吻答：“不到长城非好汉，没事。”小伙说：“您比我爷爷精神。”他的话，慰抚了我的衰老，在小伙的助走下，一鼓作气登上了桥顶平台。小伙说，那台阶有300多级，这平台离地面110米。乖乖，比上海最高的佘山98米还高出许多！我老汉也算是一条好汉吧。

卢浦大桥

平台上，云淡天高风急。俯视脚下黄浦

江，不见首尾，像长长的绸带，江水碎金似的闪烁。江的东岸是世博会原址，一幢幢色彩缤纷的建筑平展眼底，像个盆景园。望西岸，是密密麻麻的楼宇，看上去，就像上海城市规划馆里的城市模型。那幢幢拔地而起的高层建筑，或像从山顶下望的云南石林，或似早春雨后的春笋一般。纵横的街道如阡陌田埂，缓缓移动的车辆恰似蚂蚁搬家。我禁不住吟诵道：“会当凌绝顶，一览众……众‘厦’小！”

生怕两位女士在桥下久等，只得依依不舍下桥去。那位小伙子依然一路陪伴，他生怕我出事，说：“上山容易下山难，小心走。”真是善解老人意。拾级下桥，我很贪婪，下几级，停一歇，左顾右盼，缥缈凌云一般。

到了桥下，虽然脚力有点虚竭，但精神依然抖擞。两位问我好看吗？我淡淡回说：“到此一游吧。”别让她们羡慕嫉妒恨。

接着我们游览了南园滨江大道。原先的南园公园拆了围墙，和滨江大道连成一片。南园景致，浦江水色，构成一幅佳画，渲染反射在我们的心里，美妙极了。

没到三伏，天已大热。在南园附近的一家食品店，买了特价的棒冰，每盒10支。我们买下一盒，在店内边吮边咬，吞下了10支棒冰，个个打破了平生一次吃棒冰数量的纪录。走出店门，我们还为此痴笑不停。

15. 华亭人家、毛家村，田园世界（6月17日）

上海一些旅行社，一度兴起“华亭人家、毛家村”一日游，好景不长，如今家家偃旗息鼓了。

这两个景区远在嘉定之北，又偏隅江苏省的太仓浏河，去一次很不方便。但两个景区的名字让我动心，一个叫“人家”，一个叫“毛家”，我在农村度过童年，乡野风光最能撩拨我的心弦，何况那两处都被评上了国家3A级景区。

先乘地铁，再上远郊长途车，“长途”跋涉来到华亭人家。这里不是想象中的一家农户，而是现代农业区，占地达1000多亩。走进园区牌楼，却不见田稻果蔬，而是一个很大的花园。

花园里，自然少不了树木花卉、亭台楼阁的点缀。忽见一汪湖水，湖面圆荷红莲，仿佛来到孙犁笔下的《荷花淀》：“那一望无边际的密密层层大荷叶”，“粉红荷花箭高高地挺出来”。时光荏苒，这荷花箭已不是孙犁想象的“是监视白洋淀的哨兵”，恰似丘比特的爱神之箭，射到情侣们的心窝里。莎莎最爱百花中的荷花，一照面，便张开双臂“啊！啊！”欢呼起来。我们在湖畔木质长椅上坐下来，静静观赏，天空飘来丝丝细雨，散落在脸上，仿佛是大荷叶上亮亮的水珠，凉凉爽爽，不忍抹去。

花园里没见别的游客，我们徐徐神游了一个多小时。清风习习，吹落了世事的烦恼。忽然悟到，华亭之华，也解花也，华亭人家就是花亭人家吧。

秀色可餐，说说而已。我们在园内一家农家乐午餐，品尝了刚从屋前菜园子里摘下的果蔬，感觉挺好的。

餐后就去毛家村，距华亭人家仅 2 公里，沿路名叫霜竹路，一路列树，风景优美，不知不觉就到了毛家村。

毛家村，绿树小桥，家家小屋粉刷打扮得水粉画一般。自然的河道，自然的小路，目及所致，无不自自然然。毛家村是全国 35 个社会主义新农村示范村之一，名不虚传。

让我们不解的是，我们走来逛去，竟然没有遇上一个村里人，别说游客了。清幽是清幽，快活也快活，只是少了炊烟。新农村的新农民，你们在哪里？没有回音。只有我们三人沙沙的脚步声，仿佛，我们改姓毛了，成了小村的主人，回味津津。

16. 鲁迅公园和故居（6 月 19 日）

今天变得有点文人范儿了，去走访文人之地。

50 多年前就去过鲁迅故居和鲁迅墓。还正儿八经拍过照，一副文青的样子。

鲁迅故居

鲁迅故居　摄于 1965 年

鲁迅说地上本无路，走的人多了，就有路了。那会儿我说，鲁迅，你就是我要走的路。一个只有初中学历的痞子，不知天之高地之厚，天赋之缺失。鲁迅在山阴路故居住了3年，仅仅3年，就写下了历史小说《故事新编》和《伪自由书》，出版了《南腔北调集》《准风月谈》《花边文学》《且介亭》等7本文集，还翻译了《表》《死魂灵》等国外文学作品，这两部小说也是我读初中时，最早接触的外国文学，对我的阅读影响很大。

鲁迅于1936年在这里去世，享年56岁。

故居是许广平先生在1950年亲自按当年原状布置的，许广平小鲁迅18岁。其独生子海婴住在这里，三楼是他和保姆的卧室。20世纪60年代我去参观故居时，母子尚健在，今天重访，母子已先后离世了，目睹旧物，令人唏嘘。

17. 杭州宋城（6月23日）

“上有天堂，下有苏杭”，这个典故出自元代契丹人奥敦周卿《双调蟾宫曲》：“春暖花香，岁稔时康。真乃上有天堂，下有苏杭。”

杭州有个新建的景区名曰宋城，杭州曾经是南宋都城，去宋城领略南宋的遗韵，值得期待。

宋城一日游是我们居委会热忱组织的。早早出发，旅行社导游先安排我们去一个叫作竹炭生活馆的购物点，要待上一个小时，导游才能得到商场给的人头好处费。接着又去海宁皮革城，待的时间更长了。两处下来，到宋城已过晌午了。中餐自理，我和同去的邻居老姚匆匆扒完一碗面，随大伙一起进了剧场，观看歌舞剧《宋城千古情》，宣传广告上写着“世界三大名秀之一”，还说不看此剧“此生遗憾！”真是说的比唱的好听，整场演出震耳欲聋，心情怎么也愉悦不起来。走出剧场，被导游告知，尚余半个小时就返程。景区很大，有“失落古城”“四大佛窟”“活着的清明上河图”“梁山好汉游乐区”等等。只有半个小时了，即便让飞人刘翔上阵，恐怕也勉为其难了。我们就近去了“失落古城”，踏进门去，一股阴森森的寒气，这里取名“聊斋惊魂，鬼怪之地”，我和老姚转身逃之夭夭。总算来到一条河边，难得的清静，刚坐一会，便到回程的时间了。这是上海一家末流旅行社，报价便宜，居委会干部们也只得听从导游摆布了。出发时轻快的心，已成为“折戟沉沙”。但无论好歹，没有去过的景点，见识见识，总比待在家里好吧。

“山外青山楼外楼，西湖歌舞何时休，晚风熏得游人醉，直把杭州作汴州。”

（宋·林升《题临安邸》）。我没有熏醉，不把宋城作杭州。

杭州是我心中的百去百恋之城，自从 1969 年蜜月之旅游了杭州，去了不下 20 次，我还会常去。

18. 中华 1912 （6 月 26 日）

中华 1912 是个创意区，在澳门路 477 号。中华 1912 这个名字很有历史感、书卷气，那是在 1912 年，著名教育家陆费逵先生在上海创办了中华书局，那书局出版过《中华大字典》《辞海》《四部备要》等颇有影响的书籍，嗣后就在澳门路建成中华书局印刷总厂。这里是上海印刷业的发源地。书局还云集了梁启超、于右任、田汉、徐志摩等名流，可谓人杰地灵。

在人杰地灵的宝地打造一处墨卷香气的创意区，也是一个创意。当地政府和企业联手，按其原貌，保留了现代英式建筑的设计元素，又透出历史的厚重、文化的底蕴，煞费苦心。但我们走进园区，却见一片萧条，除了我们三个，再无一个游人。除了一两个咖啡馆、酒吧还有点光亮，门窗也紧闭，就连以一位著名越剧演员命名的工作室内也黑洞洞的。自从上海的 M50 创意区成了首个用数字命名的创意区而红火国内外，1933 老厂房等创意区如雨后春笋成了时髦，就连我们小镇上的一个杂乱弄堂里也打出了“创意园区”的名号，衣着打扮可以追求时髦，文化园区却是来不得虚名。中华 1912 里不是没有文化，过去印刷的纸币、股票、金圆券作为装饰区展出，但梦嘉和莎莎对此毫无兴趣，一晃而过，整个中华 1912 我们也是一晃而过。比起天地之悠久，历史也很短暂。

上海笔墨博物馆

19. 上海笔墨博物馆（6 月 27 日）

当年，我的结婚新房在石库门，后弄堂口就是福州路，雅称文化街。马路斜对面不远处有一个上海笔墨博物馆，窄窄的两开间门面，很不起眼。这或许是上海最小的公办博物馆了，但在“文房四宝”的笔墨纸砚中占了半壁江山，只是门可罗雀，识货者寥寥。占地虽小，但容量很大，让我这个不识货者也知道了笔墨的ABC。比如笔祖叫蒙恬，比如何以叫“湖笔”“徽墨”，又比如王勃《滕王阁序》的佳句“光照临川之笔”的由来等等。

很凑巧，二楼正在举办“胡铁生篆刻书画展”，以纪念这位传奇书法家诞生102周年。我从小学以后就再也没有执过毛笔，但我居然喜欢上了他的“胡体”，他的胡体犹如他的“铁生”其名，“钢铁奔流”，大气磅礴，具有鲜明的个性。

20. 青浦练塘、陈云故居（6月28日）

青浦练塘是个上海郊区的小镇。小镇有两件大事享誉全国，一是陈云故居，二是盛产茭白，这份舌尖上的美食中央电视台作过专题报道。

我们喜欢练塘的另一个原因，它是典型的江南水乡。一条名叫市河的小河，流经古镇，穿过8座古朴的石桥，把小镇分为左右两街，街很短，只有3里，一侧为上塘街，另一侧是下塘街，街面铺着一方方厚实的石板，回响着浓浓的乡音。

经一家主人的允许，我们走进他们住的三合院，圆头山墙，粉壁黛瓦。屋后庭院敞亮，种植花草蔬果，一派世外桃源。我笑对男女主人说：“这里真是神仙住的地方，难怪你们红光满面。”

练塘，因三国东吴水师在这里的池塘训练新兵而得名，练塘也是古镇了。

街中心有一段过街楼，长廊、小弄、老宅院，虽然年代久远，但楼屋坚固，街边的入口处仿佛有古城堡的感觉。过街楼下有一间房屋正在装修，据说是一位上海人买下的。

随后我们来到陈云故居。

陈云故居是一座砖木结构的老式江南民居，但看上去有点现代。这里是他舅母的家。临街部分原是舅父母开的店面，后面两层是起居。陈云在此度过了他的少年时代。陈云是一位我们这一代百姓十分敬佩的国家领导人。40多年前，一位上海评弹团领导和我谈起陈云如何扶持评弹事业，充满了感激之情。为根除个人迷信，陈云提出“不唯上、不唯书、只唯实”，让人振聋发聩。他是一位讲真话的政治家和经济学家。

我们还去了一户农民家，买了一些新鲜的蔬菜。只是没有去茭白种植地，现在也过了茭白收割季节，待来年春天吧。

21. 人民公园观荷（6 月 30 日）

“接天莲叶无穷碧，映日荷花别样红”。媒体报道，市中心的人民公园荷花竞相开放。在百花中，莎莎最爱的是荷花。我呢，寒舍客厅唯一悬挂的画就是荷花。我先有一幅著名书法家钱君匋赠与我的条幅：龙水竹叶。为与之相配，我专请画家唐西林作了一幅墨荷。“荷风送香气，竹露滴清响。”（唐·孟浩然《夏日南亭怀辛大》），夏荷冬竹，鼻香耳清，以闲适之情安度晚年生活。

人民公园荷花池，小巧精致，蜿蜒曲折，水池有彻天荷叶，映日红莲，品种多奇。坐下静静观赏，清风送来荷馨叶香，令人神醉，雅兴勃发，不觉有作诗的冲动。搜肠刮肚，却无一句成吟，想想也正常，所有赞美荷花的美辞丽句，全让文学大家们写尽了，耳熟能详的就有孙犁的《荷花淀》，朱自清的《荷塘月色》，更有周敦颐的《爱莲说》。此时无诗胜有诗，以此聊以自我慰藉吧。

三、上海之秋：一年好景君须记，最是橙黄橘绿时

1. 中山公园，忆中山先生（7 月 10 日）

中山公园以孙中山先生名字命名，这个百年老公园，最近经大力改造，焕然一新，昔日严谨的中山装脱下了，换上了活泼时尚的 T 恤。

公园浓荫覆地，亭轩错落，曲径通幽，幽静处不时凸现一个个独特的景区，让我们惊喜连连。

孙中山先生撰述《建国方略》，发表《实业计划》，主“民族、民权、民生”之学说，实行“联俄、联共、扶助工农”三大政策，乃一代伟人。公园处处彰显孙中山先生“天下为公”的胸怀，时时散发中山先生提出的“振兴中华”的豪情。公园里没见到一尊孙中山先生的雕像，这是公园设计者的高明。孙中山先生的伟大形象，不是一座雕像所能体现的。

2. 静安、静安，情难安（7 月 21 日）

静安寺去过多次，重修后，今天第一次去。

静安寺地处市中心的南京西路，原先的佛堂全隐没于黄墙内，如今在马路

上就见到塔楼高耸，雄伟庄严，耀眼夺目。

走进山门，发现原来的布局大为改观，门口一块赤乌石碑不见了，原本许多三头六臂的具有密宗特征的菩萨像也荡然无存，这还能称其为静安寺吗?

上海有三座各具佛教宗派的寺院。龙华古寺属净土宗，一字不识的老头老太，只要口念“阿弥陀佛”名号，即能“往生净土”，去西方极乐世界了；玉佛寺系禅宗，正宗叫法是玉佛禅寺。去那里修行的信徒得有点学问，禅的本意就是“思维修”，须“静虑”，信徒要学会禅定而坐，达到“安静而止息杂虑”的境界，或渐悟，或顿悟，才能见性成佛；静安寺归属密宗，一个“密”字，便知修行的神秘了。密宗有着高度组织化的咒术、仪礼，一位法师只能口传一个弟子，想成佛，必须身密、语密、意密。我曾请教过静安寺的一位法师，他遗憾地告诉我，中国的密宗已经失传，想继承还得去日本学习。我国西藏地区有“藏密”，但估计与汉传密宗会有所不同。静安寺的密宗特征还会恢复吗？我期待。

随后，又去了寺庙马路对面的静安公园。进门大道上有一群男女在跳交谊舞，吵闹得很，舞姿也是“鸦鸦乌”。公园深处有个园中园，名曰静安八景园，再现了当年的静安八景，进去要买票。八景分别是赤乌碑、陈朝桧、讲经台、沪渎垒、涌泉亭、芦子渡、绿云洞和虾子潭。看到其中的“涌泉亭”，勾起了我的回忆。记得年轻时，静安寺的马路上年年举办静安庙会，我去赶过庙会，印象很深的是立于马路中心的一座涌泉亭，亭下有古井，被誉为“天下第六泉”，据说井水通大海，十分奇妙。改革开放后，这里要扩展马路，涌泉亭被推土机碾过，轰然倒坍，“天下第六泉”命归九泉。今天在八景园里，面对无泉的涌泉亭，不禁生起感伤病来。

3. 徐家汇公园里的红与黑(8月7日)

徐家汇公园有一红一黑的独特建筑。

公园原是上海唱片厂和大中华橡胶厂的旧址，拆迁改建为公园时，保存了唱片厂的一栋小红楼和橡胶厂的一只烟囱。

“万绿丛中一点红”，公园绿树间的小红楼，现在开设了咖啡馆，临一泓水池，喝一杯咖啡，仿佛来到贾宝玉的怡红院，老唱片播放着越剧《红楼梦》的歌:“开辟鸿蒙，谁为情种？都只为风月情浓。”让人生出伤怀寂寥的幻觉。

那杆烟囱，高耸入云。站在绿地上，回想当年浓浓黑烟，不禁怀念从前下雨时穿的双钱牌元宝套鞋。那双老式雨鞋，耐磨经穿，道理是它的橡胶成分占

徐家汇公园原橡胶厂烟囱

了 90%，石灰配料仅占 10%，其中掺和少量的碳酸。碳酸有毒，工人们每月有 1 元钱的营养补贴，那时工资只有四五十元，人人都是“赤膊工资”（没有任何额外收入），1 元钱的补贴让人羡慕。大中华生产的橡胶轮胎皮质厚实，堪比英国名牌盾禄普。上海人称不怕丢脸的人为“皮厚”，挖苦这类朋友，就说：“侬皮厚得像盾禄普，三层楼掼下去，反弹到四层楼！”

离开公园，我们叫了一辆出租车，去淮海西路上的红坊。

红坊这个地方我太熟悉了，这块地皮原是上海第十钢铁厂厂址，该厂对面就是我工作的医院。我曾去过一回，炉火熊熊，生机勃勃。改革开放，这里改为艺术中心，取名红坊，这里都是红砖墙立面，或许其设计灵感就是源自那红红的炉火吧。

红坊里有个上海雕塑艺术中心，是原来冷轧厂房改建，里面交织着钢筋铁骨的高大空间。我们对雕塑艺术可说一窍不通，只是觉得奇特好看。展品中有一个全裸人体雕像，作品标题是已故年轻作家王小波，莎莎和梦嘉两位掩面而过。王小波怪异的神情，我是百思不得其解，还得去补读王小波的长篇《黄金时代》《白银时代》《黑铁时代》等作品。

4. 上海书展三伏天（8 月 21 日）

上海进入三伏天，连续几天高温，今天又达 38℃。伏九始于夏至第一天。老上海人有伏九的谚语：“一九和二九，扇子不脱手，三九二十七，吃茶甜如蜜，四九三十六，争相路头宿，五九四十五，树头秋叶舞，六九五十四，乘凉不入寺，七九六十三，夜眠寻被单，八九七十二，思量盖夹被，九九八十一，家家打炭结。”

上海书展，每年安排在大暑节气里，大概与学生放暑假有关。

走进上海展览馆，人海书海，新书老书，书天书地。倘若每本只读开卷第一句，也不知要读到猴年马月。想到去年 11 月，上海大学出版社出版了我的《痴人笔记》，沉沉的一本，捧在手上，飘飘然。此刻，我淹没在书海里，才清醒过来，我的那本书的封面设计是一支羽毛笔，我的书便是书天里的一片羽毛，“飘然快拂花梢”（宋・史达祖《双双燕・咏燕》）了。

5. 金融中心：“快乐自己快乐”（8 月 28 日）

上海的高度在陆家嘴，陆家嘴高度的前三甲是东方明珠、金茂大厦和环球金融中心。前两座早已登过，今天登金融中心。

其实不是“登”，走进电梯，门一关，只听几声丝丝，便到达第 100 层了。这里的观光厅是世界最高的观光平台。脚下是透明玻璃，踩上去有点吓势势，像是掉进深谷里似的。边沿的玻璃墙把外面的楼宇展现得一览无余。近旁的东方明珠，矮我一个头，像依傍着的小阿弟，俯视四周的楼宇，一座座也像个《白雪公主》里的小矮人，一切尽在指顾之间。金融中心，唯我独尊。

我的两位同伴，认为每张 150 元门票不值，没上去。我是老年人，享受优惠票 100 元，上 100 层，每一层 1 元钱，也不便宜。女售票员告诉我，生日那天，可凭身份证免费登楼。我的生日在 4 月，得挨到明年。登东方明珠和金茂大厦是单位招待，今天得“自拉筒”，但我没有犹豫。登 100 层，一辈子就这么一回，100 元？去！

上海环球金融中心第 100 层

在第 100 层，有工作人员为游客拍照，看了满意才付款，每张 50 元，价钱也蛮结棍的。我仍然没有犹豫，照个游相，留作纪念。一辈子就这么一回，50 元？拍！

连连想到“一辈子就这么一回”，我是穷了一辈子的人。童年，在乡下和老祖母相伴，穿的是“老虎口”鞋，吃的是用粽叶包的盐粽下饭；18 岁，刚成人，家境贫寒，辍学进了一家单位当办事员；20 岁时“大跃进”，大搞“小球藻”，几天几夜不合眼；1959 年，“三年自然灾害”，去市郊养猪三四年，吃过豆腐渣、糠饼、大红花（因土壤缺肥料卷不起来的包心菜）……

如今，GDP 年年高攀。然而，我的“一元钱掰成两元用”的旧习，根深蒂固，掏钱抖抖豁豁，横算竖算，想不穿。

此刻，站在金融中心里，“金融”二字很刺眼，“你不理财，财不理你”，与我何干？此刻，站在第 100 层楼上，往上去，便是天堂了。有人告诫我：“不要人在天堂，钱在银行。”很震撼。我是不是被物化了？“一辈子就这么一回”，不就是及时行乐吗？看看手中那 50 元一张的照片，无言以对。

此刻，我站在金融大楼的第 100 层，忽然想到一句自撰的话，用来做我的座右铭：“快乐自己快乐。”

6. 五角环岛五角场（9 月 4 日）

早年，家住虹口，附近有一区域叫三角地，街道地形处于三个角，车水马龙，人气旺盛。上海另有一个区域有五个角，地名就叫五角场，虽比三角地多了两只角，因偏离市中心，地处杨浦区的“下只角”，相对冷落许多。很多年前，我参加复旦大学自学考试毕业典礼时路过这里，但一个角也没有去过。

如今，城市功能大转型，五角场，五角交汇，围成一个环岛，那岂止是“四通八达”，简直可通往“五湖四海”了。现在高楼林立，广场遍地，有万达、百联、东方商厦、巴黎春天等等，世界一线顶级奢侈品也到处可见。五角场，毕竟比三角地多出两只角，名气很大，人气也很旺了。

我们的午餐就在一个大商场里，餐厅的名字很怪异，叫作“一只鱼”。我跟餐厅一位女服务员打趣说：“你们的餐厅叫一只鱼，你是一只人。”女孩会意地笑了。没想到的是自己老了，不上网也没有微信，充耳不闻门外事，消息很闭塞，浑然不知有一本畅销书就叫《一只鱼》。我到过另一家餐厅，名叫“很高兴遇见你”，看不懂，请教餐厅的迎宾女郎，原来老板是赫赫有名的青年作家韩寒，他的一本畅销书书名就叫《很高兴遇见你》，店内粉丝满堂；还有年轻作家兼电影导演郭敬明，拍了一部《小时代》，一夜之间，“小时代”被商家们纷纷抢注作为店名。还有，你饿了吗？饿了就叫“饿了么”。如今，街头巷尾，奇奇怪怪的店名层出不穷，见多了，也就不怪了。

幸好，三角地，五角场，地名依旧，虽然名字老土了，但很亲切。

7. 安亭老街永安塔（9月11日）

嘉定安亭，“文革”时期，因著名的“安亭事件”轰动全国，那位国棉十七厂的保卫科小干部王洪文，一夜成名，“乘坐直升飞机”当上了国家副主席，空前绝后。

如今的安亭，被称为“上海国际汽车城”，是我国目前规模最大的轿车生产基地，名扬国际。与其配套的还有汽车博物馆、上海赛车场等文化景区。我参观过博物馆，还去赛车场观看过第一届 F1 中国大奖赛，那震耳欲聋的赛车轰鸣声，难以承受，这里是年轻人的天地。

今天，我们游嘉定安亭老街。比起嘉定州桥老街和嘉定南翔老街，安亭老街只能是“小三子”了。不过“小三子”自有“小三子”的风采，它保留了江南水乡“一路一桥一街”的格局，这里几乎没有别的游客，那份幽静比之老大老二适意多了。

走过严泗桥，是永安街，街头有一座古刹菩提寺，年代悠久，被称为“上海第一寺”。寺边有塔，名永安塔，要买票上塔，我有老年卡可以免费，两位同伴犹豫着，看门人是一位年过半百的当地人，他夸说这是上海排名第二的名塔，值得上去看一看。他发觉我的同伴为门票犹豫，就发了恻隐之心让我们免费入内了。永安塔塔高九层，一层一佛，佛像庄严，四壁图文精美，金碧焕然。我们登上最高层，俯看安亭老街，明清时代韵味的建筑，一览无遗，历历可指。“上海第一寺”果然不是虚称。

走下塔，连连道谢那位看门人。永安塔，祈福永远平安。

8. 泗泾古镇，难见故人史量才（9月18日）

今天是“九一八”事件爆发 81 周年纪念日，得去古镇泗泾会会本家故人史量才。

上海人说：“三泾不及一角。”一角是指青浦朱家角，三泾则是金山枫泾、奉贤朱泾和松江泗泾。“三泾不及一角”，言过其实。

泗泾自元代定名，已越千年历史了。古镇有四条河流汇集，地道的江南水乡。

沿河，我们走在年久的廊檐下，窥看临河老屋，望着河上的古石桥，阒静雅致，读那岁月的沉淀，思古镇之幽情。我思念，思念生于古镇的两位名人，一位是我毕业的复旦大学创始人马相伯，一位是我的本家史量才。

我的史姓虽然上了百家姓，但还属一个小姓，是故，历史上名人也屈指可数。民族英雄史可法无人不晓，还有我的故乡宁波鄞县的“一门三相，再世二王”，三位宰相是南宋史浩，其儿子史弥远和史弥远侄子史嵩之。翻看《辞海》，史弥远和史嵩之都有条目记载，然而一个“专擅朝政”，一个“专权独断”，令后人不齿。史浩倒是一位宋朝著名政治家，举荐过诗人陆游，为岳飞平反昭雪。但《辞海》里不见条目，不著一字，令我沮丧。

幸好，《辞海》有史量才条目。记载着：“同张謇等人购买《申报》产权，任总经理。”又“购买《新闻报》大部分股份，成为当时中国最大的报业资本家。”“1931 年‘九一八’事变后，反对内战，主张团结抗日。”“1934 年 11 月 13 日，在浙江海宁翁家埠被国民党特务枪杀。”等等。

《辞海》记载，史量才“生于松江”。他的故居就在泗泾老街上。

我先去了马相伯故居，闭门深锁。再去史量才故居，也是锁闭得严严的。门外无任何告示，我询问了几位当地人，均不知道。吊古伤今，无奈，只好失望离去。随后去了老街上的福田净寺，还游览了街旁的泗泾公园，回家。

有意思的是，第二天，9 月 19 日的《文汇报》上有一则报道：“泗泾古镇上的史量才故居和马相伯故居，9 月 18 日正式开放。”9 月 18 日，就是“九一八”事件纪念的日子，就是史量才提出反对内战，主张团结抗日的日子，当日开放故居，很有意义。可惜，“记当日，门掩梨花”（本家南宋词人史达祖《绮罗香·春雨》），只好改日再去谒拜了。

9. 南京路的“外婆家”（9 月 25 日）

梦嘉会烧一桌好菜，还爱上馆子，算是半个美食家。她兴奋地告诉我们，南京西路王家沙对面新开一家餐馆名叫“外婆家”，好吃又便宜，去晚了，还得在店门外等上很长时间。经不住她的诱惑，我们赶在 11 点前就去了“外婆家”。

上海人有一大特点，叫“人来疯”，见有人排队，不管三七二十一，先排上，再去前面看卖什么，一看是厕所，扭头就走。记得很多年前，在南京路亨得利钟表店门口，一个好事者抬头望天空，不料，路人也纷纷抬头仰望，看了大半天，啥也没见着，悻悻离去。如此这番，好几天。后来成了报纸一则新闻，真是坍台。

我们走进“外婆家”，果然几乎座无虚席，迎宾女郎领着我们曲曲弯弯在一个角落入座。梦嘉拿了菜单，熟练地点了前几天她吃过的菜。菜价是便宜，口味也清淡，上海人喜欢。老板是杭州人，但菜单上没有杭州名菜，诸如西湖醋鱼、西湖莼菜、东坡肉之类，想吃还得去杭州城里的名店知味馆。

杭州老板，敢在租金很高的南京路上开店，价格定位又是大众化，靠的是他摸透了上海人“人来疯”的心理，倘若网上让亲朋好友点赞，一传十，十传百，人气就旺了。还有取名“外婆家”也是一招，上海人自小喜欢唱的儿歌就是：“摇呀摇，摇到外婆桥。外婆叫我吃糕糕，糕糕甜，糕糕香，宝宝吃得哈哈笑。”“外婆家”是一个亲民的店名。

杭州老板靠薄利多销，“杭铁头刨黄瓜儿”，刨来了一个金娃娃。

10. 首席公馆、丰子恺故居（9月28日）

新乐路上的首席公馆酒店，被称为中国首家城市历史文化遗产古典酒店，开张于2007年。

首席公馆原名叫三鑫公司，赫赫有名。它是昔日上海滩风云人物黄金荣、杜月笙（原名杜镛）和黄金荣徒弟金廷荪合办。因为三人姓名中都有金字，故取名三鑫。三鑫公司靠黑道经营，收入惊人，据说仅鸦片贸易就占全国三分之一。

丰子恺故居

这是一栋中西合璧的老洋房，由法国著名设计师拉法尔设计。我们三人乘坐电梯一层一层参观，楼层很高，每一层高达5米左右，每间客房宽敞，装潢很洋气。甬道屋顶呈拱形，古典优雅。在甬道板壁上，有许多老上海的照片。最后我们来到五楼的屋顶花园，小桥流水，亭台楼阁，现在是阳光咖啡吧。坐在露台上，眺望上海中心城区，视野开阔，四周有许多受保护的建筑，如旧俄风格的东正教堂等。我们在大楼里没有碰到一位客人，十分安静。

与现代豪华的首席宾馆毗邻的有丰子恺故居，在陕西南路淮海中路附近的一条小弄堂里。这里闹中取静，弄堂门口左手的第二栋民居就是。门口没有铭牌，只是在一块粗陋的三夹板上写着故居在二楼的布告。故居门外堆放着凌乱的杂物，还有居民晾晒的衣物。进门处有一块让游客瞠目的禁示牌：一楼是居民住宅，请勿打扰。我们忐忑地推门进去，走进狭窄的过道，里面黑洞洞的，隐约看见一楼住家的光影。左手边有楼梯，木制的楼板发出咯吱咯吱的声响。我到过许多名人故居，没有比丰子恺故居再简陋的了。但它的原汁原味，让我们犹如去拜见一位老友，亲切温馨。

走上二楼，一束光亮照来，那光亮处便是丰子恺生前生活的家了，前后两室，除了陈列柜里的旧物和书稿外，其余都是丰老生前的摆设，既老式又陈旧，没有一件是值钱的。他的生活，数度困厄。临窗的一张写字台算是最体面的了，但也老旧得寒碜，恰恰就在这张桌上，丰老向世界捧出了一幅幅美不胜收的作品。丰老在《学画回忆》一文中自述："七岁入塾即擅长丹青……同塾年长诸生竞欲乞得其作品而珍藏之"，真是天才！我没读过别人对丰老画作的评论，我喜欢他的画，因为每一幅都散发着浓浓的乡土气息，让我回想起童年生活的乡野。任何读者，不需看落款，就能一眼看出那些画都出自丰老之手，照现在的话说，幅幅接地气，幅幅是简约的美。

除了漫画，很少有人知道丰子恺在音乐、文学、书法等各个领域都有建树。在我的书柜里就有一本他著的《近世西洋十大音乐家故事》，写于 1929 年，距今八十多年了。他甚至还翻译过契诃夫的著名短篇《白净草原》。

故居的管理者是丰老的侄女婿，一位谦和有修养的文人。今天气温很高，房间里很热，但没有空调。我的两位同伴闷热难熬，匆匆环顾了一下便下楼去了。而那位管理人和蔼地跟我交谈，只是偶尔摇一下纸扇。故居由这么一位后人看管，丰子恺先生尽可放心了。

四、上海之冬：严冬不肃杀，何以见阳春

1. 武康路、宋庆龄故居（10 月 3 日）

上海有两条著名的马路，但景况截然相反。

一条当然是十里南京路了，从高处望去，大马路上人流浩荡，像是一条

彩色的浦江。

另一条就是武康路，也从高处望去，梧桐婆娑，绿色绵绵，像一条潺潺小溪，人影稀少，仿佛点点蝌蚪。没错，这条原名为福开森的马路，早于 1943 年改为武康路了，其寓意是，虽在大都市，但幽静如武康莫干山。在我看来，更像是莫干山上的涓涓溪流。沿溪掩映着 30 处名人故居、37 处历史建筑，让这条仅一千来米的路“深深水，静静流”。

我像个武陵人，缘溪行，欲穷其林，林尽水源，便得“一艘刚停泊了的船”，即武康大楼，旧称诺曼底公寓，以纪念一战中战功卓著的战舰“诺曼底号”。公寓设计者是匈牙利邬达克，上海的大光明电影院、国际饭店等均出自他之手。公寓的主人也赫赫有名，吴茵（人称东方老太婆）、王人美、郑君里，以及赵丹与黄宗英、孙道临与王文娟两对伉俪。

复前行，从武康路 2 号一幢花园住宅起步，逐一走过 40 弄 1 号民国第一任内阁唐绍仪居住的西班牙式花园住宅，107 弄 2 号陈立夫、陈果夫兄弟住的英国乡村式花园别墅，115 号密丹公寓，117 弄 1 号 2 号中西式混合风格花园住宅，240 号开普敦公寓，274 号抗日名将郑洞国住的现代派建筑，393 号革命先驱黄兴故居，395 号巴洛克风格花园住宅，等等，这些建筑，这些名人，众多作家学者都写过专著，我是雾里看花，“不知有汉，无论魏晋”。

武康路闻名天下的是 113 号文学巨匠巴金故居。走在故居里，你会禁不住连连赞叹“伟人！伟人！”巴金故居，无论中外，都有详尽报道。这里是中国文学史上一颗璀璨的明珠。让我震撼的是，遇到一位 50 岁左右的女士，她端庄而亲切，一口纯正的上海话，很好听。一问，才知道她是这条街上的居民，在故居里做志愿者，巴金拥有如此既有修养又很亲热的邻居，他住在这个“家”里，无论“春”还是“秋”，时时奏响着三部曲，生活得够滋润的。他是伟人，也是布衣，平凡和不凡集于一身。

武康路，“深深水，静静流”，芳草落英，上海的桃花源。

与武康路武康大楼相望的是上海宋庆龄故居。这幢建筑也为船型，与诺曼底舰遥相呼应，真是有趣。宋庆龄故居我很喜欢，瞻仰过多回了。她是国母，我是平民。关于她的上海故居，撰写者无以数计。我唯一可说的是，她曾求读于上海中西女中，就是现在的上海市三女中，我女儿考进该校时，我以此为荣，戏称“校友”，贻笑大方。

2. 上海城市规划展览馆里的小人书（10月4日）

上海城市规划馆，是展示上海脸面的窗口，去窗口张望的多为“两外”：外地人和外国人。上海人少有问津，手持上海老年卡的也得止步，童叟无欺，一概买票入内。

我生性好奇，去过两回，每一回都被高科技展示的画面震撼不已，看看左右“两外”们羡慕的目光，深为自己是上海人而自豪。

今天三顾，只因馆内有上海美术出版社的连环画展和贺友直画展。

连环画就是我们上海人俗称的“小人书”。当年，好些弄堂门口摆着连环画书摊，“小人”们放学爱蹲在那里翻看，2分钱可以一本一本连着看，这里是“小人”们的欢乐谷，常常忘记了吃晚饭，邻居们见了，斥道：“野小鬼，侬姆妈喊侬吃夜饭！”

“小人书”不可小觑，当今许多大画家都是从画小人书起步。现任上海中国画院院长施大畏，出道时就画丁玲的长篇《太阳照在桑干河上》连环画。自谦为“民间艺人”的国宝级画家戴敦邦曾说，他的水浒画或红楼画“哪怕出2亿高价也不卖”。他也是从十二三岁开步，作连环画起家的。记得漫画家张乐平早年成名的作品就是把电影《小孤女》改编成连环画的。大画家画小人书是海上画坛的奇观，今天，这道风景已经尘封，“小人书”只属于收藏家的专利了。

今天我去，只是怀旧，见见曾经翻看过的老朋友。

贺友直画展，布满了整整第五层展示厅。贺友直在上海画坛上独树一帜，他画笔流畅，许多画家们难以企及，尤其是他的老上海风情画，接地气，近市民，真实呈现了旧上海的风土人情，活龙活现，看一眼，就把你拽到那个年代里。贺友直在业内有很好的口碑，为人谦恭，他有一句大实话：“老得慢点，走得快点”，说到我的心里。如今贺老已年过八旬，他是我的同乡宁波人，说话还是“石骨铁硬”，中气十足。在上海城市规划馆的地下一层，有一条“上海1930风情街”，

上海1930风情街

街头有30年代的有轨电车，有西装旗袍打扮的男女老上海人，还有拉黄包车的车夫。我看见，在街口的石墙上，镌刻着贺老的旧上海风情画，只可惜，这些都没有注明是贺友直的作品，策划者们看轻他了，贺友直是一位重量级画家。

3. 老闵行历史文化陈列馆里怀旧记（10月6日）

几叶秋声，又到了老人们怀旧的季节。今古相接，我步履蹒跚，走进了老闵行历史文化陈列馆。

跨过门槛，来到闵行历史的长河里，追溯到6000年前，闵行的土地孕育了灿烂的马桥文化。往回走，元代的闵行义渡，明末的“上海城郊首镇”，直至20世纪50年代的“上海卫星城”，一步一束光焰，引领着闵行的文明史。记得在“上海卫星城”的岁月里，我去老闵行仰望过一台万吨水压机，一座顶天立地的庞然大物，震惊海内外。走在陈列馆里，我明白了闵行何以姓闵，莘庄镇的莘字不读“申”，读“辛”。

今天，我专程来此作怀旧游，因为我是老闵行人。屈指算来，我随父母乔迁到老闵行的兰坪路，将近一个甲子了。那时，我的工作单位毗邻人民广场，休息天回家常常骑脚踏车，年轻气盛，脚下生风，两个多小时的路程，一点也不觉得累。离开喧闹的市中心，沿着宽阔平坦的沪闵公路，这里郊外静悄悄，绿油油，我哼着小曲，春风得意车轮疾。我清楚记得，在七莘路的弯道处，是黄道婆纪念地，还有一条横泾河，水波摇拂，摇晃着蓝天白云。小河两岸，散落着低矮破旧的农舍，那会儿叫杨家宅沈家宅什么的生产队，田间的农民们，男人脚穿解放鞋，妇女头扎白布巾，一字儿排开，传来一声声大嗓门的本地乡音。而如今，这里的农舍消失了，庄稼抹去了，被一幢幢高楼霸占。有意思的是，我也霸占在一幢大厦的22层楼里。沧海桑田，桑田又变为了钢筋水泥森林。

在陈列馆里，我久久凝视着一帧发黄了的闵行老街的老照片，回想联翩。从前，我常常喜欢到老街闲逛，老街又窄又杂乱，日用百货的店铺里，吃的用的琳琅满目，提篮小买的居民们都是见面熟，招呼着，唠叨着，老街散发出温暖祥和的生活气息。老街新建的闵行饭店，鹤立鸡群，闵行人以此引以自豪。然而如今，老街消失了，鹤儿也飞走了，令我感伤。面对老照片，我很怀念在闵行老家终老的父母双亲。如今，让我欣慰的是，我的独生女儿在闵行经济开发区上班，我们又在闵行颛桥购置了一套联体别墅。我们一家和闵行有缘。

陈列馆里展示着郭沫若先生留下的墨宝，1961年10月，郭老游闵行时作诗：

“不到闵行廿四年，重来开辟出新天……”今天，当我走出陈列馆，日高风定白云绵，街道两旁的香樟树浓浓密密，闵行又迈开步伐，“开辟出新天”。

4. 有相无相天宁寺（10月9日）

今天，我独自一人随上海旅游集散中心旅游巴士，去常州天宁寺一日游。

去天宁寺的念头由来已久。有一天，“天宁”两字跳入我的眼帘，瞬间，我的内心被深深触动。我的前半生，时不时被政治运动绑架，阶级斗争的弦绷得紧紧的，恐惧、沮丧、挣扎、孤独如影随形，就差一步，险些坠落在忧郁症的深渊里。蓦地看到“天宁”两字，天赐安宁，心灵仿佛被拯救的喜悦，去天宁寺朝圣，今天终于圆了宿愿。

寺院三门敞开着，我迈入了中间的空门。门的左侧有一块长匾“神州大佛塔”。正是，早在唐代，天宁寺就被誉为“东南第一丛林”，与宁波天童寺、镇江金山寺、扬州天罗寺合称为禅宗四大丛林。据说，乾隆皇帝下江南时，曾三次赴天宁寺礼佛。天宁寺有五大特点，首先是殿大，殿宇有八殿，其次是佛大，殿内三尊主佛身高达5米；还有钟大、鼓大、宝鼎大。寺内，我经僧人指点，找到了大雄宝殿两侧墙上镶嵌的五百罗汉石刻像，据介绍，其艺术水平之高甚为罕见，我有幸见到了。

寺院佛塔叹为观止，号称“世界佛塔之最”。这座佛塔是前些年新造的，据塔内陈列室文字介绍，某夜，佛祖托梦给当今方丈，圣旨在寺内兴建世界最高佛塔。方丈梦醒顿悟，四方化缘梦成真，功德无量。佛塔13层，设电梯直达塔顶，蔚为壮观。走下去有几层电梯不停，需步行。我看到，在那些楼层之间楼梯的墙壁上，悬挂着许多照片，都是方丈和各级政要、企业家的合影，借以张扬寺院在国内显赫的名声。但我突然生出一个不敬的念头，记得走进寺院的三门时，我有过选择。三门者，中间是空门，右侧是无作门，左侧是无相门。所谓无相门，就是入寺院者要摆脱世俗的有相观，从而获得自在。也就是说，凡入寺院者，无论是皇帝还是乞丐都是一“色”，不分贵贱贫富。那么，这楼梯墙上的“相”片上，人们相貌堂堂，是否摆错了地方？

午餐在寺内的素斋餐厅。餐厅宽敞干净，没有别的食客。一位面善的中年妇女殷勤为我张罗。餐厅兼营常州土特产，我向其询问大麻糕、麻团糖、萝卜干等特色风味食品。

今天，我游了天宁寺，天宁，心也宁，尘俗顿消。

5. 俯首灵山大佛(10月12日)

今天，我来到位于太湖之滨的灵山大佛。

走进大门，抬头仰视，那尊挺立在蓝天白云间的大佛，金容妙相，宏大庄严，唯我独尊。据介绍，灵山大佛高达88米，是我国目前最高的佛像。

我敬仰佛祖释迦牟尼，一位古印度的王子，在城郊巡游时，惊讶看见贫病交加的乡民，辛勤劳作的耕牛，痛感天下生灵之苦难，心生悲悯，毅然出家修道，苦行六年，历尽种种苦难磨折，终在菩提树下“成道”，觉悟世间无常和缘起之道，80岁在树下入灭。释迦牟尼是人，他教会我们做人的道理，活到老，学习做人到老。

在灵山大佛景区，还有许多直击人心的景观，比如高达11.7米的天下第一掌、佛陀诞生的九龙灌浴的绚丽景象、气势磅礴的灵山梵宫、荟萃藏传佛教文化的五印壇城、荣获“世界科学发展成就奖”的铜雕《百子戏弥勒》、被陆羽誉为江南十大名泉之一的六角亭、生存着神奇无尾螺蛳的八角井，等等。所到之处，我的内心无不润泽，一片宁静和喜悦。

当我走回大门，忽然看见一条醒目的标语：“俯首即仰视”，心头为之一震，再次面对这尊灵山大佛，我把头低垂下来。

我和灵山大佛有缘。

灵山大佛是由原中国佛教协会会长赵朴初亲自主持建造，于1997年落成。开光典礼由当今世界三大教派高僧大德共同主持，近8万信众参加仪式。同时由茗山法师主持开光“灵山大佛纪念金牌”，纪念金牌由一金一银组合而成，金片为灵山大佛全身像，左面有茗山法师题字：“灵山大佛”，右面是明旸法师题字：“佛光普照”，下方雕刻着赵朴初先生书写的诗：“太湖三万六千顷，八功德水绕灵山，如来百福庄严相，无量光明照世间。”欣逢香港回归，纪念金牌在香港发行，发行量为10000套。我有幸请到一套，开光证书编号是1922，十分珍贵。

在家里，我常常俯首佛陀。鲁迅先生说，“俯首甘为孺子牛”，在世间，俯首佛陀，便是俯首众生，做人就要做鲁迅先生那样的人。

6. 铜川路水产市场观“蟹展”(10月15日)

秋风起，蟹脚痒。去铜川路水产市场逛蟹市场，好比看一个“蟹展”，看一片“青壳白肚金黄毛脚”的秋色。

铜川路水产市场是沪上规模最大、名气最响的水产市场，各类水产应有尽有，看得眼花缭乱，就像游览“海洋世界”景区一样。此间正是蟹季，蟹市场里满天下大闸蟹，一筐筐一盆盆，弹眼落睛，卖主买主满口皆说“阳澄湖”“三两一只”“四两一只”，作卖作买，热闹嘈杂。满地是水，偶然看见地上有逃亡的蟹在横行，让我想起《红楼梦》里的螃蟹筵宴，贾宝玉的怒斥：“横行公主竟无肠！”薛宝钗的痛骂：“眼前道路无经纬，皮里春秋空黑黄！”还是刘姥姥看得透彻：“这样螃蟹……一共倒有二十多两银子。阿弥陀佛！这一顿的银子，够我们庄稼人过一年了！”

吃蟹最佳的时间说法不一，有说七尖八团，七月里吃尖脐（雄），八月里吃团脐（雌），有说是九雌十雄，蟹正肥时。上海人喜欢六月黄，上海俗话说：“忙归忙，勿忘六月黄。”六月黄就是六月里的螃蟹，蟹体内蟹膏颜色金黄，故名六月黄。六月黄又叫毛蟹，蟹体很小，每只都不会超过 2 两。我妻子常做毛蟹炒年糕，把六月黄对半切开，切口处用干面粉封住，先煎熟，后摆葱姜，喷料酒，再把年糕翻炒，最后加毛豆点缀，很有色彩。年糕最好是我们家乡的宁波年糕，咬下去软软糯糯，满口浓油赤酱，六月黄的香味也渗透其中，那味道绝对超出清水大闸蟹。吃蟹时我每每来上一杯生啤，就如《晋书·毕卓传》写的：“右手持酒杯，左手持蟹螯，拍浮酒船中，便足了一生矣！”

我上了年纪，还患上了脂肪肝，清水大闸蟹只得偶尔为之。我妻子做的蘸料，姜醋里加糖，有滋有味。散文家梁实秋有一篇《蟹》写道：“螃蟹蘸姜醋，是标准的吃法。常有人在醋里加糖，变成酸甜的味道，怪！”其实一点也不怪，这酸甜味道正是上海人所爱。梁先生虽是杭州人，但出生在北京，以后又在北京大学任教，1949 年后去台湾任省立师范大学文学院院长。他缺少江南生活的经历，不谙“海派”酸甜兼容的吃法。记得 1956 年周总理赴印尼参加万隆会议时，当地华侨厨师就专为总理做了一道酸甜鱼片。上海有名的红房子西菜馆里的罗宋汤，就是海派厨师把俄罗斯的酸辣味，改造为酸甜味，很适合上海人的口味。我妻子做的罗宋汤，酸甜适中，在亲友间颇有口碑。嗨，扯远了。

铜川路水产市场在真如镇上，真如镇因真如寺而得名。真如是佛语：“真实不虚，如如不变。”今天我去了真如寺，一口气登上了九层佛塔。在塔顶俯视，铜川路水产市场真实不虚。据说，这个水产市场老旧了，日后要拆迁。世间万物会老旧会消失，但究其本质仍然是“真实不虚，如如不变”。正如《老子》

开卷第一章：“道可道，非常道，名可名，非常名。”万物遵循永恒不变的规律，铜川路水产市场的名字会消失，但“新故相推，日生不滞”的规律永恒不变。

今天，我去铜川路水产市场观“蟹展”，只看不买，我喜欢吃“独脚蟹”（即发芽豆的上海话）。

7. 静安别墅、上海毛泽东旧居（10月17日）

今天去逛了静安寺商圈，随后来到邻近的毛泽东旧居。

上海毛泽东旧居在茂名北路甲秀里7号。毛泽东于1924年2月至年底，和夫人杨开慧及2岁的毛岸英、襁褓中的毛岸青居住在这里。这是一幢二楼二底的石库门建筑，老式的百叶窗，精细的砖雕，毛泽东一家住在一楼。这是毛泽东一生中在上海生活时间最长的地方。

毛泽东旧居

旧居僻静，走在这里，仿佛能感受到伟人的气息。仿佛风华正茂的毛泽东，踏着青砖铺就的“弹硌路”，迎面向你走来，他“指点江山，激扬文字”，和你聊聊上海的未来。未来，在这附近将会耸立“梅泰恒”、上海展览中心、静安雕塑公园和上海自然博物馆……

8. 川沙内史第（10月22日）

内史第之内史作何解？原来，该宅第建于清朝，是清代著名金石学家沈树镛所建，故又名沈家大院。清朝官名内史，相当于大学士，沈还是书画鉴赏家，估计当过内史。

位于川沙的内史第虽建于清代道光年间，不知是保护得好，还是修缮得好，总之，看上去很新，好似昨天才兴建的，一点不像有170多年的老建筑了。

内史第赫赫有名，这里是宋庆龄的诞生地。据考证，宋庆龄1893年诞生于该宅第第一进宅院西侧沿街的房内，在这里生活了十多年。我寻觅许久，没找到伟人诞生的那个房间，问了一位服务员，她也答不上来。有一位接待员正陪着几位贵宾作讲解，我悄悄偷听了几句，她傲慢地瞥了我一眼，我便知趣地转身离去。这里的办公室也空无一人，只有贵宾们的几杯茶凉在那里。

内史第现正式定名为“黄炎培故居”。黄炎培诞生在第三进宅院。内史第展示的都是他的生平事迹。黄炎培是个大名人，《辞海》有记载：“中国民主革命家、教育家”，早年“加入同盟会”，“参加讨袁运动”，解放后历任“全国人大副委员长、全国政协副主席、民建中央主任委员”等。他曾“在上海创办中华职业教育社”，“主张使无业者有业，使有业者乐业”，旨为劳苦大众造福祉。展馆里有他书写的条幅：“理必求真，事必求是，言必守信，行必踏实”，写于1946年，可见其人品之高，值得敬慕。

到了川沙，老街可以走走，老街原汁原味，经一位热心当地人指点，一栋破屋旁有半块废弃的牌坊，一般游客难以发现。川沙县城还有一个古城墙公园，城墙上建有岳碑亭、魁星阁和一座铸铁古炮，这里倒是我心中的老川沙了，够人寻味。

9. 桂林公园（10月26日）

按季节，八月桂花香，是游桂林公园最佳时机，今天农历九月廿一，霜降也过去了两天，曾经在赏桂时节去过那里，游人摩肩接踵，除了头顶上的金桂银桂，公园的模样被肢解得七零八碎。选择今天再次造访，事出有因。

在我晨练的绿地上，有位年过八旬的沈老伯，说起他七八岁时，曾经跟随做建筑工人的父亲去过桂林公园，那时刚刚兴建，那天，工地路边走来一位穿长衫戴礼帽的绅士，见了工人很和气，那人看到他，便爽快地给了他2块大洋。沈老伯过后才知道，那人便是园主黄金荣。沈老伯对我说：“黄金荣看上去，一点不像流氓头子。”这里是黄金荣的私人花园，故称黄家花园，解放后才改称为桂林公园。我猜想，黄金荣混迹于十里洋场，“黄金”满满，欣欣向“荣”，然而也身心疲乏，就在这偏远的郊外营造了一个让心灵安宁的清净地。此刻，游人稀少，我静静地走走看看，穿行在一个个月洞门，有圆形的、月牙形的、荷花形、花瓶形的。围墙是一条起伏的长龙。桂树丛中，掩映着鹿亭、半亭和名叫石公石婆的太湖石，还有淙淙瀑布。这黄家花园有苏州园林的古典美，确是一块养心的清静之地。记得解放初，黄金荣被判在大世界附近扫马路，某报记者偷拍过一张照片，看照片上他的神情，倒是心无旁骛，扫地斯文。莫非他

桂林公园四教厅

想到了黄家花园的一片桂林？那里有一个四教厅，“四教”取自《论语·述而》：“子以四教：文、行、忠、信。”厅堂有88扇门窗，隋唐的浮雕，这里曾是他收徒的地方。匾额是蒋介石题词：文行忠信。传说蒋介石曾拜黄金荣为老头子。蒋介石去世了，他还活着，只是扫街而已；那里曾是他的家祠，有观音阁，每逢农历九月十九日，观音菩萨生日，周边乡邻来烧香，还免费吃素面。他反思着菩萨是不会保佑靠经营鸦片发财的流氓头子的；观音阁下有一个暗洞，埋藏枪支弹药；那里有两座双虹卧波的石桥，桥下池塘有一艘石舫，他一边混迹黑社会，又寄情于尘世之外的大海，双重性格。他扫着街上的垃圾，也在清扫自己的灵魂，他要改造自己为新人。昔日的黄金荣“黄”了，如今，这个“老头子”又红了起来，但是黄家花园的园名再也改不回来了。有道是：一人一命。但人的命还得自己修炼。

10. 嘉兴南湖红船（11月1日）

今天单位组织到嘉兴南湖一日游。大家都去过上海兴业路上中共一大会址。再来南湖的红船，我们也就完整体验了那个辉煌的启程，1921年7月，在那个充满惊喜的日子里，一个伟大的婴儿朝阳一般，从东方诞生了。

早上下过一场雨，天始霁晴。登上烟雨楼，微风习习，鳞浪层层，岸柳烟笼，波光绿荫里，一艘红色画舫映入眼帘。南湖很美，最美的就数这艘南湖红船了。

11. 苦难和幸运：上海犹太难民纪念馆（11月4日）

上海犹太难民纪念馆，有点像耶稣受难地，肃穆寂静。门口站立着五六个男女服务员，斯斯文文，彬彬有礼。纪念馆原址是犹太教的摩西会堂，庄严简朴，可容纳数百人。走进礼堂，发现游客仅我一人，纪念馆开放不久，很少有人知道。我很荣幸，一个帅小伙专门为我讲解，他表情丰富，声音洪亮，仿佛对着一群游客，他是在为日后接待大批游客做预习呢，还是尽职尽责，把犹太难民在上海的悲壮诗篇传达给每一个人？他把图片和实物叙述得有声有色，让我知道了当年犹太难民如何辗转万里，从水陆两路艰难跋涉来到上海；知道了在上海的中外和平人士怎样竭尽全力，安顿近3万的犹太难民在虹口过上宁静舒适的逃亡生活；知道了上海人和犹太人睦邻相处，情同乡亲，等等。帅小伙滔滔不绝讲解将近半个小时，视我为贵宾，让我受宠若惊。

谢别帅小伙，我沿着楼梯走上二层，坐在昔日教徒们祷告的长椅上，俯视楼下的讲经坛，耳畔仿佛传来教徒们的诵读声。犹太教诵读的是《摩西五经》，摩西是《圣经》中犹太人的领袖，据《出埃及记》记载，摩西带领在埃及为奴的犹太人迁回迦南定居。犹太教称《圣经》的首五卷出自摩西之手，故称《摩西五经》，犹太人在会堂礼拜时必诵读。

随着耳畔隐隐的诵读声，我联想到，犹太民族是世界上受难最多最深的民族。早在公元前721年，亚述王国灭掉以色列，大批犹太人被迫迁徙境外；公元前586年，新巴比伦王国再灭犹太国，几万犹太人被虏往巴比伦，被迫服役近50年，史称“巴比伦囚虏”，这一名词特指“犹太人的受难时代”；公元60年，犹太人在反罗马大起义时被镇压，遭大肆屠杀，几万犹太人被卖为奴；公元1—2世纪，罗马帝国统治时期，绝大部分犹太人被赶出住地，散入欧洲；第二次世界大战，希特勒下令灭绝犹太人种，残杀多达600万人，大批犹太人逃亡到世界各地，直到1948年5月，按照联合国关于巴勒斯坦分治决议，成立以色列国。建国60多年来，与巴勒斯坦交战从未停息。前两天，我

上海犹太难民纪念馆摩西会堂

在媒体上读到，双方炮火连天，死亡好些平民百姓。既然联合国协议生效了60多年，为什么却没能制止争斗呢？为和平奋斗的以色列总理拉宾和巴勒斯坦领袖阿拉法特先后遭遇不幸身亡，哪一天，联合国再做决议让双方结秦晋之好呢？离开纪念馆时，我在留言簿上留言，期盼这一天早日来到。犹太人不会忘记在上海的流亡史，上海难民纪念馆的开放，旨在犹太人永远告别苦难。

我国与犹太人的友谊源远流长，据现存史料记载，12世纪初时，就有一支犹太难民定居在我国开封，设立犹太教会堂。从开封的犹太教会堂到上海摩西会堂，中以友谊一脉相承。

纪念馆旁有条小路叫舟山路，当年犹太难民居住在此，被称为“小巴黎”，如今，小路陈旧不堪，但原貌建筑隐约可见。也许有一天，虹口区政府会像长宁区打造“老外街”一样，舟山路重现“小巴黎”的盛况。

12. 楼隐“书隐楼”（11月10日）

身为老上海，让我怀旧的地方莫过于老城厢周边的老马路了。那边的马路多有些年代了，比如乔家路，可以追溯到明代，自著名抗倭将领乔镗始，其子孙三代都为进士，住在这里，地位显赫，四方邻居便以乔家路相称；比如药局弄路，那里曾是药王庙的遗址，建于乾隆年间；还有大名鼎鼎的光启路，徐家汇的始祖，早先就住在城厢里。那里有他住过的“九间楼”，据说是明代宅第。我们去了，很老很旧，老宅灰暗，杂居着平头百姓，还没列入保护之列。这些路多很短很窄很杂乱，老上海的旧象一览无余，散发着浓浓的老上海的市井气息。

今天，我们要去的主要景点叫“书隐楼”。这处老宅院和乔家路相接，问当地人很容易找到。书隐楼隐藏在一条狭长的弄堂马路里，名字也炫，叫天灯弄。老宅门前有一块巨石上刻“书隐楼”三个字，但门锁着，老宅对面有一栋平屋，开着窗户，我们询问窗内的一位中年妇女，她很热情地说有主人电话。一联系，书隐楼的女主人便兴冲冲赶来了，让我们惊喜不已。

女主人50岁左右，打扮入时得体，她热情带我们参观她的家，边走边聊。这是她祖父郭氏的遗产，建于明末清初，距今250多年，原为藏书楼，因地处城中，“大隐隐于市”，故名书隐楼，当年和宁波的天一阁、湖州南浔的嘉业馆齐名，上海人习惯叫“九十九间”。她指点我们看了清代的“福”字砖雕、木雕门等古迹，但“九十九间”多已坍塌，留下的几间也是千疮百孔，岌岌可危。我们走进其中一间上楼，扶梯楼板坏了许多，我小心翼翼，生怕楼梯会断裂。整个大院又深又幽又破败，阴森森的，似乎走在荒野古堡里，该是上海拍摄惊悚电影的不二取景地。

女主人独居在深宅里，她直率谈了家庭隐私，我们去了她的卧室，陈旧凌乱，浴室是新盖的，由区政府出资。她遗憾地告诉我们，其父亡后，母亲便随大姐去了加拿大定居，但一家人为这份遗产各持己见，她一人维持至今。我问她，一个人住这么大的宅院是否恐惧，她平静地说，有祖先神灵保佑，一点也不怕。我回了她一笑，但心中落寞。

记得很多年前，上海媒体曾呼吁有关部门抢救书隐楼，但至今音信杳无。书隐楼是私人家产，但也是上海人的文化遗产，宁波天一阁、南浔嘉业馆已成为著名文物景点，我们的书隐楼依然楼隐书，何日再现辉煌？

午餐就在老城厢附近的著名菜馆德兴馆，点了列为十大名菜之一的生煸草头等。

13. 上海美术馆落幕（11 月 21 日）

走着去上海美术馆，脚步有些沉重，也有点急促。年底前，这个陪伴上海人几十年的艺术殿堂将被尘封，成为历史了。

上海美术馆这一带地方我是相当熟悉的。早先，我们习惯叫它跑马厅。美术馆 8 层楼的钟楼，四面都是大钟，每面直径达 3.3 米，建造于 20 世纪 30 年代，专门用来跑马计时。钟楼第二层有看马赛的露天看台，是英式建筑。解放后钟楼改为上海图书馆。半个世纪以前，我在图书馆附近的北京西路上班。一个穷小子，读不起书，初中毕业就工作，就常到图书馆里偷点知识。后来，这里改为上海美术馆，我也常去转悠，喜欢在这个宁静的空间里排遣烦恼，偶然还在咖啡室里消受一杯咖啡。

上海美术馆要落幕了，几位上海名画家怀着眷恋之情在这里举办告别展，名为“名家山水画展”。今天上午举行开幕式，画家们还专设柜台签名售书。画家杨正新用左手签名。他不像达芬奇是左撇子，从小用右手作画。后来听一位医生说，右脑是形象思维，指挥左手。遂改用左手作画，作品更拙，更有味了。30 多年前，我在一位朋友的客厅里见过他的“梅兰竹菊”四帧中国画。那时他初出茅庐，后来我又见过他的《青莲》，“映日荷花别样红”，成为当红的名画家，海派水墨画的代表。

上海原跑马厅钟楼　摄于 1967 年国庆之夜

上海原跑马厅钟楼

我没买书，不是抠门，更不是瞧不起这些名家，只是我不会欣赏画。我在求学时代，每学期成绩报告单上，美术分数一概垫底。说一句不恭敬的话，至今我仍然看不懂达芬奇《蒙娜丽莎》的那一抹微笑神秘在哪里，我一度还被罗曼·罗兰那句“仿佛是在扮鬼脸”的玩笑俘虏。至于今天名家们展出的中国画，那么抽象、空灵，我也不知个中三昧。黄庭坚说：“淡墨写出无声诗”，这些墨、水、笔三者写出的竟然是无声诗，我还真没有感觉。至于西洋画，印象派代表画家莫奈的《印象·日出》，印象是很好的，但什么光呀、影呀、无线条、无轮廓呀等等，我是云里雾里看不出名堂来；野兽派代表人物马蒂斯的《马蒂斯夫人》，脸部中央的绿色条纹那么可爱，怎么被称为野兽了呢？我的疑问出于对画作的无知。改革开放初，我亲眼见到一位大画家把他的一幅名画贱卖给一个大款，成为这个大款门店里的摆设，心里很不是滋味。奥地利分离派画家克里姆特说过：“艺术不应该去取悦他人。”正是，画家们承载着人类的文明，要为全人类作画。

既然看不懂画，今天我为什么还要去上海美术馆作最后的告别呢？说来我曾经和上海美术馆有过一点交情。还是在 20 世纪 60 年代初，上海电视台招聘电视导演，我不知天高地厚报名应聘，笔试就在上海美术馆，那时馆址在成都南路上；改革开放初期，上海美术馆迁址南京西路成都路口，上海美协领导意识超前，举办了“人体画展”，观者如潮，等候观展的队伍一直排到江阴路花鸟市场那边。有舆论视裸体画为洪水猛兽，什么“赤膊画”之类，展出两周即停展了。我是集邮爱好者，有幸获得一枚开幕式寄实封和一组裸体画的邮票，珍藏至今。几乎所有的画家都是从画人体起步的，达芬奇更是精于人体解剖，这是常识。到了新千禧年，我参与上海红十字会在上海美术馆举办的“赵冷月书画展”，同时编印纪念册，山中无老虎，我七拼八凑为纪念册写了序。所以说，几十年时间的印迹，我到现在，还在怅念，我对上海美术馆的感情难以割舍。

14. 告别东台路古玩市场（11 月 26 日）

今天去东台路古玩市场，不为古玩，只是为了和这个即将消失的市场说声再见。

东台路是一条又短又窄的小马路，多数上海人也不知其方位所在。早在1862 年，上海当局就做出规定，凡南北走向的街道一律以我国各省的省名命名，东西走向则取我国的城市名称来命名。东台，不是省，不是城市，而是江苏省盐城的一个小县，就只能屈居在小马路上了。

东台路虽然小，但自设立古玩市场后，即在老外圈里名声鹊起。据说日航、美航等航空公司发放的上海旅游地图上，都有标志。美国前总统克林顿访华时，也将其列为后备景点。

东台路古玩市场确有迷惑人的氛围，整条马路的店铺，一家一家全是“铁皮房子”构成，“铁皮房子”背后，沿街老民宅的门面也摆放着古玩，构成了店后店、铺中铺的古老格局，一路看去，环境又古又旧，又土又俗，老外们以为来到了年湮代久的古国，以为满街全是出土文物了。

其实，名为古玩市场，真正的古董很少，真品赝品鱼龙混杂，水深难辨，一走眼，钞票就打“水漂”了。辨别真品赝品，得有一双孙悟空的“火眼金睛”。古玩市场多为 20 世纪 30 年代的旧物，老唱机、老电话机、老胶木唱片、老月份牌等等。老外们不在乎老还是古，乐于出手，诸如紫铜酒壶、香烟牌子、老式烟枪、麻将牌等等。目下，欧元兑换人民币 1 比 5，倘若买下一件人民币 50 元的旧物，回老家 50 欧元卖出，立马就是“二百五（人民币）”了。

古玩店铺的老板，个个老谋深算，他们以静制动，或坐或躺，手把宜兴紫砂壶，品茗一口，向来客瞄上一眼，便知是淘宝人还是观光客。我在一家店铺门外停下来，把玩一下玉器，老板看我像“老古董”，便缓缓上前，不紧不慢问道："喜欢吗？"我也扮深沉，答："看看。"他真以为我是玩家了。当今，一些赚了钱的影视演员也涉足收藏，炫耀自己的文化品位。其实，收藏并不难，只要遵循一条原则："人藏我弃，人弃我藏"，就对路了。

近有媒体报道，因市政建设需要，东台路古玩市场将被拆迁，也将从日航美航的上海旅游地图上消失了。消失的还有肇嘉浜邮币市场，江阴路花鸟市场，听说文庙旧书市场也将消失。一张张上海名片香消玉殒，让上海人胸闷心寒。国外有好些著名集市，历经百年日臻繁荣，历史和文化被保护延续，值得我们借鉴。

午餐在"小绍兴大酒店"。店名里"小"后有"大"，倘若再加上"老"（字号），"老""大""小"就全齐了。小绍兴的名声不在"大"，也不在"老"，而在于"小"，老上海们只说"小绍兴"三个字，就知道那是大名鼎鼎的菜馆了。

很多年前，我家住大世界附近，常常去小绍兴喝鸡粥，5分钱一碗，鲜得很。这家店起家就是鸡粥，绍兴人章润牛兄妹在云南路大世界摆粥摊，沪上一些著名演员在半夜演完戏后就来此吃夜宵，如周信芳、盖叫天、赵丹等。粥摊没有招牌，摊主个子小，又操着一口绍兴口音，老顾客就叫他"小绍兴"，叫着叫着，"小绍兴"就成了店名，如今成为一块金字招牌了。去"小绍兴"就得吃白斩鸡，我们也点了一客，又嫩又香，蘸上酱油，大快朵颐。

15. 中华艺术宫里听内行讲门道（11月29日）

从虔诚的许愿到如意的还愿，这中间会有怎样一个美好圆满的故事呢？恐怕菩萨也不甚了了。

今天，上海电视艺术家协会给会员们还愿，去中华艺术宫参观。多年前，视协曾组织大伙去世博园工地采风，当我们站立在筹备大楼的平台上俯瞰时，眼底一片荒地，杂草碎石，满目荒凉。视协领导当场许愿说，待世博园建成后，我们还会组织大家来看看，一诺千金，我们今天来到世博园。由中国馆改建成的中华艺术宫，从当年的荒芜走向今日的繁华，艺术家们的心里无不灵光闪烁，脑力激荡，他们或会谱写一部"鸣曲奏吉祥"，或会吟咏长诗"凤凰翔兮于紫庭"，或会浓墨一卷当代《清明上河图》。许愿还愿，视协领导为艺术家们构架起创作的天地，不可不谓大手笔。

红艳艳的中华艺术宫，金灿灿的艺术新天地，徜徉其间，妙不可言，站在一件件艺术珍品前，仿佛在星巴克的沙发里喝着咖啡，一口一口，美在心头。

我特地走到第17展厅，为庆祝中华艺术宫开馆，法国巴黎奥赛博物馆远道而来，展示他们的近百件油画珍品。奥赛博物馆在巴黎卢浮宫对面，原先是一个被火灾烧毁的火车站，1986年12月1日改建成为一座雄伟的艺术宫殿，与卢浮宫交相辉映。法国政府把柯罗之后直到20世纪初的近代作品收藏在这里，这里孕育着现代艺术变化的萌芽，曾被誉为“欧洲最美的博物馆”。

上海电视艺术家协会会员参观中华艺术宫展出的“巴黎奥赛博物馆珍藏展”

今天实在幸运，一位斯文挺拔的帅小伙为我们讲解，他像朋友聊天一般，用平实的语言娓娓道来，画龙点睛，点拨画家们的神来之笔，带你走进画里。我估摸，他是来自美院的志愿者，他姓贺，就是中国书画家、原上海画院副院长贺天健的贺。

《春》是米勒的名画。贺先生说，这画描绘的是田园雨后明亮的风光，他指着左上两道彩虹说：“这会让人产生奇幻的意境。”另一幅《牧羊女》，在夕阳余晖和冷寂的旷野里，一个少女默默祈祷的身姿，还有安逸的羊群和草地上的野花，构成一幅圣洁宁静的晚祷画，贺先生说：“这是米勒悲悯的宗教情怀。”米勒的名画还有《拾穗者》《播种》《晚钟》等等，饱含诗意，不时把我的思绪拽回我童年时代的农村生活。贺先生说：“米勒生长在农家，长期接触农民，这些作品都是描绘和歌颂农民的劳动生活和淳朴性格。”

《煎饼磨坊的舞会》是雷阿诺的代表作，舞场沐浴着午后灿烂的阳光，贺先生指着画面上前景中的一群人，坐在树荫下，阳光透过树叶，在他们的衣裙上跳跃，我的眼睛也为之一亮，跳跃在衣裙上的阳光如星星一般闪烁。雷阿诺说过：“只有艺术家的心内涌现热情，才能使欣赏作品的人同样感动。”我着实被感动了。

展厅里还有博纳尔《纳韦尔的犁耕》，充满了泥土气息；迪普雷《白牛》里忧伤的挤奶少女；杜兰《费多夫人和她的孩子们》里费多夫人温柔的面容；贝纳尔《玛德莱纳戈尔热肖像画》里温柔可爱的小女孩；库尔贝诗化的“写实主义”的《碎石工》《筛谷的妇女》等描绘劳动人民的生活画作；还有柯罗“自然主义”的风景画《躺着的仙女》等等，贺先生的诠释让我身临其境，如在画中行。

中华艺术宫，艺术新天地，“巴黎奥赛博物馆珍藏展”只是这天地的里一角。中华艺术宫是上海文化大都市的标杆。

今天，我也许下一个愿：“中华艺术宫，我会再来。”

16. 金山山居图（12月2日）

金山农民画，种田人的画，国人厚爱，老外喜欢。小小一个村子，竟有300多个农民画家，“赤脚大仙”们让笔端饱蘸泥土的芳香，让墨趣沾满水乡的灵韵，催生出一枝土生土长的奇葩，享誉十多个国家和地区的画坛。其实道理很简单：“艺术源于生活”，生活在江南水乡，又有古老的民间绘画传统，“百分桃花千分柳，冶红妖翠画江南”（清·张问陶《阳湖道中》），孕育了这个品牌，也在情理之中了。

金山，被誉为“吴根越角”吴越胜地。我们首先来到金山嘴渔村。这是上海最早的渔村，又是上海最后一个渔村，难得的一个风景。小渔村的老街铺着青石板路，两边的宅屋是明清风格的建筑，青砖黑瓦马头墙。老街的1号，是渔文化展示室，设计古朴，渔家生活扑面而来。老街的屋后有一条小河，沿街还有妈祖庙、老茶馆等渔村景点，十分宁静。我喜欢伫立在渔村的海岸边，看丁字坝码头伸展在海上，海上有两座小山，名为大金山、小金山，在烟波海涛里，时隐时现，灿若金盆，神山仙岛。

接着去邻近的城市沙滩。这里举办城市沙滩节、国际音乐烟花节、世界沙滩排球赛时，海涛澎湃，人潮也澎湃。沙滩还能容纳上万人游泳戏水。金山旅游部门宣称这里可以尽享夏威夷的完美体验，虽然宣传有点过头，但不失为市民度夏的一个好去处。今天已过寒露霜降，马上就要立冬了，沙滩空无一人，显得尤为空旷。我们漫步沙滩，海风徐徐，也很尽兴。

随后乘公交车到廊下。地名廊下，与廊桥、廊坊一样，很有浪漫色彩。这里有一个3A级生态园，是上海最大的农业园区，园区有上万亩农田，设施很现代。进门不远处，有座新造的戏台，展示民俗文化，最抢眼的是抛绣球、抢新娘活动，太俗气，我没有兴趣。园区有个中华农家乐，坐落在田野上，田野繁花如锦，让人陶醉，梦嘉说，日后她会和家人来这里度周末。我们的午餐是一家农民画坊，东主是农民画家严军杰和他美丽的画家妻子。他们开餐馆兼售画作。餐馆里有一桌上海游客，吃着香喷喷的菜饭，我们馋得也想来一碗，但被告知，吃菜饭要电话预定。店里的米糕味道也不错，饭后我们在村里一家农户那里买了好些带回家。

回沪乘公交车，走高架，直达莲花路公交枢纽，很便捷。

金山的一日游程，有海上的两座金山，有古老的小渔村，有碧海金沙，有廊下良田，有田野上的农家乐，有画家餐馆，还有农家米糕，美不胜收。倘若元代画家黄公望再世，这位“大痴道人”也许会和农民画家一起，画上一幅《金山山居图》，和他的《富春山居图》并列，配成姐妹篇，也分别被北京故宫和台北故宫收藏。我的胡思乱想。

17. 探姑苏古城，走平江老街（12 月 6 日）

姑苏城，自吴王阖闾建城至今，已有 2500 多年的历史。如今，姑苏古城已演变为苏州市了，2000 多年的古迹也难以寻觅，在城外，仅遗存唐张继的“姑苏城外寒山寺”，在城内，只留下一条“平江历史老街”了。

记得有一副风景妙联：“平湖湖水水平湖，无锡锡山山无锡。”平湖是个湖，但平江并非江，只是一条小河，河虽小，但很长，不见首尾，小河的河岸边就是平江历史老街了。

老街确有历史，傍着长长小河，街路也望不到头。一路石板步道，粗粗糙糙，像老人的脸布满皱纹。石板地上蹲着几口井，也苍老得很，一口名叫斛泉的古井，井水清澈，倒像是鹤发童颜的老寿星。沿街老屋干干净净笔笔挺挺，有点上海老克勒的气度。过一座小桥，对岸街巷更显精气神。有一栋老屋建于清代，老而弥坚，是洪钧故居。洪钧史上有名，曾是外交家，出使俄、德、奥、荷四国。他还是一位史学家，有《元史译文证补》等著作。我记得游苏州虎丘时，在进山的石崖上刻着洪钧的遗墨：“拥翠山庄”，这座小小的山中园林就是洪钧发起建造的。

洪钧故居古拙清雅，就如其进士身份。客堂边墙有年轻貌美的赛金花照片。名妓赛金花家贫，沦为雏妓，后洪钧纳其为妾，随后出使四国，贵为夫人。洪钧归国后病故，赛金花来上海复为妓女，因虐待幼妓致死下狱，出狱后又重操旧业，晚年潦倒，在贫病中死去。洪钧是一位成功人士，但他未能拯救赛金花的灵魂，在这一点，他又是一个失败者。

平江老街上有一座深宅大院，是评弹博物馆。评弹娘家在苏州，本是一个村姑，后嫁上海，穿上旗袍，尊为贵妇，叮叮咚咚，名扬全国，连我国国家领导人陈云也是其铁杆粉丝。上海评弹界百花齐放，流派纷呈。早在半个世纪前，我就听过薛派创始人薛筱卿的开篇，他说《珍珠塔》，被听众誉为“塔王”，他一改苏州男人说话语调的娘娘腔，唱腔高亢铿锵，是个顶天立地的大男子。

平江历史老街另有一道流动风景，一辆老式的人力三轮车上，坐着一对年迈的老外伉俪。三个轮子缓缓转动，老外的眼神里，闪动着神秘好奇的目光，仿佛，他们来到 ,2500 年前的姑苏老城，要去会见阖闾、夫差和伍子胥……

18. 曲水园无流觞，金泽镇多古桥（12 月 8 日）

青浦曲水园是上海五大名园之一，也是最小的一个，故属古典园林中的婉约派。今天我们专程前往，为了欣赏一年一度的菊花展。园林小巧，那陶家秋菊，放眼望去，满园尽带黄金甲。不是我们偏爱菊花，只是“此花开尽更无花”（唐·元稹《菊花》）。

园名原叫一文园，因清乾隆年间，青浦人每人每年捐一文钱而建成。后易名曲水园，想必源自王羲之《兰亭集序》：“又有清流激湍，映带左右，引以为流觞曲水。”相传古代，每逢农历三月初三，人们集会于环曲的水渠旁，在上流放置酒杯，任其顺流而下，停在谁的面前，谁即取饮，叫作“流觞”，也称“曲水”，绍兴兰亭就有此景，每年农历三月初三，迎来中外墨客曲水流觞，饮酒赋诗。可惜青浦曲水园不见流觞，然而曲水园隔墙就有一条环城河，倘若引水到园内，作渠环曲，游人曲水嬉玩，东篱把酒，暗香盈袖，古园或可名声斐然了。

随后，我们往北，来到金泽古镇。这个古镇尚未开发，保留着原始生态的景色。镇上少见行人，我们不得不透过老宅的小木窗，向主人问路。上塘街，下塘街，除了石板地，只有一家陈年杂货铺，店主是一位乡下老伯，那里有老式布鞋出售，莎莎很是欢喜，原价 9 元一双，8 元就拿下了。

金泽古镇，素有“江南第一桥乡”的美名，从前是“桥桥有庙，庙庙有桥”，现老庙仅剩一座，古桥有十多座。在下塘街，一段河道仅仅 350 米，竟架着五座古桥，五桥横跨宋、元、明、清四个朝代，可谓“四朝古桥一线牵”，走在桥上，颇有时光倒流的感叹。我们走过几座石桥，人在桥上行，水在桥下流，河边有石阶，长着青苔，估计平日里没人浣洗，莎莎刚一伸脚，就差点儿滑到河里，好在只是湿了鞋子、裤子，一场虚惊，三人相对，哈哈大笑，古镇之原生态可见一斑。

19. 震泽古镇铜盆帽（12 月 10 日）

震泽古镇在苏州吴江，我们参加上海旅游集散中心一日游。

下车便见慈云祥寺慈云塔。该塔是孙权之妹为怀念刘备而建，以登塔远望，故又名“望夫塔”。塔共五层，塔内扶梯非常狭窄，莎莎和梦嘉两位望而怯步。我是见塔必登，猫着腰，双手抓着扶手，使出吃奶的劲儿才爬上塔顶，很难想象，懦弱的孙权妹妹能爬上去望夫。

震泽有座大宅门，名为师俭堂，三面临水，前门上桥，后门下船，大宅门街中建宅，宅内含街，面阔五间，六进穿堂，高墙深宅，房屋多达 147 间，其气魄比周庄的沈厅、张厅更胜一筹，被列为全国重点文物保护单位，誉为“江南第一堂”。只是当地女导游省略了不少看点，如地下金库、特制雕刻木门等等。

午餐后去麻立坊。震泽古镇是我国亚麻绢纺名镇，麻立坊为其生产基地。在销售厅，我看到了一款礼帽，很合我的心意。那还是在 1956 年，我在医院工作时，上班的男士进医院大门时会提起礼帽向女士致意。那时我才 18 岁，但他们的绅士风度让我喜欢上了礼帽。没过多久，戴礼帽被视为资产阶级思想而打入冷宫。改革开放后，礼帽又悄然兴起，但各大商场出售的样式远不及当年我见到的有品味。

震泽古镇师俭堂河埠头

旧时，礼帽又叫作礼貌，还有一个普及的名称叫铜盆帽。因帽形如铜盆而得名。从前老式婚典，新娘凤冠霞佩，新郎则头戴铜盆帽。那个铜盆现在归属古董了，解放前无处不有，最常见的场所是面馆，跑堂们走出厨房，左手托举铜盆，铜盆里摆放着汤面，一层叠一层，宝塔似的，底层有 6 碗，第二层 4 碗，第三层 2 碗，最上层 1 碗，垒叠 13 碗，生意忙时，右手还托 2 碗，汤水一滴也不外溢。

旧上海有两家铜盆帽专卖店："盛锡福"和"马敦和"，还有"小吕宋"和"元元"，专营西瓜皮帽，兼带售铜盆帽。铜盆帽质地好坏依次是兔子呢、羊毛呢和棉花呢。讲究的帽外挂帽带，内衬皮带或漆布。夏天戴草质礼帽，质量上乘的是台湾金丝草。

铜盆帽是阔边，现下流行的礼帽是狭边。在麻立坊，礼帽品种繁多，我在游客们的建议下，买了一顶茶色礼帽，色调柔和，纹理自然，挺括大方，粗狂豪放，人民币 58 元。

20. 七宝古镇：陆宝加一宝（12 月 14 日）

七宝古镇是我家莘庄镇的近邻。每当我嘴馋，想吃形似海棠花的焦焦黄黄的海棠糕，就起身去尝一尝。到了冬天喝黄酒时，想吃白切羊肉，立马去那里切一盒，这毫无膻味的白切羊肉，据说曾经是慈禧太后喜爱的宫膳。还有俗叫白软糕的方糕，我也吃不厌，传说范仲淹因家贫天天以此充饥，后来中举，此糕便有了"高升"的美意。"高升"与我无关，但范仲淹的"先天下""后天下"

七宝古镇蒲汇塘桥

的名言让我敬佩。古镇还有“闻闻臭吃吃香”的臭豆腐干，糯糯的有各色馅儿的汤团，等等，总之，去七宝能“吃饱”，离家那么近，就像邻居串门似的挺方便。

玩七宝古镇其实就是走一条老街，南北长只有360米，但有一条名叫蒲汇塘的小河横流其间，老街便是美丽的江南水乡了。老街建筑多具明清风格，两旁是朱红排门的商铺，河岸的茶楼古色古香，看看老茶客们品茗，也别有韵味。眼下，镇旅游部门新近打造了一些景观，如老行当里的弹棉花、裁缝铺、豆腐坊之类，可惜鲜有观光者。张充仁纪念馆值得一看，这是一栋清代码头走马楼的建筑，这位著名的雕塑大师留下了不少珍贵艺术作品。古镇上有一家微雕馆，我曾见过馆主张丽菊。那是在1991年，我参加海峡两岸红学专家的青浦大观园之行，在那里见到这位女雕刻家，她展示了微雕石刻，把100万字的《红楼梦》，雕刻在280块彩石上，让红学家们叹为观止。

七宝旅游宣传部门自誉：“十年上海看浦东，百年上海看外滩，千年上海看七宝。”古镇有千年历史不假，七宝原名陆宝庵，是两晋文学家陆机、陆云后裔所建的家祠，吴越王钱镠游谒时，赐予王妃手书的《金字莲花经》，说:“此乃一宝也。”陆通六，加上一宝，陆宝庵便改为七宝寺了。六宝是：飞来佛、氽来钟、神树、金鸡、玉斧以及玉筷。佛教里有多部经书叙述佛的七宝，那七宝是金、银、琉璃、玛瑙、珍珠、玫瑰、琥珀。七宝寺名与佛的七宝一沾边，香火自然旺盛了。七宝古镇的七宝目前剩下《金字莲花经》残页，珍藏在上海博物馆，还有氽来钟，现挂在古镇入口处钟楼的第三层。如果想看全七宝，可以去七宝教寺的慧心园，那里有铸铜的七宝雕塑。

今天，我们去了七宝教寺，庙门的收票老者，慈眉善目，与其交谈，问一答三，还特地奉送我们一件佛的纪念物。当下，许多佛寺走向市场经济，香火变味了。七宝教寺还是一片净土。

21. 沙家浜里忆《沙家浜》(12月17日)

沙家浜风景区在江苏省常熟，现在很红，被誉为红色古镇，国家5A级旅游景区。然而它的成名在上海，远在半个世纪前，上海市沪剧团去那里深入生活，创作了《芦荡火种》，不久即被中央相中，改编成京剧《沙家浜》，一夜爆红，红遍中国。9亿百姓几乎人人都能哼上几句。至今，我还常常用沙奶奶的唱词调侃自己的老态：“路也走不动，山也不能够爬。”

今天去沙家浜，见到的不是我想象中的一个“浜”，而是河港纵横的国家湿地公园。湿地里有陆上芦苇迷宫和水上芦苇迷宫，芦花丛薮，引人入胜。在丰白的帐幔里，禁不住会唱起《沙家浜》郭建光的唱词：“朝霞映在阳澄湖上，芦花放，稻谷香，岸柳成行，全凭着劳动人民一双手，画出了锦绣江南鱼米香……”想象着当年抗日游击队，在葱葱郁郁的芦苇荡里消灭日本鬼子的情景。

沙家浜上最显眼的是长廊边的一家“春来茶馆”，旗幡猎猎，门匾两旁一副对联：“摆八仙桌玉盏香盛五岳茶　垒七星灶铜壶煮沸三江水”。女服务员穿着蓝印土布打扮成阿庆嫂的模样，只是少了与刁德一、胡传魁周旋的好口才。阿庆嫂的一句唱词“人一走，茶就凉”流传至今，成了常用语。当今世态炎凉，已经是人一走，茶就倒，泡出好茶献新客了。刁德一确有其人，这里有刁德一大院、伪军司令部旧址供人参观。

沙家浜除了红色教育游、绿色生态游、休闲养生游等景点外，还有演艺文化游，在芦荡剧场就有大型实景剧《芦荡烽火》的演出，有创意，但尽是假枪、假炮、假鬼子，哄哄孩儿们热闹而已，我们转转就走了。

横泾老街有明清建筑、石路、地砖、雕花木窗的民房，还有染坊、糟坊、铁匠铺、古戏台、天寿桥和各色本地小吃，我们少吃多餐，一家一家品尝。临走买了一只当地特产爊鸡，据说配料多达 12 种，别有风味。

22. 老外街上相遇四川打工仔（12 月 20 日）

老外街，上海新世纪的一条新马路。

改革开放后，这条街的四周汇集了许多外资企业，老外们喜欢夜生活，华灯初上，男女老外寻寻觅觅，发现这条小街正是他们喝酒聊天的好去处。日长时久，老外街应运而生。

老外街的街头，有一列毛泽东 101 火车专列，十分抢眼。“文革”中，林彪集团企图谋害视察途中的毛泽东。毛泽东明察秋毫，1971 年 9 月 7 日乘坐的 101 火车专列在此停靠后，上南京回北京，然后发生了“九一三”事件，震惊全国。

老外街很短，总长才 500 米，但汇集了世界 30 多个国家的主题餐厅和酒吧，地地道道的美食世界。在这里消费的绝大多数也是五光十色的外国人，好似联合国的美食街，美食美人美景，也吸引了有情调的国人。

老外街就在我们闵行区，我去过多次。今天我们在日式餐厅和献洋彩午餐，品尝了鲕鱼等日式菜。当我们走出店门，一位二十来岁的男服务员追了出来，小伙子长得帅气，两条眉毛特别浓密，他兴奋地对我说："您的模样很像温总理，无论是面容、背影，还是走路的姿态。两年前，温总理访问我们四川老家时，我近距离见过他。"小伙子热情的叙述和真诚的表情，让我感动。是的，我的一些朋友也曾说过我像温家宝总理。其实仅是外型上有几分相似而已。我是我。

老外街毛泽东 101 火车专列

（后记：后来我再去老外街，那家和献餐厅撤了，那位可爱的打工仔也不知去向。偶然一遇，从此天涯，心中起了一阵惆怅。你现在还好吗？浓眉帅气的四川小伙子。）

23. 山水王国里的山沟沟（12 月 22 日）

我的家乡在浙江之东的陶公山下的东钱湖畔，郁达夫盛赞浙东一带："山的秀里带雄，水的清能见底。"美得我不由发出一句豪言："浙江是山水王国！"试问全国的省市，哪一个省的省名比浙江二字中的"水"还要多呢？山水厚爱浙江，东西南北，无山不秀，无水不奇，无处不是一幅幅活泼泼的山水画。

郁达夫还形容浙江杭州是"盆景似的湖山"，那盆景的一角名叫山沟沟。别以为这是一条沟壑，走进去方知原是一个飞瀑直泻的峡谷，那峡谷从山脚到山顶，一路是山水的美名：孔雀开屏处、梅花三弄、五女拜寿、再续前缘，等等。

今天，我参加上海旅游集散中心前去游览。山沟沟人起名很朴实，就像把孩儿叫作阿狗、阿毛一样，分别把两处风景叫作深坑和茅塘。

深坑就是那瀑布哗哗的峡谷。从谷底起步到谷顶长达 2 公里。我有意落在嘈杂的团队后面，慢幽幽，步轻轻，听瀑布清音，看飞流浮漾，呼吸着澄鲜的空气，不知不觉身心全都融入在山水里。想起明代画家沈周巨幅山水画《庐山高图》，那山石、瀑布、溪流、云雾，气势灵动。庐山瀑布我去见过，那只能远观，也没有李白夸说的"三千尺"，倘若沈周莅临山沟沟，也许会有另一幅传世的细笔画。当我站在山谷顶端，回首瀑布飞流，青绿山水相拥，不由浩叹自然的伟大。

走进另一景点茅塘，仿佛身入杜牧描绘的意境里："远上寒山石径斜，白云深处有人家。"这茅塘是一个迷人的小山村，山间的桃花源。小山村山气明秀，完好地保留着古代的容貌，老屋、老妪、老黄狗、老母鸡，慵懒地散呆在那里，全然不把东张西望的游客们放在眼里。在几个小亭里，有现做现卖的土制酒酿、豆腐花等，我一一品尝，闻着山野的空气，那滋味胜过星巴克。走进一间古私塾，似曾相识，我的思绪被牵回到了孩提时代。10 岁那年，我肩背一布袋大米，作为学费，翻过山岭，到邻村薛家山的一个私塾读书。那是一个有天井的老屋，在一间宽敞的房间里，有十来个学生，从一年级到六年级，一位穿着长衫的先生逐一为学生们授课。记得我的第一节语文课是儿歌："磨豆腐，磨豆腐，半夜起来真辛苦。"我们村里一家豆腐坊的老夫妻，就是半夜起来磨豆腐的，那儿歌说的就是我的身边事，一读就终生难忘了。

茅塘村有个环形山谷，这里有一道地质奇观，是上亿年前留下的地貌，取名万马石，山谷里，从谷顶到谷底，数以万计的卵形石块就像万马奔腾，气势磅礴，十分震撼。万马石的最高点叫作将军台，我和一帮年轻男女一起，咬紧牙猫着腰，不屈不饶，登上了将军台，做了一回将军，还赢得那伙青年人的吹捧。

杭州山沟沟，山水王国里的山容水貌，明代的吴门画家沈、文、唐、仇不曾驻足，预留着给我们海派画家去作画。

24. 百乐门里乐一乐（12 月 28 日）

晚秋的晌午，斑斓的阳光铺洒在静安商圈的街头，那大厦、那商场、那车流、那人流，花儿似地姹紫嫣红，争奇斗艳。我也不甘落寞，奇艳一把，径直走向百乐门舞厅。我，一个老朽，平生没跳过一回交谊舞，今天去舞场，只因为读了一篇名作，台湾著名作家白先勇的短篇《金大班的最后一夜》。小说主人公是舞女金大班，她面对台北夜巴黎舞厅经理童得怀，傲慢地说："我金兆丽在上海百乐门下海的时候，只怕你童某人连舞厅的门槛还没有跨过呢。"金大班又在化妆室里狠狠嚷道："娘个冬采！说起来不好听，百乐门里的那间厕所，只怕比夜巴黎的舞池还宽敞些呢，童得怀那副嘴脸在百乐门连掏粪坑未必有他的份。"身为老上海，我也没跨过百乐门的门槛，岂非成了童得怀之辈，心犹不甘。

百乐门

此刻，我站在百乐门的门口，这扇大门着实气派。大楼外观华丽辉煌，是美国近代前卫建筑。据说是 20 世纪 30 年代花了 70 万两白银堆垒起来的。那会儿，高高的外墙闪烁着红、黄、蓝、绿彩色霓虹，像艳丽的罂粟花，招蜂引蝶，社会名流和交际花们纷至沓来，这里被称为“东方第一乐府”，人人乐不思蜀。自打解放军进城入门，百乐门瞬间门可罗雀，清净寂寞。改革开放，适逢盛世，百乐门又为之洞开，舞厅里又响起了爵士音乐，舞池飞旋，进出大门的是咱老百姓。

百乐门大门敞开着，不见门卫把守，我壮壮胆跨进门去。门厅里竖着一块布告，申明舞厅一天两场，第一场是下午 2 点，此刻刚过 12 点，售票窗口还关着。我迟疑了一下，装作绅士模样，大大方方走上楼去。二楼右侧是膳房，开着门，有三四个女士在张罗着，她们瞥了我一眼，猜不透我的身份，继续手上的活儿。我没有犹豫，一步不停地向左侧舞厅走去。真是“一入侯门深似海”，500 平方米的舞厅一片朦胧，右边摆着一长排木质的双人桌，精巧的桌面上亮着几盏烛灯，荧荧闪烁，微光隐约映着典雅的四壁。舞池的地板闪着神秘的光亮，这地板便是舞客们爱恋的“弹簧地板”，据说这地板会随着脚步微微颤动，引得舞客热血沸腾，迷离恍惚。我不会跳交谊舞，也真想去试上几步。我很识相，稍稍停留片刻，便悄悄走出百乐门，沐浴在街头的秋阳里。

百乐门的门槛总算跨过了，但留下一个遗憾，没有去童得怀“连掏粪坑也没份”的厕所看上一眼。话说回来，厕所就是WC，也没啥好看的，不妨学学金大班的傲慢：娘个东菜大头菜！

邮轮邮我游韩国

（2013年9月26—30日）

题解　人是货色

邮局邮信，邮轮邮人。人被称之为“东西”“货色”，能干的人尊为“人物”，那也是物。是故，人也可邮。邮轮邮我游韩国。

这艘意大利邮轮取名“歌诗达大西洋号”，有“歌”有“诗”，乘坐这艘被誉为“艺术之船”的邮轮，真好！

我报名参加上海老小孩网站组织的邮轮聚会活动，聚会者多达500余人，队伍浩浩荡荡。庞大的阵营以舰队编制，我被编入第五舰队，领队是陆梅珍女士，网名开心果阿梅，她带领我们一起开心。舰队长是网名木兰花开，好一个“替父从军”的舰队长。和我拼房的室友，网名火枪手，此网名取自法国大仲马名著《三个火枪手》，火枪手是侠义之士的代名词。

第一天　艺术之船歌诗达

1. 普通舱位海景房

今天天气特好，我的心情特爽，很惬意的是女儿请假驾车送我，直达吴淞口国际邮轮港。

码头上，人群熙熙攘攘，嘈嘈杂杂。正当我晕头转向时，网站一位身材娇小的女志愿者帮我找到了我的团队，心里就像找到“港湾”一般的喜悦。

歌诗达大西洋号邮轮停泊在吴淞口码头，望着他那伟岸的身躯，以及他那闯荡“大西洋”的英勇气概，何惧那东海南海上的任何风浪，上船去！

我的房间开在第一层，标准的双人房。房间的舷窗宽敞明亮，放眼望去，窗外碧水蓝天，海鸟帆影，犹如一幅流动的风景画，令我心旷神怡。我购买的是普通舱位，享受的竟是海景房，让我喜出望外。

2. 开洋荤的尴尬

当晚的晚餐设在第三层的提香餐厅，这艘意大利“艺术之船”，餐厅都以意大利艺术家命名。提香是意大利文艺复兴盛期威尼斯画派的代表画家，被誉为西方油画之父。餐厅宽敞，灯光温馨。四下望去，人头密密，笑脸盈盈。每桌10人，每人一张菜单，菜谱多达20款，每人规定限选5款。食谱多为意大利品名，看得我云里雾里。幸好有一位漂亮的女服务员为我指点搭配，她那神情，仿佛幼儿园女教师教孩子搭积木似的，我颇有一种“开洋荤”的尴尬。

席间，一位意大利摄影师挨桌为游客拍摄现场照。照片明天将在摄影廊里展示，满意了再掏钱。近些年来，我的面目已老得惨不忍睹，对照相早已失去兴趣，但摄影师已把镜头对准了我，我只得礼貌地应付了一下，拜拜。

晚餐将近尾声，大厅里奏起了欢快的乐曲，邮轮上的男女服务员纷纷来到餐桌边，邀请游客一起跳舞。此刻，大厅里欢声笑语，舞姿翩翩，气氛非常热烈，把晚餐推向了高潮，这是一个不错的创意。

3. 一位真正的演奏家

晚餐后，大家分别去参加船上各类活动，很多游客选择去卡鲁索剧院观看邮轮总监菊梦潜隆重推荐的魔术秀。据称神奇而魔幻。

我则独自去猎奇邮轮上独特的风貌。先是乘观光电梯来到第三层，沿着楼梯向第二层走下去。这一段楼梯风景，无疑是邮轮上最显辉煌的艺术景观。瞧，四壁霓虹灿烂，高远的穹顶恰似繁星闪耀，沿着楼梯上下，仿佛置身于歌特式的宫殿里，庄严神圣。在第二层，有赌场、酒吧、歌舞厅、免税店等等，目不暇接，我只是走马观花，就像儿时初到上海白相大世界一样，逛个热闹。

随后，我又沿着楼梯返回到第三层，这里有一家名叫弗洛里安的咖啡馆。据介绍，这里的规模、布局、设施、装饰完全克隆了意大利威尼斯著名的有百年历史的弗洛里安咖啡馆。走进咖啡馆，眼睛的确为之一亮。室内很宽敞，可以舞上几圈华尔兹。馆内设计典雅，坐在那里可以独自静思冥想。在上海，我曾去过十几家星巴克，跟这里相比，星巴克只能屈称为“经济型”了。在咖啡馆的入口处，有一方演出平台，一位意大利男士正在作小提琴演奏，他约莫50岁左右，身材高大挺拔，长相英俊刚毅，让我联想起意大利著名雕塑家米开朗基罗的《大卫》像，典型的意大利美男子。他拉琴的姿势颇有风度，聆听他的弓下弦上，庄重而富于热情。看他那神情，完全是沉浸在作品的意境里。他的身旁有一架黑色的钢琴，有一位女士在钢琴伴奏，她大概也快50岁了，但容光焕发，姿态优雅，琴声温润，仿佛从遥远的威尼斯传来。他们的压台曲是著名的音乐剧《剧院魅影》主题曲，演奏得丝丝入扣，撩人心弦。曲终，我报以掌声，两位也礼貌地微笑作答。这是一场颇具水平的演出，只可惜听众只有两三位，虽然听众寥寥，但两位自始至终投入在每首作品的意境里，仿佛听众无数，这很让我感动和感慨。他们尊重每一位听众，尊重每一首作品，他们称得上是真正的艺术家。这位小提琴演奏家的名字是：Duo Victor Todevean。

第二天　游韩国济州岛

1. 诱人的自助餐

一觉醒来，天已放亮。窗外，波涛起伏，一轮红日挂在蓝天白云之间，我错过了观赏海上日出的时机，但并无多大遗憾，早在 40 年前，我曾多次在海轮上体验生活，年轻的心，有过与海上日出辉煌瞬间的交融。

今天的早餐为自助餐，设在第九层的波堤切利自助餐厅以及那不勒斯披萨广场，两处联在一起，广场之广，我差一点找不到原来的座位。波堤切利是意大利文艺复兴时期的画家，只可惜餐厅里没有他的作品，诸如《维纳斯的诞生》，但丁《神曲》的插图等。早餐品种多且诱人，事先我听乘过邮轮的朋友称，从早吃到晚，几天下来体重猛增好几斤，我怕“吃坏了肚子吃伤了胃”，只吃七八分饱。

2. 济州岛的龙头岩

餐后，下船出发去韩国济州岛，那是被誉为“韩国夏威夷”的著名旅游胜地，令我向往。我们游玩的首个景点是著名的海边“龙头岩”，据导游介绍，这块海边岩石是 200 万年前由熔岩喷发冷却后形成。其海上部分形似龙头，故名龙头岩，岩石虽很独特，但通体黑乎乎一片，像焦炭一般，毫无美感可言。让我惊异的是它的“龙头”之名，龙本是咱们华夏民族创造的图腾，世上并无龙的本体。为什么韩国人会把岩石比喻为“龙头”呢？可见我们的汉文化对韩国影响之深远了。

接着，导游安排我们去新罗免税店，又去一家专营“护肝宝”的购物商场，就这样，一天的济州岛之旅就宣告结束了。我很纳闷，所谓的旅游胜地究竟“胜”

在何处呢？如此安排，显然是个“败”笔。

3. 我是“香港大亨”

回到船上晚餐。餐后，同桌的网站聚乐部副主任陈建及其夫人建议我去摄影廊，看看昨晚餐桌上拍的照片，我虽无兴趣，但还是欣然陪同前往。很快，夫妻俩找到了他们的照片，左看右看不满意，没有购买。忽然，他们发现了我的头像，并异口同声称赞照得很好，陈夫人是位颇有修养相貌秀美的女士，她更是连连夸奖说：“像个香港大亨！”我左看右看，并不满意，况且价格昂贵，要美金20元，不值。但我的耳朵根很软，经不起两位真诚的好意，咬咬牙，出手掏了钱，充当了一回“香港大亨”。那张照片被设计为杂志封面，头像左边密密麻麻印着杂志文章标题，刊物名为《美丽男子》，全是英文打印，封面杂乱不堪。我有自知之明，什么“美丽男子”“香港大亨”，我只是一个很老很老的老头而已。

4. 尽兴的意大利歌舞

今晚卡鲁索剧场有歌舞表演，我原以为是一场普通的演出，出乎我的意料，整场表演没有一个主持人报幕衔接，节目一个连着一个，流畅紧凑，一气呵成，男女演员个个出挑，演技不凡，把意大利的民俗风情展现得淋漓尽致，很让人尽兴。

睡前去餐厅吃夜宵，没有饿，也不馋，只是想体验一下邮轮夜宵的特殊氛围，我吃了一点点，“点”心而已。

第三天　游韩国首尔

1. 喜闻《上海叫卖声》

今天上午，老小孩网站在卡鲁索剧院举行一场文艺演出。卡鲁索是19世纪意大利著名男高音歌唱家、歌剧演员，毕生演出歌剧50余部，灌有历史上第一张歌唱唱片。剧院里没挂他的画像。今天的演出精彩纷呈，特邀了著名译制片导演、影视演员孙渝烽，著名演员陈少铎和唐群姜海夫妻，网友们也纷纷登台献技，如陈建和晚秋红叶（网名）等等，显示了网站的兴旺。

印象深刻的是著名表演艺术家曹雷，曹雷其名，如“雷”贯耳，她在舞台上、荧屏上、译制片配音上塑造了许多各具个性的艺术形象。今天她表演了海派小品《上海的叫卖声》，她用嘎嘣脆的上海话，学说昔日上海的种种叫卖声，从清晨演绎到深夜，生动地展现了昔日上海的井市风貌，逗得台下阵阵笑声。

繁华上海，五方杂处，所谓“上海的叫卖声”也是各方土语。我小时候耳闻的叫卖声早已销声匿迹，大多已失传。

比如我们宁波小贩：“龙山黄泥螺，过饭乍煞搏（非常开胃），过酒淡呵呵，吃出烂泥还钞票。亭子间阿姨，兑开洋钿买泥螺。”还有：“刮勒松脆，檀香橄榄卖橄榄。卖谏果哦谏果。”（谏果，橄榄别名，因其味苦涩，久之方回甘味，比喻忠言逆耳，故名。我们乡下有句俗语：“乡下人不吃橄榄，吃了橄榄，草舍屋扒塌。”意思是咬一口橄榄，太苦涩，即往草屋顶丢去。忽然发觉回味甘甜，连忙上屋去扒找，把草屋扒塌了。）

比如苏北小贩：“烫兮露来热白果，要买白果就来数。甜是甜来糯是糯，一粒开花两粒大。阿拉白果泰兴货（有道是：世界白果出中国，中国白果出泰兴），赛过良乡栗子差不多。”此刻，在一旁看热闹的顽皮孩儿会接唱一句：“两只轮船拖一颗。”

比如江西小贩：“钉碗——”上海人把钉碗钻洞的“嗞咕嗞”声音，生出一句歇后语：“江西人钉碗——自管自。”

比如常熟小贩：“马桶豁筅（用细竹片束成的洗刷马桶的用具）水磨筷！”小贩有意把吃的拉的用具合在一起叫卖，吸引上海小市民的围观。

比如苏州小贩：“栀子花，白兰花，一分洋钿买一朵。”“沙角菱，馄饨菱哦和尚菱——”

无锡小贩多在晚餐时辰叫卖：“熏肠肚子高粱酒。”跟着喊的还有报童：“新民夜报，大美夜报！”奔跑着叫喊。每逢初一月半，上海浦东小贩叫喊：“长锭要哦长锭。”

正宗上海人小贩叫卖声花样百出：“西瓜要买煞勒里甜格来，三分五分呀买一块兮来。”“阿有烂东西、洋瓶、碎玻璃换铜钿。”“收锡箔灰！”“坏铅桶洋镬子修哦。”“阿有坏格棕棚修哦，坏格藤棚修哦。”等等。

还有交关“上海的叫卖声”，不多累述。

演出最后，网站老总吴含章先生上台作了热情洋溢的讲话，并和网友们合影留念。

演出结束后，在剧院门口，我遇见了东广电台“为您服务”栏目主持人小窗的父母，我主动上去向两老问安，两老颇有修养，其母双目失明，但一脸福相，笑容可掬。很难想象，她竟是当家里手，就连厨房也理得有条不紊，干干净净。在邮轮上我还看见好几位坐轮椅的游客，他们和小窗妈妈一样，对生活充满了热爱，可敬可佩，激励我过好每一天。

2. 一座青瓦台，一个明洞

午餐后，上岸去韩国首都首尔。年轻的女导游金明姬，汉语说得十分流畅，知识面也很广，她是一位基督教徒，脸上一直散发着“上帝爱人”的微笑。

旅游大巴驶离码头，迎面是一条大江，开阔清澈，大江两岸是一望无际的现代建筑。金导游自豪地介绍：这是汉江，流经首都首尔，这里曾经是一条条臭水浜，一片片废墟。韩国人历经几十年不懈的努力，创造了举世闻名的“汉

韩国首尔总统府青瓦台

江奇迹”，韩国一跃跻身世界先进工业国家之列。望着滚滚江水，令我由衷地钦佩韩国人的国民精神。

我们第一站游韩国总统府青瓦台，游客们只能在警戒红线外眺望，瓦顶青色，这大概就是青瓦台名字的由来吧。屋宇简洁，给人以一种宁静之美。我们团队以此为背景拍了一张集体照。

随后我们步行去附近的景福宫，那是韩国旧朝廷的宫殿，比之我们的北京故宫，显得十分寒碜。几幢独处的皇宫内外都很简朴，色彩也多灰黑。有意思的是，整片景福宫，满地撒遍黄沙，走路时发出轻轻的沙沙声，据说那是为了提防深夜盗贼的出没，真是别出心裁。

接着去游览南山韩屋村，顾名思义，那是韩国特有的民居，但无人居住，估计是个人造景点，时间匆匆，不及细看，因为在去的路上交通受阻。原来今天是周六，韩国大学生们上街游行，据金导游介绍，韩国大学生学费昂贵，很多人靠贷款求学，压力很大，上街游行要求当局体恤莘莘学子。这时天正下着毛毛细雨，学生们多披着雨衣，他们边走边舞，秩序井然。让我惊讶的是，沿路停满了汽车，但在我们等候长达刻把钟的时间里，居然没有听到一声喇叭，韩国人的素质由此可见一斑。想到我们上海满街的催命喇叭声，令人汗颜。

天色已暗，我们照例又去兜了免税商店，然后去观光韩国著名的商业街明洞。金导游在车上称，明洞相当于上海南京路步行街。她肯定没来过上海，否则不会有此一比。明洞相对南京路步行街，只能是一个“明”亮的“洞”而已。整条街灯光稀朗，街的两旁挤挤地摆放着排档小吃和各色小摊，南京路步行街上的观光当当车，在这里是寸步难行的。但明洞很有创意，两侧的一条条小街上灯火通明，商店林立，人流如织，血拼者如潮，也许这就是真正的明洞了。上海南京路步行街与支街则是冰火两重天，主管们不妨可来明洞开开眼。

3. 韩国名肴鸡参汤

晚餐安排品尝韩国特色的鸡参汤。每人一只形如沙锅的盛具，里面放着一整只的童子鸡，剖开的鸡肚里塞满了菜肴米饭，汤里有几支小小的人参，名副其实的鸡参汤。鸡参汤清淡不油腻，多数游客吃得很过瘾，仅剩下一堆鸡骨头。我也能吃，但出门在外，生怕招来食伤之病，所以没敢全吃完。

回到邮轮上，已经很晚了，这两天里，济州岛去了，首尔去了，韩国也算是游过了。本想在当地体验一下风靡中国的“韩流”“韩剧偶像”，但很失望，一点感觉也没有。怎么啦，老头，不是“来自星星的你”（韩剧），这些与你何干？早点睡吧，阿拉来自上海。

第四天　邮轮生活深度玩

1. 看海的姑娘

今天，整天待在船上，这很合我的心意，可以玩转船上我心仪的地方了。

那就从船头开始吧。我喜欢独行，很自由，很安静。漫步在甲板上，阳光暖暖，海风送来丝丝咸味。记得第一天从上海启航，邮轮走的是东北航线，穿过中国东海，朝济州岛驶去；今天返航，改行西南路线，穿越黄海回上海。此刻，我来到船头，船首昂然，我也借势挺立。大海浩渺，与天际连成一片，忽然想起一个比喻：沧海一粟，做人真该看空一点。

顺着甲板往后走，甲板上偶尔遇到一两位徜徉散步的。邮轮上，二三千名游客在船舱里参与各自喜爱的活动，比如在蝴蝶夫人广场学跳舞蹈，在甜蜜生活吧里制作纸花，在水疗中心听美容讲座，真是人各有所爱。此刻，我行走在这长长的甲板上，走到船尾，再登上邮轮最高处的第十一层，倚靠在栏杆上，看那从船尾螺旋桨喷发出的激流和飞溅的浪花。那波光里的浪花，绿绿的，就像翡翠的祖母绿，一串一串，真个是悦目赏心。在我的一侧有一位看海的姑娘，也倚靠在栏杆上，很久，我们的目光对视了一下，又不约而同地微笑了一下，她情不自禁地对我说：“真是太美了，呆呆地看，呆呆地欣赏。”我添了一句：“旁边还有一个呆呆的老头。”她会心地笑了。我们继续看海，蓝蓝的海水，绿绿的浪花，那串串浪花，欢乐起伏，跳着伦巴。

2. 我不想成仙

今天最大的心愿是游泳。上船前打听到船上有游泳池，很兴奋，特地去迪卡侬买了游泳裤。我喜欢游泳，哪怕是冬天，也要去室内的游泳池过把瘾。后来不慎得了红眼病，我的视力原来就差，怕有后患，就此惜别了泳池。但一直跃跃欲试，无奈家的附近没有游泳馆。

今天，像会见恋人一般去泳池，室友火枪手同去。晌午，天气暖和，船上的游泳池也是第一次开放。水温还是较凉，得不停地游，驱散寒意。游了一会儿，突然呛了一口水，那水咸咸的，泳池里是海水。蓦地想到，人是靠淡水生活，而海洋生物却离不开海的咸水，又想到，酒鬼们是在酒缸里泡大的，而败家子是在糖水里娇惯的。一切众生皆因众缘而生，缘分这东西真是奇妙。

游泳后我们去室内按摩池享受水的抚摩。开心果阿梅和木兰花开看见了我们，给我们拍了几张半裸照。

邮轮上的按摩池

下午，我和市救护中心的徐绍春医生一起去喝下午茶，喝下午茶是当今年轻白领和老克勒们的时尚。邮轮上的下午茶别有一番风情，我们倚窗临海而坐，看看渺渺茫茫的海天，尝尝咖啡的香甜。渐渐地，人飘飘然起来，有一种羽化而登的幻觉。但是“我再不想成仙，蓬莱不是我的分；我只要这地面，情愿安分的做人”。徐志摩的诗是一支清醒剂。

3. 邮轮上“最后的晚餐”

今晚的晚餐，是邮轮上“最后的晚餐”，晚餐的“主”是船长先生，不知他是否相信耶稣。晚餐命名为“船长鸡尾酒会”。酒会设在卡鲁索剧场，隆重而热烈。餐桌上烛光摇曳，朦胧浪漫。除了鸡尾酒，更有龙虾之类的意大利美食。席间，魁梧英俊的船长和邮船高层管理人员频频向游客举杯。餐毕，响起欢乐的舞曲，船员和游客翩翩起舞，一些中年的时髦女士，搭着意大利美男子的肩膀，脸上挂着微笑，半是甜蜜，半是羞涩。船长先生则站在门外的甲板上，和游客们摄影留念。

第五天　回家，衔上一根草

上午，8 点离房。10 点，邮轮靠上码头，游客们争先恐后下船去，想家了，个个归心似箭。

回家吧，家永远是最温暖的窝。俗话说得好，金窝银窝不及家里的草窝。回家吧，衔上一根草。

乡愁漫漫东钱湖

（2013年10月28日—11月2日）

前言　归思难收

2011 年 9 月，拙著《痴人笔记》出版，书中《初恋》《青瓷》二节，记叙了我在故乡宁波东钱湖度过的童年时光，又每每念及安葬于故乡的父母，“归梦如春水，悠悠绕故乡”，归思难收。于是寄一封书给乡下的外甥女素英，她热情回音，盼我早回乡。2013 年 10 月 28 日，我颜衰重喜返故乡，短短六天，平添泪两行，乡愁难忘，遂记之。

第一天　故乡，游子回来了

1. 东钱湖一如当年

正是气爽的秋高时节，桂花的余香还逗留在鼻尖。行行循归路，计时望故乡。早上我去虹桥枢纽的高铁，8 点整发车。坐票已售罄，回乡心切，买了一张站票。10 点整到宁波东站。

出站，转乘公交 903 路，11 点，车到终点岳王庙。

下车一望，秋日的阳光洒在东钱湖上。东钱湖，我童年的摇篮，常在梦中摇晃。我情不自禁，叹道，故乡，一个 76 岁的游子回来了！东钱湖一如当年娴静秀美，而我已苍头华发，垂垂老了，苦涩的乡愁。

再转乘公交 901 路。沿湖环行，车过湖塘下，我的眼睛湿润了。约莫在 70 年前，我跟随祖母从史家湾来这里走亲眷，祖母那双三寸金莲婀娜健行的身影，历历在目。湖塘下亲眷家在一个大宅院里，两边屋舍都是宽敞的砖木结构，中间的天井又宽又长。最难忘，在亲眷家平生头一回吃上蹄髈，那肉又肥又嫩又滑又香，一块连着一块，狼吞虎咽，至今我见了蹄髈依然是那副馋相。“故人故情怀故宴，相望相思不相见”，怎不教我近乡情更切！

11 点半，车到终点站小普陀风景区。素英小跑步地迎上来，一声声“舅舅”很亲热，她的脸庞依然圆圆、红红，稍稍有点黑，很有活力。

素英家坐落在湖畔，一条小路的拐角。老式的小木门质朴轻巧，齐腰窗棂可敞可闭，两边短墙上漏窗透亮，过路人一眼就能窥见屋内明堂，明堂摆设依然如前，桌上的橘子鲜亮橙黄，刚从果园里摘下来。后屋是厨房，楼上为卧室，是一家典型的农家老屋，名副其实的“农家乐”。今天，老屋里少了一位老农，我的才芳阿哥。从前，他坐在老式的竹椅上，陪我喝杯清茶，说些乡里事，他衣着素色土布，整齐干净，他忠厚老实，在村里是出了名的，他谈吐如泥土般的朴实，但常常会冒出哲人般的警句，把人生世理说透。今天屋里少了他，一阵寂寞袭来。

2. 宋徽宗赐予史家“八行高士”

午餐，素英和老公忻勉大端上了家乡菜，浓浓的乡味。

餐后，素英陪同去史家湾。史家湾，是我童年的港湾。

史家湾在东钱湖畔，陶公山麓，湖光山影，一个天造地设的小乡村。沿湖有象鼻弄、划船弄等 11 条弄，弄堂深幽，山脚下的老屋，树林叉桠，花草簇拥，真乃“水抱青山山抱花，花光深处有人家”。

湖畔有座曹家祠堂，祠堂的凉亭旁，正在做戏文，是乡里人爱看的绍兴戏。素英说，要连续演 7 天。大外甥女雪英也在看戏，她是戏迷，我们打了招呼，相约晚上见。

在一个叫小曹家小村的拐角处，有一幢小屋，儿时我曾在此小住，离湖三两步。我常常跨出门去钓鱼，用一条自制的小竹鱼竿，半截蚯蚓，三下两下就有鱼上钩，转身回屋隔水蒸，做“下饭”，野生鱼味道鲜美。

徐徐前行，踏上了史家湾的土地，我的童年就是踏着这块土地走过的。路口是一座三官殿，那时每当菩萨出殿，放铳吹打，非常热闹。眼前，殿门锁闭，门前杳无人影。后门面湖，当年沿湖的河埠头，乡民们洗衣淘米，谈笑古今。我会用一只淘米竹箩，沿湖岸垒石处狠狠往下一按，石缝里的虾儿就被吸进竹箩，提起竹箩，虾儿活蹦乱跳，献宝似的端给大人们看。而今，殿后盖着水泥楼房，筑了墙篱，河埠头消失了，不禁黯然神伤。

走过三官殿，岔道路口曾有一爿杂货小店，五六岁时，我在店门口遭到一只黄狗的追咬，从此见狗就避得远远的。路口还见过新娘子出嫁场面，大人们抬着花轿，吹着喇叭，吹鼓手们吹吹打打，有一个大人边走边抛铜钱，孩子们追着抢着，我一个子儿也没抢到。花轿抬到河埠头，停靠着一只河条船，船儿载着新娘去夫家。我的堂姐出嫁，也是这番情景，她说过：“我出嫁时，汉富阿弟哭得不得了。”我们从小生活在一起，情同亲姐弟。

从岔路往里走，是我们史家的“八行堂”，刚修缮过，单间单门，堂门关着，门档里看见堂内墙上张贴着出资人名，都是史家湾人。“八行堂”堂名来历不凡，宋朝徽宗皇帝赐予史家祖宗史浩之父史昭的御书：“八行高士”。史昭子孙显达，仅宋朝就出过三个丞相，史家后代逐以八行垂训为堂号：孝、友、睦、姻、任、恤、中、和。八行优良道德品行，史氏后代传承至今。

终于走到当年的史家湾小学——我的启蒙学堂。这是史氏宗祠改建的小学，山门面湖，大殿庄严，厢房古朴。记得厢房改建的教室，宽敞明亮，门外一角落放着一只尿桶，乡里人用童尿治病；记得一位厚道的名叫罗瑞芳的男老师用戒尺打我手心，纠我失知敬学；记得学校墙外有一排茅坑棚，棚里勾挂着一只竹篾字纸篓，那年月，乡里人是不允许把有字的纸乱丢乱抛的。这是一所传统文化积淀的学校，校长史美发，族里人，我的叔辈，他一生事蒙养，教育蒙童，圣功也。而今，墙屋破旧不堪，挂着工厂的牌子。推门进去，一片狼藉，不见一架机器，也无一个工人。迎面走来一个中年男士，西装革履，自称厂长，四川口音，叹息工厂已经倒闭。当他得知此地曾是小学，目瞪神呆，难以置信。面对当下的颓败，心中寂寥，不忍一睹，黯然离去。

（补记：史家湾宗祠已于 2015 年 5 月 1 日落成，我专程前往参加庆典活动。惜当年用作教室的左右厢房均改得狭窄了，小学终成历史。）

3. 奶妈家在毛竹下

返回路上，走到村边，脚步有点儿沉。这里有一条山岭，叫张迈岭，岭上遍植松柏，青枝翠叶，清幽岑寂。我的祖母曾被集体迁葬于此，眼下已无迹可寻，让我凄楚不已。岭下湖畔有座小凉亭，凉亭一边是一条又陡又长的小山路，通向邻村薛家山，10 岁那年，我背着一小袋稻米（作为学费）翻山越岭，走上了求学之路。

张迈岭的野道，空气里散发着幽恬的清香。道上遇见一位男士，身材挺拔，面相和善，像个有文化的人。他主动和我们打招呼，第一句话就是：“陶公山遍地是宝呀！”这是一位深爱家乡的人，我们一见如故，攀谈起来。他姓朱，陶公山大岙底人，今年 58 岁，曾在远洋轮上工作，到过很多国家，在日本待了六年，现退休回乡。他曾为灾区捐赠一大笔钱，比当年某些名演员名作家捐款还要多得多，但他没让当地政府宣扬，做人极为低调，是一位地道的草根慈善家。我们聊得投缘，一路走到他的住所，这是他们朱家祠堂的大宅院，大门墙上的一尊石雕弥勒像，已有百年历史。屋舍古色古香，家家窗明几净，宅院虽大，但安安静静。我们不便打扰，心里怀着对朱先生的尊敬，安安静静地离去。

继续沿湖走，湖的对岸有个小村庄，村名叫毛竹下。湖岸有一栋木屋，古朴宽敞，这里是我奶妈的家。40 多年前，我乘着小渡船去看望奶妈，她脸色红润，面慈目善，一位纯朴的农家妇女。奶妈提起当年，有点心酸，家里原来就有几个小孩，日子过得很艰难。而我 3 岁抱回祖母身边时，村里人见我强壮得像小俄罗斯人，叫我“小罗宋”，可见奶妈爱我之深了。眼前的毛竹下，一片砖石瓦砾，素英说，毛竹下正在开发兴建，要起高楼了。湖畔奶妈的木屋不见了，心里一阵苦涩。

4. 夜宿乡村小店

晚餐，素英勉大上了一桌家乡菜，雪英和老公张嘉禾来迎接我，小外甥雪龙和老婆舒波也来了。舒波多年前遭车祸，手脚残疾，思维木讷。今天，舒波完全变了一个人，容光焕发，说话思路清晰。

餐后，素英陪我去湖边的家园饭店借宿。饭店面湖，楼下和门外大棚供游客就餐，楼上住着主人一家。我的房间在走廊尽头，只有我一个客人，被褥刚晒过，太阳能热水器 24 小时供应热水。推开窗户是陶公山，我就像在山的怀抱里。我患有失眠症，每次外出，天天靠安眠药入睡，今晚，没吃安眠药，倒头就沉酣地睡着了。

第二天　东钱湖，休闲之湖

1. 湖心堤上

破晓起来，推开窗户，山也醒了，树伸着懒腰，草舒展手脚，早啊，陶公山。望窗下，一个村民走过，脚步轻轻，乡里的清晨静悄悄。

洗漱后去小普陀景区。长长的湖堤架在湖心，天色苍蓝，山岚清淡，湖心堤塘也是静悄悄的。我缓缓散步，忽听得身后有脚步声传来，一个小伙子跑步擦过我的身边，我们互相打了招呼，他放慢脚步，和我并肩慢走，攀谈起来。小伙子身高 1 米 8，说话随和，名叫余斌，毕业于合肥工大，求职在宁波某建筑公司任勘测。父亲曾是村里的老会计，母亲在宁波旅游学校餐厅工作。女友任宁波某贸易公司营销，现正在广交会出差，他们打算明年结婚，婚房已有，村里凡满 28 岁结婚都会分配房子。东钱湖，钱之湖，湖里人家不差钱。

我告诉余斌，明天想去姜山走马塘古村旅游，不知怎么走，余斌说，他的女朋友正是姜山人，他会上网查看，晚上给我短信。我们一起走过霞屿寺，见到一位师姑在扫地，余斌说："这里的小尼姑都毕业于佛学院，很有学问。"我们又走进补陀洞天的山洞，这是宋代留下的古迹。就这样走走聊聊，一个多小时。

2. "冀国夫人"，史氏伟人

上午，我们去顿岙给父母上坟。

下午去下水村。

下水村是我们史家的老祖宗宋朝宰相史浩故里。村口的一棵茂密大树下，竖立一块石碑："南宋丞相史浩故里。"这里的史家祠堂古朴、平实，很合我的怀旧心意，八行堂的壁墙上排列着史氏祖宗的画像，画像保存至今二百多年了，弥足珍贵。祭台上有来自福建泉州史氏后代留下的纪念物，据记载，史氏后代迁居福建约在明清时期，明代福建晋江人史时隆乃是海南史姓的始迁祖。如今，泉州史氏远道来此寻根祭祖，足见史氏传统根蒂之深了。

南宋丞相史浩故里

随后，我们走访了村委会，办公室里只有一位女干部，也姓史，凑巧是阿国的老同事，她建议我们去附近的史浩祖母叶夫人墓。冢茔很偏，在一处山坳间，神道很窄，两边有石仲石马，墓碑石刻“叶夫人墓”，清晰可辨。墓冢荒草丛生，树木茂密，史载有一棵梓树，枯后复荣，十分罕见，但我分不清是哪一棵。叶夫人 25 岁守寡，遗腹子史诏，就是宰相史浩之父。史浩曾撰文记叙叶夫人的训戒：“纵观读圣贤书而操笔作语为士者，孰不能！要当慕古人之德行为贵耳。”叶夫人的训戒造就了“八行高士”史诏及史浩、史弥远、史嵩之三丞相，叶夫人被朝廷追封为“冀国夫人”，史诏曾言：“无母氏，几无史氏也”，就连南宋的历史也要改写了。她享年 86 岁，她的长寿基因代代遗传，史浩 89 岁仙逝，史弥远也活到 69 岁，在“人生七十古来稀”的朝代里，这样的高寿非常罕见。我伫立在她的墓前，默哀久久。

4. 县令王安石

下水村清溪旋绕，流到村口。路边有卖艾麻糍的小摊，故乡的艾麻糍散发着艾草的清香，糯糯的微甜，天下难觅，或可摆上国宴。

车过十里四香，这里又名叫奇奇园，遍地庄稼，浓绿饱润。城里人在这里租田，周末举家前来种栽果蔬，享受乡间生活，甥女婿嘉禾不屑地说：“租田费用比出产的蔬菜还要贵。”我说得更绝：“这是城里人的返祖现象。”

随后来到纪念王安石的忠应庙。东钱湖的忠应庙有三处。王安石 28 岁任鄞县县令（1047—1050 年），推行青苗法，取得成效。著《鄞县经游记》，是其巡视各乡的日录。政绩显赫，后贵为宰相，仍揭露统治阶级“繁华竞逐，叹门外楼头，悲恨相续”（《桂枝香·金陵怀古》）的腐朽生活。深为东钱湖人崇拜。

继续环湖行，从环湖北路、环湖东路一直到环湖南路，环湖大道宽阔，左有青山沃野，右有湖水轻舟，一路风景天造地设。沿路有南宋石刻公园、福泉山景点、二灵寺景点、马山湿地、水上乐园、阳光水岸、田螺山风景区等等，美不胜收。东钱湖被世人誉为休闲之湖，比太湖更秀，比西湖更幽，是休闲身心的家园。

5. 洗尘家宴，钱湖四宝

晚餐，素英设宴为我接风洗尘，她把兄弟姐妹一家家全都请来了。七个姊妹兄弟和睦亲热，家风可赞。肴馔丰盛，全是宁波家乡菜，我们东钱湖有“钱湖四宝”，名扬上海：青鱼划水、钱湖吻别、浪里白条、钱湖河虾，桌上全齐了。一条鲤鱼重达 20 斤，是甥女婿勉大从东钱湖里捉来的。天不亮，他就下湖了。他是捉鱼能手，平日，他晴天捉鱼，落雨天修渔具，他是一个讷讷不多话的老实头。

外甥女素英性格外向，和人热络，夫妻俩一只馒头一块糕，十分搭配。这个洗尘的家宴，温馨难忘。

晚上，余斌发来短信，告诉去走马塘的路线，他很守信。

第三天　走马塘古村：进士第一村

走马塘村，这一个名字，古朴生气。村子被列为宁波十大古村。

古村在东钱湖西，余斌短信上说，单程就要 3 个小时。几年前，我在旅游报上读到这个古村，非常向往，再远也要去，又有嘉禾雪英夫妇陪伴，欣然前行。

先乘公交车，在钟公庙转车。车上有三个宁波妇女拉家常，声音响亮，全车人都听得很清楚。嘉禾见我惊讶，讪笑说："宁波人有句老话，三个女人抵潮鸭。"这个比喻就像上海人说的，几个女人在一起，像田鸡箩倒翻一样。车到了姜山镇，改坐一辆三轮摩托，总共花了两个小时，就到了走马塘。

村口竖着牌楼，上书"中国进士第一村"。这个"第一"的封号让我眼睛一亮。旁边有个旅游接待处，但大门紧锁，一位热心的女村民指点我们："可以去找村长陈均财，他肯帮你们。"于是，我们去了设在村外的村委会，村长陈均财，五十开外，长得斯文厚道，陈村长得知我们来意后，歉意地说："村里唯一的女导游生小囡去了。"他边说边取出《中国进士第一村——走马塘》，送给我们。该书正式出版，装帧精美，分别有宁波市委书记、鄞州区委书记题字作序。我喜出望外，请陈村长在书上签名留念。翻开一看，原来小村出了 76 名进士，凡地方官员经过村子，一律"文官下轿，武官下马"，步行走过堤塘，这就是村名"下马塘"的来历。我们就按书索骥游览去了。

走进走马塘，便见一方荷花池塘，占地 2 亩，正是晚秋，残荷依稀。我曾到过不少被联合

走马塘古村

国认定为世界文化遗产的古村古城，无不大院豪宅。走马塘村历代出过 70 多名进士，却不见一处豪华建筑，环视村落，杂树竹叶参差掩映的屋舍，黑白清丽，也许这就是当年建造这方荷花池的寓意："出淤泥而不染。"为官者两袖清风。可见这"中国进士第一村"的封号，决不是徒有其表的虚称。

古村清幽静妙，那小巷，那青石板，那老屋的石雕花窗，处处如远古时代的朴素恬淡。有一条小巷的名字叫挑水弄，又窄又长，曲里拐弯，有村民挑着水桶悠悠前行，如此安闲的生活，城里人没有这个福分了。

村里有一潭池塘，有个很土很形象的塘名：蟹肚脐。池边有一棵千年古树，树身横斜在池水上，虬枝弯曲，树杆有一块石柱，千年前被用来支撑树身，而今反被树杆包裹在里面，树石浑然一体。望着千年古树，古村的历史确实悠久。

村子的布局有点像迷宫，迂回曲折，一路上没见一个村民。在一家门前，一位中年妇女在洗衣服，她面目清秀，见了我们主动打招呼，还亲切地给我们指路。唯一让我遗憾的是，历代出了那么多进士，号称中国第一进士村，但进士们的遗迹、遗物、文献资料难觅踪影。

走走看看一个多小时，同行的嘉禾赞不绝口，他家的老屋也有些年代，也安静朴素，但总不及这里深幽，有古味。

晚上，大家又聚在素英家晚餐。

阿国听说我想去雁村古村，他的一位朋友正是那里人，说雁村在一个十分偏远的小山沟里，进山难度很大，没有私家车玩不了，阿国决定再放下厂里事情，陪我前往。

第四天　雁村古村

1. 尼姑庵轶闻

起早，再去史家湾，仍由素英陪同。

走进三官殿弄，那么熟悉，却又那么陌生，石板小路依然长长窄窄，曲曲弯弯，而两旁的屋舍多已颓败颠危，在断墙上用红漆写着"量"字，素英说，那屋已被政府征收，史家湾将被整体拆迁改造。一路走着，不见人影，也不闻鸡鸣，儿时生气勃勃的乡村生活景象已不复存在。走到山脚，石级下原是我们的老屋，屋舍早已废，宅地一片荒草乱石，隔壁大伯二伯家的木屋曾被人烧毁，现在翻造成为水泥楼房，是家住北京的堂姐佩飞盖的，空关着。老屋对面的墙门里，有宽大的天井，有三间房，居中的一间，儿时我小住过。记得一个夏日午后，我出痧子，躺在一张竹榻上，吃着薄薄的火炙糕，香香脆脆，对于一个乡下小孩，这是莫大的享受，整个童年也就吃过这么一回。眼下这房间出租改为养老所，屋里昏暗杂乱，有两男一女垂垂老人或躺或坐，晚景凄凉。

老屋斜对面，是观音庵，我的祖母和庵里的师太们非常热络，在玄房里拉家常，像亲姐妹一样，我也去宿过一夜。夏天，睡在大殿近菩萨的天井里，清凉舒服。当年的晚上，有和尚们到这里放焰口，还分发馒头，比过年还热闹。解放后，庵堂颓废。改革开放后，有一个外来的年轻和尚重建寺庙，当了主持，人称小张。有一年回乡，我去拜访过，他给我一张名片，名片上的法名演持。当时，有十来名沙弥借住在伯父家的老屋，我和伯父是一家人，二楼的厢房是相通的。我随同沙弥上楼重拾孩提的生活场景。隔了一些年，我再回故乡，观音寺又坍败得不堪，村里人说，小张和尚曾在村里娶妻又离婚出走，难以置信。今天观音寺竟然又重建了，比当年更辉煌庄严，布局精巧。一位老人告诉我，小张出走后，在南京一个寺院当主持，积蓄了很多钱，回来又重建观音寺。老人叹道："小张平生造孽太多，他是来还孽债的。"现在观音寺由小张阿哥代管着，一个和尚也没有。

随后，素英陪我去后山脚下寻找小溪坑，儿时潭里溪水清澈见底，石缝里时有小蟹出没。当年村里人多作饮用水，素英也常在此提水给美塘伯伯等饮用，现在几近干涸。满山橘子山林，又是秋天，潭里怎么反而没有水呢？山溪被人为破坏了吧。记得小时候若山上有人伤害山林，我们一位精瘦的老族长就会在山下大声呵斥，今非昔比了。

沿着环山小路，回到素英家。阿国已在等我，我们上车去雁村。

2. 浙东的香格里拉——雁村

雁村也是宁波十大古村之一，被誉为浙东的香格里拉。雁村在东钱湖南面，塘溪镇的僻远山沟里，去去不甚容易。车开了大约一个小时才进入山区，从山脚上山，山径盘曲，又多岔道，有幸遇上一位进山的山民，上车带路，他半途到家，指点我们如何继续前行。山路曲折，不断上坡拐弯，终于到了村口。

雁村，四面青山环抱，一条清溪从山谷流下来，穿村而过，溪涧横着一道

雁村古村

道古时的拦洪坝，水声淙淙。溪边一棵棵粗壮的香樟树投下绿色的倩影，溪水里有彩色斑斓的鸭子列队戏游。浅滩上，放着一张年久的竹椅，背面有一座古老的石桥，我们坐上去拍照留念，摆出返璞归真的神态。阿国的架势颇有几分乡间绅士的神韵，他心善有人缘，生意场上事事顺畅，他的娇妻阿小是快活人。我曾对阿国夸她："阿小和人说话总是笑眯眯的，很好看。"他得意地说："她睡着时，我偷偷看她，脸上也是笑眯眯的。"一对恩爱夫妻，令人羡慕。

雁村的山，高低连迭，野景生色，疑是罗浮的仙境。我撇下阿国，独自前行，走上一条野道，那岔道口有一块指路木牌，写着"菩提古道"。杂树葱茏，我眺望远处，不能穷其底，那里仿佛是释迦牟尼在菩提树下成佛的圣地。往下回看，荒榛蔓草，看不见阿国人影，四周一片静寂，便下山去。在村口有一座百年古桥，我们拍了照。

回望雁村，人家点点，烟树重重，这座偏僻的小山村，形状就像大雁展翅。雁南飞，我的心也像南飞雁，飞翔在江南的香格里拉。

3. 沙孟海、童第周故里

阿国有点儒商的天分，他安排我去著名书法家沙孟海故居。故居在一个僻静小村的山野里，屋舍四周，荒草三径，充满了野趣，这野趣得天独厚，滋养了任情恣性的书法大家。记得沙孟海曾给他的同乡、上海著名电影导演谢晋故里留下宝墨：东山谢氏。

接着，阿国又带我去童第周故居，童第周是世界著名生物学家。故居在小镇的路边，路边有条小河，临河拾级而上，是一个齐整的院落，古色古香，院里有宽敞的天井，十分的安静。有一位学者模样的参观者，边看陈列的图文，边作着记录，应该也是和我们一样慕名而来的敬仰者。

4. 亭溪古道

中午时分，我们来到咸祥镇，在路边一家名叫阳光饭店要了青菜面，我见有芋艿头，十分喜欢，点了一盆，阿国点了一盘蟛元蟹，我头一次听说这个蟹名，一上口，鲜得很，店老板的妈妈打趣说："当心鲜得把头发掉完了！"

餐后，阿国更来兴，兜了很多路，让我见见象山港。象山港值得一看，洋面一望无际，一座新建的象山港大桥横跨海上，雄伟壮观。大桥未建时，港口十分繁忙，大型货船在这里渡行，现在港口仅作渡人。一座新建的大桥，一个古旧的渡口，一道时代更替的风景。

驱车前行至塘溪镇。塘溪是一条宽阔的溪水，筑着堤坝，碧流湍急，水花飞溅，美得我们不忍舍却，即下车去观赏。青山碧水，凉风飒爽，忘了时间。

塘溪附近有一个梅溪水库，水库旁有一条古道，名亭溪古道，曾是太平军要塞，古道又陡又窄又长。这支太平天国的军队，在清朝同治元年，正是在这条古道上直接同英、法、美侵略者作战。山道高坡绿云间，隐约可见一座小亭。天色将晚，我们折回下山来，边走边想，一支农民起义军，坚持斗争 14 年，亭溪古道也该记上一功。

离开古道，回到东钱湖畔，路过韩岭古镇。村中心的一条溪水很宽很长，半掩半露，十分罕见。两边的老街老屋，虽已破败，但还能窥见古镇的历史。古镇已列入规划重建，曾经蜚声海外的韩岭集市又将会展现昔日的繁荣。

5. 国富家也富

来到莫枝镇，已经很晚了，匆匆看了阿国的工厂，厂虽不大，但井井有条，像模像样。李克强总理说："小企业可以有大未来。"阿国全名忻国富，大河有水小河满，国富家也富，一个好名字。厂旁是阿国的家，面积很大，围墙过道楼上有三间房，一间出租给奉化生意人，已有两年多了，另有两间空着，阿小说："舅舅下次来，可以住。"中间一间屋顶开了一扇门，门洞出去是一块很大的阳台，是夏天晚上纳凉好地方。见到了阿国的老母亲，长得硬朗文静，彬彬有礼，家里大小事情都由老人家张罗，真是家有一老，赛过一宝。

很巧，在阿国的厂门口，遇见了排行老二的外甥女珠英的女儿和女婿，珠英对我说："女婿人长得又高又好看。"真可谓丈母娘看女婿，越看越欢喜了。

我很佩服珠英，一个人把三个孩子从小拉扯大，现在全有出息了。

接着，我们去了双胞胎之一的外甥女阿大家。她家乔迁不久，室内装潢简约大方，老公裕福是手艺高超的木工师傅，家里的木工装饰精巧，细洁，边角圆润。在当地，裕福颇有名气，他和人交谈，常常是双手搓着掌心，全神贯注倾听，频频点头，一副谦和的神态，难怪，客户一年排到头。天下木工皆是鲁班的传人，聪明能干，前国家领导人李先念、李瑞环都是木工出身，裕福也是聪明人。

我的女婿来电，他正在舟山出差，路经宁波来接我回上海。

第五天　镇海游

1. 招宝山

今天去镇海招宝山。从前，我们宁波乡里人对镇海情有独钟，有则谜语："菠菜豆芽菜，宁波通镇海，当中一只火轮船。"谜底：暖锅。还有一句顺口溜："招宝山，两头掼，双脚癞屎（癞蛤蟆）跳过镇海关。"

今天仍然由嘉禾陪同，他曾来过，熟门熟路。上山的路迂回曲折，一忽儿上，一忽儿下，岔岔道道，兜来转去，颇有招宝找宝的感觉。半山腰的威远城，一座石城，戚继光、林则徐等民族英雄曾在此浴血抗辱，城楼上留存着数门古炮，"戚家军"的炮手击溃了东南沿海的倭寇。威远城，"威"风"远"扬。山间有鳌柱塔，塔高七层，登顶远眺，镇海城貌，一览无余。山上尚有梵文石刻等景点，有一条支路叫招宝路，路的尽头是一尊弥勒佛，周身金元宝，招揽想发财的游客。弥勒佛在"开口常笑，笑人间可笑之人"。

上上下下，来来回回，爬了近两小时的山，再去郑氏十七房。

郑氏十七房是上了年纪的老宅，属清末江南民居。我们到时，铁门锁着，门卫说景点在重修，拟改作酒家。留下遗憾，下回再游。

时间已晚，没有时间去九龙湖了，只得返回。幸好一路有嘉禾相伴。别看他年逾七旬，说话中气十足，两臂力大无穷，每天清晨，他两手各提一只水桶，每桶几十斤重，竟能健步如飞。究其养生之道，原来他精通中医，完全是无师自通，他自我运气，连手臂上的斑块也全部消退了，还给村里人医治疑难杂症，真是了得。

2. 莫枝堰的夜色

乘车到莫枝堰，已近傍晚。莫枝堰上有一道人工堰坝，把东钱湖和下河分隔。儿时，我们去宁波市里，乘航船到坝下，坝上两边各竖着一根又粗又高的圆木柱，木柱下端有个辘轳般的装置，每边有五个工人，绳牵船舷，推磨似的转动辘轳，航船缓缓磨上坝顶，接着便急速滑向下河里，船头溅起一阵水浪，我乘在船舱里，又惊又喜，刺激好玩。

岳王庙暮色

夕阳西下，晚烟缭绕，夜色把山水勾画出醉融融的景象。湖面上横卧一座岳王庙，宋代丞相史浩为岳飞昭雪平反，东钱湖人以此为荣，在湖上建造了岳王庙。我们走到岳王庙，回望莫枝，暮色里，莫枝就像个睡美人。

今天是周末，也是这次我在素英家的最后一夜了，亲友们又一次来相聚，在宁波工作的素英大儿子忻伟一家和小儿子忻杰也来了。素英说，他们兄弟姐妹每年只在春节聚会一次，能连续五六天相聚，这是头一回。大家真是给足了我的面子，我又感动又惭愧。

明天要返沪了，给余斌发短信，相约明晨话别，他欣然答应。

第六天　三回史家湾

1. 乡间集市

清晨，推开窗户，一阵微风挟着雨丝飘在我的脸上。呵，下雨了。在上海，我常常会思念故乡的雨，那山间的雨，湖面的雨，像茅台一般飘洒在我的心田，刘伶似的醉了。不曾想到，在回乡的最后一天，雨来了，冥冥之中的一份情意。

风轻轻，雨轻轻，心儿也吟诵起轻轻的诗句。

天色朦胧，路灯朦胧，唯有雨丝一闪一晃。走上青石板，去菜市场。乡间的集市，散发着浓浓的韵味。雨中的菜市场，菜更绿，伴着泥土的香气，鱼儿野生的，沾着湖水的纯净，活蹦鲜跳，我蹲下鱼盆前，水珠溅在脸上，清清凉凉，久久挂着。还有山里刚摘下的猕猴桃，一股山野的清香。

在路边的屋檐下，和余斌通话。不一会，他就过来了。我们走进菜市场的一家小吃店，店很小，只有三张狭长的小木桌，桌面地面都很干净，同桌有淳朴的乡亲，坐在充满乡土气息的小店里，别样的享受。我们点了大饼、油条、咸豆浆，浓醇的味道，久违了。然后，我们去了忻家祠堂，去看了湖畔的百年古桥南安桥。

握别余斌，雨停了。走到新造景点陶公钓矶，湖畔有一个中年男子在垂钓。陶公钓矶原是东钱湖十景之一，陶公就是越国范蠡，他携西施隐居在湖边，“不管人间吴越非”。陶公钓矶的遗址，就在我家老屋前的陶公山脚，是我儿时的玩耍地，现在成了一片果树林。

2. 祖母爱老鼠

走回素英家，由嘉禾陪同去史家湾。回乡总共才6天，这是第三次去史家湾，我太迷恋那里的童年时光了。

我们从忻家的厅屋里往山上走。厅屋里的称呼，相当于四合院等民宅，全国罕见的一个民居。两边是二层的木房，中间的空场地比一个足球场还大。儿时，我和小伙伴们在这里乘凉，望月唱歌，人间天堂。厅屋的正面是开间很大的堂宇，堂宇两侧有小径通往山上，上山路口，有一个滴水洞，溪水清洌，终年流滴，是厅屋里的纯净水，泡茶比杭州的虎跑水更甘冽。

走过滴水洞，山腰有座极乐庵，晨祷钟鼓，有人在做佛事，诵经的都是女居士，声音清亮，在山间回响。再上去，是横山小路，路面用鹅卵石铺设。雨后，山色润湿，空气清新。平展眼底，东钱湖氤氲化醇，满眼流金溢银，钱湖之名，妙极了。山路两侧长着许多纵横芜杂的草木，还有菜园，黄澄澄的橘子挂在树梢。

再前行，来到观音寺，寺前原来是青石板路，现在已铺水泥，路边的沟壑是儿时乘凉之处，沟壑里长着各种无名花草，夏日傍晚，大人摘下凤仙花为小孩们染指甲，而今，沟壑也铺上了水泥，童年的野趣消失了。

天下雨了，我们撑开伞，来到山脚的溪边。雨中的山，分外的静了，满山的橘子树挂着黄澄澄的橘子，蒙蒙细雨里，油画一般的美。走上一条小径，这是儿时上学的后山路，夏日的路边，全是番薯地，挖一只番薯，去掉泥，脆脆甜甜，一路吃到学校后门。雨越下越猛，下山去。

下山，来到曹家堂宇附近，小路边有一间小屋，儿时我和祖母也曾在这里小住，记得一个年三十夜，小屋里点着幽幽的煤油灯，祖母盛一盘米粒，放在地的中央，供奉老虫（鼠）伯伯。苏东坡有诗曰："爱鼠常留饭，怜蛾不点灯。"祖母虽然目不识丁，但她爱护生命的慈悲之心胜过许多读书人。小屋门口有一只七石缸，盛天落水。斜对面有一堵高高的砖墙，门墙下有一块大青石板，我和小伙伴们常在上面玩石子棋。嘉禾说，那叫屙坑棋，甲方一块大石子，乙方八块小石子，比赛输赢，有句棋语："动动老虎（指大石子）吃一对，屙坑门口扛十八。"现在，乡里很少有人知道这种游戏了。

沿着湖畔，来到在曹家祠堂，祠堂外有座凉亭，凉亭里有两副楹联："过陶麓而旅行于时语语大家德，面钱湖以凭眺欲作休休居士观"，"翼然荫唱，真觉无冬无夏，偶尔伫踪，休问孰主孰宾"，展现了东钱湖人的淳朴民风。

3. 晨游东钱湖

外甥雪明，一早解缆，摇着湖船，载我去游湖，陪同的还有嘉禾雪英夫妇。

雨刚停息，湖水与天相邻，雾蒙蒙一片。偌大的东钱湖只有我们一叶扁舟，绿水回环，橹声咿呀。雪明悠悠地摇着橹，两脚轻轻地一起一落，柔波圆圆曲曲，小渡船微微摇晃，穿过桥洞，湿风掠面，心绪也清凉起来。湖雾湖烟，湖山如画，万籁无声。我看看雪明，他的脸架子和小时候几乎没有什么大的变化。记得他一两岁时，我常常抱着他，在屋里楼下一面大镜子前逗他笑，他长得挺好看的。才芳阿哥、行花阿姐之前生的是女儿，在乡下，脸上无光，生下雪明，能传宗接代了，在乡下是天大的喜事。阿哥阿姐视雪明为掌上明珠，雪明的明字大概也有这份意思吧。如今，雪明也有孙辈了，时间过得飞一样快，我举起相机给雪明拍了两张照片。此刻，雪英起身接过雪明的摇橹，她身姿婀娜，轻轻地推，轻轻地扳，露出一脸微笑，说着乡音，脆脆的，溅落在湖面上。我曾到各地见到无数船娘，可以毫不夸张地说，没有比她更悦目舒心的了。嘉禾坐在我对面，情不自禁地夸她说："现在像雪英这样会摇船的女人不多了。她们五姐妹就雪英会摇，她是家里老大，小辰光生活很苦，要帮阿爸撑船过日脚。"嘉禾继续夸雪英："雪英样样都会，舞跳得好，腰鼓打得好，她参加陶公山腰鼓队逢年过节打腰鼓，陶公山团团套转，很快活。"我问："有津贴吗？"嘉禾说："没有，最多一条毛巾，她就是喜欢。"在我的印象里，雪英十字绣绣得好，绢花做得好，菩萨也信得好，常在寺院小住几日，所以心静面善，听了嘉禾的夸奖，才明白她欢喜活动，活得开心，身材才保持这么好，这么健康。雪明生怕雪英吃力，接过了橹，在东钱湖上兜了一大圈。

"谁不说咱家乡好"，也不尽然，诗人郭沫若他是四川乐山人，盛赞我们的东钱湖："西湖风韵，太湖气派"。晨游东钱湖，一觉好梦。

4. 南塘老街

在素英家午餐后，仍然由阿国开车去宁波，还是嘉禾雪英陪同。我们去了南塘老街，老街保留了古老的风貌，又打造了时尚设计，男女老少都爱逛。满街都是当地的特产，几乎每一家都有我喜欢的食品。这里有一家卖油赞子的小吃店，我很想尝一尝，只是队伍排得太长，只好流流口水了。阿国去市里装货，我们乘车到天一广场，刚下车就接到女婿短信，他已提前出发来宁波，我们赶紧回莫枝阿国家。

阿小准备了一桌精馔相待，她听说我很想吃蛎蟥，但蛎蟥产量很少，现在这个季节，更难见踪影。今天阿小居然从奉化房客处觅到了。桌上还有奉化芋艿头，又糯又粉，也有很多年没吃了。我把女婿和他的一位同事也叫来分享。素英勉大、珠英、阿大、裕福和阿小一家都赶来了，盛意可感。

餐后驱车回沪，车的后备箱里装满了乡里的土特产，我的心里装满了乡亲们的深情厚意。

去时心雀跃，归时心依恋，乡愁漫漫。想起了我们乡里流传的廿四节气歌：

春雨惊春清谷天，
夏满芒夏暑相连，
秋处露秋寒霜降，
冬雪雪冬小大寒。

记住廿四节气歌，再记住春播、夏长、秋收、冬藏，一年四季也就记住了乡愁。

走狮城

（2013年11月22—25日）

小引　新加坡，举目皆美的“城市国家”

女儿出差去新加坡，期间适逢周六周日休会。她知道我对新加坡旅游盼望已久，遂预订机票，让我前往。

新加坡又名狮城，是世界上最小国家之一，一座“城市国家”，女儿陪我玩了四天。有道是，要善于发现美，在新加坡，美无需发现，举目皆是。四天游览，天天美滋滋的。

第一天　一个智慧致富的国家

1. 儒雅老司机

上午 9：00 乘东航，直飞新加坡樟宜机场。乘出租前往国敦河畔大酒店。司机是位 58 岁的准老头，虽然面容略显苍老，但长得精神干净，还有几分儒雅。司机得知我来自中国上海，主动和我攀谈。他的祖上来自中国福建，打小就读于华人学校，华语说得十分流畅。他曾是一家五金小店的业主，经营有道，新加坡旅游业蓬勃发展，司机缺口很大，他和一些上了年龄的人被动员加入出租车行业。他很喜欢开出租，傍晚准时回家，和儿孙们一起享受天伦之乐。他稳稳地开着车，几乎不停顿地介绍沿路风光。道路两旁栽着奇特的行道树，树枝从树干下部分杈，形成伞状。司机介绍说，树的学名他不清楚，但当地人俗称“雨树”，像挡雨的伞，称呼很形象。雨树仅产于马来西亚，当年新马尚未分家，新政府从马移植作为行道树绿化，颇有远见。司机自谦道，新加坡很小，东西长 50 公里，南北仅 25 公里，比上海小得多。这是有底气的谦逊。这位司机是我在新加坡接触的第一个新加坡人，头一个印象如此美好，让我喜欢上了这个国度。说话间，我们几乎横穿了大半个新加坡，来到国敦河畔大酒店。

2. 月光下的野生动物园

女儿在大堂里迎接我，我们的房间在九楼。这间双人房相当宽敞，临窗俯看，新加坡河就在眼下流过，河面上有小艇来往。眺望远处是著名的金莎大酒家，楼顶一艘航母般的建筑，把三幢弧形的高楼连成一体，蔚为壮观。金莎的左侧是著名的摩天景观轮，一轮硕大的圆形建筑美轮美奂。建筑是凝固的音乐，在蓝天下，金莎长方体流线和摩天轮的圆形汇合成一组美妙的天空交响乐，住在这间观景房里，心里不由奏起灿烂的乐章。

傍晚，我们打的去夜间野生动物园。园外是一个露天餐饮广场，四周是一片雨林，中间一张张古朴的木桌，桌上亮着一盏盏幽幽的灯火，广场相邻的一个舞台上，土著人在表演吞火。在这片迷蒙的氛围里品尝美食，浪漫极了。

餐后入园，来到入口不远的露天剧场，剧场只在周五、周六及例假日有表演，我们有幸赶上了。露天剧场在一片山丘丛林里，很有野趣。动物们的表演在夜晚，有着令人惊异的神秘感。其中有三只聪明的熊狸，把三类废物分别投入指定的分类桶里，宣传环境保护。我们上海的垃圾分类还遥遥无期，动物们的环保意识，令“人”汗颜。节目主持是个机灵的小伙子，他和观众的互动做到了极致，幽默风趣的讲解不时赢得观众阵阵欢叫声。

接着，我们在起点站乘坐一列敞开的小火车，作环园游。我们坐在第一排，无遮无拦。动物园的光影犹如明月照拂，幽幽虫声，此起彼伏，不觉得是电子仿声。动物园很大，动物有二千多只，动物们旁若无人，各自消受着自己的夜生活，有几处步行小径，游客可以下车去，作近距离观赏。车上的女导游虽然其貌不扬，但她的声音委婉悦耳，娓娓道来，和夜色和谐融合。新加坡夜间野生动物园是新加坡人的首创，智慧就是财富，一个小小的国度，创新打造旅游文化，成了一个富国。

回宾馆我们改乘双层公交车，坐在二层的前排，凉风习习，新加坡夜景流光溢彩，一道流动风景线。不一会，天气突变，下雨了，新加坡是亚热带气候，一会儿风起雨来，一会儿又风过天晴。我们走到下一层躲雨，到宾馆附近，雨就停了，街上空气清爽宜人。

在上海出发时，曾担心一路劳顿疲累，怕去不了女儿早先安排的夜间野生动物园，回到宾馆毫无倦意，游玩就是给心灵放假，也是一种休息。

第二天　来自中国的鱼尾狮

1. 名胜世界多名胜

女儿还在睡懒觉，我独自去自助餐厅，找了一个僻静角落，坐在沙发上，慢慢喝着牛奶咖啡，品尝各色点心和水果，同时欣赏肤色各异、打扮漂亮的旅客，可谓食色俱佳也。

今天的目的地是圣淘沙，出租车司机直接送我们到名胜世界，说是从那里入口用不着买门票。

名胜世界是个宽阔的广场，四通八达，通往许多景点。广场商场林立，还有种种娱乐场所，诸如海洋馆、水上探险乐园等等。广场的一侧是海边，停泊的仿古船，把你的思绪穿越到远古的南洋。节庆大道两侧都是名品商店，问津者寥寥。大道的交叉口成了许多中国旅行社的游客集散地，嘈嘈杂杂，一片闹哄哄。来到马来西亚美食街，原以为是一条马国风情的街市，一看，只是一个简陋的室内美食广场，专营南洋小吃，其中的肉骨茶是新加坡著名小吃，我们早餐吃得很撑，没有食欲再品尝。环球影城里有七大主题，一天也玩不过来，我们只是在城门牌楼拍照留念，到此一游而已；这里有个梦之湖，只是一个稍大的水池，但设计精巧，在夜晚灯光下会有梦幻感觉。还有一个标榜为“娱乐场”的赌场，赌场入口处有保安严格把守，待验证护照后才让进。赌场颇具规模，但比澳门赌场逊色，我曾在澳门“赌”过一把，再无兴趣下赌了。我们喝了一杯免费的饮料，就离开了。这里最著名的景点

鱼尾狮广场

是鱼尾狮广场，鱼尾狮是一种半鱼半狮的神兽，新加坡的标志。我们买票进了鱼尾狮塔，先是看了关于狮城传说的短片，说是那头雄狮从北方大陆一个古老国度跨海而来，我的直感那北方古国就是中国，新加坡华人占总人口的75%，华人以此传说纪念他们的祖先，亦在情理之中。塔身很小，但塔内设计精巧，我们乘电梯直达塔顶，塔高40米，站在狮首旁，俯看圣淘沙，那里的美景尽收眼底。

2. 圣淘沙，极视听之娱

走出塔，我们买了当地特色的雪糕。接着搭乘免费的捷运轻轨直达海滩，再改乘免费巴士沿着绿化大道去海滩的东部。这条绿化大道两旁的绿化带有密密的三层，一路上奇花异草，风景独特。在西乐索海滩下车，在海滩边的一家意大利露天餐厅用餐。阳光柔和，海水湛蓝，有泳者戏水，一群小伙子在沙滩上打球，海面上空，一条横跨两岸的缆索，空中飞人呼啸而过。品尝美食，欣赏美景，想起王羲之在《兰亭集序》里的一段话：“天朗气清，惠风和畅，仰观宇宙之大，俯察品类之盛，所以游目骋怀，足以极视听之娱。”说得“极”对，宇宙之大，品类之盛，我们岂能辜负天地的浩恩，美美享受生活吧。餐后搭乘免费巴士来到海滩最西部的巴拉湾海滩，走过摇摇晃晃的绳索板桥，岸边有一块英文书写的铭牌，女儿翻译说：“亚洲大陆最南端。”我们登上瞭望台，在

圣淘沙“亚洲大陆最南端”

木制的甲板上瞭望，前方就是南中国海，望不尽的天涯海角，世界很近，也很远。

置身在圣淘沙，感慨不已，据说这里原是一片荒凉的村落，新加坡政府斥资 300 亿元人民币打造成亚洲顶级的度假胜地，有胆识有远见。我国的许多旅游景点“千人一面”，过于急功近利了。

3. 左右开弓吃香辣蟹

晚餐，女儿特地安排我去克拉码头的珍宝海鲜店，这家店专营香辣蟹，天天食客盈门，非得排队等候，女儿曾来排队吃过。今天凑巧，我们没有排队，和另外两对客人拼桌。香辣蟹价格不菲，每只新币 70 元，我们点一只尝鲜。吃香辣蟹的样子有点狼狈，系上围裙，套好一次性薄膜手套，双手左右开弓，交替动用蟹具，吃相就像原始人。我们精挑细剔，把蟹肉打扫干干净净，至于味道，我们不是美食家，讲不出什么名堂来，无非吃个心情而已。

餐后，沿着新加坡河看夜景，河面上，游船彩灯烁烁，水波晃漾，河岸餐厅酒吧长列，群灯如繁星。我们沿河悠逸漫步，情致迷然，很晚才回到宾馆。

第三天　走过了狮城

1. 泳池畅游

宾馆设有游泳池，起床洗漱后，直奔那里。这是一个露天游泳池，仰望蓝天，四周一栋栋疏散的高楼，袒露着半截身段，竞相争宠。泳池两端各有一只仙鹤雕塑，展翅欲飞，嘴里喷射抛物线状的水柱，溅珠细匀，水声潺潺。泳池长 50 米，宽 25 米，深 1 米 40，池水清澈见底，水也不凉，整个泳池只有我一人，就像家庭游泳池，闲云野鹤，无拘无束。此刻，想起了我的忘年交、著名词作家、诗人张海宁的诗《轻》：

涉水的感觉真好
比如一阵风
轻
已经不能再轻

你来了也就来了
那就一如既往
向着今生
有去无回

轻，轻轻，我在蓝蓝的梦里飘摇……

2. 相安无事的三教圣地

早餐后逛城区。女儿去年游玩过，今天专程陪我，熟门熟路。

第一站是安曼兴都庙，一座印度教寺庙。外墙屋宇是一尊尊印度神像，色彩瑰丽，栩栩如生。我们在庙门外脱了鞋子步入庙内，神像前，教徒们做着神秘的祈祷仪式。印度教不是佛教，是古印度的婆罗门教，认为一切有生命的东西都有灵魂，死后可在另一躯壳中复活。

距兴都庙咫尺之遥，是詹美清真寺。寺内有零星的穆斯林在做功课，游客不得入内，只能在外面看看。我们不便多留，看看即离去。

我们在一位当地小伙热情指引下，拐了几个弯，来到牛车水。这是一个规模很大的华人市场，满目的汉字，满街的中国货，似乎身处上海城隍庙的小商品市场。这里是早期中国移民聚集地，当年此地只有一口井，居民们拉着牛车往返运水，于是便演变成了今日牛车水的地名，地名虽土，但印证着华人的苦难、奋斗和成功的历程。牛车水有座佛牙寺，规模之大，建筑之宏伟，令人惊讶。走上第五层，是舍利子殿，整个大殿全用纯金打造，名副其实的“金碧辉煌”，殿内禅坐着一位老法师，为游客洒净水祈福。舍利子殿展示了新加坡华人的富裕，体现了佛教众生平等的思想和断除烦恼成佛的教理。

在一个弹丸之地，汇聚着信仰各异的三个宗教领地，相安无事，新加坡的宗教政策，功德圆满。

3. 玩转“小阿拉伯世界”和“小泰国”

接着我们前往“小阿拉伯世界”。在出租车上，一位中年男司机说：“到了那里，你们得慢慢走，细细看商场里的灯具、绸缎，全部来自阿拉伯国家，很有特色，一晃而过就没啥意思了。”他的话让我肃然起敬，一个普普通通的差头司机道出了旅游文化的真髓，可见，新加坡的旅游文化已经渗透到了国民的血液里了。我们沿街慢慢走，街不宽，但非常雅洁。一家挨着一家的商店里，艳丽织巾，精致地毯，奇特壁灯等等，阿拉伯的风情扑面而来，让我们享受一些别有风味的情份，印证了那位司机的指点。这里有一座马拉巴清真寺，与刚刚去过的詹美清真寺，其规模之大，建筑之精美，不可“同日”而语了。教堂的草坪广场布局颇有艺术感，一位颇有艺术范儿的摄影人，摆着种种姿势，做他的艺术创作。

刚才那位“文化司机”还介绍附近还有一个“小泰国”。我们从“小阿拉伯”，步行10分钟左右就到了。那里正式名称是“黄金世界”，一个大型商场，商场里一色泰国人，一色泰国货，一色泰国美食，纯粹的泰国风情。“小泰国”的俗称很贴切，比“黄金世界”更能吸引游客。

4. 购物世界乌节路

随后打的去乌节路。走进文华酒楼午餐。我们靠窗入座，点了美食和饮料。我看见一位靓女步入餐厅，风度翩翩，在离我不远处侧面入座，她优雅地端起咖啡，那神态似乎面对着摄影机作近景表演。蓦地，她扭头朝我们这边扫了一眼，面无表情。她或许在守候星探，或许刚刚离开喧闹，在这里小憩。总之，她是一道风景线。

餐后去逛大街，乌节路是新加坡最繁华的商业街，是“血拼一族”的购物世界。大商场里，填溢着喧哗和繁热，我们只作观瞻，不会“血拼”。我的一位朋友来过此地，特别推荐街头小贩的冷品。我们见到一个冷品小摊，那老头摊主模样脏兮兮的，没敢品尝。整条街逛下来，一滴“血”也没出，我们上海有南京路，有淮海路，够我们掏钱了。

5. “小印度”的男裁缝

接着打的去鱼尾狮公园，这是海边的一座袖珍公园，鱼尾狮雕塑比圣淘沙的显得苗条灵动。刚下车，风雨骤来，我们连奔带跑去海滨艺术中心，乘出租去“小印度”。车到“小印度”，天放晴了。相比“小阿拉伯世界”，小印度称得上“大世界”了。主街道很宽很长，车水马龙，满街是印度人，满目是印度货，仿佛来到印度首都新德里。在两家毗邻的绸缎商店门口，沿街各摆放一架缝纫机，又笨重又老旧。两家代客加工的营业员都是男人，从前上海的红帮裁缝也是男人，可见中印两国男裁缝都是女红能手。

走过“小印度”，打的去莱佛士大厦。年轻的司机听着我们上海话，插话说，他和上海有着特殊的缘分，曾在上海浦东新区一家外贸公司打工三年，还娶了一个上海姑娘，老婆家住上海虹口区海宁路，上海的“上只角”，是正宗的上海人。下车时，女儿礼貌地对小伙子说：“向您太太问好。”他眉开眼笑，用上海话说：“谢谢侬。”

6. 新加坡鸡尾酒

莱佛士大厦，从正门广场看，是一幢英国古典主义风格的建筑，近二百年历史。走进去，底层有一家的露天花园餐厅，在绿荫的棚架下，用餐的都是洋面孔，有鸽子觅食。我们走上二楼，去一家酒吧，品尝闻名世界的新加坡鸡尾酒。酒吧的主体装饰是木质的旋梯，天花板上悬着两排心形芭蕉扇，精致轻巧，来回摆动，徐徐送风。从前在上海里弄生产组，工场的天花板上也挂着类似的装置，一块块方方正正的纸箱板，来回送风，风很大，就是太土。新加坡鸡尾酒，新币 30 元一杯，每一桌送上一木盒花生。酒吧里，除了我们两个黄种人，全是白人，女儿是第二次来，陪我见见世面。坐在藤靠椅里，品一口“鸡尾”，剥一颗花生，花生壳一律抛在地上，那“随手乱抛”的感觉很爽。我第一次喝鸡尾酒，清爽上口，很快脸发烫了，有点醉意，无休地唠絮着。问女儿：“我是不是话多了？”女儿宽慰地答：“没有。”我越发糊涂，呶呶不休。女儿婚后，很少有这般掏心掏肺的倾吐了，至于说了些什么，今天一句也记不起来了，肯定是酒后吐真言吧。

走出莱佛士，天色已暗，走到金莎大酒店，我们乘电梯直达顶层，屋顶有个花园，很漂亮。进去要高消费，我们刚刚在酒吧消费过，不会“吃饱了撑的”，就在外面的平台上俯瞰新加坡夜景，景色也很美。

随后，我们步行来到圣安德教堂，大门敞开着，里面灯光柔和，有一些教徒在做祷告。穿过教堂外的绿地，是政府大厦，大厦外侧有一块很大的草场，草场一边是国会大厦，大厦底层是艺术馆，工作人员正在布置展品。以上这些景点我国旅行社都有安排，但一律“在车上远望”，浮光掠影。

我们继续步行，来到新加坡河，河畔耸立着莱佛士的雕像，莱佛士是一个英国殖民者，约在两百年前，占领了新加坡，建立行政机构，制定法典，创办学校，翻开了新加坡历史新的一页，这里是他的登陆地。我们沿河漫步，走过加文纳桥，来到富来登酒家，大堂灯光特别耀眼，硕大的希腊圆柱古典豪华。

花了一天的时间，几乎玩遍了新加坡城区。

狮城走过了，很开心的。人的一生，无论是快活走狮城还是如关公走麦城，好好坏坏，一切都会过去。风过了，不去追，云散了，不去采，所有的一切，不增也不减。

第四天　狮城，人间乐园

1. 哈啰，印度娃

一觉醒来，还是去泳池，游了约莫半个小时，来了几个印度人，一个中年男子和四个一二十岁的小伙，小伙子们很懂礼貌，主动和我“哈啰”“哈啰”打招呼。他们在水中戏闹，叽里呱啦，我一句也没听懂，他们的笑声不时感染着我。

吃完早餐，走出餐厅后门，就是新加坡河，河水比黄浦江还黄，沿河风景很不错，有一位时髦女士在遛狗。

女儿去一家公司谈业务，我在房间里休息，那么适意的观景房，仅仅晚上睡大觉，可惜了。窗外阳光明媚，坐在沙发里，一边喝茶，一边翻看新加坡旅游地图，回味这四天的游览，喜悦溢心头。

2. 随遇而安

下午去机场回国。航班起飞时间应该是 4 点半，但飞机延误，一直拖到 6 点，飞机徐徐启动，拐入跑道上，等待起飞指令。过了好一会儿，透过舷舱，我发现飞机往后倒开，一直退到原来的停机坪上。广播里说：“飞机有小故障，等待地面人员检修。”我一听，立马想起前不久，有新闻报道，某国一架飞机因机械小故障，酿成机毁人亡，不祥的念头袭上心头。我默念着外出的座右铭“随遇而安”，渐渐安下心来。过了长长的一个半小时，广播才宣告故障被排除，重新启程。在这漫长的等待里，我许愿，若能安全回家，等于捡了一条命，要大大庆祝一番。安全回沪后，没有大庆，也没有小庆，完全忘了许的愿，好了伤疤忘了痛，人性的弱点。在这整个过程里，女儿迷迷糊糊睡着了，重新起飞后才醒来，我把实情相告，她不相信。人若能这样迷迷糊糊地走过一生，也是一种福气。

狮城，人间乐园。佛言，人人都拥有日月星辰，人人都拥有江河湖海，这是一笔巨大的财富。活在当下，当下即是乐园。

海峡那边是台湾

（2014年3月13—18日）

引　言

台湾，政局翻盘，陈水扁下陈了，马英九上马了，海峡两岸通航了，我们终于可以走走看看祖国美丽的宝岛了。

在 2014 年 3 月 13 日，我和金春妹及其儿女平平和倩倩结伴同行，乘坐东方航空，直飞海峡对岸，走访了台湾，实现了宿愿。

第一天　夜台北

1.“猫空缆车”猫儿空

下了飞机，中巴直送我们去景点：猫空缆车。这个景点名字极富科幻色彩。我们女导游叫“珊瑚”，本名廖文惠，一位三十出头的靓丽女士，虔诚的佛教徒。她讲解说，在缆车空中俯看地面，地面上有数个形似猫状的洼地，这就是“猫空”的由来。台湾人给景点取名够萌的。

我们登上缆车，夜幕已经降临，从高空俯瞰，地面一片黑色，灯火阑珊，怎么看也不见猫影，连地鼠也躲进洞穴里去了。旅游日程上写道，这里可以“欣赏台北景色”，我见到的，除了黑色，还是黑色，唯有北岛的著名诗句在脑海中呈现：“黑夜给我黑色的眼睛，我却用它来寻找光明。”

光明在何处？光明在“台北 101 大楼”。

2. 超越 100 的“台北 101 大楼”

我们来到“台北 101 大楼”，登上观光厅，透过宽阔的玻璃窗望去，夜色里，灯光像珠宝一般洒落一地，长街上，车灯闪烁，一串一串，“疑似银河落九天”。沿着环形大厅，一窗一窗看下去，就像在环球影院看风景片。

从观光厅下去一层，凸现一个庞然大物，形似巨型葫芦，那家伙有个别扭的名字，叫作风阻尼器。称它为家伙，太不恭敬了，它可是 101 大楼的一位保护神，哪怕有十级地震来袭，大楼也稳若泰山，巍然屹立。101 大楼取名也不一般，我们知道，100，是考试成绩的满分，大楼设计者精进勇锐，把这幢建筑质量超越满分，遂取名“台北 101 大楼”。

大楼广场入口处，有一方纪念碑，碑上雕刻着创建者的名字，其中有陈水扁和马英九的名字，前者曾是民进党的党首，统治台湾好些年，如今沦为阶下囚；后者是现任国民党主席，台湾地区领导人。在这块纪念碑里，绿营和蓝营同属一个“阵营”了，有点滑稽，也有点意思。

3. 圆山饭店里的历史剧

什么叫团队游？就是跟着导游马不停蹄，景点连连看，管不上饥肠辘辘，到了圆山饭店也无饭可蹭。大巴远远地停在公路边，我们远远地观看那饭店的外观，这是一幢多层建筑，呈扁圆形，夜色里，灯光勾勒出精致的外形，天圆地方，很像上海博物馆。我不满足远眺，独自一人快步走到饭店门口，好奇地向门里窥看。圆山饭店，闻名遐迩，这里曾经是宋美龄专门招待客人的场所，前些年，大陆海协会领导人陈云林访台，就在这里举行记者招待会，轰动一时。我朝门里窥看，啥也没见到，宋美龄走了，去了天国，陈云林也早已回到了大陆。历史的戏剧一幕又一幕，圆山饭店是一个出演历史剧的大舞台，谢幕再谢幕，精彩纷呈。

4. 吃在士林夜市

有道是，秀色可餐，一路秀色，肚子还是很饿。

终于来到士林夜市。

穿过马路，拐入一条小街，就是夜市，才走几步，一块招牌赫然在目：“豪大大鸡排店”，这家小吃店早已闻名上海，就在我住的小镇上，开设了好几家门店，我没有去品尝过，那鸡块太大太油，怕肠胃受不了。士林夜市的豪大大是正宗店，也许饿得慌，一见就垂涎三尺，平平买了一块，我俩分着吃，那味道又香又脆又嫩，三下五除二，一口气落肚了。满街是小吃，我们来到一个地下广场，喝了一碗广东特色的稀粥，有点撑，金春妹母女买了特色松饼，我一点胃口也没有了。

台湾有许多夜市，士林夜市最著名，除了台湾传统小吃，还有日式烧食，日本人在台湾统治了 50 年，统治者走了，小吃倒是留下来了。

士林夜市是台北的夜市文化标志。我国的夜市文化由来已久，唐代诗人王建的《江馆》一诗中写道："客亭临小市，灯火夜妆明。"勾勒出当年江南一带迷人的夜市景象。只可惜，如今大陆的江南已无"夜妆"小市可寻了。上海会出现类似"士林"的文化夜市吗？我期待。

夜宿基隆长荣桂冠酒店。我和平平同住一室。

这里还得补述几笔领队钟志伟先生，他年过半百，是春秋旅行社的资深导游。他的脸型颇似著名画家叶浅予的漫画《王先生和小陈》里的王先生，高高的颧骨，长长的下巴，瘦长的身材，长得十分有趣。他专职台湾游，是个台湾通，为人又厚道，旅途中，有这样一块"压舱石"，游客很放心。

第二天　故宫在台北

1. 物是人非的士林官邸

上午去士林官邸花园，花园与昨晚的士林夜市毗邻。"官邸"，就是官老爷的住所。这里有一幢小洋房，是座小教堂，当年，蒋介石、宋美龄夫妇就在这里做礼拜，官邸四周警戒森严。如今，蒋氏夫妇已被上帝召回天堂去了，官邸花园成了游客们的天堂。小教堂依旧，花园景色依然很美，只是物是人非了。每个人，生前无论拥有多大的财富，身后全部复 0（零）。佛言道："吾视王侯之位，如过隙尘；视金玉之宝，如瓦砾。"（《佛说四十二章经》）要看破红尘，当年蒋家王朝的四大家族蒋、宋、孔、陈，就是四面镜子。

2. 台北故宫博物院的"镇馆三宝"

接着去台北故宫博物院。

北京的故宫博物院建在平地上，台北的故宫博物院选在山腰间。拾级而上，抬头看见牌楼上的四个大字"天下为公"，孙中山先生的手笔。站在这里，颇有登临南京中山陵的感觉。我们团队在此拍了集体照，我站在第一排，右边是导游珊瑚，她在胸前竖起大拇指，好像在夸风景，又像在夸我，更似在夸自己，有风度，也有温度。

台北故宫文物很多。我最想看的是台北故宫的三宝：翠玉白菜、红烧肉和火锅。近些年，大陆媒体把"三宝"吹得神乎其神，谓之"镇馆三宝"。然而在"三宝"

台北故宫

前，观者寥寥，看客们识货的不多，我也不识货，那棵“翠玉白菜”，固然精美，那块红烧肉也雕刻得惟妙惟肖，但没感觉到“镇馆”的震撼。近来有专家认为，所谓“镇馆三宝”，其实挨不上国家级文物之列，仅仅是重要文物而已。无论是否国家级，凡古人留下的文物，都是宝。我看那块翠玉白菜，确实是一件惹人喜爱的文物，据记载，这是清朝光绪皇帝瑾妃的嫁妆，白菜寓意洁白，象征新娘的纯洁，菜叶上的小虫纺织娘，繁殖力强，隐含着将来多子多孙。“翠玉白菜”本来摆放在北京故宫瑾妃居住的永和宫里，后迁至台北，值得一看。

3. 谁让你跟团游

接下来的游程索然无味，一是长荣海事博物馆，全团游客几乎都在楼下休息，我等两三个人上楼兜了一圈，也是走马看花。二是昇恒昌免税中心，虽然我两手插在口袋里，但就是不掏钱。门外有长凳，按规定的时间，坐等了一个小时。距长荣咫尺之遥，有“总统府”，有中山纪念堂，我们过门而不入，实在扫兴。也怪不得谁，谁让你跟团游呢？你完全可以自由行，想去哪里就去哪里。

夜宿台中金典商旅。

第三天　一边禅寺一边潭

1. 入世和出世

今天上午去中台禅寺，导游珊瑚说，我们将作为一批特殊游客，进入一般游客止步的佛殿，原来这里的佛门也设 VIP！让大家喜出望外。

迎接我们的是一位中年女居士。进入山门，迎面峥立着四大天王，身体硕大，顶天立地，个个怒目圆睁，似乎对进门者喝道："赎罪吧！"我去过大陆的四大佛教圣地，都很古老，眼前的中台禅寺新建于 1994 年，距今仅仅 20 年，其建筑风格为超现代主义，体现了现代佛教的入世观。寺院内，游客摩肩接踵，还不时见到僧尼们带领一些"贵宾"，傲然穿梭期间，寺院蜕变成了旅游景点，耳朵听不到梵钟和诵经的声音，鼻子里闻到的香火气息里，缭绕着铜臭味。寺院的庄严静妙消失了，佛教的出世精神涅槃了。

正如珊瑚所说，我们来到了游客稀少的几个佛殿，分别是五楼的大庄严殿，九楼的大光明殿和十六楼的万佛殿。这些佛殿的设计和佛像造型，其艺术水平令人叹为观止。中台禅寺在短短 20 年间，先后获得好些台湾和国际的建筑设计奖，不无道理。

弥勒佛殿里有一副楹联，我很喜欢："大肚能容，了却人间多少事；满腔欢喜，笑开天下古今愁。"寺院常见的弥勒佛殿的对联是："大肚能容，容天下难容之事；开口常笑，笑人间可笑之人。"在四川峨眉山灵岩寺弥勒殿的楹联也不一般："开口便笑，笑古笑今，凡事付之一笑；大肚能容，容天容地，于人何所不容。"不同的楹联同一个佛理：放下。另外，值得一记的是，中台禅寺开山方丈惟觉大和尚奉行的《中台四箴行》："对上以敬，对下以慈，对人以和，对事以真。"

走出山门，珊瑚导游对我说，她将不再做导游，准备开设一家素餐馆，弘扬佛教，敬畏生命，愿她功德圆满。

2. 中国式团队用餐

午餐品尝邵族风味，我们对邵族一无所知，也许归属高山族吧。菜肴多为山间果蔬，味道独特，但不合我们胃口，游客们也不问菜名和特色，个个饥不择食，雨点似的扫荡，光盘抹嘴走人，这就是中国式的团队用餐，辜负了旅行社的美意，乐了邵族人。

3. 两个“阿婆”

风靡大陆的台湾旅游景点有两个，一是日月潭，二是阿里山，现在我们去日月潭，心情自然不一般。

我们乘缆车，坐游船，近观玄奘寺，远眺慈恩塔，日月潭虽不及杭州西湖秀美，但游湖的心情大同小异。

白天的日月潭只有日，没得月。

日月潭名字很美，但名不副实，湖中有个小岛，把湖面劈成两瓣，一边呈圆形，谓之日，一边呈弯形，谓之月，日月潭由此得名。就如“猫空缆车”呀，“101 大楼”呀，台湾人擅长八卦取名，化平凡为神奇。

日月潭旁有座青龙山，青龙山上有座玄奘寺，玄奘寺边有一道独特的风景，那就是路边小摊：“阿婆茶叶蛋”，在台湾，一个小小的摊位，一只小小的茶叶蛋，却名扬全台湾。果然名不虚传，在茶叶蛋摊位前，买蛋的游客排成一条长龙。这个茶叶蛋与各地茶叶蛋并无两样，也就是那个风味。山不在高，有仙则名，此蛋有名，名在“阿婆”二字。我在摊前没见到阿婆，导游珊瑚说，如今阿婆已是大款，拥有多处房产，还有两艘游艇，她那小小的蛋垒成了金山银山。其奥秘在哪里呢？据说这是当地旅游部门的精心打造，在偌大的一个日月

台湾日月潭

潭景区，管理部门只允许阿婆独家经营，再冠上“阿婆”二字，一只普通的茶叶蛋就此变为神蛋了。我们上海青浦朱家角也有一个相似的“阿婆粽”，阿婆粽曾经也名噪一时，邻居们看着眼红，纷纷开设了粽子店，百粽争雄了。而今，朱家角的阿婆在恶性竞争中已累得气喘吁吁，步履蹒跚，退到后屋去了。一样叫“阿婆”，不一样的境遇，孰好孰坏，焉能说得清。

夜宿嘉义玉山国际饭店。

第四天　阿里山的姑娘和少年

1. 神木和三代木

今天去阿里山。

“阿里山的姑娘美如画呀，阿里山的少年壮如山。”这首台湾歌谣，在大陆，妇孺都会哼上几句。攀登阿里山，去看看美如画的姑娘，会会壮如山的少年，是我上山的兴奋点，老夫童心未泯。

天没亮就“叫早”，导游说，去晚了，就得排上两个小时的队，才能乘上去山里的小火车。

早起的鸟儿有虫吃，早起的我们，没排队就乘上小火车上山了。

这几年，阿里山的小火车有过多起事故，大陆旅行社的合同上都有一个条款：“如因天气道路或其他无法抗拒的原因而导致不能前往阿里山游览……”让许多游客心里蒙上一层阴影。

我们很幸运，天气很好，道路通畅，小火车一路高歌，直达山脚下。

爬山去！我的脚力尚可，心境也好，想起了孩提读到的唐寅的《上山》诗，走一步，念一句：“一上，一上，又一上，一上直到高山上。举头红日白云低，四海五湖皆一望。”受着解愠的熏风，爽飒上了山。

山上几乎全是古树，参天蔽日，我都不晓得名目。有一棵红色古树，四周被精心围护，标牌上写着“神木”。树干得数人合抱，云树连天，树龄有三千多岁了，基督教创世纪才二千多年，释迦牟尼诞生也是二千多年，“神木”是够神的。另外还有一棵红桧树，取名“三代木”，树中生树再生树，三代同堂，不谓不奇。漫步在这片天下闻名的森林里，看看神木、三代木，想想“长命百岁”

的人类真不如草木。

饱览了满山苍翠，挟着树林的清香，踱下山来，两个多小时，享受了大自然豪放的情怀，正如南宋豪放派诗人辛弃疾的《水吟龙》："可惜流年，忧愁风雨，树犹如此。"人何以堪？遗憾的是，满山遍野，不见一个阿里山的少年和姑娘。那首台湾歌谣，不会是凭空臆造，阿里山肯定有美丽的姑娘和壮实的少年，只是他们都深藏在山寨里罢了。

2. 爱在爱河

傍晚入住旅馆，旅馆的名字让我眼睛一亮：高雄西子湾大饭店爱河馆。爱河，我们就在爱河畔！

刚才，当我们的旅游巴士驶入高雄市区，眼前晃过一条河，一条清澈的河。导游珊瑚介绍说，这条河名叫爱河，接着，她给我们讲了爱河的由来，一个凄楚动人的故事。

这条河原名叫高雄运河，是高雄市的母亲河，专门用于运输木料。河畔有一个游船码头，名叫"爱河游船所"，有一天，一对情侣在码头附近投河殉情，台北一家报纸记者赶来采访，记者抬头看见"爱河游船所"的招牌，误以为这条河的名字叫"爱河"，便把采写的报道题为：《爱河殉情》，此后，高雄人就以这个浪漫的名字命名这条河了。

浪漫的河名也吸引了我，我们在宾馆附近的路边吃了一碗面，金春妹一家要去六合夜市，我只得独自去了。

来到河边，只见高墙封围，爱河正在维护。我沿河走了很长很长的路，仍不见爱河身影，无奈，只得叫了一辆出租，打道回府。车上，司机听说我的来意，说，再往前走，就是游船码头，可以看到河的夜景，我半信半疑，让司机调头，去码头。

车到七贤二路口，蓦然回首，爱河灿然在目，我连连向司机道谢，并请他在码头边等候。

游船码头，几无游人，静静的。河的两岸，楼宇彩灯如群星闪耀。河水拍打着码头边的石阶，柔情绵绵。月色溶溶，水气清濛，河面柔软，也柔软着我的心。想起佛家一句箴言："每个人与我相处，都像沐浴在清凉的月光之中，这是爱的真谛。"今夜的爱河，这爱的真谛，让我铭记。

3. 通宵的诚品书店

酒店旁边有一个缘圆商场，商场里有一家诚品书店分店。

诚品书店名气很大，它通宵 24 小时营业，总店在台北，前两天在台北时，就很想去看看，可惜时间排不出。当下，这家分店自然要进去体验一下。虽然这里的营业面积不大，但布局精巧，让人感觉很宽敞，很舒适。我用银联卡给小外孙买了一本《冰雪奇缘》，他曾看过电影版，很感动。

第五天　温和就是福

1. 垦丁的两只鼻头

台湾的最南端叫垦丁，垦丁风景区有两只著名的鼻头，一曰猫鼻头，一曰鹅銮鼻，两只鼻头齐刷刷伸向太平洋，太平洋也为之风光。

垦丁名字很特别吧，它是纪念早期在这里开“垦”的男“丁”们。

沿着一条绵长的公路去垦丁，公路一边就是太平洋的南湾，伴着长长的海湾看海，悦目舒心。导游珊瑚介绍说，每逢节假日，男女青年成群结队，来海滩疯玩、狂喊，真是青春万岁啊。忽然想到自己，青春早已远去，暮年已至。想起英国诗人狄兰·托马斯的诗篇《不要温和地走进这个良夜》，诗中写道：“不要温和地走进那个良夜，老年应当在日暮时燃烧、咆哮、怒斥，怒斥光阴的消逝。”诗人是写给他病重的父亲，鼓励他的父亲要坚强活下去。这里的“良夜”就是死亡，走进良夜是自然规律，人将就木，咆哮不动了，怒斥又有何用？瞧，曾经意气风发的开“垦”的男“丁”们，今何在？人呀，“生”下来，就判了“死”刑，个个缓期执行，当人们走进“良夜”的那一刻，“温和”就是福。

别了，垦丁；别了，开垦的男丁门；别了，那风光无限的两只鼻头。

2. 高雄和打狗

又见高雄，又见爱河。

爱河流到西子湾，一个美丽的港湾。

夕阳西照，宁静的西子湾，海水抹上了金色，微风吹来，吹来幽长的笛声，港湾，港湾，夕阳西沉的港湾，无限美。

港湾边，有一座西式洋房，一个怪怪的名字："打狗英国领事馆"。那是在清朝后期，英国人的军舰闯进了港湾，他们不是来"打狗"，而是来杀人，来抢劫的。原来，高雄原名叫"打狗"，也叫"打鼓"，当地人感到这名字太土太俗，没劲，逐改名高雄，高高地雄起。英国人逃走了，留下了"打狗英国领事馆"。

留下的领事馆保留了原貌，那洋房的一砖一木沾染着中国人的血迹。领事馆的广场上有几组蜡像，记下了当年侵略者的历史，其中有一组蜡像，一个高傲的英国绅士的身边，是一个中国的老头，衣衫褴褛，他那悲戚无助的眼神，直刺我的心头。清政府统治下的中国，是一个大国，却是一个弱国，"打狗英国领事馆"，一段惨痛的历史。

3. 路名是文化

回旅馆的车上，导游珊瑚说，高雄的路名很有特色，有一组以数字排列的路名，它们是：一心、二圣、三多、四维、五福、六和、七贤、八德、九如、十全。地名也是文化，反映了人们的追求和理想。想到我居住小镇的路名，什么莘建、莘凌、莘沥，至今我还不解其意。

夜宿高雄国际星辰旅馆。

第六天　回家的路不寂寞

1. 两手空空大商场

六天的游程很快过去，今天将返回大陆。

上午去高雄义大世界购物广场，这里号称"亚洲最大的购物奥特莱斯广场"。商场确实很大，区域分为 ABC，每区地上地下五六层，商场声称物品齐全，想买什么就有什么。我的一位从台北来沪定居的邻居，他有一根在台北买的拐杖，很合我的心意，今天我在义大找到了拐杖商铺，但都很一般，一根也没看上。此外，我还想买一顶合适的鸭舌帽，在上海商店没有买到，在这里看来看去，也都不合我的心意。在偌大的购物广场，兜了一个上午，还是空手而归。

离开义大，在一家名叫维格糕饼店，买了凤梨酥，据说这是正宗的台湾特产，在上海的食品店到处都有凤梨酥，但口味都很差。

2. 英雄莫那·鲁道

在去机场的车上，导游珊瑚和大家话别，并给车上一位年龄最高的老爷爷赠送了一件小礼物，出乎我的意料，她把仅有的第二件小礼物送给了我，说我是她的粉丝。

礼物虽小，但很有意义。

那是一只丝织做的礼物袋，里面放着一张长方形的红色贺卡，贺卡上端印着连体美术字：招财进宝。下端粘着一枚 20 元的银色新台币。

新台币上的莫那·鲁道头像

我很喜欢这枚新台币，上面是台湾历史人物莫那·鲁道的头像。莫那·鲁道是台湾原住民赛德克族雾社的头领，在日军占据台湾时期，他是抗日运动的领导人，后因日军投掷毒气弹，遭致失败，莫那·鲁道饮弹自尽，这就是著名的雾社事件。台湾导演魏德圣摄制的电影《赛德克·巴莱》，反映了莫那·鲁道的一生。导游珊瑚赠给我的这件礼物，反映了台湾人民抗日的历史，值得珍藏。

3. 他怕老婆跑掉

下午 4 点 55 分，飞机起飞回上海。

回家的路不寂寞，我的座位右侧是同行的一个小伙子，三十出头，够得上是个“高富帅”，他在家族办的浦江水上工程公司工作，协助其叔叔经营企业，收入颇丰。

闲聊中，他说：“我常常胸痛。”

我问：“什么原因？”

他压低了声音，说：“怕老婆跑掉。”他的妻子就坐在他身旁。

我更诧异：“为什么？”

他既得意又不安地说：“她太漂亮了。”

我愣住了。

他的妻子确实很漂亮，用“惊艳”两字来形容一点也不过分。西方人的脸庞，高挑的身材，当属一位“天使脸，魔鬼身材”的美女，我们旅行团的女士都以为她是时装模特儿。她在一家公司做人事工作，常常面试应聘者，我曾开玩笑对她说："来面试的人一见你，怕要晕过去了。"她听了很开心。我也问过她，祖上是否有西方人的血统，她说应该有的。

有言道，"漂亮的老婆不是自己的"。那个丈夫也许就中了这句咒语的邪，老是担心老婆跑掉，胸闷胸痛也就难免了。

我开导他："不会的。你们生个孩子吧。"

他说："已经怀孕了。"

我说："那就没事了。"

他宽慰地一笑，他的笑容有点女性味，还披着长发，有点太那个了。小伙子呀，只有改变自己，树立自信，你漂亮的老婆跑不了。

敬录台湾诗人余光中《乡愁》为本篇收尾：

小时候，
乡愁是一枚小小的邮票，
我在这头，
母亲在那头。

长大后，
乡愁是一张窄窄的船票，
我在这头，
新娘在那头。

后来啊，
乡愁是一方矮矮的坟墓，
我在外头，
母亲在里头。

而现在，
乡愁是一湾浅浅的海峡，
我在这头，
大陆在那头。

美丽的阿美利加

（2014年12月16—30日）

前言　我父亲的名字叫美国

1. 我的美国情结

我是一个耄耋老头，自小起，心里就系着好些个美国情结。第一，我父亲的名字就叫美国。爱屋及乌，我始终无法割舍我对“美国”的亲情。第二，我的岳父，家里人都叫他“美国人”，老上海人称呼有派头的人为老克勒，称呼派头大的人为“美国人”，岳父确是一个十分慷慨派头很大的人。第三，在我的记忆里，美国人也确实慷慨，早在20世纪50年代，在我工作单位的被服库房里，亲眼目睹堆放着解放前美国援华的一大批高级羊毛毯，上面有USA标记，当时我大为震惊，因为那个年代，我们的口号是“打倒美帝国主义”。第四，大约在两年前，著名歌唱家宋祖英在美国芝加哥举办独唱音乐会，为此，她获得了芝加哥荣誉市民的称号。那天，她演唱了脍炙人口的美国歌曲《美丽的阿美利加》，那抒情的旋律和动人的歌词，让我为之动容：“哦，多美丽，天空漫无际，金色麦田波浪起，那高岭，它高耸在果实累累的田野里。阿美利加，愿上帝恩赐你，你的儿女们都重友谊，四海之内皆兄弟……”当时我心想，总有一天，我会怀上这些浓浓的情愫，去会会那美丽的阿美利加。

2. 难忘的旅程

这一天终于来到。2014年12月16日，我跟随“老小孩网站”的一个16人的代表团，飞越太平洋，来到了美国。

这次旅游被命名为“老小孩美国相思泉山庄‘成功颐养’体验代表团”。

这是一次难忘的旅程。

就在半年多前，我还坐在轮椅上，一次不慎跌倒，导致双腿寸步难行，左手骨折。我是一个旅游迷，前年写过一篇旅游日记，一年出游50多次，多达每周一次。如今坐在轮椅上，我对妻子叹曰，这辈子或许要告别旅游生涯了。如今虽然拆了石膏，但仍然手不能握拳，臂难以抬举。一天，突然收到网站发来的短信，得知“老小孩”推出赴美旅游，我看到领队竟然是网站老总吴含章先生。我对妻子说：“机会难得。”妻子心脏有恙，不能同行，她说，参加的都是老年人，你就放心去吧。于是我毅然报了名。

这是一次难忘的旅程。

全世界的旅游景点多达56万个，享有世界权威的美国《国家地理》杂志评选“人一生要去的50个地方”。其中就有我们要去的三个地方：①旧金山，一个没有什么不可能的城市；②科罗拉多大峡谷，一个鬼斧神工的自然奇迹；③夏威夷群岛，美国作家杰克·伦敦说：“打招呼的词语唯独在这里不是‘你好’之类的，而是‘爱’。”这次旅游，一石三鸟，奇观也。

这是一次难忘的旅程。

悠闲的旅游是我的追求，这次旅游，不必担心倒时差，不必担心餐饮自理。住在山庄里，我几乎天天睡到自然醒，然后泡上一杯免费提供的雨前龙井茶，嚼上几片免费提供的盒装丹麦曲奇，然后去室内游泳池游泳，或泡在按摩池里，然后去餐厅喝上一杯牛奶加咖啡，享用甜品加水果，然后就有巴士来到你身边，送你上路观光去。过着神仙一般的日子。

这是一次难忘的旅程。

我不是什么文化人，但文化能够陶冶人的性情。这次旅游安排参加美国犹太文化光明节庆典；安排和美国老人举行圣诞派对，还和美国小朋友们欢度圣诞节；安排去著名的旧金山大剧院，观看旧金山芭蕾舞团演出的柴可夫斯基著名芭蕾舞剧《胡桃夹子》；安排去高尔夫练习场学打高尔夫球；安排与尼克松访华时的随行医生座谈；安排去美国国家橄榄球比赛的球员之家做客，等等。这是一次充满浓厚文化氛围的旅游活动。

我思念这次难忘的旅程，遂记之。

第一天　一个筋斗翻到了旧金山

1. 清净安乐

12月16日下午1点45分，我们乘坐美国联合航空UA858航班，从上海浦东机场出发，直飞美国旧金山。

出发前，我的一位朋友谈了访美的经历说：“坐在飞机上的时间最痛苦，很折磨人。”朋友的话让我焦虑不安。我打电话给网站，请他们给我买一张商务舱票或经济舱前排。联系了好些天，未能如愿。

临走前，一位朋友赠予我一句佛言“清净安乐”，“去心垢染，行即清净矣。”成为我途中的心灵鸡汤，不再为坐飞机烦恼。

我很幸运，飞机上的座位靠走道一边，可以随心所欲伴作去盥洗间，在走道里绕圈行走，消除疲劳。从上海到旧金山飞行时间长达 12 小时之多，跨度为 11 000 多千米，请允许我做一个十二万分不恰当的比喻，就像孙行者一个筋斗翻到了旧金山。我不是悟空，这只是我的心情。

走出机舱，我依然精神抖擞，就像一个老小孩，心儿在歌唱。

2. 年轻的老太太

在机场迎接我们的是一位亭亭玉立的姑娘，年轻貌美，看上去不到 30 岁，说话声音带着磁性，很好听。她姓孙，单名钰。她曾在美国获得行政管理学和经济学两个硕士学位，现是北京某公司老总，作为合作伙伴，专程为我们谋划张罗了这次旅行。

大巴驶进相思泉山庄。当我们步入大堂时，个个齐声“哇！”眼前，一颗硕大的圣诞树，彩灯闪烁，一尊圣诞老人立像形神逼真，一座山峦，白雪皑皑，雪山脚下，疏密有致地摆放着精致的手工模型，展现了异国风情的生活场景。这些作品全部出自山庄老人之手，件件都是艺术品。我的身旁，一位英俊高挑的男士，在他亲手制作的小木屋前，轻轻一按机关，房门倏然洞开，屋内走出一对年迈伉俪的小木偶，频频鞠躬，迎接来访客人，真是妙不可言。最吸引大家眼球的当属一列微型火车，穿越山洞，环山疾驶，列车上插着一面五星红旗，在异国他乡看到我们的国旗，倍感兴奋和亲切。

相思泉山庄大堂

正当我们争相拍照时，大堂里走来一位中等个儿的光头帅哥，一个壮汉，白净的脸上，糯糯地堆着微笑，手执一块用中文书写的欢迎牌，哈罗声声，他是山庄的负责人，大名杰弗里。杰弗里的身旁站着一位亚裔老太，小巧玲珑，一脸光泽。杰弗里让我们猜老太的年庚，大家异口同声六十多。杰弗里得意地说："NO，NO！"老太今年九十，顷刻，我们全体团员个个"躺枪"了。大堂里三三两两有美国老人进来，无论先生女士，个个儒雅打扮，人人红光满面，典丽华贵，皆是社会名流。他们亲切地和我们打招呼，笑容盈盈。杰弗里说，他们都是山庄里的高龄老人，他们阴阳中和的精气神，让我羡慕。

在欢声笑语中，随行的网站核心张为云先生舒展了一卷红色横幅，上面写着我们老小孩的团名，大家手执横幅，以雪山和圣诞树为背景，列队拍了一张集体照。

3. 如家的房间

推开我们入住的房间，那一瞬间，让我大吃一惊。我也是住过五星级宾馆贵宾套房的人，但眼前的这套房间仍然大大出乎我的意料。这是一套家庭住房，面积计有100多平方米，二室二厅二卫。室内布置温馨典雅，壁画盆景错落有致，家庭用品大到洗衣机、烘干机小至瓢盆碗筷，一应俱全。落地窗外一脉青山，近在咫尺，花草树木似乎触手可及。这里的一切告诉我，这里不是宾馆，而是你的家。我独卧一室，吴总和小张睡在另一间的双人标准房。吴总大概也被室内的陈设吸引了，他放下行李，迅即用相机摄录了房内的温馨。是的，我们入住的不是高楼林立的宾馆，而是旷野无垠的山庄。来自北京的团友刘秀敏女士，退休前曾是铁道部北京站有名的"一支笔"，她即兴写下一篇赞赏山庄的美文，抒发了我们共同的感受："环境优雅的颐养山庄，草绿色山坡坡连坡，诗情画意，一派田园风光。牛儿在吃草，火鸡在散步，几只小鹿在奔跑。好像一幅幅美丽的油画，我们住在这里，真的就像在画中游。"

4. 犹太文化光明节

长途跋涉，累了，午餐后躺在床上倒时差。一觉醒来，我们去大堂，参加美国犹太文化光明节庆典活动。大家都睡过头了，来到现场，庆典活动已近尾声。参与活动的都是山庄里的美国犹太人，他们对我们很热情很友善，这让我想起参观上海提篮桥“犹太难民纪念馆”的情景，上海人和犹太人有着深厚的历史情谊。犹太朋友请我们品尝光明节的犹太食品，那节日食品就像我国的端午粽子、中秋月饼。我吃了一点，嘴里吃的是食品，吸收的则是犹太文化。上海坊间说，全世界最会赚钱的是犹太人，他们的算盘珠有26档（一般算盘珠仅为13档）。在外国，也有人说：“世界的钱，装在美国人的口袋里；而美国人的钱，却装在犹太人的口袋里。”殊不知犹太人鼓鼓的钱袋，是由深厚的文化孕育起来的。我们团里的北京网友、翻译家戴立新先生，他妻子对我说：“他是一个十足的书呆子！”戴先生对历史情有独钟，几乎每天下午都泡在历史的书海里。戴先生对日本和以色列国的历史颇有探究和思考，他对我说起犹太人如何因种族迫害走出埃及，在迦南建立以色列国的历史时，一度沉默无语。想当年，不可一世的希特勒，发誓要从地球上灭绝犹太人，希特勒早已钉在历史的耻辱架上，而现在，我的眼前是一群快活的犹太人，沉浸在幸福的节日里。此刻，生活在世界各地的犹太人，同时都在庆祝他们的光明节，这是一个多么壮观的景象！犹太人还有最大的逾越节，还有宰牲节等等，一个视文化为生命的民族必然强大，值得我们尊重和敬仰。

5. 富人们的天堂

晚餐后，在欢迎会上，杰弗里给我们介绍山庄的概况。原来，山庄之所以命名为相思泉，那是源于他们钟爱那枝繁叶茂的相思树，象征着纯真和永恒。上海也有相思树，著名越剧前辈袁雪芬就演过越剧《相思树》。

杰弗里的介绍给我留下五点深刻的印象。

第一，早在105年前，美国共济会（也称兄弟会）有识之士，仅仅花了8万美元买了这片600公顷的土地，现在山庄的地价已是天文数字了。5年前，共济会又投资数亿美元，盖了我们入住的这幢现代主义建筑的大楼。

第二，退休的入住山庄的老人，皆为加州湾区附近社会名流。其入门一次性会员费为60万美元，每月每户的服务费在6000美元左右。想要入住在105年前建造的那栋古典主义风格的楼房，则预先要捐赠这些富人75%的个人财产。我听了，一声长叹，这相思泉喷射的不是水，是$！

第三，入住山庄的近200名老人，平均年龄高达85岁。他们在入住10年后，心血管功能好于入住时，这并不奇怪，在我入住的几天里，我在游泳池里，每天清晨7点左右，总能见到有老人在此戏水，“水”到渠成，血管自然更富有弹性，更通畅了。

第四，杰弗里大学毕业就来此服务，现在年过半百，一干就是20多年，我认为，他的长期为老人服务的经历，至今绝世无双。他说，他的母亲退休后也一直做义工，直到她90多岁去世。杰弗里继承了他母亲的慈善精神，他也必将遗传其母亲的长寿基因，终身为老服务，到那时，他或许可以载入为老服务时间最长的吉尼斯世界记录。我祝福他!

第五，杰弗里自信地对我们说，凡有意向入住山庄但仍犹豫不决的老人，他在接见时只需“一分钟就搞定”。我们问他有什么秘密武器，他卖关子，称日后会给我们揭秘。

“一分钟就搞定？”带着哥德巴赫式的猜想，我睡去了。

第二天　做客橄榄球球员之家

1. 倒时差

一觉睡到自然醒，时差倒过来了，就像上海作家沈善增的长篇小说成为《正常人》了。听说还有几位团员一夜不能够安枕，有的甚至像老法师一样入定禅坐在沙发上，直至天明。这是人的个体差异，也是“正常人”。

2. 觅到一顶鸭舌帽

午餐后，去奥特莱斯商场购物。据介绍，这里能“白菜价”买到世界名牌，令团里的中国大妈们兴奋不已，她们一窝蜂地拥入一家鞋店，有的手上还攥着印有鞋子牌号尺寸的图纸，按图索鞋，中国大妈们为提升奥巴马的GDP作出了贡献。

这是一家2012年才开张的奥特莱斯，占地面积很大，但都只有一层。上海也有多家奥特莱斯，几层楼面，气派比这里大多了。我也凑个热闹，在一家鳄鱼专卖店，觅到一顶烟灰色的法式鸭舌帽，美金21元，甭管它是否“白菜价”，合适就好。

整整一个上午，就在这儿东荡西逛过去了。

3. 语出惊人的橄榄球球员

下午，我们去访问“美国家庭”。所谓“美国家庭”，其实就是住在山庄里的老人之家。

全团分成两组，我选择去橄榄球球员之家。

一位男士在他的家门口迎候我们，主人名叫马塞尔，他的体型强悍伟岸，他伸出粗大的“橄榄球之手”和我握手，虽然手下留情，也够猛的。

客厅很小，摆设随意，略显凌乱，凸显出主人“我的地盘我做主”的个性。就如他开口第一句话所说：“我是一个非常自由非常独立的人，只做自己喜欢做的事。”

他的身旁是一位年轻的非洲裔女士，她是山庄特地为马塞尔配备的助手，她礼貌地逐一为我们倒了一杯美国饮料。马塞尔说，为他服务的年轻人就像自己的儿女，他享受着天伦之乐。

马塞尔没有什么客套话，直截了当讲述了他的故事。

马塞尔今年 62 岁，是山庄里年龄最小的。在美国，橄榄球运动是一项最伟大的运动，观众的狂热远远超过足球。马塞尔 22 岁就加入了这项运动，是著名的“大联盟”橄榄球队队员，他展示了比赛时的一张照片，他身上的球衣号是“60”。

但是他说：“我要规劝年轻人不要参与这项运动。这项比赛就像战争，其危险性仅次于拳击。”这是真心话，我在电视上看过美国的橄榄球比赛，那冲撞、挤压、抢夺之激烈近乎残酷。

马塞尔之所以陷入这个出生入死的“战场”，只因他被教练“忽悠”了。在上大学时，教练看中了他的橄榄球运动员潜质，但被他拒绝，教练很“狡猾”，打听到马塞尔暗恋着一个低年级的姑娘，就诱惑他说，橄榄球是个光荣的职业，你因此会俘获姑娘的。“恋爱时的智商是最低的”，他一时冲动就“误入歧途”了。我们问他是否追上了那个姑娘，他笑而不答。虽然追悔莫及，他仍然感恩橄榄球。他说，他的父亲是个硬汉子，男儿有泪不轻弹，父亲一生只流过两次泪，一次是马塞尔奶奶去世的时候，第二次就是他成为一名橄榄球球员。父亲为了妹妹上大学，含辛茹苦，积蓄了 3 万美元，但还是不足以支付四年 4 万美金的学费。马塞尔在橄榄球队，4 年奖金就有 1.5 万美元，为此，他父亲喜极而泣。“可怜天下父母心”，全世界的父母同一颗心。全家人很为马塞尔骄傲，他每一次出场，一家子都到赛场呐喊助威，单单门票就花去了 1.5 万美元。

他的感恩还在于他的球员福利，让他有资格入住这个富人的相思泉山庄。他说，住在这里最大的喜悦是:“我的灵魂可以得到释放，我比年轻时更自由了。”“住在山庄里，有很多种选择，对每个人来说，最重要的莫过于平等。住在这里，可以活在你想活的任何年龄段中。”记得一位学者曾撰文说：“一个伟大的社会、伟大的民族、伟大的文明，必然是要让每个人拥有自由的选择权利。”他的妈妈和妹妹每个月都会来看望他一次，他妈妈不久前去世，享年 96 岁。

他每天有很多事要做，除了整理文件，撰写回忆录，还要给他的粉丝们回信。

他侃侃而谈，末了让大家提问。一位团员问及挂在墙上的爱因斯坦和林肯两幅画像时，他答，那是从一位土耳其移民那里买来的，那位土耳其人颇有艺术天分，渴望在美国深造，于是，他买了这两幅画像，资助土耳其人读书。他还说，他崇拜爱因斯坦的智慧，崇拜林肯在乱世中的坚韧不拔。这智慧和坚韧不拔也是马塞尔本人的写照。

一个美国橄榄球运动员的真实故事，可歌可泣。

4. 点亮高高的圣诞树

夜色蒙蒙，烟雨蒙蒙，圣诞树的彩灯也蒙蒙。

我们来到 105 年前建造的 Masonic Home。这是一幢欧洲巴洛克时代的建筑。我们站在圆柱门庭的大理石台阶上，兴奋地期待着点亮圣诞树的那一刻。这棵圣诞树有 2 层楼之高，号称旧金山圣诞树第二高度，在山庄外的公路上，远远就能望见。圣诞树由杰弗里和团里年龄最高、个子最高、职称也挺高的老高（鸣）先生携手点亮。当彩灯闪烁的那一瞬间，大家欢呼雀跃，争先恐后拍下了这棵灿烂的神树。

圣诞节是美国最大的节庆日，就像我们的春节。我们赶上了这个日子，我们将在美国亲身体验原汁原味的美国圣诞节。

随后，杰弗里陪同我们参观了这幢有百年历史的建筑。这幢古典主义风格的建筑，横卧在一座山岗上，一幢仅有两个楼层的联体别墅，一字儿铺排开来，远远望去，就像一列老式火车停靠在远年的驿站上。

我们走在长长的走廊里，就像穿越在时间的隧道，比起上海著名的历史建筑，如首席公寓、马勒公寓等，这幢公寓似乎更显历史的神秘感。

在这里，我们看到的几乎都是八九十岁的高龄老人，有的坐在轮椅上，那神情似乎已到风烛残年了。走廊很长，有一种走不到尽头的感觉，这走不到尽头的感觉，对这些年迈的富人，充满着希望。记得有这样一个故事，一位住在芝加哥的犹太人已经 70 岁了，却要买一间很豪华的公寓。别人问他：“你年纪这么大,也就只有几年的寿命了,还要这么大的房子干什么? ”犹太人反问道:“难道只有几年就不能享受吗? ”人就该这样,在条件允许的情况下,尽可能的享受。山庄里的富人们，尽情地享受吧，管它离开生命的尽头还有多远。

5. 多喝了几口“白银”

晚餐后，我们在大厅里品尝葡萄酒，和美国朋友聚集一堂，一起品酒，别有风味。

有道是：“早晨的酒是石头，中午的酒是红铜，晚上的酒是白银，三天喝一次则是黄金。”今晚,经团友们殷勤劝酌,我比往日在家多喝了几口,笑乐之余,带着几分醉意，到“太虚幻境”抓“白银”去了。

第三天　和尼克松总统私人医生聊天

1. 瓦特医生的幸福人生

今天的旅游日程安排，让我翘首以待：

“8:00—9:00，与山庄明星住户尼克松总统私人医生 Dr. Wait 聊天，谈论 1972 年访华轶事与养生秘诀分享。”

我们集体迟到了。82 岁高龄的契斯特·瓦特医生，精神矍铄，和他的太太已在大厅等候。9 点，他要去参加游艇活动。待我们坐定，他就开门见山谈起尼克松访华的往事。

尼克松访华日期是 1972 年 2 月 22—28 日。瓦特医生作为白宫卫生预防小组人员，先于 1 月 3 日来华。该小组三人分别来自三军，瓦特是陆军军医。

他们住在北京民族饭店。他说：“那会儿，街上很少有灯光。”在北京时，他们曾和周恩来有过接触：“周恩来和我们交谈就像很熟的朋友。他是一个很聪明的人。”我记得，周总理也曾称赞基辛格博士“是个很聪明的人”。因为在签署《中美联合声明》时，基辛格创造了一个划时代的名词：“海峡两岸”。

瓦特医生称，他们一行的任务是预先到总统要去的地方，察看卫生状况。他说到“厕所”一词时，引得大家窃窃嬉笑。他们中间的一位，入厕后屁股上长了红疱，断定中国厕所不符合卫生要求，于是，中国人兴师动众。他坦然说：“其实是我们美国人水土不服，导致皮肤过敏。”

瓦特一行对中国针灸颇感神奇，却没有提到针刺麻醉。这个轰动世界的成就，是在尼克松访华时的一个展览会上向其展示的，这时瓦特医生已回到了美国。我记得，尼克松特地派了一支医学专家前来中国考察，我参与了一次座谈，他们目睹了针刺麻醉的心脏手术后，幽默地说：“我们仿佛到了宇宙的外星人世界。”

瓦特医生的讲台上，摆放着有关那次访华的几本书籍，他拿起一本《中国赤脚医生手册》，崭新如初。我也曾有一本，早已翻烂了。

瓦特医生称自己有过三次退休经历。第一次从军营退休，第二次从加州某县医院内科医生岗位上退休，第三次从救护岗位上退休。他感慨道：“我三次退休，我的社交生活越来越广，生命和生命联在一起，我很幸福。”

瓦特医生一口气讲完了他的访华经历，让大家提问。一位饱受倒时差之苦的团员，请教有何应对办法。瓦特医生支了两招：一是速度慢一点，称当年尼克松就是先在夏威夷停留后再飞往中国的。二是座位空间大一点（暗示我们最好坐头等舱或商务舱）。仅仅提了一个问题，瓦特医生和太太一起歉意地告辞，玩游艇去了。

2. 学做水上保健操

随后，我们去游泳池学做水上保健操，由两名山庄老年女士教授。

我们学得奇出怪样，有的起哄，有的胡闹，就像早年美国喜剧演员劳莱和哈代一样的滑稽可笑。

水上保健操，比起我们在绿地上做八段锦要惬意许多，很适合老年人。但我估计，我们这帮人回国后，不会有人

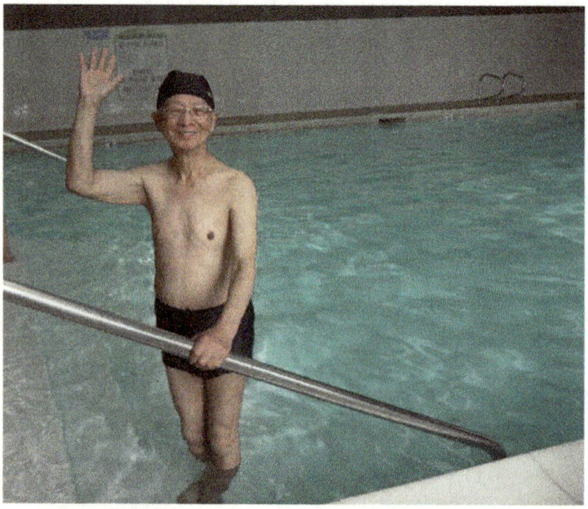

山庄室内游泳池

去游泳池做这个操，人家瞧你怪怪的动作，以为你泡在水里，脑子进水了。

3. 看芭蕾舞剧《胡桃夹子》

下午，人人正装打扮，前往旧金山战争纪念大剧院，观看由旧金山芭蕾舞团演出的《胡桃夹子》。

走进华丽的大剧院，长长的大厅走廊里，火树银花，呈现一派浓浓的圣诞气氛。

剧院四壁，浮雕精美，因而音响效果极佳。我坐在第五层最后第二排，乐池里奏出的音乐，犹在耳畔，三角铁发出的细微之声也清晰可辨。

柴可夫斯基的《胡桃夹子》，大家耳熟能详。它讲述了发生在圣诞节里一个充满儿童梦幻的故事。此剧特别适合在圣诞节前后演出，深受孩子们的喜爱。今天剧院里的观众也以青少年居多，坐在我前排的就是一个西方男孩和一个非洲裔女孩。孩子们对《胡桃夹子》烂熟于胸，每每演到精彩段落，全场顷刻爆发出热烈而有节奏的掌声。整场演出过程中，孩子们非常安静，没有任何一点杂音，孩子们的艺术素养，让我赞叹。

演员的水平也是一流，扮演玛丽的女演员，10 次旋转，稳健舒展。我忽然想起 40 多年前，在上海文化广场的演出后台，著名上芭演员辛丽丽告诉我，她曾经在独舞时，踩上了一枚图钉，疼痛不堪，但她坚持跳完后，才到后台取出那枚血淋淋的图钉。如今辛丽丽已是上海芭蕾舞团团长，艺术之路何等艰辛。我听说上芭著名演员谭元元早年加入了旧金山芭蕾舞团，成了首席演员。舞台上小演员们的舞姿也可圈可点，他们都是当地芭蕾学校的学员，旧金山的明日芭蕾之星，将在那里冉冉升起。

《胡桃夹子》有多个版本，比如木偶版。今天的舞剧中，除了原有的中国茶舞，还添加了中国龙舞和红绸舞，这个改编符合旧金山华人众多的特点，也可算是旧金山版。

《胡桃夹子》的首演是1892年12月6日，在俄罗斯的圣彼得堡。也许有一天，我会去那里观看俄罗斯人原汁原味的演出，回想一百多年前首演的盛况。

4. 揭秘成功颐养之道

“见证奇迹的时刻到了。”今晚，杰弗里将揭秘他“一分钟搞定”的魔法，为我们做“成功颐养”的主题演讲。他曾赴上海亲和源等养老机构传经送宝。

“或许各位会问，你是个中年人，怎么知道老年人的需求呢？我当然知道，我服务过上千老人。”杰弗里懂得心理学，他高屋建瓴，开口第一句话就打消你对他的怀疑。但他应该清楚，服务于“老小孩”网站的吴总还是一个青壮年。“老吾老以及人之老”，为老服务，不分年龄。

接着，他在屏幕上打出一只糖罐和糖果的图片，形象地阐述道：“人的一生就是一罐糖果。每天拿掉一粒，直到一粒不剩，生命结束了。”他问道：“人的一天，除了吃饭，睡觉，工作，家务劳动，看电视等等，剩下的时间你干什么呢？”他自问自答：“每个人都不一样，有的考虑第三代，有的考虑先生或太太，有的去游山玩水，这就是目标。这目标就是给予别人，就是成功。”

然后，杰弗里又打出一幅“爬在树上的松鼠”图画，问：“各位看到这幅画有何感想？”他说：“这会勾起我童年的回忆，令我开心。然而有人也会想到被松鼠咬过的回忆。（松鼠也会咬人吗？）人的记忆退休前后差别很大。

“退休后，各位要注意的四个方面：

（1）肌能上：你一定要从沙发上站起来，活动你的肌肉。

（2）智力上：你每天要做不一样的事，保持生活的新鲜感，这可以预防老年痴呆。

（3）社交上：年轻时，我们参加夏令营、派对。退休后，常常会找出一个理由，做宅男宅女，这样你就会寂寞。

（4）精神上：要有信念。信念不一定是宗教，而是要信任别人，要有价值观。”

杰弗里是个优秀的演讲者，当场搞了一个“真人秀”，请了一位山庄老人前来现身说法。

最后，杰弗里兜出了他成功的秘诀，简简单单的两个字：“态度”。他认为，养老机构不可以单从“护理”出发，不能头痛医头脚痛医脚菜单式的服务。你要想很多办法，让老人参与各自喜欢的事，你要让他们认识到，他是一个有用的人。这就是杰弗里的“态度”。

记得为中国国家足球队打进世界杯的神奇教练米卢，他的口号就是“态度决定一切”。一位叫袁惟仁的音乐人在他的《勇敢一点》书中也写道：“做音乐要有自己的态度。”态度是成功之道，英雄所见略同。

然而，成功之道除了“态度”这华山一条路，还有“条条大路通罗马”之说。在美国，被誉为“世界第一健身模特”的格雷格·普利特（Grey Plitt）说过：“勇于面对恐惧，绝不逃避，这才是成功的真正的原因。”在我国，成功之路的说法，有箴言“天时地利人和”，有成语“成也萧何，败也萧何”，有俚语“戏法人人会变，各有巧妙不同”，还有故事“八仙过海，各显神通”等等。还是马克思的话有道理：走自己的路，让别人说去吧。

对杰弗里个人而言，他的“态度”确实成就了他的“成功颐养”，态度是参天大树之根，是为人处世的出发点，值得肯定。

“一分钟就搞定”的包袱打开了，不是哥德巴赫猜想。

第四天　旧金山，那幢不倒的钟楼

1. 旧金山和唐山、汶川

梦醒时分，窗外晨曦亮晃。

从今天起步，我们走出山庄，去旧金山市区，旅游渐入佳境。

美国作家 H. 斯宾塞写道，旧金山“曾经属于梦想，以后也将属于梦想”。

中巴驶离山庄，天空变得阴沉起来。

沿着太平洋的海湾，一座跨海大桥凸现在眼前，乳白色的桥身，气如长虹。正当我们惊叹这座雄伟的美国大桥时，导游却爆料说：“这座桥是我们中国建造的！”车内顿时发出一阵惊呼。导游指着窗外一座半截的黑色铁桥说：这就是原来的跨海大桥，前几年大地震时断裂了，现在还在拆除之中。他又介绍说：旧金山曾发生过 2 次大地震。第一次是在 1906 年……

中巴行驶在中国制造的大桥上，我们的心情特别舒畅。在大桥右边的海湾处，但见高楼林立，鳞次栉比，多姿多彩，这就是旧金山市区。导游指向一幢耸立的钟楼，感慨地说：“1906 年的大地震，整个旧金山被夷为平地，仅剩下这座钟楼屹然耸立。”遥望钟楼，时针一秒一秒地转动着。

望着挺立的钟楼，望着如画的旧金山，我陷入了沉思。

我想起 1976 年 7 月 28 日我国的唐山大地震。震后第三天，我吻别才 5 个月的独生女儿，奉命随上海医疗队奔赴灾区。我目睹整个城市一片废墟，目睹 40 多万生命埋在废墟里，欲哭无泪。我在那里度过了两个多月的帐篷生活。

我又想起，2008 年 5 月 12 日的我国汶川大地震。我是震后第二天大手术后出院回家的。也是震后第三天，女婿把刚过完 3 岁生日的儿子，托付给我们老两口，参加上海医疗队，去震中映秀镇抢救同胞。后来他又留在那里两年，参加灾后重建。

至今我珍藏着一枚40多年前唐山大地震的纪念章，上面是毛泽东书写的四个金色大字："人定胜天"。无论是旧金山，还是唐山、汶川，证明这是一个真理，人类能够战胜灾害，重建家园。

望着重建的旧金山，想起当年大地震时数以万计的死难者，我的眼眶湿润了。

此刻，天空下起了雨，淅淅沥沥洒在车窗玻璃上，流淌、流淌，莫非老天爷也感同身受，伴我一起流泪了。正如一首流行歌曲的歌名那样：《小雨下得正是时候》，普天同泣。

2. 我"当"了一回旧金山市长

雨下大了，我们都没带雨具，导游临时把游程改为室内。

首先，我们来到旧金山市政厅。

无疑，这里是全市"头头脑脑"的"办公重地"。但门口不见警卫，也不见"闲人莫入"的警示牌，我们堂而皇之走了进去。导游说："二楼200室是市长办公室，可以进去看看。"我和魏美珍等人将信将疑推门进去，果然无人阻拦。室内有两位工作人员分别在接待访客，也有一名警卫随意地站在一旁。对我们这群不速之客，他们熟视无睹，任东方面孔的人东张西望地"视察"。我发现一张办公桌的座位空着，也就"任性"地坐了下去。说时迟，那时快，魏美珍咔嚓一声给我照了相。这时，那位警卫才过来礼貌地提醒我们，这里不允拍照。我们连声"Sorry"。那警卫又若无其事地走到一边去，任我们继续"巡视"。事后，大家戏笑我当了一分钟的旧金山市市长，令我喜不自禁。

在旧金山市长办公室

旧金山市长确实在200室办公，市长名叫李孟贤，是美籍华裔广东人。他原先是副市长，后来市长去州议会上任，按照当地法律，副市长自然晋升为市长。李市长转正后，政绩显赫，办了几件大好事，在下一届市长竞选中，市民把票投给了他，李市长连任至今。导游介绍说，李市长事无巨细，凡有市民找他，他都亲自接待，哪怕结婚事宜，也会帮你排忧解难，他是一名地地道道的公仆。

旧金山市政厅名气很大，有美国西海岸的白宫美誉。其建筑华丽，仿造梵蒂冈的圣彼得大教堂。金顶设计又借鉴巴黎荣军院，动用了1吨黄金。我们是中国的平头老百姓，可以像贵族一样，在这富丽堂皇的市政厅里，自由地走来走去，要不是亲身经历，真难以置信。

旧金山，美国人则叫三藩市（Sanerancisco）。旧金山之名源于中国广东人，早年，他们来此淘金，回广东后自称来自金山。后来又有一批广东人，从澳大利亚墨尔本淘金回来，称他们也来自金山。为了区分两者，人们把澳大利亚的叫作新金山，把美国的称作旧金山了。旧金山为国际通用地名，比如《旧金山和约》等。旧金山确有金矿，旧金山的一些景点也与此有关，如金门大桥、金门公园等。

3. 每天吃两片神药

接着我们去圣玛丽大教堂。

这座大教堂的设计，不是别人，是咱中国人贝聿铭大师。教堂座落在坡度不大的山坡上，贝大师将现代和传统融合其中，居高临下，把宗教至高无上的氛围，突显在四周的建筑之上。我很敬佩贝大师，不仅因为他的传世之作巴黎的玻璃金字塔，还在于他说过的一句话给我的开悟："我把每个醒后的早晨都当做一件礼物，因为这表示着还有一天可以工作。"记得，美国的一位百岁老太谈起她的长寿之道，称她每天吃两片药，一片早晨醒来吃，叫满足药，一片晚上睡前吃，叫感恩药。两位说的是同一个道理：快乐每一天。

距圣玛丽大教堂不远处，还有一幢哥特式的大教堂。导游说，世界著名影星玛丽莲·梦露生前常来此礼拜，因而名气很大，我们只能远观。

4. 梅子黄时日日晴

午餐在一家中国餐馆，店名"好灶头"，老板是东北人。

外面依然下着雨，抬头瞥见墙上一首诗，用中文的行书书写："梅子黄时日日晴，小溪泛尽却山行。绿阴不减来时路，添得黄鹂四五声。”这是宋诗人曾几的《三衢道中》，读来很亲切。特别是诗中的“日日晴”，与店外的雨丝形成强烈的反差。宋诗人贺涛有诗“梅子黄时雨”，抒发的是连连阴雨的“闲愁”之感伤。曾几反其道曰“日日晴”，传递出诗人无比喜悦的心情，曾几不愧为大诗人陆游的老师。“好灶头”老板选挂这首诗，其意似在美国“梅子黄时雨”的愁苦岁月里，激励自己保持“日日晴”的好心情。店内还有一副对联：岁月须迟眠，惜花应早起。老板“早起”“迟眠”的奋发精神，让我肃然起敬，“好灶头”必有好兆头。

5. 头戴塑料袋逛市中心

午餐后去市中心。沿途车过“小意大利”和华人区。但没见到游程上介绍的唐人街上“天下为公”的牌匾、“日本京都味道”的日本城和“雅洁如公园”的联合广场。

雨中，我们被安排去市中心的一家名叫 Macy's 的百货商店，我对购物毫无兴趣，只是顺着扶手电梯一层一层往上走。第六层专营沙发，人们或坐或躺，就像上海宜家商场的沙发专卖区。第七层是小吃街，人声鼎沸，“美国人说话轻声”的口碑在这里荡然无存，我落荒而逃，返回到第一层。接着去了比邻的 NEIMAN MARCUS 商场，导游在车上说，那里是男士用品专卖店。进得门去，第一层全是女士化妆品，第二层售淑女装。商场大概比较高档，顾客寥落，我索然无味走出门去。这两家市中心著名商场的规模，充其量只是上海静安寺的梅陇镇、中信泰富和恒隆等商场。

雨还是下个不停，我独自去逛街。我把一只塑料袋套在头上遮雨，像乡巴佬似的。据游程上介绍，这里有“漆成紫色的女乞丐、绿色的妖婆和橘红色的精灵来凑热闹”。与他们相比，我头套塑料袋，是小巫见大巫了。

街头很热闹，可惜没见到那些乞丐、妖婆和精灵。倒是在一家服装店的橱窗里，有两只棕色宠物猫，像时装模特一般，在里面“做秀”，走着“猫步”。另外，在街上见到一辆有轨电车停靠在站台，车身古典，是一道流动的风景线。然后又去高坡上的露天溜冰场，看孩子们在雨中溜冰。然后准时上车。

如此这般，旧金山市中心“观光”过了，浮光掠影。

第五天　酒香纳帕谷

1. 买疯了的大妈们

上午又安排去一家折扣店，店名叫 SEAPS。走进商场，有两道独特的风景，两家百货店门前排着长队，排队的几乎全是黑人兄弟。店门半掩着，门外有几位身强力壮的保安把持，店里有多少顾客出来，就放多少人进去，我估摸排在最后的一位，至少要等上半小时才进得去，而队伍还在拉长，我猜测这两家是最便宜的折扣店。我们团里的大妈们又一次买疯了，东西实在太多，有的索性添买了一只大型拉杆箱，满载而归。

2. 导游捣浆糊

接着驱车前往农贸市场。游程安排上写着："这是旧金山地区品质最好的农贸市场，周六的时候是依山而设的市场，非常热闹。"在国内，我很喜欢逛农村的集市，那浓浓的乡情让人如痴如醉。今天恰逢周六，我们要去美国"依山而设的市场"，观光那"非常热闹"的美国风情。

走下车去，路边就是农贸市场。市场设在一条很短的马路上，来回走走也不过刻把钟的时间。两旁一只只小亭子，除了果蔬，还有小饰品之类的杂货，感觉不到"旧金山地区品质最好"农产品。顾客寥落，生意清淡，更扯不上"非常热闹"了。我疑惑地问地陪："不是有依山而设的市场吗？"地陪诘问我："哪里有依山而设？"让我哭笑不得，无言以对。戴立新先生曾和我讲到中国式的旅游："上车睡觉，下车沏尿，见风景就拍照，回来啥也不知道。"依我看来，某些美国的华人导游和某些国内的导游都有一个本领："捣浆糊"。

3. 心有千千结

午餐还是在一家中国餐馆，店名：新久顾。墙上也挂着一幅中国书法作品，那是临摹苏东坡书法作品，所有汉字排列成椭圆形：尝花归去马如飞，酒力微醒时已暮。店内一位二十出头的女服务员，中国人，她告诉我："这首诗，从任何一个字开头念都是一首诗。"这家店主，与"好灶头"店主一样，对祖国的文化，心有千千结。

纳帕谷酒庄

4. 纳帕谷的酒庄

午餐后去纳帕谷，参观酒庄。

这些年，法国葡萄酒风靡中国，甚至有中国人去法国波尔多购买了酒庄。殊不知，纳帕谷鹿跃酒窖出产的葡萄酒，早在1976年5月24日“巴黎品酒会”的比赛中，击败法国波尔多的五大顶级酒庄，创造了葡萄酒家的一段传奇。

纳帕谷是一个丘陵地带，“似平原又颇起伏，似山地又不见峰巅”。中巴驶进谷地，沿途酒庄时隐时现，连绵不断。

我们先在一家酒庄下车，那西班牙建筑风格别有风情。这家酒庄不对外开放，我们只是凭借导游所谓的关系才得以进入。店内空间很小，酒品琳琅满目，导游称不必买，看看就够了，兜了一圈就上车了。

第二家叫沙特家庭酒庄，规模较大，年代久远，进门广场上就是酿酒设备，外表陈旧不堪，据说已有百年历史，还在酿酒，不可思议。

我们先去酒窖，酒窖不大不深，一只只圆形橡木桶也没有像法国著名酒庄那样留着名人签名。许诺很友善，给我以大木桶为背景拍照留影。

酒庄一层有酒吧，一些游客围着吧台品酒。吴总和小张也站着品尝，那飘飘欲仙的神态，似乎喝得很过瘾。在此品酒，我们东方人的面孔被视为外国人，就像在上海衡山路的酒吧里，中国人看西方人围坐吧台喝酒那样，都是一道风景。

纳帕谷酿酒用的葡萄是颗粒似指甲大小的紫色小球，非常饱满。我买了1盒4小瓶装的果酒，外包装设计很有艺术感。一位团员说：“摆在家里的橱窗里也很好看。”酒庄的酒杯，色彩很诱人，但外形不及我家里的精巧，只能割爱了。

酒庄外面是一个很具规模的庭院，有花有树，有楼亭，有小别墅。宁波来的摄影师冰梅兴致勃勃摄下了一个个美景。

“尝花归去马如飞，酒力微醒时已暮。”带着酒香，带着微醒，回到相思泉山庄，时已暮。

第六天　欢度圣诞节

1. 我和美国小男孩

上午，去参加美国小朋友的圣诞节活动。

活动地点在共济会旧金山总部，一幢临街的欧式楼房里。

我们先到二楼用圣诞早餐，有玉米饼、小面包、果酱等。

然后走进一个可以容纳数百人的礼堂，已经有二三十个孩子面对着讲坛，席地而坐。我们和孩子的父母一起围坐观看。讲坛上坐着一位圣诞老爷爷和一位圣诞老奶奶，他俩逐个和孩子们合影并赠送圣诞礼物，孩子们陶醉在幸福里。我们的身旁，有一位年轻漂亮的妈妈，怀抱一个不足 1 岁的小男孩，那小男孩长得比洋娃娃还可爱，一些团员上去和他们拍照留影。我也忍不住凑了上去，让我惊喜的是，那位漂亮的妈妈，微笑着把男孩递给我，那男孩一点不怕陌生，让我抱着照了相。从前民间有个说法，倘若老人去抱不认识的小孩而不遭拒绝，意味着老人有福相，不管这个说法是否有道理，此刻我的心里真是乐开了花。

圣诞老人给所有孩子送了礼物，接着有几个孩子，一起张开了一块硕大的彩色布幔，高高地举起又轻轻地放平，其他小朋友们在布幔里奔跑着、戏闹着，玩得无比开心。孩子们玩了好一阵，然后随父母们离去。

在旧金山兄弟会总部和孩子们过圣诞节

在旧金山共济会总部过圣诞节

接着两位圣诞老人又逐一和我们合影、送礼物。礼物是一枚共济会的纪念章，上面的图案是共济会的会徽，形象地标志共济会是一个多神组织，在共济会里，人们不谈宗教，不谈政治，他们追求和平宁静的生活。我和两位老人合影收礼后，回赠了一张中国出品的立体的圣诞贺卡。

随后，总部负责人介绍了共济会的概况。

该会已有105年的历史，像今天这样的圣诞节活动，已持续举办了90年。共济会最大的特点就是只能由男子入会，然后妻子和孩子才可以跟进，所以又名兄弟会。该会的宗旨是让社会变得比人们想象的更美好。会内不谈论政治和宗教，没有为此而发生争论，他们追求和谐宁静的生活。会员的家庭信息储存在政府档案库里，他们随时随地可以得到政府人员或警察的帮助。该会每年要举办各项活动，包括火警教育等。该会下属的相思泉山庄在加州有2处，另一处在洛杉矶。

我们和负责人、圣诞老人等合影后离开了该会总部。

杰弗里为我们每人打印了一份中文的《ST的传说》，让我们了解其人其事：

在美国，圣诞老人是假日季的图标，几乎每家购物店都会在节日里显示。老人的外形是白胡子、红色外套和波姆平顶帽，乘着八匹驯鹿拉的雪橇，把礼物分发给孩子们，是个讨孩子们喜欢的老头儿。

老人原是一千多年前现为米拉（今土耳其境内）的一个主教，名叫圣尼古拉斯。他乐善好施，还下乡帮助穷人和病人，留下了不少感人的故事。在1773年12月的一天，美国的一个荷兰家庭聚会，纪念他的祭日。后经报纸报道，自此，圣诞老人成了美国的流行文化。

2. 我私闯了民宅

午餐还是去“好灶头”，三顾茅庐了。

餐后回山庄。那位90岁的女士，带领我们去山庄的旷野看风景。坡连着坡，绵延不断，一望无际。我们沿着山坡小道来到山冈，远处座落着一个小镇。山冈上有一幢小别墅，外表简朴。推进门去，是豪华客厅，客厅旁是高级厨房，另一端是卧室，布置得雍容华贵。这幢别墅是共济会老板度假的地方，无疑，这是一个“重量级人物”的私密寓所。但所有房门都没有上锁，任我们自由出入。

孙钰说过，整个山庄很安全，房门不必上锁。我有过一次亲身经历，有一天，错把一楼的一个住家当做我们三楼的住所，门未上锁，推门进去，我叫了一声同住的小张，不见回应，再定睛一看，哇，居然是山庄的老人之家。我吓得“血压升高手冰冷”，这是私闯民宅，犯法的呀，我拔腿就逃，还一步三回头，太可怕了。团员们听了也为我捏了一把汗。可见，这里的山庄确实不上锁。孙钰还说，在美国，富人住宅区不上锁，穷人住宅区锁上再加锁。而我在上海的家则是三保险，锁、锁、锁！这里的山庄不设防。

3. 体验高尔夫

下午，去高尔夫练习场，这是一次难得的体验。

孙钰说：“在美国打高尔夫球很普通，就像我们中国人打乒乓球。”据报载，现任美国总统奥巴马，在其“花了600个小时打高尔夫球的一段日子里，他开会的时间才不过412小时。”美国媒体调侃说：“现在对他而言，总统只是副业。”

在中国，高尔夫球场一度成为官商勾结、贪污腐化的孳生地。国务院为此下令，在全国范围内一律禁止建造高尔夫球场。内弟曾在上海市人大会上向某位市领导提议，上海作为国际大都市不妨再造一些高尔夫球场。该领导三缄其口，没作回应。

旧金山高尔夫练习场

上海普通市民玩不起属于“人上人”的高尔夫球。我和一些老年人，只得玩玩形似高尔夫球的门球，过过瘾。

今天，我是头一回玩高尔夫球，显出“做人”的架势，挥了几杆，宁波摄影师冰梅抢拍了我瞬间的动作，呵呵，那模样有点像美国著名高尔夫名将泰格·伍兹，中国人昵称伍兹为“老虎”，我属相是老虎，但神形都不是。

4. 给妻子买礼物

离开高尔夫练习场，去一家仓储式超市 COSTCO。这是我在美国唯一有兴趣的购物商场，那里有我妻子保心脏的辅酶 Q10，比国产好得多。超市规模很大，确实“储仓式的”，顾客盈门，摩肩接踵，购物车上载得满满的。我不识英文，闹得不知方向，迎面看见三口之家的华人，上去询问，那位年轻漂亮的太太，返身陪我去找，七转八拐才来到保健品的货架前。望着那位女士的背影，真有“老乡见老乡，两眼泪汪汪”的感叹。我买了八瓶辅酶 Q10，还买了妻子爱吃的开心果，让她开心开心。

第七天　孤独的老杨树

1. 风景如画的海湾

今天去 17 英里海湾，这道风景线总长就是 17 英里，名副其实。

我们的司机小伙，头戴一顶橄榄球赛的纪念帽，很帅。帅小伙稳稳地把着方向盘，徐徐地为我们铺展那长达 17 英里的画卷。是画吗？这是风景，是风景吗？这是画。

卷首的一幅名字叫“中国岩”。望着岩边澎湃的海涛，我的中国心也随之澎湃。“中国岩”挺立在太平洋的西班牙湾，是 17 英里的海湾第 1 道风景，作为一个中国人能不为之激动吗？

随之而来的画面有小鸟岩、孤独的杨树、鬼树、圆石滩、石沙滩……我们在画中游，我们是画中人。我们的身旁是那依人的小鸟，在那蓝天碧水间，红嘴海鸥展翅翱翔，远望海湾的岩石上，海狮们影影绰绰。沿途偶有几辆私家车，长长的 17 英里，天地广袤，视野辽阔，心胸更亮敞。

最难舍，要数那棵“孤独的杨树”。导游说，这棵杨树就像中国黄山的迎客松，这个比喻俗不可耐。“孤独的杨树”，这个景点名字，让我有说不尽道不完的感动。

老杨树挺立在海边的一块大石岩上，孑然一身，活了250年。它不畏风雨，不畏海浪，不畏孤独，不畏寂寞。它高大挺拔，它枝繁叶茂，它沉默无语，它是一座绿色的生命雕像。大概美国人有感于此，“孤独的杨树”成了他们的一个地方标志。

旅游团在17英里海湾

望着老杨树坚韧不拔的身姿，我的心里泛起层层涟漪。谁都有孤独的时候，但有谁像老杨树孤独那么久，250年啊！但我们人类也像它一样，具有坚毅顽强的精神。我忽然想起我们团里的几位丧偶老人，少则七八年，多则十二三年，孤身一人，然而你看，此刻，他们或拍照留影，或与鸟儿们戏耍，就像那棵老杨树，绽放着生命的灿烂。人啊，就该像老杨树那样，学会孤独，享受寂寞。这话说说容易，一旦挨上了，那可是很难、很难、很难的呀。别人事情头顶过，自己事情穿心过，但无论怎么过，生活在继续，活着真好。

致敬，孤独的老杨树；保重，孤独的朋友们。

2. 卡梅尔小镇，文艺伊甸园

午餐也在一家华人餐馆，店名就叫“华人村”（GRAND BUFFET），老板一家来自福建。

餐后去卡梅尔小镇。请允许我说句大话，我几乎游遍了上海和江浙一带的著名古镇，看惯了大红灯笼蓝布船娘，对古镇，产生了审美疲劳。出乎我的意料，来到卡梅尔小镇，我还是被“镇”住了。

小镇之美，很难用文字表达。它依山傍海，从山坡上俯瞰，沿坡而建的小镇，犹如一幅灵动的立体画。小道两旁，橡树枫叶亭亭如盖，那粗大斑驳的树干告诉你，它们已是年逾百岁的古树了。在浓密的树荫间，掩映着一幢幢波西米亚风情的小屋。小屋风格各异，彩色纷呈，犹如童话里的小木屋。那些小屋全是商店，时装、古董、糖果、玩具、画廊等等，家家琳琅满目。有一家店的门前，竟有一座静穆的庭院，我坐在一张造型精美的双人椅上，摆出一副绅士架势，拍照留影。

走进那些小店，家家店内摆设得很艺术，稍稍环视，你的心情很快就会沉静下来，仿佛你不是在购物，而是在看展览，无论从哪个角度看，处处可心。我甚至轻轻吟诵起徐志摩的诗句："轻轻的我走了，正如我轻轻的来。"我走进一家画廊，那里所有的画面全是港湾，那一大块一大块的殷红色、橙黄色，让我目眩，像置身于美丽的海港里。

小镇恬静，小街行人稀少，遇见的也是美女帅哥，他们走路轻盈，交谈也似耳语。我喜欢独自徜徉，无所思，无所欲，唯有心中荡漾起约翰·丹佛演唱的《回乡的路》，那是我最喜欢的一首美国乡村音乐："乡村路，带我回家，去我属于的地方，西弗吉尼亚，大山妈妈，乡村路，带我回家……"

我漫步走下坡去，在不远处的海滩上，有一对红与黑的身影，穿黑色外套的张为云，面向大海，取景拍照。穿红色外套的是吴总，赤着脚，卷起裤腿，在沙滩上欣赏海景。我也"痴心"（或叫"童心"）萌发，脱下鞋袜，卷上裤腿，兴冲冲地走向沙滩。那沙滩呈深褐色，近于黝黑，沙粒细软，踩在上面就像踩在糯糯的面团上。吴总感叹道："从没见过这么好的沙滩。"我望着大海，默默地问道，是哪一位神仙，搓揉出如此奇妙的沙泥？大海波光依旧，涛声依旧，似乎在回答我：这里是蒙特利半岛，这里是卡梅尔小镇。

卡梅尔小镇，一座文艺伊甸园。111 年来，有无以数计的艺术家们云集在这里。中国的画家张大千也曾在这里生活，他的画室有一个很雅的斋名："可以居"。美国电影《廊桥遗梦》的男主角扮演者克林德·伊斯特瓦特（Clind Eastwood），也担任过小镇的镇长。小镇何以成为文艺伊甸园，它的奥秘就在于此。

卡梅尔小镇，"悄悄的我走了，正如我悄悄的来；我挥一挥衣袖，不带走一片云彩"。我带走的，唯有对你久久的眷恋和回忆。

第八天　春色长在旧金山

1. 九曲花街

晴空如洗，惠风和畅。今天，旧金山的最高温度摄氏 19 度，最低温度摄氏 11 度，一年 365 天，旧金山几乎天天温暖如春。造物主太偏爱这个宠儿了。

全美最美的城市当属旧金山，这顶桂冠是全体美国人用手(投票)戴上去的。

先去看看美丽的九曲花街吧。

九曲花街，被举世公认为“世界最弯曲的街道”。这里本来只是一个普普通通的大山坡，坡斜 40 度，很是陡峭。早在 19 世纪 20 年代，这里交通事故频发，市政当局有识之士，奇思妙想，在斜坡上修筑花坛，造了“Z”字形的弯道，七转八拐，总计八个弯道，开创了世界街道的弯道之最。明明是八个弯，何以取名“九曲”？我推猜，那“九曲”之名可能出自当地华人。中国历来有“九五之尊”，以九为大，中国人造桥喜欢“九曲”，比如上海城隍庙的九曲桥。当然，七曲八曲也无妨，但江南一带忌讳四曲，因为苏州人有句骂人的话叫“屈（曲）死（四）”。

来到九曲花街，抬头一看，那山坡确实又高又陡，我们一些团员望而却步。我的脚力还算可以，勉力走“之”字步，行行渐上，走到坡顶。住宅、商店沿

旧金山金门大桥

斜坡而建，我想不明白生活在这里的人是怎么爬上坡的。到坡顶一看，原来这里是一条平直的马路，一辆观光当当车正徐徐驶来，人们是无需爬坡的。站在坡上往下看，弯道上，一辆辆小轿车，正曲里拐弯地上行下驶，不由得让我联想起，当年在武夷山大王峰俯瞰九曲溪上的竹筏，有着异曲同工之美。令我遗憾的是，“花街”不见花，“花儿都去哪里啦？”倒是美国官方正式的名称“伦巴底街”比较实在。

2. 旧金山的象征：金门大桥

今天要看的美景接二连三，有金门大桥、金门公园、双子峰、渔人码头等等，美不胜收。

金门大桥，美国权威杂志《国家地理》宣称“不可不看”。这是旧金山的象征，可以套用咱中国人的习惯用语：“不到金门大桥，等于没来过旧金山。”

金门大桥之雄伟壮观，勿用我赘述，看看我的照片就一目了然了。

金门大桥令我叹服的是它的设计者史特劳斯，他的名字的第一个字翻译成“史”，让我这个“史”姓外国人倍感亲切。我的一位旧金山华侨朋友骄傲地对我说：“哪怕旧金山所有建筑都倒坍，金门大桥也不倒！”史特劳斯真是一位伟大的设计师。可惜他在大桥建成后的第二年，与世长辞，令我扼腕叹息。大桥的桥畔立着史特劳斯的铜像，栩栩如生，我在铜像前久久仰视，向他致敬。美国人说，史特劳斯是他们国家的骄傲，我更想说，史特劳斯属于全人类。

3. 世界最大的人工公园

金门公园，旧时是一扇通向金矿的大门。据称这是世界上最大的人工公园，占地达 1000 多英亩，园内有众多的游乐项目和文化景观，哪怕随便逛逛恐怕也得一天时间。我们只能走马看花，在植物园的外面“到此一游”。有几个街头艺人在通向活动厕所的小路上，自娱自乐。

4. 废墟上的艺术馆

这座艺术馆很让我震惊。原先（1915 年）这里是为巴拿马国际博览会而临时搭建的展馆，会后即被废弃。然而，旧金山人很珍惜这段历史，他们自发筹款，那真叫聚沙成塔，建造了这座仿罗马废墟的建筑。那建筑美轮美奂，有池水环抱，一片艺术天地。旧金山人珍惜历史、崇尚文化的精神，很值得我们学习。

5. 双胞胎兄弟的山峰

双子峰，顾名思义，就是两个双胞胎兄弟的山峰。山顶是一脉平川，站在峰巅，远处的海湾大桥和金门大桥清晰可见。我独自环山步行，旧金山全城尽收眼底，上帝真是宠爱旧金山，有山有水，得天独厚。

6. 两个渔人码头

渔人码头，也被公认为旧金山热门景点，“不可不看”。到那里看了，也不过如此。早年的意大利渔夫早已不知去向，渔船也销声匿迹了。停泊在那里的是一艘诺曼底登陆艇，有一座牌楼，框出其身影，不知二战的登陆艇与渔人码头有何干系。街口有巨蟹标志，游客能在这里享用新鲜美味的海产宴。码头上游人如织，热闹非凡，但看惯了上海外滩的热闹，这里的热闹显得很平常。几年前，我们上海奉贤也冒出了一个叫“渔人码头”的海边景点，但是和旧金山的原创对照，真是相形见绌了。我很纳闷，有五千年文明历史的中国人，何必拾人牙慧。

7. 欢乐平安夜

夜色降临，明晚是平安夜，山庄老人们要回家和亲人们团聚，我们提前一天，与他们一起欢度平安夜。

派对设在五楼的豪华餐厅里，宽阔的过道把两边餐厅连成一体。

山庄老人们，人人精心打扮，个个雍容华贵，静静地分坐在两边餐厅。

我们走到过道，集体亮相，每人先自我介绍并作简短发言。轮到我，我说了三句话：“我是上海老头。看到大家这么年轻，非常羡慕。祝各位越活越年轻。”山庄老人毕竟都是社会名流，有智慧，懂幽默，对我的发言报以一片笑声。

随后我们合唱《新年好》《友谊天长地久》。由张为云作吉他伴奏，他为了这一刻的演出，从中国到美国，一路背负着那个又大又沉的吉他，真是一片苦心。担任指挥的是上海电视台导演许诺。当我们用洋泾浜的英文唱起《新年好》时，全体山庄老人跟着齐声高唱“Happy New Year”，气氛非常热烈。

接着是张锦媛的独唱《一个妈妈的女儿》，她是街区合唱团团员，训练有素，她音色很美，唱得悠扬婉转，只是稍稍有点紧张，老是背对餐厅另一边的老人，我佯装路过，在她背后轻轻说了一声“转”，她很聪明，旋即转身，获得那边老人们的掌声。接着是徐丽霞的傣族舞蹈《月亮的女孩》，她长期从事共青团工作，性格活泼，舞姿曼妙。两位东方“窈窕淑女”的歌舞，令老人们沉醉其中。我发现，有几位美国的浪漫“君子”，眼睛里还闪着电光。

最后是吴总的独唱，他用英文演唱了美国著名歌曲《嗨，朱莉》。山庄老人们情不自禁地齐声同唱。吴总更像歌星那样，把话筒一一递到老人们的嘴边，请老人主唱，把晚会推向了高潮。

山庄老人们坦言：“今天是我们一生中最快活的平安夜聚会。”我们的团员也兴奋地说：“我们‘老小孩歌舞团’赴美首演，获得巨大成功！”

随后是我们和老人们互动，有两个话题值得一记：其一，我们问山庄老人之间有没有谈恋爱的。这时，杰弗里隆重推出一对伉俪，说他们就是在山庄相识、相恋、结婚走到一起的，说得在场的人个个乐不可支。其二，是一位山庄老人问，当今中国人的男女比例是否 3 ∶ 1。这让我们惊讶不已，美国老人不知道，上海剩女大大超过了剩男。由此可见，美国人对中国的误解之深。两国人民真该多多走动，相互了解。

晚会结束了，大家恋恋不舍。

山庄的老人们，你们是上帝的宠儿，明天平安夜，你们将回家和亲人们团聚，唱吧：《主赐平安》。在此，我祝各位晚年平安，阿门。

第九天　来自欧洲的古城堡

1. 山庄里的一个上海女子

清晨，在山庄的山坡上散步，空气里弥漫着浓浓的负离子，沁心沁肺。

四下无人，在大楼的拐角处，迎面遇见凯蒂。几天前，在大堂里，凯蒂和我们相识，她是一位地地道道的上海人，从小在上海长大，直到20世纪60年代初，才去香港和父母团聚，然后再到美国定居。我们一照面，都说她是大家闺秀，虽年已古稀，但白净细洁的脸上没见明显的皱纹，她那端庄的脸庞，温文尔雅，且慈眉善目。她身高 1 米 65 左右，身材苗条且挺拔，和她相处，你会感觉，她就是张爱玲笔下典型的上海贵妇人。在美国，她拥有独居的住房。也许是美国人的传统，左邻右舍“鸡犬之声相闻，老死不相往来”，太冷静，太孤独了，一个月前，选择来山庄养老。

我们边走边聊，她说，今天清洁工来打扫房间，就出来散散步。她告诉我，这几天忙于搬家，一部分家具拿到山庄，一部分扔掉，然后再把房子卖掉。

我们走近大楼门口，墙角边有一条小道，上面铺满沙粒。凯蒂告诉我，这是宠物狗的专用小道，小道入口处有一只小亭，放着专供收拾狗粪的纸袋。人狗分道，何等文明。

挥了挥手，告别了凯蒂，也许这是我俩最后的告别。她很久很久没回上海了，“何日君再来”？

2. 古城堡里的报业巨子

今天去赫斯城堡。

赫斯，这是城堡主人的名字：威廉·鲁道夫·赫斯特。这位“赫斯特”，名气之大，真会让你“吓死脱”。他是 20 世纪 20 年代美国报业巨子，在美国，每四家报纸就有一家属于他。世界著名的大人物：卓别林、罗斯福、丘吉尔等，都先后到城堡作为贵宾住过一阵子。这当然不是吹的，我在城堡看过当年的黑白纪录片，确有他们闪动的身影，显赫的名人效应，让世界各地的游客们趋之若鹜。

赫斯城堡建在一个很偏僻很荒凉的丘陵地带。我们从山庄出发，沿着加州 1 号公路，转弯、转弯、再转弯，中巴足足开了 4 个小时，终于望见在那一望无际的山丘上，孤傲地耸立着赫斯城堡。那赫斯城堡的模样，很像一座千年古堡。

当然不是古堡，美国的历史不过二百多年。城堡建于 1919 年，那还是在咱辛亥革命之后，一直建到 1951 年赫斯特去世，历时 32 年，还没竣工，可见其工程之浩大。当我看到一处还没完工的外墙时，真是感慨万千。

赫斯特建造这座建筑的初衷很简单：“羡慕”二字。有一回，他去欧洲游览，被那里的古堡镇住了，发誓要在美国建造一座古堡。他有钱，有钱能叫鬼推磨。鬼斧神工，“古堡”终于拔地而起，成为欧洲古堡的美国版。

走进城堡，无论是华丽的休息厅，皇家贵族的聚餐厅，还是晨光透亮的早餐房，所有的摆设，所有的装饰，都来自欧洲，件件是专家们鉴定过的老古董，价值连“城”。

呜呼哀哉，老赫斯特没有完成他的夙愿，含恨闭上了眼睛。他的几个儿子目光短浅，担心承受不了日后的开支，把老爷子苦心经营的城堡，拱手送给了国家。他们哪里知道，今日的门票收入多么可观！老赫斯特曾经在城堡里遥控着他的报业帝国，每天让直升飞机从千里之外送来当天的报纸。然而他无法掌控自己的身后事，任由儿孙们兴家还是败家了。

美国当局很有真知灼见，把城堡原封不动保留下来，游泳池的水干了，赫斯特的住宅房门旧了，一切照旧，就连那没有砌刷的城墙也任其自然，不像我国的古迹，处处“旧貌换新颜”。这很让九泉之下的赫斯特得到安慰。

赫斯特城堡固然宏大、古典，但从本质上来说，那只是欧洲古董的一个收藏馆而已。想真正体验欧洲古堡的风采，还得去欧洲看看。

3. 别了，我的海市蜃楼

回到山庄，已经很晚了。山庄里十分冷清，老人们几乎都被家人接回去过平安夜了。

唯有杰弗里在等候我们，他一身圣诞老人打扮，一顶圣诞帽把他的光头盖得严严实实。明天，我们就要离开山庄，去拉斯维加斯。今晚，我们举行了简短的告别仪式。杰弗里送了我们几件小礼物，物轻情意重。然后他脱下圣诞帽，露出他为之骄傲的光头，和我们一起合影留念。

一眨眼，我们在山庄住了 9 天。这些天，我简直成了刘阿斗，乐不思蜀。相思泉山庄，一个世外桃园。

相思泉山庄，那是富人们的天堂。在美国，这样的天堂也屈指可数，绝大多数的美国人只能望梅止渴，遥不可及。

由梅子想到葡萄，让我说一句“吃不到葡萄”酸溜溜的话，哪怕有八人大轿抬我去山庄养老，我也会踯躅徘徊，犹豫再三。

山庄虽好，但出行很难，没有私家车，寸步难行，一路上，也是几里十几里不见人影，太偏远了。不如我家，交通便捷，乘坐地铁，只需步行三五分钟；山庄虽好，但住房面积也不如我们夫妻俩居住的三房二厅二卫宽敞；山庄虽好，社交生活太少太少，人与人之间也疏远淡漠。不如我家，楼下一大片绿地，有河道池塘，有草坪小道，一年四季绿成荫，春夏秋冬有花赏，最难得，那里有鸟友，有拳友，有并肩散步的，有围坐聊天的，有遛宠物狗的，有喂流浪猫的，大家谈天说地，家长里短，其乐融融。中国人喜欢“四世同堂”的天伦之乐。生活在那六根清静的山庄里，就像米兰·昆德拉的名著《不能承受的生命之轻》了。要让我远渡重洋去山庄终老，真是“蜀道难，难于上青天”了。几年前，我已去家附近的养老院登记在册，万不得已我才去那里，我的选择还是居家养老。

别了，难忘的相思泉山庄。

别了，我的海市蜃楼。

第十天　斯坦福大学从农场走来

1. 记取凤毛麟角

今天的游览，好似由联合国教科文组织安排的巡视之旅，首先去斯坦福大学，这是被公认为世界上最杰出的大学之一。然后去硅谷，当下，硅谷正在进行一场思想盛宴，最为激动人心的话题是：机器人正在学会独立思考！再后是飞往拉斯维加斯，欢度圣诞之夜，欣赏圣诞灯会。

今天的所见所闻，无不令我拍案惊奇，但我只能记取一二，凤毛麟角而已。

2. 假如没有斯坦福大学

在斯坦福大学逗留了很长时间，让我最为感慨的一点是：大学没有围墙，也没有警卫，我们的中巴长驱直入，开到中心广场。

这里是“文化重地”。就说那绵延 2 公里的棕榈大道，认养一棵棕榈树，就要资助 4 万—6 万美元；那罗丹雕塑园，和法国巴黎的罗丹博物馆、美国宾州的罗丹博物馆一样，世界闻名，一大批罗丹原件，露天立放在树丛间，读着这些作品，耳边就会响起罗丹的名言：“在美丽的雕刻中，常潜伏着强烈的内心的颤动。”我的内心也随之颤动；这里有一间偏静的车库，乔布斯等人就从这“车库文化”起步，“没有斯坦福，就没有硅谷”，天经地义。这里还是互联网的诞生地，诞生了电脑最基本的原件：电池振荡器；这里又是比尔·盖茨第一个风投做心脏移植手术；这里的基督教教堂走廊，用金箔瓷砖铺设的地下“时间锦囊”，每一年存放一件当年的大事件的纪念物，1952 年存放的是由来自中东的大学生提议的“披萨饼”，2012 年的地面为黑色瓷砖，以纪念乔布斯之死；这里还是 NBA 篮球名将、中国台湾林书豪的母校；这里与中国文化有着惊人的联系，在胡佛纪念塔的图书馆里，珍藏着蒋介石日记的原件，居然还有 1934 年全年《文汇报》，功盖千秋。

斯坦福大学没有围墙，却有许多彩色亮丽的自行车，任你自由骑行，我们的团员也玩转了一会，拍照留影。

上述这一切，让我联想起我们的校园，无处不围墙，校校有门卫。记得媒体曾多次介绍，上海音乐学院附中，有一幢历史建筑，是蒋介石夫妻的旧居“爱庐”，我曾慕名前往，不料遭遇“牛”气冲天的门卫，把我挡在门外，不能越雷池一步。我看见在进门不远处，有一尊贺绿汀半身塑像，他是著名作曲家、上音原校长。早在半个世纪前，我就在音乐学院的一间小教室里，聆听他的作曲课，后来我还写了一篇回忆文章《听贺绿汀讲述〈嘉陵江上〉》，在上海音乐学院院报上发表。面对“牛”门卫，没有必要“弹”这些了，只得怏怏离去。

斯坦福大学，原先只是一个马种农场，不幸的是，农场主的儿子突然去世，农场主夫妻俩在悲痛之余，决定把农场改建成学校，以纪念儿子。这所学校黄墙红砖，凡加州孩子和全美女孩一律免费上学。这“蓝天下的至爱”的传统，发扬广大，造就了今天的“西岸哈佛大学”，斯坦福大学，没有围墙，向世界开放。

3. 崇拜秦始皇、拿破仑的男生

今天陪同我们参观斯坦福大学的是孙钰公司的一个志愿者，好像姓张，记不清了，但他给我的印象很难忘。

这是一个身材瘦小的大学生，就读于纽约大学三年级，中国杭州人。他是从网上得知我们这个团队，从纽约飞来，来回机票吃住全部自掏腰包，他带着几分羞色告诉我：“我是厚着脸皮来当志愿者的。”他如此不惜代价为我们服务，肯定是价有所值的。我听下来，他不差钱，是个富二代，但他不是纨绔子弟，从小就接受严格的音乐、绘画教育。他知识面颇广，我问他答，头头是道。在斯坦福大学的大教堂前，他回答我关于达·芬奇《最后的晚餐》的故事，并由此引出莎士比亚名著《威尼斯商人》关于犹太人夏洛克一磅人肉的剧情；他说他最崇拜的两个人，竟然是秦始皇和拿破仑，原因是：“他们改变了世界。”

我问及他毕业后的打算，他毫不犹豫地说：“回杭州。”走在斯坦福大学的校园里，听到他掷地有声的回答，我怦然心动，想到在这所大学求学的中国留学生，他们中间的很多人也会像他一样，当海归。崇拜秦始皇、拿破仑“改变世界”的学子们，他们是中国的希望，“改变世界”，实现中国梦！

4. 硅谷一声吼，大地抖三抖

硅谷，一个如雷贯耳的名字，套用一句我国大庆油田石油工人的一句豪言，硅谷 CEO“一声吼，大地也要抖三抖！”

硅谷，不见谷，只是一脉平川。在广阔的平地上，散落着一些很不起眼的建筑，一些高楼也不怎么高，唯有一面面企业的旗帜，凌空飘扬，令你举头仰望：那是苹果公司，那是谷歌公司，那是英特尔，那是雅虎。一家家公司门前不见荷枪警卫，也没有任何宣传标语，平静似幽谷，却又很神秘，深不可测。

也许今天是圣诞节，每一家公司的门前几乎门可罗雀，偶见一两个便衣人在那里踱着方步。导游说，平时车辆只能停在马路上，今天，司机放胆停在公司的门前了。我们也只是在门外走走看看，选个角度，在公司标志前拍照留影，回上海后让人看看，炫耀一下：“我去过苹果了……”

5. 赌城的圣诞灯会

今晚 7:25 分，我们乘坐西南航空 SW608 航班，从加州奥克兰机场起飞，行程一个半小时，9 点左右，抵达内华达州的拉斯维加斯机场。

我的运气不错，坐在右侧的舷舱边，飞机到达拉斯维加斯的上空时，地面凸现一大片灯火，像海洋般辽阔，像日月般辉煌，对我来说，这是平生头一回见到这神灯一般的景象，旅程介绍上写道：“拉斯维加斯的灯火辉煌是全美最有名的”，今天又值圣诞之夜，圣诞灯会更让城市锦上添花了。

不巧的是，一位团员未能在机场行李提取处找到行李箱，待我们走出机场，接我们的宾馆巴士居然不辞而别，执行另外任务去了，几经周折，又花了很长时间才到宾馆，待安顿好住宿，已过了深夜 12 点。然而大部

拉斯维加斯圣诞之夜

分团员依然亢奋，兴致勃勃去观赏赌城的圣诞灯会。

我们的宾馆名叫蒙地卡罗赌场酒店，进门走廊里就是一架架赌博机，但不见有人玩。酒店地处赌城最中心的地段，走出宾馆不远处，就是大街的十字路口，类似上海的南京东路西藏路。大街对面是一幢幢尖顶建筑，就像童话里的小木屋，色彩缤纷，这里就是著名的童话世界。稍稍向前走去，一个庞然大物横卧在前，那是一只纯铜的雄狮，其重量要以吨计。再向前走，迎面是一尊自由女神像，可谓顶天立地。这童话世界、铜狮、自由女神像是赌城的象征：富甲天下。然而，从美学角度看，与大街比例大大失调，很不匹配。

大街上行人不多，我们可以大摇大摆走路，可以随心所欲拍照。一位团员遗憾地说："这里的灯火不及上海南京路。"这话不错，但是此刻已近深夜1点了，上海南京路已无灯可看了。

蒙地卡罗酒店是五星级，我们住的是豪华客房。我和张锦媛女士是男女单吊，陈健、徐丽霞夫妇为人厚道，分拆和我们合住，真是亏待两位了。

第十一天　坐直升飞机穿越大峡谷

1. 沙漠上的大都市

拉斯维加斯的夜景很迷人。

拉斯维加斯的白昼更神秘。

上午我们告别赌城，乘着中巴，环城转了一圈，昨夜的自由女神、雄狮和童话世界一一清晰展现。全城高楼林立，世界上十家最大的度假旅馆有九家在这里。很多年前，听说赌城建造在沙漠上，令我无法想象。此刻，坐在中巴上，四下观望，依然不可思议。一百多年前，此地还是沙漠里的一个小村庄，专为建筑工人搭建的生活起居地，如今，成了一座活色生香的"世界娱乐之都"，成了"结婚之都"，成了世界上最著名的赌城，成为内华达州最大的城市，真可谓"天翻地覆慨而慷"！

走出赌城，向科罗拉多大峡谷进发。

中巴行程两个多小时，沿途的沙漠绵延不断。起初，大漠里还有一些细密的名为骆驼刺的灌木，进入高原地带，荒芜的沙漠，无边无际，在荒凉的大漠深处穿行，心也荒凉起来。

2. 我会否走入神学

大漠茫茫，心也茫茫。唯有中巴，不知疲倦行驶了两个多小时，终于来到科罗拉多大峡谷。

在直升飞机办事处，导游宣布了乘坐直升飞机看大峡谷的自费项目：“要参加的请报名。”一时没人响应，一片沉默。

我也犹豫。今年看电视真人秀节目《花样爷爷》，影星刘烨带领牛犇、秦汉、曾江、雷恪生等四位老演员，在法国乘直升飞机飞越雪山，爷爷们个个惊恐不安，有的还面如土色，给观众留下骇人的印象。今天，我们乘坐直升飞机要去大峡谷里穿行，其危险程度大大超过飞越雪山。那峡谷，四面峭壁，其平均深度超过 1500 米，从谷顶到谷底，岩石层层断断，时间跨度从寒武纪到新生代。如今，你要去穿越远古年代，让人不寒而栗。有文章写道：“你站在峡谷边缘，仿佛到了地狱门口。”我们不是站在边缘，我们直入地狱。美国作家约翰·缪尔，在 1890 年游历大峡谷后惊叹：“不管你走过多少路，看过多少名山大川，你都会觉得大峡谷仿佛只能存在另一个世界，另一个星球。”今天，我们是否要去另一个世界另一个星球呢？这是一个问题。美国另一位作家爱默生写得更玄乎了：“在这里，我险些从超验主义走入神学。”难道我们也会“走入神学”？我的上帝！

坐还是不坐？明明是“地狱”，是“另一个星球”，你还去冒险？去！人生能有几回搏，此时不搏何时搏！过了这个村，就没那家店。我第一个举手：“我去。”也许是我的“老人效应”，随即就有三位年纪轻的跟上，断断续续，有一半团员决定去冒险。

在大峡谷坐直升飞机

3. 来到另一个世界

直升飞机场的小巴送我们到停机坪，我们一行 5 人，连一名驾驶员，6 人同“机”共济，向大峡谷飞去。

人一旦身临其境，任何恐惧都抛在脑后了。飞机在峡谷里环绕着飞行，四下岩层峭壁，忽高忽低，大自然的鬼斧神工，让我震撼得无以名状，这条大地的裂缝，从高空俯瞰，那么浩瀚，那么雄伟，那么神奇，那么诡秘。也许是，上帝在创造天地的六天时间里，不慎咳了一声，震开了这条大地的裂缝，唯有神力才会造就这个大峡谷，我想。

直升飞机飞来绕去，让我们乘客看得很过瘾，大约飞了十多分钟，直升飞机徐徐降落在谷底的一个小山坡上。站在山坡望天空：“噫吁嚱，危乎高哉！”李白先生，您也真该到在这里来看看。

山坡边，有一条游船在迎候我们。游船可乘 12 名游客，我们 5 个人坐得很宽敞。我穿上救生马甲，独坐在船头第一排，科罗拉多河一览无余，河面上吹来阵阵凉风，船头激起层层浪花，飘洒在我的脸上，真爽。我很贪婪，又把手伸到河里，和这条远古之河来个亲密接触，您好，科罗拉多河，您才是我心中的《老人河》。这条河的河水很黄，比上海黄浦江的水黄得多，那是深褐色的黄，每一滴水包容着许多黄色的岩沙，每一滴水都是一个远古的世界。我们游弋在远古的世界里，一起和天地对话，那会儿，女娲还没来，上帝也睡着。

下船回到原处，不多一会儿，直升飞机把我们送回停机坪。

几位没坐直升飞机的团员在等候，并戏笑我们：“一件羊毛衫丢掉了。”意思是说，我们坐直升飞机的钱可以去买一件羊毛衫。他们笑了，我们也笑了，很好笑。羊毛出在羊身上，羊毛衫想买随时可以买到，但坐直升飞机穿行大峡谷，人生只有一次。萝卜青菜，各有所爱吧。

值得留念的是，从宁波来的网友冰梅（陈燕），在我毫不知情的情况下，给我在直升飞机前拍照留影，一张很珍贵的照片。

4. 站在地狱门口

我们再次乘上中巴，驱车来到大峡谷的中心地带。这里满眼鬼工镌雕的怪石奇岩，我们站在峡谷边缘探望，峭壁危岩巉石，深不可测，有一种凛然恐怖的感觉，这里就是被比喻为“地狱门口”的峡谷。在长长的鸿沟对面，是著名的“老鹰岩”，一只苍鹰双翅展飞，硕大的身体覆盖着一块硕大的页岩，苍劲雄伟，“老鹰岩”被称为自然界七大奇观之一。我和吴总，兴致勃勃走上远处的一个最高的山岩，四下俯瞰，那斑斓层层的断面，壮观神奇。但任凭我们怎么寻找，就是看不到科罗拉多河，河在谷底，可见，刚才我们游览的那条长河多么深渊，多么神秘。“不识庐山真面目，只缘身在此山中”，乘过直升飞机，看过了大峡谷，再站在这里，我们全方位的见识了大峡谷的真面目。

今天唯一的遗憾是，没有去悬空玻璃走廊。除了我，没人响应，导游也懒得去了。吸引我去那里，除了体验一下旅程介绍里提醒的：“行走于玻璃走廊，下面是万丈深渊，建议大家谨慎或避免体验……以安全为原则。”更是因为，那独特的玻璃桥是十多年前（1996 年），由一位华裔上海企业家金鹉出巨资建造的。那位睿智的企业家可惜已经去世，但玻璃桥将与世长存，金鹉是我们上海人的骄傲，去玻璃桥就是去向我们的老乡致敬。

告别大峡谷，在漫漫沙漠路上，想起美国作曲家格罗菲的《大峡谷组曲》。组曲描绘了科罗拉多大峡谷断壁层岩上的绚烂色彩、奇诡莫测的沙洲景色和一群骑着毛驴的旅人游览大峡谷的图景。倘若导游能在车上播放这部作品，那该是一个多么奇特的享受。

5. 洛杉矶的灯火

晚上 20:45，我们乘坐美国西南航空 SW3755 航班，从拉斯维加斯机场起飞，21:50 抵达洛杉矶国际机场。

今天乘飞机的运气还是不错，我又一次坐在右侧靠舷窗边，在洛杉矶城的上空，又一次欣赏到了城市灯火之美。

夜宿机场万丽酒店，仍然和陈建同住一个房间。

第十二天　一个传教士托起一座老城

1. 摆书摊的女作家

今天去一座历史古城，即圣地亚哥老城。老城资格确实很老，它是加州的诞生地，是西班牙的早期殖民地。据导游介绍，此地原本是土著印第安人的居住地，后来，一位西班牙传教士，抓了17个印第安人，把他们制服，老城也就由此形成。我猜想，传教士一定带了一些随从，一手带枪，一手拿《圣经》，才征服印第安人的。

老城很老，也很小，它几乎保留了一百多年前的原貌。行走在这里，遐想当年传教士和17名印第安人的生活状态，别有一番滋味。

在老城，我有过一次弱智的判断，那是在当年的政府办公地点，一栋平房里面，有大中小三间办公室，分别归属市长、法院院长和警察局长。导游指着最大的一间问我："这是谁的办公室？"我想当然地回答："市长。"导游说："错，那是法院院长办公室。紧挨旁边小一半的那一间才是市长办公室。在美国，法大于一切。"另一间靠门口的是警察局长办公室，在门外，设有一个监狱，像一个铁笼子，只够关押一个囚犯。我在监狱边拍了一张照，有团员戏笑说："你是一个放风的犯人。"

古城还有教堂、博物馆等的历史古貌。一家早年的银行，里面陈列着一架马拉的运钞车，半开放的车厢，不像我们现在的运钞车，用钢板密封，反映了当年古城治安状况良好。

在老城的马路上也有一些零售摊位，有一个书摊，坐着一位六十开外的老妇人，看上去很精神，也很有气质。导游介绍说，她是一位作家，自己出书，自己售书，书摊上的书籍都是她本人的著作。我肃然起敬，俯下身去翻看她的著作，大多是儿童读物，比如《龙——动物园的守护者》等等。女作家很和气，送我给一张她自制的画页，图文并茂，介绍了她的系列著作。我请她在画页上签名，她叫柯蒂丝（Dvagons），并和她合影留念。我很想买她一本书作纪念，但每本书的开本实在太大，放不进我的拉杆箱，导游说，美国孩子喜欢趴在地上看书，所以把书印刷得很大，又说路上携带很不方便，再三劝我不要买。我也犹豫再三，终于割爱了，后悔莫及。在美国，当一名作家不容易，自己写，自己出书，自己售卖。他们图些什么呢？不图名，不图利，心中怀着一个字，那就是"爱"：爱生活，爱文学，爱读者。

2. 最大的城市文化公园

下午，我们去巴尔波亚公园。

这个公园被称为"美国最大城市文化公园"。这是一个一百多年前留下的美丽庭院，第一届巴拿马万国国际博览会就在这里举办。

公园很大，建筑高雅。有一个温室大棚，整个建筑全部用木条搭建，建造得朴素、精美、别致。在艺术博物馆的门壁上，人物浮雕精雕细刻，栩栩如生。我们尾随导游绕来绕去一个多小时，看得眼花缭乱，能够回忆的只有这些了。

3. 她们在洛城过生日

晚餐在洛城自助餐厅，这里是我们来美国后最为丰盛的一顿美餐。

中餐、西餐，人人吃得很饱，正准备离席，只见吴总和小张捧来一大盒蛋糕。吴总宣布，本团有两位团员是 12 月份生日，她们是魏美珍和刘秀敏，今晚，特地为她们举行生日晚会。这让所有的人一阵惊喜。在临时拼搭的长桌上，点燃了生日蜡烛，全体团员齐声欢唱《祝你生日快乐》歌。两位默默许了愿，吹灭了蜡烛，大家分享了蛋糕。魏美珍一路为我拍照，待我不薄，我隔着长桌，开玩笑地对她说："阿魏，让我们拥抱一下。"出乎我的意料，她大大方方张开双臂向我走来，我毫无思想准备，慌不迭地逃开了，做了一回屠格涅夫所说的"语言的巨人，行动的侏儒"。

第十三天　通往好莱坞之路

1. 钱学森从天使城走来

今天游览洛杉矶。本以为，那个"矶"和我国安徽马鞍山的采石矶、湖北黄冈的赤鼻矶的"矶"同一个意思。原来，洛杉矶是西班牙语"天使城"的中文音译。有一位华人"天使"，就读于加州理工大学，他不顾美国情报局恐吓，在洛杉矶乘船回到祖国大陆，后来成了中国的"原子弹之父"，他就是钱学森。

2. 闲人莫入的富人区

今天有一个我感兴趣的景点，那就是洛杉矶的富人区比弗利山庄。山庄有着"全世界最尊贵住宅区"的称号，见识一下，开开眼界，心中摆上一杆秤，秤秤"贫富"两端的悬殊。

首先来到比弗利山庄脚下的罗迪欧大道，和我曾经见过的大道真有着天壤之别。街头两边是一长排高高的绿树篱笆，洛杉矶是一座缺水的城市，这篱笆

通往好莱坞之路

上一片片树叶，仿佛就是一张张美金。洛杉矶曾经是世界闻名的雾霾城市，如今天朗气清，令人羡慕。建筑是凝固的音乐，罗迪欧大道的建筑，古典和浪漫和谐交融，是一场建筑的视觉盛宴。大道上没有流浪汉，也没有垃圾，干干净净，几乎一尘不染。这是一条著名的时尚街，有时尚界象牙塔尖的定制品牌店。我们上海近些年来也出现了好些时尚街，应该是后起之秀，但都不及这里时尚。

罗迪欧街旁有一个小山坡，通向比弗利山庄。远远望去，那山庄的高处有一行斗大的文字“BEVERLY.HIUS”，导游说，这几个大字写的虽是“比弗利山庄”名称，但却是一块心照不宣的禁示牌：“闲人莫入。”山庄里住着好莱坞明星、NBA 球星、世界著名的艺术家，真可谓“高山仰止，景行行止”。豪宅被满目的树丛遮掩，显得十分的神秘。这里当然不是咱的菜，不看也罢，还是那句中国老话，鸭吃砻糠鸡吃谷，各人自有各人福，不必羡慕。站在这里，美国人的“人权”和“平等”倒是一目了然了。

山坡上横着一张大理石制作的大床，床的旁边雕刻着一行字：通往好莱坞之路（The road to the Hollywood）。导游解释说：“这张床就是通往明星之路的潜规则。”听了让人大跌眼镜。家庭里有大床，司空见惯，很平常。我的一位正厅级退休干部朋友说得更透彻，如今他只需要三只东西：一只碗，一只马桶，一只床。生活原本就这么简单，为什么眼前的这张大床，竟然成了通往明星之路的潜规则？我不懂。

3. 星光满地

今天的另一个看点是杜比戏院（DOLBY THEATER），这是奥斯卡金像奖的颁奖地。每年，当世界级的影星们走上红地毯的那一刻，光彩夺目，令全世界粉丝为之倾倒。

此刻，我也如明星一般，潇洒地走进了这辉煌的殿堂，只不过少了那长长的红地毯。来这里参观的人很多，人人都好像奥斯卡的特邀嘉宾。来这里不用买票，进进出出很自由。

距杜比戏院不远处，是著名景点星光大道。在那长长的人行道上，地面上刻满了名人明星的手印、签名，还有 2500 多颗的星形奖章，真可谓一地星光。大道上有 1939 年电影《飘》的女主角费雯丽，有 1965 年电影《音乐之声》的女主角朱丽·安德鲁斯，还有 1985 年电影《走出非洲》的女主角梅丽尔·斯特里普等等。让我眼熟的是中国人的名字，有李小龙（布鲁斯·李）、成龙（杰克·成）等等，他们让中国游客沾了光。但明星们的手印和名字铺在水泥地上，任人踩踏，总不是滋味。

今天让我遗憾的是，旅程上没有安排去“好莱坞环球影城”。好莱坞是个电影神话，在那里现场体验各项拍片的布景和特殊技巧，是许多旅行社安排的一个亮点。

4. 好玩的嵌名联

今天午餐的餐馆，店名“悦来小笼包大王”。

店主叫关嘉德，妻子叫夏樱珠，辽宁人。餐馆的墙上有一副嵌名联，巧妙地把这对伉俪的名字和店名镶嵌其中：“满堂喜悦有口福，先人积德；贵客云来齿留香，赞语连珠。”作者精通中国对联文化，很有功底。

嵌名联是一种有品位的文字游戏，我的初中同学沈宗琪给我发来短信，说网上流传梦缘文化主人陈声江，撰写了一首《平凡人生〈近平·丽媛〉》，把习近平和彭丽媛的名字镶嵌其中：“丽瑰透雅韵新曲，夏华兴芳品德近；媛婵永厚义深情，民众扶诚心生平。”据说，陈声江生于 1943 年，有诗一万多首。其中有一首《老人歌》，值得老人们一读：“人到老年爱回忆，风雨一生常对比，其实历史成过去，计较得失有何益。多想未来少叹息，面对现实不惹气，亲友相助要量力，多愁善感伤身体。晚辈前途靠自己，不必过多去忧虑，老夫老妻很不易，患难愉悦在一起，又重情来又重义，生活美满多欢喜。”

5. 小费见良心

午餐后，我见到导游在收银台上放了两张美金，我问他：“为什么？”他答：“美国要付小费。”我问：“怎么没见过别的导游放过小费？”他答：

“他们把小费记在账本里。”我问：“这有什么两样？”他答：“记在账里，一些老板往往私吞了，放在台上，大家都看见，可以直接分给服务员。”这位华人导游具有一颗中国人的良心。一路下来，大家普遍认为他是一个最为尽职的导游。

今晚，我们乘坐美国联合航空 UA528K 航班，从西部时间 17:08 洛杉矶国际机场起飞，在夏威夷时间 20:58 抵达火奴鲁鲁国际机场，历时 6 个小时。

夜宿夏威夷威基基花园饭店。

第十四天　梦幻夏威夷

1. 我最想去的一个地方

今天是赴美之旅的最后一天，也是我心目中的一个高潮，原因是今天要去夏威夷。美国五十个州一个特区，著名旅游景点数不胜数，倘若只允许我选择其中一个我最想去的地方，无疑就是夏威夷了，在我年轻的时候，夏威夷便是一个充满梦幻的地方。

2. 珍珠港，没有永久的敌人

今天破了天荒，早晨 6 点叫早，7 点出发。今天的行程安排很紧：夏威夷半日游，半日游要去很多景点，得赶时间。

第一站是观光的大热门：珍珠港。地球人都知道的“日军偷袭珍珠港”，原先，这里的土著人名为珍珠港（waimomi），意思是“盛产珍珠的水”，如今，不见珍珠，成了“珍珠港事件”的二战历史纪念地。

在珍珠港，满目所见，全是战争留下的军舰、潜水艇、武器装备等等，还有美军阵亡将士的英名，再现了那场悲剧的情景。我们的司机兼导游，是一位年近花甲的华裔男士，他给我们作了详尽的讲解。在一间狭小的放映间里，观看了 3 分钟的黑白纪录片，真实记录了 1941 年 12 月 7 日日军偷袭珍珠港的历史，影片的解说词称，这里是“人间炼狱”，控诉了日军的滔天罪行。我问导游：“当年美日结下了深仇大恨，为什么今天的美日两国关系却那么亲密？”导游睿智地引用了一句名言：“没有永久的朋友，也没有永久的敌人。”二战后，侨居美国的 14 万日本平民，被当局打入另册，受到歧视，直到克林顿上台后才为他们平反，成为美国公民，这就是历史。

3. 独特古城檀香山

接着驱车去檀香山。我一直很欣赏这个洋溢芳香的名字，我也猜想，如同旧金山、洛杉矶名字那样，这个名字也是华侨取的。

檀香山市是一座独特的历史古城。这里有美国本土唯一的王宫“伊奥拉尼王宫”，我们看到，这座王宫不挂美国国旗。这里还有一个“夏威夷州长官邸（华盛顿宫）”，也是历史上最后一位夏威夷女王莉莉曾经住过的宫殿。

沿途，驶过领事馆路，不远处是州政府大楼，大楼设计独特，也是出自贝聿铭大师之手。

随后去的景点，名为“大风口”，有道是，“站在风口上，猪都会飞起来”。何况站在这大风口，人人左晃右动，只差没猪似的飞起来。大风口，风确实很大，据说这里是土著民祭祀图腾和祖先的地方，但整个景点没有一点祭祀之类的印迹，倘若换成我国，这个景点估计会搭建仿古建筑，招揽游客。

4. 我们是过客

翘首以待，下午，终于来到夏威夷海滩。

一下车，团里的大妈们一溜烟踅入街边的商场里去了，因为导游说，夏威夷的税率仅为美国其他地方的百分之四十，是全美最低的，商品也是全美最便宜的。

我径直去海滩。导游说，这里的海滩名叫威基基海滩(waikiki)，意思是喷涌之泉，这是夏威夷海滩的典型，也是世界上最有名的海滩。

走过高楼林立的大楼，穿过摇曳多姿的椰子林，映入眼帘的是澄澈的天空、澄澈的大海和金灿灿的沙滩。

夏威夷海滩

沙滩上，一顶顶五彩洋伞，穿着泳装的男女，或躺在躺椅上，或躺在细沙上，阳光灿灿，微风习习，那些金发女郎更似睡美人一般，展示着人体之美。海面上海浪一波又一波，向沙滩奔腾而来，人们或拼搏或逃逸或随波逐浪，很快乐，很享受。

我悠闲地在沙滩上漫步，还在一张躺椅上躺了一会，欣赏那开阔的大海。望远处，海浪翻滚升腾，许多勇敢的人在玩着冲浪，踏在浪尖上，驾驭着浪峰，乘风破浪，从容而优雅。

夏威夷的旖旎让人醉，夏威夷的浪漫更是爱，让人依恋。只可惜，我们是过客，来也匆匆，去也匆匆，这醉人的浪漫只能留在记忆里了。

5. 在经济舱里躺着睡

下午 14:50，我们乘坐美国联合航空 UA201 航班，从夏威夷火奴鲁鲁国际机场起飞，飞行了将近 8 个小时，抵达关岛。

乘飞机 8 个小时，时间很长，但我特别幸运，不仅坐在靠走道的一边，而且旁边五个座位全空着，我曾听说，遇到这种情况可以躺下去睡，但我不敢，便在飞机上环视了一圈，看到有躺着睡的。我还不放心，去问一位男乘务员，他回答没问题，于是我就安心地躺下睡了。大约睡了一个半小时，虽然没睡着，但很舒服。我让坐在后面的张锦媛也躺着享受。

12 月 30 日 18：40 抵达关岛。

第十五天　相知无远近

1. 一个女人和两个男人

在关岛机场转机，乘美联 UA131 航班，19：45 起飞，飞行时间约 5 个小时。

这 5 个小时也过得很快，我因故临时换了一个座位。我的左侧坐着一位女士，我们在放行李时友好地照过面。女士看上去三十来岁，她告诉我再要加十岁，好年轻。她打扮得体，脸型具有我国南方闽粤一带的特征。我们一说话，就很投缘，她率直地讲了她的故事，一个女人的特殊经历。

她姓林，福州人，十多年前，离别丈夫和女儿随闺蜜去美国塞班谋生，打拼多年，仍一无所有。她很聪明，在一个华人朋友那里学会了中医的经络知识，辗转去了关岛，开了一家指压店。她经营有方，除了少数固定的按摩女，多数按摩女是手机叫唤，她给她们的提成比其他店老板高了许多，她视她们为姐妹，她们也随叫随到。她们的按摩正宗，手法规范，服务到位，口碑很好。客人多为附近美军基地的军人，长得帅，也有钱，把按摩视为放松身心的一个享受，他们很多是回头客，还常常带新客来，生意之兴隆可想而知。虽然店铺的租金较高，但市口好，还能承受得起。

她对我毫不忌讳，讲述了她的一些隐私。

来美国多年，但一直是黑户口，想要拥有一张绿卡，对她来讲，唯一的途径就是和当地人结婚。她解释道，为了让女儿来关岛读书，就和当地一个独身男人结了婚。拿到了绿卡，把女儿接来了，女儿今年 18 岁，在关岛读高中。

我问："您的那位待您女儿怎么样？"

她答："很好。他为人忠厚，长相也很好，我很满意。"

我犹豫了一下，问："您原来的丈夫呢？"

她答："离婚了。"

我问："他现在好吗？"

她答："他去了江西，在一个亲戚开的钢丝厂工作。"

我问："结婚了吗？"

她答："没有。"

我们沉默了一会。

我问："这些年来你流过泪吗？"

她答："流了很多泪，现在还流泪……"

现在还流泪！我的心被沉沉敲打了一下，不再发问。我说："你累了吧。"她答："还好，讲讲话，时间过得很快。"我说："休息一会吧。"她答："好的。"真是一个善解人意的女人。

想着她五味杂陈的人生，我很同情，也很钦佩。蓦地，我想起她的前夫，想起日本作家村上春树的短篇小说集《没有女人的男人们》，小说描写了由于种种原因被女人抛弃的男人们。村上写了种种没有女人的男人，但他不会知道，这个被女人抛弃的中国男人的遭遇。虽说文学作品高于生活，但对照生活的真实，文学作品还是显得有些苍白。村上短篇《没有女人的男人们》的文字颇为精彩。比如：变成没有女人的男人们是非常简单的事情。深爱一个女人，随后，她消失于某处，这就行了。比如：你就是那淡色调的波斯地毯，所谓孤独，就是永不滴落的波尔多葡萄酒酒渍。如果孤独是这样从法国运来的，伤痛则是从中东带来的。对于没有女人的男人们来说，世界是广阔而痛切的混合，一如月亮的背面。

这位女士常常回家乡探亲，这次也是取道上海去福州。在那里，有她年迈的父亲和兄弟姐妹，他们对她很亲近，从不向她索取任何东西。她在城里一个河畔置买了一套房产，准备请家人帮她找人装修，以后回国有自己的家了，生活会更舒适更方便一些。她的指压店生意不错，但她发现现在时兴美甲，日后，她会考虑向这个领域发展。凭她的年轻、聪慧、善良、圆通，她的愿景一定会实现。倘若以后我去关岛旅游，一定会光顾她的指压店，待付了按摩费，再告诉她，我们曾坐过同一班飞机。

2. 又短又长的15天

22：40，飞机准时到达上海浦东国际机场。

美丽的阿美利加，很远也很近，“相知无远近，万里尚为邻”（张九龄《送韦城李少府》）。中美两国共处一个地球村，相知很要紧。

赴美15天，时间很短；

离家15天，时间很长。

神啊，吴哥窟

（2015年3月20—25日）

行前的话　这是一次朝圣

1

内弟阿烈一家，春节前随上航旅行社赴吴哥窟旅游。内弟是一位某大企业的老总，擅长泥塑艺术。回沪后，他十分感慨对我说：“太震惊了。我去过世界各地，吴哥窟非常独特。”

经不住他的诱惑鼓动，我随即去上航旅行社报名，女儿音音也请假，陪我前往。

2

我去了，何止震惊，简直是震撼，心灵的震撼。

让我怎么形容它呢？神奇吗？没错，吴哥窟与我国的长城、埃及的金字塔、印尼的婆罗浮屠并称为“东方四大奇迹”。神秘呢？也对，它又是中古时代世界七大奇迹之一。也许该用神圣两字了，是的，它被联合国列为世界文化遗产。思来想去，都不确切，应该简简单单归结为一个字：神。

吴哥窟是神的化身。无论是印度教的湿婆神、佛教的释迦牟尼、基督教的耶稣、伊斯兰教的安拉，乃至于我国的道教天尊老子，吴哥窟就是诸神的化身，一个创造神。是故，去吴哥窟，不仅仅是旅游，还是一次朝圣。

第一天　暹粒，“战胜泰国”

我们乘坐东航 MU513 航班，飞机 18 点 45 分起飞，22 点到达柬埔寨暹粒机场。

暹粒，这是一个“宣战”的城市名字，让我惊讶。“暹”，柬埔寨语泰国的简称。“暹粒”就是战胜泰国的意思，用如此挑衅的名字命名城市，在世界上是绝无仅有的，对此，不知泰国人作何感想。但是在历史上，柬埔寨从未战胜过泰国，恰恰相反，倒是在 1431 年，泰国军队攻占并洗劫了柬埔寨的吴哥王朝。

当年吴哥人口多达 20 万人，是东南亚最大最繁荣最文明的一座城市。泰国军队杀过来了，兵刃相加，无比惨烈，那方圆 45 平方公里的繁华之都，成了一堆废墟，渐渐地离我们远去，堕圮湮没于榛莽之中，沉睡了 400 多年。直到 1860 年，意外地被一个名叫亨利・莫哈特的法国生物学家发现。

吴哥，醒来了，从密林深处走来，走向人间。

吴哥，我来了，走向密林深处，问候你。曾经，暹粒那个名字让你遭了罪，蒙了难，就像耶稣被钉上了十字架，如今，你也复活了，你也是神啊，吴哥窟。

第二天　寂静之地

吴哥窟，一个“寂静之地”。

这个小标题，我是套用了美国作曲家伯恩斯坦的组曲《寂静之地》。组曲中，有一曲名为《你迟到了》，描写一场葬礼中，一群小孩子迟到了。吴哥窟的那场葬礼早在 1431 年，距今已有 584 年，我也迟到了，足足迟了 6 个世纪！今天，我来了，这里果真是一个寂静之地。

吴哥窟是对吴哥古迹群的统称，大大小小古迹多达 600 余处，前前后后总共化了大约 35 年的时间建成。它的主要组成部分是大吴哥和小吴哥。所谓大吴哥，天晓得，它比小吴哥小，只是它是吴哥王朝的首都，于是成为老大了。它的范围也的确不小，包括圣剑寺、巴戎寺、空中宫殿、斗象台、女王宫等等。于是总称为通王城，我们的旅游就从这个通王城起步。

1. 神圣之剑

通王城的城楼很雄伟，然而城门非常狭小。当年进城都是大象拉的车，够大了，现在大巴却无法通过，我们只能乘坐小巴进城。

小巴缓缓驶入北门，来到圣剑寺。

跳下车，第一眼就是一长列垣墙，巨大的砂岩石上长满了青苔。不用说，这座 600 年前的古寺缺了胳膊少了腿，也许是第一个景点吧，看到那么荒凉，内心一阵惊悚，这哪里是寺院呀？

沉下心来，回到 600 年去。

寺庙门口，站着数尊众神，手拿长蛇，搅动乳海，这是印度的神话故事。

和女儿在通王城前合影

走进粗糙的石门，这是一座塔形的建筑，也是破残不堪。眼前是一条长长的拱形通道，通道上有几处典型的生殖崇拜的遗址。通道两旁的石壁上，布满了圆形的窟窿，导游说，当年这里镶嵌着珍贵的钻石，后被盗走了。长长通道向四个方向延伸，狭长的走廊，带着拱项，有供奉湿婆的神龛，蔚为壮观。导游说，这个古寺名为圣剑寺，曾经放置着一把国王出征时用的宝剑。国王每每出征，率领众将士们在此举行隆重仪式，取出那把圣剑，国王手执宝剑，奔向战场，英勇威武！如今，宝剑早已不知去向，我的耳边还隐隐传来将士们沙沙的脚步声。

寺院还在，神还在，还在守护这座生生不息的古寺，迎接一个个前来瞻仰的众生。寂静的圣剑寺，让我们默默地祈祷。

2. 涅盘宫，在“涅槃”中永生

带着“寂静”的荒凉告别圣剑寺，一路走下去，这寂静和荒凉，一直陪伴着我，直至回国。

涅盘宫则是更寂静，更荒凉了。

原先以为这“涅盘”便是佛教的涅槃，是成佛的标志。导游主动解释说：很多游客都这样认为，其实两者毫无关联。这个涅盘是柬埔寨语 Neakpean 的音译，原意是缠绕的巨蛇。导游指着前面的两条头尾缠绕的石雕长蛇，进一步解释说，早先柬埔寨人信奉印度婆罗门教，直到国王加亚·巴尔曼七世，他认为婆罗门教过于迷信，而改信佛教。但考虑到要改变印度教徒的信仰，会造成社会的分裂，于是提倡两教共存和谐共处。两条蛇头尾缠绕，象征两派宗教徒紧密团结。加亚·巴尔曼七世在位 37 年，柬埔寨民族团结，国家空前繁荣。佛教渐渐替代了印度教，直到今天成为国教，90% 高棉人信奉佛教。加亚·巴尔曼国王开创了一个强大的吴哥王朝，功盖千秋。

虽然，涅盘宫原先建造的五个水池如今已经干涸。虽然，导游说自今年 4 月 1 日起，旅行社将取消这个景点，但涅盘宫各民族、各宗教和谐共处精神，在佛的涅槃中得到了永生。

3. 将军，第一个送我微笑

我们来到塔逊寺，当地人叫它达松将军庙，达松将军不是别人，正是那位世上著名的加亚·巴尔曼七世的父亲，这寺庙是儿子为其父建造的一个纪念碑。

刚才我们去过的圣剑寺，就是这位将军国王从那里取出宝剑，英姿飒飒，保卫国家。加亚·巴尔曼七世子承父业，开创了吴哥时代的新纪元。

远远看到，在寺庙的遗址上，高高耸立一尊四面佛，那佛像便是达松将军的象征。每一面佛像都呈现着笑脸，那是典型的高棉人的微笑，后来我们在巴戎寺见到的著名的“吴哥的微笑”，就源于这里。第一次见到国王的微笑，我也不由得发了一脸的微笑，让女儿拍照留念。微笑看似简单，但在生活中经常保持发自内心的微笑，并不容易。

在寺庙的西门，我看到一个大自然的奇迹，整个庙门完全被一棵巨大的树包裹着，那门，仿佛是一个树洞，看得我目瞪口呆。那树名叫卡波克，树包着寺门，寺门就像在树的怀抱里，永远敞开着。凝望着寺门，我的思绪穿越到了 600 年前的时光，达松将军，微笑的国王，他的伟绩，将与卡波克树一起，永远彰显人间。

4. 湖水干了，柬埔寨穷了

东梅奔，也是柬埔寨语的音译，也是寺庙，是国王克罗跋摩二世用来祭祀印度神湿婆和国王双亲的。

当年，这里是一个开阔的人工水库，长达 7 公里。东梅奔就建造在湖中央的一个小岛上，那是一幅多么神圣秀美的景像啊。

如今，7 公里长的湖全部干涸了，一滴水也没留下，放眼望去，一片贫瘠的干裂的黄土，不知怎么的，斗然间，感到了一种莫名的悲凉。

水，生命之泉，财富之源，水流走了，财富流走了，剩下的只有贫困，曾经辉煌富饶的吴哥，贫困潦倒了。

踏入柬埔寨国土不过才两天，两天里看到了那么多的穷人：

第一晚入柬埔寨海关，一个穿着制服的官员，50多岁的男人，瘦小的脸紧蹦着，凶恨地向我呵斥："小费！"我一下呆住了，不知所措，赶紧向排在身后的女儿拿美金，那官员夺过1元美金，什么检查都不要，让我通过了海关。后来领队牟小姐告诉我，她上次带团过海关，一个50多岁中国男游客不给小费，还责问官员："为什么要小费？"那官员一句话不说，让我们的男同胞进了安检室，理由冠冕堂皇，怀疑他身带危禁品，脱了精光才放人。柬埔寨穷到连海关官员都明目张胆乞讨小费了。

今天，我们走进大吴哥的路上，一群10岁左右的孩子们衣衫褴褛，有的光着上身，纷纷围上来，或兜售礼品，或索讨小费和糖果，我们游客预先就听闻，便拿出糖果给孩子们。我对女儿说，想想我的10岁的小外孙，真是天地两重天。

在景区入口处，有一个木头搭建的简陋平台，台上十来个柬埔寨人吹吹打打奏着柬埔寨乐曲，台前有一个醒目的牌子，上面写着："地雷受害者"。导游告诉我们，在柬埔寨内战时期，埋下了数以万计的地雷，很多人不慎踩了上去，炸成残疾。在柬埔寨，这样的地雷受害者不计其数，但政府爱莫能助，受害者们只能借助于吴哥古迹，以乞讨为生了。

在我们入住宾馆时，导游还明示我们，给清洁房间的服务员支付小费，每床1000柬币，相当于人民币2元，因为他们的工资每月只有相当于人民币300元。

东梅奔水流干了，柬埔寨人穷得叮当响了。

幸好，东梅奔还留着四座石雕大象，完好无损。四座大象源于古印度神话，寓意四象支撑宇宙，宇宙没有坍塌，柬埔寨依然挺立在天地之间，国还在，人民还在，我坚信，总有一天，柬埔寨会国富民强，超越当年的吴哥王朝。

5. 国王在变身塔升天

这里是变身塔，也叫比粒寺，我们走进塔寺，导游开口第一句话就是："这里是火葬场。"让人不寒而栗，真是大煞风景。其实导游说的倒是大实话。吴哥王朝时期，国王驾崩后就在这里火葬，变身塔是个很浪漫的名字，国王肉体火化了，他的灵魂并没有死，只是变身，去了佛国，就像基督徒去了天堂一样，相比我国的皇帝死后埋葬在陵墓里，又被后人盗墓，要明智许多。

变身塔是典型的塔山建筑，金字塔的结构，它被视为佛教里的须弥山，须弥山是梵文的音译，意译为“妙光”“善积”，表示天上的景观。高台上是五座佛塔，中间一座耸天而立，暗示指向宇宙的中心。国王在此变身，场面壮观神圣。历代有25位吴哥国王为国为民操劳一生，创造了辉煌的吴哥，都圆寂去了“妙光”“善积”的须弥山，在西方极乐世界里永享安乐。

6. 凄哉美也，巴肯山的落日

柬埔寨的晌午，骄阳灼人，在那酷热的炎天里，柬埔寨人习惯午休，导游带我们回宾馆，休息到下午3点，出发去巴肯山。

本人年高78岁，垂暮之年，登巴肯山观日落去。

巴肯山，高度为65米，比上海佘山的98米矮一点。近在1960年，一位法国游客骑着大象到达山顶，他写道：“这段上坡路是一段经典而惬意的小道。”事过境迁，小路已不复存在，代之以一个木栈道，又长又陡，似乎不是上山，而是登天。我很亢奋，几乎是一口气登到了山顶。

山顶很平坦，吴哥时代有巴肯寺，元代航海家汪大渊访问此寺，称为“百塔洲”，当时有百余座金塔，其辉煌之盛可想而知。

如今，我站在山顶凝望，寺已废，塔也圮，满眼颓垣断壁。此刻，太阳依然很猛，我在一个庙门残壁的阴凉处席地而坐。不一会，一位同行的40来岁的张先生，招唤我们去欣赏他发现的美景。在寺庙的台基上，高高地竖着残败的门柱，门柱间，一抹云霞，有苍鹰飞翔，一派凄美的景象，张先生和我的女儿频频照相，留下一幅幅残缺之美的照片。

导游说，日落时分约在下午5点零5分。奇了，正是5点零5分，暮色苍茫，霞光渐渐淡去，一轮深红颜色的太阳渐渐西沉，沉浸在一片片云层里，当太阳剩下半个脸儿的时刻，天空出现一片肃穆的神色，我的心也一点点沉了下去，直到太阳完全消失。此刻，游客们纷纷下山去了。女儿提醒我，且慢下山，因为导游说过，再待上5分钟，太阳依然会从云层里露出脸来，我们将信将疑，等待那一刻，果然，仅仅三五分钟，那绯红的太阳穿过云层，露出下半部分的笑脸来，好似“舟在空中行”（李白诗），真是一个奇观。但好景不长，太阳很快又躲进在厚厚的云层里去了。

夕阳畹晚西沉，但我静静地守着，久久不愿离去，李商隐那脍炙人口的诗句在耳畔回响：“向晚意不适，驱车登古原。夕阳无限好，只是近黄昏。”

站在巴肯山的废墟上，视野开阔，可以遥望吴哥窟的五塔。望着废墟上的落日，那么壮观，又那么苍凉，那凄美的意境，有一层淡淡的感伤，一种莫名的惆怅。那落日的宁静安详，更有一种神秘的享受。人啊，当你的生命畹晚沉落的那一刻，倘若也似巴肯山的落日，宁静安祥，虽然凄凉，但不失美丽，更不失人的尊严，人生也当圆满了。

第三天　吴哥窟，众生之神

1. 微笑，《吴哥的微笑》

柬埔寨人留给世界的第一印象：微笑。

昨天，在达松将军庙，我们见过将军的微笑，但举世闻名的《吴哥的微笑》在巴戎寺。

走进巴戎寺，我们沿着蜿蜒的走廊，踏上一级级陡峭的台阶，穿过一间又一间或明或暗的斗室，哇，迎面凸显一群石雕，像丛林一般。早年我去云南石林，曾为之惊叹，眼前那哥特式风格的石塔，更让我目瞪口呆，震惊不已。石塔多达 54 座，每座高达 30 米，石塔上是四面神像，每尊佛面鼻梁挺直，嘴唇宽厚，端庄俊美，露出仁慈的微笑。其中，位于东北角的一尊佛面，那脸上的微笑特别传神，这就是柬埔寨人引以为荣的标志：《吴哥的微笑》。

据专家考证，每尊佛都戴着皇冠，有几处细节都是阇耶跋摩二世国王的形象，它是国王的化身。这里的佛像既象征着佛祖的神圣，又标志着王权的至高无上。那些阅尽世事的微笑，那些犀利的眼神，不管你站在哪个位置，他们都从高处俯视着你，穿透你的灵魂，打动你的心，令你不由得肃然起敬。《吴哥的微笑》，“或领悟人世之战争杀戮，超越死生乎？或感受人世之悲凉凄苦，包容爱恨乎？”（汪欣：《吴哥窟赋》）魅力无限，令人遐想。

巴戎寺里那 216 尊巨石佛像，神秘莫测。巴戎寺的石头充满了张力，一个个都是鲜活的生命。巴戎寺，那唯我独尊的佛像便是众生之神。

2. 爬，爬上空中宫殿

此地名谓空中宫殿，既不在空中，也不是什么宫殿，只是当初在兴建王宫时建造的一座庙宇，供奉印度教之神湿婆。嘿，别见了这个“婆”字，便以为湿婆是女神了，他是一位地道的男神，他的突出的象征便是表示生殖能力的男性生殖器，名曰“林加”，信徒们在祭神仪式上佩戴或手拿男性生殖器标志。湿婆有五个头，三只眼，四只手，他的妻子是雪山神女，儿子是象头神，一家三口。湿婆是印度教三大主神中最高的神。这座空中宫殿的造型形似须弥山，原名叫作金角山，这个名字倒是较为贴切。眼前，这座空中宫殿除了顶端残存的拱门、断壁，空空如也。

但是千万别小觑了这座宫殿，它可是吴哥窟的前身。1295 年，我国元朝时代，有一位名叫周达观的人随元朝使团来过此地，用文字记述了这里景象，称这里的金塔是当时国王的寝宫，国王每夜必到金塔就寝。可以想象，当年的空中宫殿是何等的富丽堂皇。

而今，这里仅剩下败壁残垣和光秃秃的须弥山了。

这座须弥山有三层台基，总高度仅为 16 米，可别小看这 16 米，我的一位同事早先来过这里，曾吓唬我说，这座小山是吴哥窟最难登的山。确实如此，它非常陡峭，陡度 85 度，四周又无攀缘之处，我们的团友大多望而生畏，只有一位年轻的男士手脚并用，气喘吁吁爬了上去。我心血来潮，来个“老夫聊作少年狂”，忘了年龄，忘了脚踝长的骨刺，也顾不上什么形象，像一只狗熊似的，四肢扒在岩石上，一寸一寸往上挪，在下面的团友们的鼓励下，终于登了上去，团友们又欢呼又鼓掌，顷刻我成了一个英雄。是的，爬的样子像狗熊，爬上去，就是英雄，无非是拿出一点小小的勇气而已。

团友们给我拍了照，女儿给我录了像，我的描述有人证有物证，可不是吹的。

3. 柬埔寨人也有十二生肖

大吴哥之大，令人叹为观止，它是一座由宫殿、寺庙、花园、城堡组成的完整的城市，今天上午我们连续去了巴戎寺和空中宫殿，还得马不停蹄去斗象台和十二生肖塔，只是那里也面目全非了。

斗象台规模很大，导游说，吴哥时期，这里每年要举行盛大的斗象大会，在斗象比赛中胜出的大象就成为当年国王的坐骑，想象当年盛况，堪比西班牙的斗牛。如今，西班牙的斗牛士们依然威风凛凛，风度翩翩，而柬埔寨的斗象台已是一片废墟，仅剩一个孤零零的斗象台了。

斗象台公路对面不远处，就是一排十二生肖的石雕，导游没有安排，我们仅作远看，女儿兴趣颇浓，拍照留念。柬埔寨人也讲十二生肖，可见我们两国的文化渊远流长了。

4. 周萨神庙，中柬友谊之庙

上午还要去塔布笼寺，顺道去周萨神庙。

这个景点是我提议的。曾经，我在电视新闻上看到，时任国家主席的胡锦涛同志在访柬期间，专程前往周萨神庙参观，并慰问了中国工人。原先那座庙宇也是破败不堪，由我国援助进行修复。我国著名的苏州园艺工匠花了整整十年时间，把此庙修复完工。既然胡主席都去过，我们也该去见识见识。导游是柬埔寨人，取了一个中文名字马汉成，他欣然答应前往。喜从天降，我们的团友们自然笑不动了。

周萨神庙是座小庙，整体建筑素雅古朴，佛像造型也颇为精美。我们看到有的佛像显得光泽夺目，那便是我国的苏州工匠重新雕塑的，要经历若干年的风雨吹打，才能逐渐变成灰暗，与整体的古朴风格相配。这里几乎没有游人，非常清净，适合信徒们坐禅修炼。马导说，工程修缮的十年间，我国有多位国家领导人来过这里，我们真是不虚之行。

很有意思的是，就在周萨神庙的马路正对面，还有一座叫作托玛依神庙。这座庙宇曾也破败不堪，由法国承担修复。

马导未作安排，我和女儿得陇望蜀，匆匆前往参观，同去的还有一位上海某区纪委的张先生。

托玛依神庙在基本构架上和吴哥寺一模一样，是吴哥寺的微缩模型，所以被列为吴哥窟的一个著名景点。

同往的张先生是吴哥窟的粉丝，出发前做过大量功课，他对托玛依神庙的建筑特点也有所探究，为我们作了许多指点，特别给我们介绍了一个名叫丽华塔女神的造型艺术，经他点拨，那位丽华塔女神看上去确实迷人。

时间紧促，我们匆匆环视庙宇一圈，匆匆回到周萨神庙，上车去塔布笼寺。

5. 去母庙，深藏你的秘密

塔布笼寺，这是一个难记的名字，柬埔寨人叫它为母庙，是加亚·巴尔曼七世国王为纪念他母亲而造的，是一座感恩的寺庙，就像我们上海的龙华寺，是三国时吴王孙权为感恩其母亲而建造。塔布笼寺名声之大，不亚于大小吴哥，非常值得一看。

远望塔布笼寺，茫茫一片丛林。

走近一看，奇了，寺庙里长满了一棵棵巨大的树。眼前那一棵，粗大光滑的树身横卧着长在石岩上，粗一看，还以为是一条腹蛇。此树学名叫卡波克，当地人叫它为蛇树，很形象很贴切，整个寺庙就被这蛇树的树根茎干盘结缠绕。无论是围墙、长廊、梁柱还是门窗，完完全全被蛇树霸占。或者说，蛇树和寺庙相互依偎，相互搂抱着。大自然的丛林和人工的建筑被融为一体了，形成了一个人文自然兼容的奇特景观。

最为奇特的一处，一棵蛇树的树根和茎干合笼形成一个树洞，导游指着树洞里的一尊石雕人像，说她就是皇帝的母亲，形象清晰，我的女儿拍摄下了这一奇观。

类似的树洞还有几处，最为有名的一个树洞是电影《花样年华》的一个场景。那树洞的四周草木茂盛，散发出树叶、青苔和泥土的清香，看上去非常神秘。《花样年华》里的男主人公周慕云（由梁朝伟饰演）听说，倘若把心中的秘密埋在这个树洞里，那秘密就永远不为人所知。导演王家卫特意把这个场景选在这里，把主人公的秘密长埋。芸芸众生，谁的心中没有一点秘密呢，于是人们纷至沓来，把心中的秘密长埋在此，塔布笼寺也因此名扬四海。母庙，纪念感恩皇帝母亲的寺庙，天下的儿女们，倘若你心中有秘密，何不向你自己的母亲倾吐呢？

有意思的是，由美、日、英、德等国合拍的电影《古墓丽影》也在这里取景，导演看中的就是这里神秘宁静的氛围。影片女主角由安吉莉娜·裘丽主演。

时间已近中午，阳光灿烂，古寺的丛林间，巨石上，处处闪烁着斑驳的光影。塔布笼寺就像一个迷宫，进去容易走出来难，我们只得一路走一路问，好不容易才找到北门，回到停车场。

6. 小吴哥，昔日的人间天堂

午休后，去小吴哥。

小吴哥？谁给取的馊名字，比起大吴哥，它的建筑面积更大，名望也更高，人们普遍认为它是世界上最大的宗教建筑，是吴哥遗迹中的大哥大。

小吴哥石塔

下车去，远远就看到高高矗立的古堡似的石塔，一共有 5 座，雄伟而秀美，中间的一座横空鹤立，分外壮观。在蓝天下，5 座石塔莲花蓓蕾一般，组合成一幅端壮秀丽的图案，那图案非常眼熟，对了，那就是柬埔寨国旗的图案，柬埔寨人把小吴哥的石塔放在自己的国旗上，可见吴哥窟在柬埔人心目中的神圣地位，凝望石塔，那种震撼很难用言语来表达。

走过长长的甬道，眼前一泓池水，取名叫莲花池，清澈的水池里，映着吴哥窟五塔的倒影，一个美妙的设计，我们在池畔照相留了影。

莲花池的四周是一个开阔的空地，据说那空地上曾经有一栋栋草木房屋供僧人和信徒们居住。可以想象，当年这里的香火之旺。

走过水池，我们来到了吴哥窟，这真是一个窟，一个高大深邃的立体建筑。台基上有三层石阶，其高度达到了 65 米，又陡又窄。走上石阶上搭建的木扶梯，人人必须脱帽致敬，我们怀着敬畏之心，一步一个脚印，随着人流徐徐走了上去。

在第一层，有回廊环绕。在长长的廊道里，有长长的浮雕，导游详细给我们讲述了浮雕上的故事，有一幅，右边是神灵，左边是妖魔，中间是打斗的多头蛇。那些故事多取材于印度著名史诗《摩诃婆罗多》和《罗摩衍那》的神话，长廊浮雕精美至极，人物栩栩如生，闻名于世。

在第二层、第三层的回廊里，那石柱上，门楼上，镌刻着许多仙女的风姿和莲花装饰，无不展现吴哥时代的璀璨神话和精湛的艺术。

走到第三层，有点累。我和女儿坐在回廊外的石阶上。这里是回廊的中心，是一个开阔的空间，回廊的台阶旁是一尊尊猴形石雕，传说中的猴神。我们坐在石阶上，凉风习习，吹到心里，爽爽的，带着虔敬的心境，抬头仰望高远的天空，感觉我们就像置身于须弥山上，那是神灵住的地方，顷刻间，我已分不清自己究竟是坐在神的领地还是人的空间。吴哥窟，是一座荣耀的庙宇，也是人们对天堂的想象，体现了神性。

一位著名的建筑家曾经说过："贝多芬写出第五交响曲之前，没有人觉得需要它。可是一旦杰作问世，人们就再也无法想象，没有它，世界会怎样。"也有人问道："我们能想象没有吴哥的世界吗？"建筑是凝固的音乐，也许吴哥就是贝多芬的第五交响曲吧。

好了，我们是凡人，别想得那么多，还是回到人间来，向着吴哥三鞠躬，向着柬埔寨国旗致敬。

7. 菩提树，温暖的家园

从吴哥窟出来，中央大道两旁是七头蛇形的栏杆，在柬埔寨的传说中，七头蛇会带来风调雨顺。再次回望那矗立天际的神塔，依依不舍。走吧，离开那神的领地，走回人间。

下了台阶，路口有两棵菩提树，枝干粗壮，树叶茂盛，似华盖一般。树荫下，一些游客在乘凉，吃水果，喝冷饮，菩提树庇佑着芸芸众生。菩提树亦译为"觉树""道树"，本名为荜钵罗树。相传释迦牟尼在此树下证得菩提，即证得觉悟，故此树名为菩提树。这是常绿乔木，叶卵形，茎干黄白，花隐于花托中，树子可作念珠。在柬埔寨，佛教徒们常焚香散花，绕树作礼。

眼前这两棵年代久远的菩提树，也庇佑着吴哥窟，身处树旁，让我无限感慨。

也许是想家了，不知怎么的，忽然想起了舒伯特的艺术歌曲《冬之旅》，在 24 首套曲中，第五首即为《菩提树》。

这里的菩提树，不是我前面详细描述的佛教的菩提树，它只是法国一种很普遍的树，翻译家们一不小心，就译成为菩提树了，阿弥陀佛！

在这首歌曲里，舒伯特谱写的菩提树，不代表"觉"，不代表"道"。它代表家园，代表温暖，象征一种稳定，一种安宁。作曲家描写一个流浪汉，漂泊在遥远的他乡，望着那树，想到了家乡，想到回家，回到家园。每个人在异国他乡，总会想到家园，我也是，在这吴哥窟的废墟上，我常常想到温暖的家。

这首《菩提树》的歌词凄婉动人，抄录如下：

门前有棵菩提树，站在井旁边。

我做过无数美梦，在它的树荫间。也曾在那树干上，刻下甜蜜言。无论欢乐和痛苦，常在那里留连。

今天像往日一样，流浪到深夜，我在黑暗中行走，闭上了双眼，好像听见那树枝对我轻声呼唤：孩子，回到我这里，来寻找平安。

凛冽的北风吹来，直扑上我的脸，把头上帽子吹落，我仍坚定向前。

如今我远离故乡，已经有多年，但仍然常常听见呼唤，到这里寻找平安。

流浪，即使人不流浪，心也会流浪。

舒伯特的《冬之旅》作于31岁，第二年，这位奥地利“艺术歌曲之神”，他的生命就走到了终点。舒伯特在菩提树下涅槃了，得到了永生，他的心不再流浪。

第四天　活在当下

1. 女王宫，吴哥的明珠

上午去女王宫，这又是一个风马牛不相及的名字。

导游先在车上打招呼说，那里并不是什么女王住的宫殿，它只是一个供奉湿婆的寺庙。那为什么叫女王宫呢？你们去看看就知道了。

这确实是一个寺庙，一个残破颓垣的庙宇，但却是一个艺术之林。

瞧，石墙是用粉红的岩砂筑成，整个建筑都呈粉红色，上午的阳光，照在庙宇

女王宫

斑驳的建筑里，交织出一幅幅柔美秀气的画面。

走过参道，左右各有一间小庙，小庙的门墙上刻画着印度史诗中的故事和人物，细腻而传神。再往里走，又是一个T字形的庙宇，导游指着石墙夹缝深处的一个石雕人像说，那是蒙娜丽莎，不错，是个美貌的女子，但离那著名的蒙娜丽莎微笑的模样相去甚远。但其斧凿的工巧，富有艺术味。

整个庙宇，色彩艳丽，浮雕精绝，小巧玲珑，精致剔透。导游说，这些艺术天分，唯女子才会有，庙宇象征着女子的美丽，于是柬埔寨人取了女王宫这个好听的名字。

米开朗琪罗说过："完美不是一个小细节，但注意细节可以成就完美。"女王宫就是由一个个精致的小细节，造就了她的完美，享有"吴哥艺术皇冠上的一颗明珠"和"吴哥艺术之钻"的美誉。

2. 追寻小吴哥的前身：罗洛士群

小吴哥建筑的辉煌，不是一锤定音，一蹴而就的，它经历了原始阶段，我们随后前往的罗洛士群建筑，被人们称之为高棉艺术的开端。

早在802年，吴哥王朝创立者国王阇耶跋摩二世，在一个叫库伦山的地方建都，建造了三座寺庙，即巴孔寺、罗洛士寺和普利哥寺，由此开辟了吴哥时代，在此定都70年，直到850年国王去世，迁都巴肯寺。罗洛士群是吴哥王朝遗址中历史最为悠久的。

罗洛士群的巴孔寺

三座寺庙，紧密相连，每座相距仅3公里，坐巴士去三地很便捷。

首先，我们来到罗洛士寺。它与大吴哥、小吴哥等完全是另一番景象，满目是灰蒙蒙的，有的寺塔摇摇欲坠，人们用搭手架扶住，一边加固，一边修缮。

那些建筑和小吴哥等建筑迥然不同，它的底座是高大的方形石塔，用砖石建筑，上层还有叠塔，所有的装饰雕刻都用沙岩，比如石柱上的树叶，塔顶的迦罗（俗称和尚头），女神的雕像等等，给我的印象，那些沙岩建筑就像沙滩上的沙雕一般。但一些艺术历史学家说，罗洛士建筑过梁上的装饰是“所有柬埔寨艺术中最美丽的”，我看不懂。

三座寺庙都是相同的建筑特征，不仅建筑方式相同，装修风格相同，就连原料也相同。总之，它是柬式工艺的经典时代。

随后，我们去了巴孔寺和普利哥寺（也叫神牛宫）。巴孔寺很高，很陡，随行的游客们大都望而生畏，太阳又很猛，只是远远地在下面看看。我逞能，爬了上去，一副“风景这边独好”的神态，很过瘾，很自豪，女儿给我照了相。

3. 西哈努克行宫在路边

南通医学院附属医院的骨科退休返聘的葛主任和眼科王主任是一对恩爱夫妻。葛主任虽已七十出头，但看上去不过六十多一点，很壮实，像一座铁塔。王主任白净的脸，面相颇像观世音，很和善。我的女儿在乘飞机时着了凉，流了两天鼻涕，餐巾纸用了三包，她吃了我带去的感冒药，一点不起作用，原来那药早已过期，我是够糊涂的。他们夫妻很友好，王主任把他们在药店里买的感冒药送到我们的房间，女儿吃了，第二天就好了。

王主任向导游提出要去看一下暹粒的西哈努克亲王的行宫，导游一口答应，又免费增添了一个景点。

西哈努克行宫建在一条很普通的马路边，周围有银行、商店，车水马龙，来往奔驰。一个国王，把行宫设在喧闹的街区，出乎大家的意外，我们中国人的等级观念根深蒂固，难免匪夷所思。

行宫外观极为普通，只是一幢门面开阔的单层建筑，既不标新立异，也不富丽堂皇，但富有艺术之美。房屋旁边连着一座花园，庭院深深，看不到里面的模样。西哈努克亲王前些年去世了，这里的行宫也紧闭着，显得有点落寞。

4. 无式的柬式按摩

今天下午是自由活动时间。

在上海时，内弟曾竭力推荐，这段时间一定要参加导游另行组织的自费活动，很值，很精彩，比如 2 小时的柬式按摩，他几乎被催眠入睡了。巧的是，他们的导游正是我们的导游马汉成，我毫不犹豫，和女儿一起欣然报名。遗憾的是，另外报名的只有南通大学潘根龙夫妇两位。潘先生退休前是学校办公室主任，他还是一位集邮收藏家，担任南通几所大学的集邮协会会长，颇有艺术修养。

午休后，第一档节目去体验柬式按摩。

走进按摩馆，傻眼了，前厅无灯光也无人接待。马导进去才来人。走进按摩室，更衣处是一个狭小脏乱的厕所，连挂衣服的钩子也没有。那间按摩室不过 10 平方米，我们四个人席地躺在床垫上，仅靠布幔男女分隔。我的按摩女，30 多岁的发胖女人，按摩手法一会重一会轻，要命的是，她一度把沉重的臀部压在我的大腿上，让我疼痛难熬，整个按摩时间仅有 45 分钟。出来，我让马导去看了更衣室等糟糕的环境，他也无话可说。

但是，心平气和想一想，这也很正常。旅游指南上写得很清楚："不同价格不同档次。服务以小时计，分别是 15 美元，28 美元和 45 美元不等。高档按摩中心房间装饰精致，环境优雅，按摩女精通穴位，力量适中，让人彻底放松，一切都在轻柔的帷幔和烛光下变得浪漫。"内弟他们一行有 14 人参加自费活动，我们的人数仅是他们零头，羊毛出在羊身上，导游和司机一个下午的劳务费，就只好在档次和时间里动脑筋了。我们的上海领队牟小姐说："马导真不错，你们才四个人他都安排。"言之有理。

5. 独一无二的博物馆

导游把我们四人送到暹粒国立博物馆，这是一个独一无二的博物馆，馆内珍藏着许多吴哥时期的艺术珍品，仅仅佛像就多达 1000 尊。

我们去过大小吴哥，见过遗址精美的雕刻，但毕竟或残缺不全，或看不真切。而在博物馆，所有的文物都是真品，看得真真切切，目睹了高棉王朝的艺术成就，令人赞叹不已，弥补了观看遗址时的遗憾。

展廊共有八个，我们足足欣赏了两个小时。让中国人感到欣喜的是，展廊 F，命名为"石头的故事"，这里陈列的石碑，记录了吴哥王朝重大的历史事件，其中展现了中国元朝人写的一部文献《真腊风土记》，那位元朝使者叫周达观，1296 年，他来到吴哥住了一年，这部文献较早较完整地记录了当时吴哥的情况。

6. 悟在心中

晚餐为自助餐，中西柬各色菜肴丰盛可口，大快朵颐。

餐厅旁边就是大剧院，餐后，我们去观看大型歌舞剧《吴哥的微笑》。让我意外的是，此剧竟然是中柬两国文化部的一个合作项目，还听说，张艺谋导演参与了舞剧的策划。看过全剧，那气势磅礴的构思，那舞美灯光的视觉冲击力，确实带着张导的风格，展示了中国元素。

当然，《吴哥的微笑》基调都是柬埔寨文化，多为传统的高棉歌舞，那源于印度的天女舞中，美丽的少女，身着华丽的高棉宫廷服装，舞蹈动作舒展缓慢，姿势优雅，以静态表现出平衡之美，被誉为皇家芭蕾舞，2003 年还被联合国列为世界非物质文化遗产。

剧中还有许多高棉传统的特色表演，如高棉武术、长柄琴弹唱等等，看得赏心悦目。

歌舞剧的旁白写得诗情画意，其中，好像采用了一首柬埔寨的诗：“仿佛置身于神秘的吴哥丛林，点点星光透过树叶闪烁，心不觉已忘却一切忧虑。”最为打动我的旁白，是结尾部分的那一句：“活在当下，悟在心中。”活在当下不很难，悟在心中是做人的至要，得来并不容易。总之，这是一台高水准的专业演出，加深了我对吴哥窟的美好印象。

第五天　苍凉的感伤

1. 见过高脚楼

今天上午去游洞里萨湖。

去洞里萨湖的路上，有一大片一大片干涸的农田，沿路散落着一栋栋别样的房屋，导游说，此屋被称为高脚楼。在柬埔寨的雨季，处处“水漫金山”，农田也是汪洋一片，适合种水稻，毋庸置疑，农舍的底层也是一片水泽，住不得人。因地制宜，柬埔寨人创造了独特的高脚楼，楼的底层四角，竖起木棍和竹竿，第二层腾空悬起，打造成生活起居室，看上去，十分简陋。这让我想起我国湖南凤凰古镇，沱江边上的吊脚楼，那是又精巧又美观的民居，是民居建筑上的艺术之作。柬埔寨的高脚楼很实用，但毫无美感，让我失望。据说，在城里也有设计美观的高脚楼，供游客体验，可惜我没机会去看看。

2. 洞里萨湖人

想象中，洞里萨湖或水澄波静，景色秀丽，或烟波浩渺，水天一色。因为旅游书上描述说："它像一块巨大碧绿的翡翠，镶嵌在柬埔寨大地之上，是柬埔寨人的生命之湖。"还说"这里是观看落日的地方""参观水上人家，体验乡村的宁静"等等。

怀着美好的期望来到湖畔，一看，傻眼了。

眼前，湖水一片黄浊，这哪里是"碧绿的翡翠"，简直是黄泥浆水。

岸边停泊着好些游览小船，船身彩色倒有几分异国风采。船底是平直的，导游解释说，这里的旱季水很浅，仅一米左右，我们常见的上宽下尖的船身，容易被搁浅。我们上船去，仿佛上了诺亚方舟，去逃生活命。

船老大是个年轻小伙子。随船还有两个小男孩，都在 10 岁光景，瘦瘦的，明显缺乏营养，但黑黑的脸上散发着童真的微笑。导游说，两孩子都是船上按摩师，将逐个为游客作按摩，每人付小费柬币 1000 元，相当于人民币 2 元。两个孩子不请自来，在游客背后按摩起来，那认真的神情，幼稚的动作，引得大伙阵阵笑声。

我坐在第一排，最后一个轮到，那小男孩一会儿拍打我的背部，一会儿扭捏我的颈项，一个像模像样的按摩师。我又想起了我那 10 岁的小外孙，一样的年龄，一样的小男子汉，一个向生活索取，一个为生活付出，无限感叹。

游船行驶途中，有一条小汽船急速向我们驶来，又缓缓靠近我们游船，停靠刹那间，一个小女孩利索地跳到我们船上，女孩约莫十三四岁，长得面清目秀，脸上还流露几分羞色，手臂上挽着一个小篮，篮里放着多类饮料，向游客们兜售，除了马导，船上没有一个人买她的饮料。待我再次回头，她又利索地跳回到她的小汽船上，还微笑着向我们挥手告别，她那开船的父亲也憨厚地向我们微笑致意。他们的微笑，呵，那就是《吴哥的微笑》，我的心里五味杂陈，默默地向他们祈祷。

游船缓缓开出支流，湖面顿时开阔起来，而湖水依然浑浑黄黄。湖面上散落着一栋栋奇特的房舍，浮家泛宅，那就是湖上人家。房屋的底部是水面，用一根根粗大的木棍支撑着，四角的木根深深戳在湖底的淤泥里，木棍上捆绑着粗长的绳索，绳索系在不远处的木棍上，那些木棍同样也戳在湖底的淤泥里，就这样，房屋稳住固定了。然后就在四角的木棍上架起竹排，一排连着一排，就在这些竹排上，腾空而起，搭建宿舍，铺上塑料布或稻草，就这样成了渔家人的生活起居的房子了。在渔民中，这还算是不错的住房，有些渔民只是把渔船作为他们一生的家，随处漂泊。

湖面上，有一所水上小学，搭建得比较讲究，正是中午放学时分，我们惊喜看到，有十来个孩子，跳上迎候他们的小船回家去，小船儿在灰黄的湖水里鼓荡。他们天真活泼，无忧无虑，似乎生活本该这样。

随后我们登上一家水上超市，是一艘特别打造的水上建筑，就像陆地上的小超市那样，有食品、水果、日用品等各类商品，还有一个水池，池里养着一些鳄鱼、鲍鱼。超市还有屋顶阳台，我沿着扶梯走了上去，湖面一览无余。湖上一家韩国餐厅，设计得像个星级餐厅，导游说，这段湖面的经营权卖给了韩国人，真不可思议。湖上，还有一座天主教堂，更加气魄。导游说，教堂为信徒们提供免费餐饮，上帝爱人，传教士们来这里拯救一个个受难的灵魂。

游船调头返程了，人在湖上，已无心恋“瞻”，大伙东拉西扯闲聊起来。我木然面湖，心里却捣鼓着，在我眼里，洞里萨湖人身处苦厄，为何还活得那么自在，那么真实不虚呢？思来想去，蒙蒙然悟出一个道理，那就是高棉人90%信奉佛教，或许人人心里都存着一部观自在菩萨的《心经》吧。世间万物，莫不“不生不灭，不垢不净，不增不减”。于是乎，人人心里，水无清浊，天无旱雨，湖无深浅，菩提娑婆诃，人人发心，觉悟得道了。

3. 神圣苍凉崩密列

“时间在这里停滞，空气里弥漫着神圣的苍凉。”这就是崩密列。

在这神圣却苍凉之地，我游走了整整一个下午，这游走犹如梦游，精神恍惚，似醒非醒。神圣让我变得小我，无我，苍凉又让我穿越千年。身在崩密列，情何以堪！

崩密列被丛林包裹得严严密密，不像吴哥窟那样袒露无遗。吴哥窟已经醒来，而崩密列，还沉睡着，沉睡在荒野密林间。

走近崩密列，是大片大片断裂的柱石，大片大片残败的墙垣，巨石堆集，这一大片废墟，被一大片树林包裹掩盖，不知路在何方。

幸亏有导游指引，绕过弯道，穿过乱石，眼前脚下有一条似隐似现的木板栈道，那是拍摄电影《虎兄虎弟》搭建通道时留下的。导游止步说，大家沿着栈道进去，见路就走，不要回头，一直右拐，出去就是停车场，他在那里等我们。

走进栈道，前方是崎岖的山路，山路两旁全是断壁颓垣，还有深陷的沟壑，你得步步小心。这里是荒野，树木森森，藤蔓绵绵，一路走，心里阵阵寒颤，这哪里在旅游，分明在探险。

我们的团队早已“四分五裂”，各走各的道了。顺着右拐的小路，终于见到远处的大道，那边就是停车场了，人影绰绰，大家都回去了。

离发车时间还有一个多小时，我和女儿决定，向左走去，沿着外围看看崩密列的另外一半。

沿路寥无人影，我们穿过一大片树林，惊喜地看到山路的另外一侧，有好几座完整的庙宇建筑，佛像造型逼真生动，在夕阳余晖的照拂下，石柱上的图案纹理很美的。我们顺着山道徐徐前行，又走进那被树木包裹的荒山野径里。旷野无人，心里打起鼓来，忽然见到远处有几个旅人，才宽了心。接下来的那段路，简直像迷宫，你不知道身在何处，路在何方。幸亏遇见一位景区服务员，才有了方向。接着又是迷宫，碰巧又遇到一位当地人，又有了方向。就这样，心惊胆颤，迷迷糊糊走着，终于见到了刚才那条导游指点的右拐的路，这才放下心来。

天色青苍苍地暗了，阴气袭人。四下仍无人影，我加快了脚步，逢路就走。然而女儿却兴致盎然，不时停下来，欣赏那淡淡的暮色，欣赏那蒙上了神秘面纱的崩密列。我拐过几个弯道，望回看，只见她悠然自得拍着照。我又继续前行，山路还是那样崎岖，我是一脚高一脚低，走得小心翼翼，终于来到路口。再望回看，不见女儿踪影，便大声呼喊，不闻回音，突然担忧起来，生怕她一不小心掉进沟里，更怕遇上坏人，遭遇不测，便声嘶力竭呼唤女儿的名字，但还是不见人影，也没有回应。无奈，我急忙转身往回去寻找，还好，走到木板栈道的入口处，在微茫的夜色里，见女儿悠然地走了出来，心中的石头才落了地。

再次回望崩密列，夜的幕帘浓浓密密，不见巨石，也不见丛林，崩密列仍然睡着，睡得更深更沉了。没错，“时间在这里停滞，空气里弥漫着神圣的苍凉”。我的心里，回旋起柴科夫斯基的第六交响曲《悲怆》，被无情地笼罩在黑暗与阴沉的氛围中……

第六天　吴哥窟，飘扬在柬埔寨国旗上

离开崩密列，我们直驱机场，乘坐东航 MU514 航班，22:50 起飞，清晨 3

点左右，提前到达上海浦东机场。

在回国的行李上，多了一面柬埔寨国旗，那是导游因我的要求，悄悄送给我的。

我很喜欢柬埔寨国旗，那上面有小吴哥石塔的标志，像圣山一般，非常独特。由此可见吴哥窟在柬埔寨人心目中是何等的神圣。那位发现吴哥窟的法国人亨利说过："此地庙宇之宏伟，远胜古希腊、罗马遗留给我们的一切，走出森林里的吴哥庙宇，重返人间，刹那间，犹如从灿烂的文明堕入蛮荒。"此话虽然有些夸张，但比起当年吴哥王朝，今日的柬埔寨确实有点"蛮荒"了。

吴哥窟，柬埔寨人民心中的神，神在国旗上，国旗在人心中，柬埔寨人高举国旗，走出"蛮荒"，走向一个新的吴哥王朝。

回国了，到家了，回到我的家园，回到属于我自己的菩提树。

注：

新华社 2016 年 6 月 22 日报道：柬埔寨首相洪森 22 日在首都金边接受由欧洲旅游和贸易理事会评选并颁发的 2016 年世界最佳旅游目的地奖。

柬埔寨政府提交的竞选报告标题为："柬埔寨：神奇的土地——神和国王建立的世界。"

洪森在仪式上说："柬埔寨以前因战争和冲突而闻名，但现在将会以文化与生态旅游而被世人重新认识。"我的这篇游记佐证了他的观点。

补注于 2016 年 6 月 28 日

长行短歌

——祖孙三代赴欧自由行

（2015年7月4—20日）

引子　短笛声声

这是一个难得一见的场面。

午后 4 点光景，萨尔茨堡的阳光透亮，透亮得水洗一般。莫扎特广场沐浴在彩色的音符里，马车的蹄声划过街心，在高耸伟岸的莫扎特塑像下面，一对奇特的组合演奏着莫扎特乐曲。一个 30 多岁的街头艺人拉着小提琴，长得帅气儒雅。站在他右侧的是一个十六七岁的东方少女，秀美文雅，吹着长笛，一打听，她来自中国南京第一中学。围观者近百人，多是她的校友，都是该校交响乐团团员，孩子们提着各类乐器，趁暑假赴欧洲交流考察，今天，在莫扎特广场和当地那位街头艺人不期而遇，纷纷与其合奏，场面热烈，不时爆发出欢叫声。我挤进人群，向地上的钱盒里投了几枚零钱，悄悄问吹长笛的少女，那位街头艺人的演奏水平，女孩用钦佩的口气答道：“很厉害的，他是音乐学院毕业的。”我也夸奖她：“你也很厉害的。”她腼腆地笑了。

回国多日，那少女的长笛之声犹在耳畔回响，东施效颦，在书斋写下这个引子，题为“短笛声声”。短笛 13 曲，附录于篇末。

萨尔茨堡莫扎特广场

上篇 瑞士

第一天 西方的西施：琉森湖

1. 明亮的黄昏

赴欧洲前，心里纠结，怕长途疲惫，又怕倒不回时差。一位去过的朋友懊悔不已："早知道这么累，死也不去了。"另一位更夸张："倒贴我几万元也不去了！"他们都是跟团游，下飞机，进旅馆，放下行李，就昏昏沉沉跟在导游屁股后面去景点了。欧洲毕竟是一块巨大的吸铁石，把我吸引过去了。

我们选择自由行，天马行空，想走就走，想睡就睡。飞机可不是省油的灯，11 个小时才在苏黎世着陆。我们转乘火车，到目的地卢塞恩（又译琉森）已是 18 点 30 分。此刻的上海，正是进晚餐的黄昏，琉森还是白昼，天大亮着。

从火车站到宾馆步行 5 分钟，宾馆就在琉森湖畔，这是我去瑞士最向往的地方，我忘了舟车劳顿，放下行李，兴奋地向琉森湖走去。

2. 托尔斯泰的《琉森》

年轻时，读托尔斯泰的短篇《琉森》，那琉森湖的名字打动了我，托尔斯泰对湖的描写更令我着迷：

"像燃烧着的琉磺似的淡蓝色的湖上，有几点轻舟，后面拖着一道道正在消逝的波浪，湖水静止地、光滑地、像要溢出来似的在窗前的芳草纷披的绿岸间展开，蜿蜒地向前伸去，直到被紧夹在两座巨大的陡坡之间，于是便显得黑了，接着便停滞和消逝在此起彼伏的重峦迭嶂、雾霭和冰河之间。近处是伸展开去的濡湿、鲜绿的湖岸，岸上有芦苇、草地、花园和别墅，再远一点是深绿的、树木繁茂的、有着古堡废墟的陡坡，最远处是……"

来到琉森湖边，"湖水静止地、光滑地，像要溢出来"，托尔斯泰感叹道："需要用一种什么方法，把突然在我心里洋溢着的感情表达出来。"我也是。我想到了杭州西湖，"欲把西湖比西子"，琉森湖不就是西方的西施吗？金发碧眼，维纳斯的美。

3. 湖光山色的天宇和美男

托尔斯泰的《琉森》写于1857年，距今已过去了160年。时过境迁，如今的琉森被瑞士人打扮得更加迷人了。

湖畔，是新建的琉森文化艺术中心，设计师巧妙地把湖水引入大厅，中心的广场上，几十支抱团的喷泉，蓬蓬勃勃，喷射出灿烂的水晶花，我们也心花怒放，拍下了赴欧的第一张彩照。

沿湖是一栋栋色彩斑斓的餐厅，餐厅的门外都摆放着露天桌椅，入座着打扮儒雅的西方男女，绅士淑女一般，慢慢品尝美食，悄悄聊天，恬静美好。

我们也一样，享受美好的生活，在一家水晶宫般的餐厅外就餐，餐厅紧挨着湖岸。此刻已是晚上9点多，天色刚暗，身边一侧的湖水，灯火映照，光波艳丽。我们的邻桌围坐着8位当地的夫妻或情侣，个个雍容华贵，一位男士微笑着向我打招呼，我报以友好的微笑。我们的男侍应，其颜值大大超过韩国欧巴男神。他给我们点了两份套餐，约人民币500元，很值，就像托尔斯泰在《琉森》所描写的："这种湖光，这种山色和这种天宇的美丽，真使我目眩眼花和心荡神怡了。"

毕竟，托尔斯泰的《琉森》是小说，不是游记。他在写景状物时必然会挂一漏万。早在托翁落笔前，琉森湖上就有两座古老的廊桥，他一座也没有写到。一座叫卡贝尔桥，这是欧洲最古老的有顶木桥，在桥的廊檐梁上，有着120幅宗教历史的油画，浓浓的宗教气息扑面而来。桥旁湖面上，有一座八角形的水塔，古朴而庄重。那桥、那塔、那水，是琉森明信片上不可缺少的景物，我们以此为背景，照相留念，有了我们的"倩影"，这张照片比明信片更美。另一座桥叫斯普洛耶桥，它有一个好记的俗名，叫作谷糠桥，当年，这里是琉森唯一能将麦壳倾倒入河的地方，便有了这个老土的名字。

琉森湖畔还有许多景点，美不胜收，我也学学托尔斯泰，在此挂一漏万吧。

第二天　梦里不知身是客

1. 我还要什么呢？

豪华的游船，豪华的餐厅，用餐者衣着打扮也豪华。我临窗而坐，初秋的晨光照在脸上，暖暖的，很适意。湖水泛着蓝色的波光，船舷旁浪花飞溅。我几乎忘了桌上的美食，久久地望着窗外发呆，生发出种种感叹。想起了故乡东钱湖，想起了童年的贫寒，腊月天，上山去捡松塔（我们家乡叫柴果裸子），烧灶做饭。一个乡下穷小子，如今千里万里走世界，天翻地覆慨而慷。

“你要什么呢？你想什么呢？”托尔斯泰在《琉森》里写道，“我不禁这样问自己，不就是它吗？在四面八方环绕着你的美和诗，用你全部的力量，大口地把它吸进去吧，享受它吧，你还要什么呢？一切都是你的，一切都那么美好……”

是的，浸溶着湖水的柔光，一切都那么美好，我还要什么呢？

2. 山峦皇后：瑞吉山

离船上岸，去瑞吉山。

瑞吉山很高，海拔 1800 米，但上去很轻松，乘坐一列老式的齿轨火车，火车昂着头，喘着气，老骥伏枥，志在山顶。我们欣赏着两边的风景，看着琉森湖渐远渐小，颇有升天的快感。

火车的终点，有一条稀有人走的隧道，经管理者指点，我们去那里乘电梯直达山巅。

山色苍翠，远处是不见首尾的阿尔卑斯山，下望是湖，辽阔的湖面，此刻看来犹如“一泓清水杯中泻”。女儿和外孙登临瞭望台，这是欧洲著名的瞭望台，胸襟开阔：“一览众山小！”

瑞吉山，中文的译名大吉大利。外孙在山上买了一张明信片寄给他心爱的外婆，上面端端正正写着：“亲爱的外婆：我们现在在瑞士的瑞吉山，（瑞吉山）十分高大，十分雄伟。我也愿您能像这座高山，屹立在凹凸不平的地面上，身体健康，长命百岁，福如东海，寿比南山！”瑞吉山，吉祥如意的山，瑞士人誉其为山峦皇后，早在 19 世纪，许多王公贵族、文人墨客都来此一睹皇后的风采，维多利亚女王、韦伯、门德尔松、维克多·雨果也前来“高山仰止”，我也来了，沾上一点仙气，愿家人吉祥。

3. 玫瑰小镇韦吉斯

瑞吉山下有个韦吉斯小镇。

在托尔斯泰那篇《琉森》，有一支古老的歌，久久萦绕在我的心头：

如果你去瑞吉，
到韦吉斯这段不用穿鞋，
（因为你可以坐汽艇去），
从韦吉斯可得手拿粗手杖，
还得挽着一位少女，
动身时还得去喝杯老酒，
只是别喝得太醉。
因为谁想喝酒，
谁就该先立下功绩……

韦吉斯令我神往，下山去。我是穿着鞋去的，没拿手杖，没挽着少女，也没喝老酒，我有女儿和外孙陪伴左右，没有比天伦之乐更快活的旅行了。

韦吉斯小镇依山傍湖，建在山坡上，它是瑞士十大最美小镇之一，被誉为玫瑰小镇。

山风夹着湖气，送来玫瑰飘香。顺坡而下，一片葱茏。一栋栋错落有致的庭院里，绿树参差掩映，花草红绿相间，打扮得新娘似的。

小镇异常的整齐，异常的清新，异常的幽静，沿路除了三两个游客，没看见当地人的身影。走到山脚下，有一条小街，百步之长，街边有几个售货小亭，装扮得色彩缤纷。忽听耳边传来奏乐之声，循声拐弯，见湖旁搭建着一个宽敞的大棚，一支铜管乐队吹奏乐曲，十来个男士身着白色制服，神情潇洒，在座的观众百余人，他们就是小镇上的居民，听得十分投入。原来，这里经常举办小镇音乐会，别具风味。

沿小道几十米，就是游船码头，我们再次乘上游艇，仍然在静谧的餐厅里享用西餐，仍然是临窗而坐，湖光映在女儿和外孙光泽的脸上。我们和琉森湖再次亲密接触，一回生、二回熟，朋友似的，君子之交，淡如湖水。

4. 垂而不死的狮子

上岸后，乘车去一个名叫“垂死狮子像”的景点，平生我见过无数石雕，这座石雕特别令我震撼。

在一块天然石岩的浅穴里，雕刻着一只负伤狮子的雕像，这头濒死的雄狮，面露哀伤和痛苦的神情，无力地匍匐在地，一支锐利的长剑深深刺入背脊，它的前爪按住了折断的长矛和盾牌，在石像的上方刻有拉丁文，意为“献给忠诚和勇敢的瑞士”。1792 年法国大革命，暴民们攻击法国杜乐丽宫，786 名瑞士军官为保护法王路易十六和玛丽王后，壮烈献身。这座纪念碑给人以强烈的艺术感染力，美国小说家马克·吐温赞颂“这是世界上最悲伤、最感人的石雕”。

这座纪念碑意在祈求世界和平，建立至今恰巧过去了 222 年，但战争仍然此起彼伏，这些天来，叙利亚、伊拉克、土耳其硝烟弥漫，上百万的难民涌入欧洲，人类祈求和平的愿望何时能在地球上全面实现？这座“垂死狮子像”，真该放在纽约联合国总部的门前。

垂死的狮子，永垂不朽！

5. 千年城墙·万年冰川

邻近“垂死狮子像”，有一个冰河公园。

冰河，是两万年前冰川形成的地貌遗迹，一个 9 米深的旋涡状洞穴和洞穴里的岩块。公园里鲜见游人，我们也不懂地质学，只是一睹而已。

琉森穆塞格城墙

公园里有个镜子迷宫，一群孩子在玩耍。我的外孙也玩得兴高采烈，一次不过瘾，来了个“二进宫”。这个镜子迷宫，建于 120 年前，阿拉伯风格。

走出公园，来到霍夫教堂，这是琉森最重要的教堂，女儿和外孙去过意大利的大教堂，这里只是逗留了片刻。

将近晚上 7 点了，女儿游兴不减，要去看看穆塞格城墙，旅游信息上提示，城墙 7 点关闭。我们赶到城墙墙脚，已经过了 7 点，去城墙还得爬上一段长长的高坡，我们没有放弃，既来之则爬之。爬得气喘吁吁，来到第一座塔楼，塔楼门还开着，里面又深又暗，我们壮起胆，走进楼去。塔楼已有700多年的历史，陈旧不堪，我们使着劲，爬上塔顶。从塔顶俯瞰，城墙绵长，环绕着琉森城廓，一条溶溶的碧流在脚下流过。我们没有久留，走下楼去，在底层楼梯旁，突然冒出两个彪悍的非洲男子，在这傍晚时分，又在这古老破残的塔楼里，遭遇这惊悚片一幕，我仨都为之一惊。我很快镇静下来，向他们投去友善的微笑，两位黑人兄弟也露出亲切的笑容。走出塔楼，外孙还心有余悸说："太吓人了！"

这堵城墙有9座塔楼，最后一座，有一个美丽的花园。我们走上城墙，一位管理员正在锁门，我们已经登过塔楼，没有遗憾了。

第三天　欧洲之巅·少女峰

1. 因特拉肯：少女峰的门户

大凡去瑞士的驴友，必得上少女峰，号称"欧洲之巅"嘛。去少女峰，又会落脚住在因特拉肯小镇。因特拉肯，原意"两湖之间"，自然很美，小镇因是"少女峰的门户"，名气更大了。站在小镇上，那披着白纱的少女就呈现在你的眼前。少女峰的得名，出自小镇上的一座女修道院。

我们入住的四星级宾馆，就坐落在修道院旧址的旁侧。女修道院早已倾圮，现在那里是一大块草地，鲜草盈尺，微风摇曳，似乎看到修女们恬静细步的身影。

宾馆是一幢三层楼的英式建筑，门前有一个庭院，奇花异草，小亭喷泉，一派田园风光。我们预订的是双人房，前台管理员得知我们还有一个10岁的男孩，主动给我们添了一张床，分文不加。走进房间，我们去开空调，却发现房内不设空调，服务员解释说，小镇常年气候温和，整个小镇都不设空调。服务员给我们备了两台电风扇，夜里确实凉快，电风扇没用着。

镇上有一条小街，名叫何维克街，全是英国式建筑，一幢幢风格各异，呈现着浓郁的古典气息。在一家商店里，有一根我喜欢的拐杖，没有当下购买，错过了。镇旁有一条小河，叫亚拉河，河水绿的像翡翠，晚风从河面吹来，湿湿的、凉凉的，舒服极了。这里没有游人，十分的清静，只有河水的汩汩声。

因特拉肯，被列为瑞士最美十大小镇之一，在这里过夜，犹如躺在清籁柔和的怀抱里。

2. 我站在“欧洲屋脊”之巅

少女峰，这个名字讨人喜欢，一个亭亭玉立的花季少女人见人爱。我更青睐瑞士人对它的美誉：“欧洲屋脊”。当你站在“欧洲屋脊”之巅，俯瞰辽阔的欧洲大陆，就像当年拿破仑站在阿尔卑斯山上，振臂高呼：“我是世界上最高的人！”何等的气概。

起早，我们从门户因特拉肯出发，搭乘一列“黄金列车”去少女峰。“黄金列车”窗外，镶嵌着99K金的风景，仿佛在游览一个金色灿然的大花园，2个小时的路程，一晃就过去了。

来到少女峰的山脚下，迎候我们的又是观光车，一列古老的齿轨列车，别看它傻冒似的，那齿轮只只坚固，咬住铁轨，意气奋发，奔向陡峭的山峰。从山脚到山顶，轨道有9公里之长，其间还得穿越一条两山之间的隧道，隧道在冰河底下，长达7公里。坐在岩壁黑洞里，梦游一般。很难相信，这条通天之路建造在100多年前！当年，一位名叫阿道夫·盖耶塞勒的纺织企业家提出要建造这条铁路时，人们无不以为他疯了。16年后，“疯子”的狂想终成现实，天堑变通途，还架立了一座欧洲最高的火车站。

少女峰

站在火车站的斯芬克斯观景台上，白雪皑皑，冰川熠熠，正如毛泽东的诗句：“千里冰封，万里雪飘”，“山舞银蛇，原驰蜡象”，“欲与天公试比高”。在这座海拔4158米的少女峰上，举办过网球赛、足球赛、拳击赛，这已不是人与人的比拼，而是人与天的较量，人能胜天。

我的外孙迷上了这里

的冰宫，这是在冰山中挖出的岩洞，面积超过1000平方米。冰宫有隧道，几下滑行，就不见了人影。冰宫里还有冰雕，老鹰、狗熊、企鹅等等，十分可爱，小外孙和他们合影留念，冰宫气温在零下7度。小外孙疯玩着，身上还渗着汗。

站在高高的“欧洲屋脊”之巅，我想到了拿破仑，他站在阿尔卑斯山上，说自己是世界上最高的人，很可笑。贝多芬把最初献给拿破仑的交响曲改为“英雄交响曲”，拿破仑消失了。此刻，我望着壮观的冰雪世界，在茫茫天宇间，人是多么渺小，我只是释迦牟尼佛眼里的一粒芥子。做人要谦卑，谦卑，再谦卑。

3. 无价的赞美

在少女峰，有件小事值得一记。

山顶有家被称为世界最高的巧克力商店，专卖著名的瑞士莲巧克力。女儿非常喜欢，但价格不菲，只买了七八粒林多尔酒心巧克力，付款时，营业员送给她一粒，味道又浓又香。就这么小小一粒，价值人民币10多元，很贵的，出门时，一位气质优雅的女营业员对我女儿说：每位顾客免费赠送一粒，问我们有几位。女儿回说：“三个人，但我已经拿过一粒，给两粒吧。”那女营业员听了，肃然起敬说：“谢谢您的诚实。”这样的诚实是我们做人的本份。巧克力有价，她的赞美无价，她的修养更值得赞美。

4. 五星红旗飘扬桃花源

米伦小镇，瑞士人称作桃花源，这个称呼不知是否来自陶渊明的《桃花源记》，无从考稽。

这座桃花源里，确似世外仙境一般，小街幽静，屋舍典雅，家家阳台上，阶沿下，鲜花缤纷。漫步中，豁然见到一面五星红旗，飘扬在一家商店的屋檐下，疑是身处陶渊明的武陵了。小镇禁止一切汽油机车行驶，空气清新，从少女峰下来，小镇是一处偷闲的最好选择。

我们顺道去了另一个小镇，名字很长，叫作劳特布伦嫩，它有一个外号，叫作瀑布小镇，劳特布伦嫩的德语直译就是很多泉水的意思。

已近傍晚，游览的缆车已经停驶。我们环绕山脚步行，远远望见一串瀑布从高崖落下，虽然没有“飞流直下三千尺”的气势，但一个小山村里能有如此壮观的瀑布，也属罕见。

第四天　欧洲“群山之王”：马特宏峰

1. 雪山上的琼楼玉宇

昨日刚去过少女峰，今天，女儿又强烈推荐去另一座雪山：马特宏峰。雪山都是雪堆的山，何必山重雪复呢？女儿说：昨天见的是少女，今天可是男子汉，不一般。我是男子汉，不妨去见识见识吧。

这里和少女峰确实不一样。同样是乘坐黄金列车，同样换乘三次上山缆车，少女峰的缆车长时间在黑洞里穿行，马特宏峰一路是绵延不断的茫茫冰川；少女峰虽是窈窕淑女，然而孤寂一身，形单影只；马特宏峰俨然是欧洲“群山之王”，阳刚雄起。四周峰脉环抱，40 座高峰，海拔都在 4000 米以上，巍巍群峰，无不拜倒在它的脚下，俯首称臣；少女峰号称“欧洲之巅”，海拔 4158 米，马特宏峰海拔高达 4478 米。瑞士人也偏爱马特宏峰，成为著名巧克力的包装标志。

马特宏峰还有天然滑雪场，长达 20 公里。这里是女儿和小外孙的世界，他俩一溜烟，消失在远方。我跃跃欲试，走上雪场，用手狠狠拉着栏杆的绳索，一步一打滑，生怕断了老骨头，走了十几步，转身返回，好歹体验了一回。

黄金列车

滑雪场一侧是餐厅，餐厅很大。朝向滑雪场是一长排落地玻璃窗，我在窗前落座，窗外冰雪灿烂，仿佛身在天上的宫阙，琼楼玉宇。远处，女儿和小外孙起舞弄倩影，浑然不知今夕是何年。呵，唱唱苏东坡的《水调歌头》，“但愿人长久”，千里共山川。马特宏峰，“群山之王”，奇幻阳刚，男子汉们胡不去！

2. “冰川之城”的悲怆

马特宏峰脚下，有一个名叫采尔马特的小镇，因背靠雪山，又被叫作“冰川之城”。

小镇很小很小，一条街全长只有1500米，三脚两步就走到尾了。小街两旁，一幢幢山村木屋，散发着浓郁的瑞士古老风情，木屋的窗外和墙外草木盈盈，鲜花盛开。环境幽雅，空气清新。镇上有一座很小的天主教堂，教堂一侧紧挨着一块墓地，墓地寂静，长眠着400多位登山遇难者，他们来自世界各地，再也回不到自己的家乡。一个个生命，一幕幕悲剧，回响着柴科夫斯基的《悲怆》之声，凄凉哀伤。唯有天主教堂的钟声，祈祷亡灵们安息。

天主教堂下坡，有一个地下博物馆，名叫山岳，博物馆里收藏着很多与登山者有关的物品，在一个橱窗里，展示着一条结绳，1865年，首次攀登马特宏峰的4位登山者，返回途中，在1200米高处，那根绳索突然断裂，4人不幸遇难。

小镇很小，悲怆无尽，“冰川之城”，冰在心头。回望高高的马特宏峰雪山，冰花灿烂，这是登山者的英雄之花。人类征服大自然，不惧牺牲，前赴后继，笑傲天下。

第五天　首都伯尔尼

1. 一个不出名的首都

瑞士有不少耳熟能详的城市，如日内瓦、苏黎世、洛桑等等，唯独首都伯尔尼稀为外界所知。也许瑞士是中立国，首都的政治外交等皆淡出国际视野了。首都毕竟是首都，其气象非寻常城市可比，有什么理由不去瞻仰呢？

2. 伯尔尼就是熊的意思

伯尔尼，乍一看容易误读成尼泊尔。其实它是德语“熊”的意思，据说建城前，这里常有熊出没。今天走在街上，不时见到熊的旗帜和装饰图案，熊已成为伯尔尼的市徽了。

既然熊的地位这么高，当然会有一个叫熊池的景点，那熊池也有800年的历史了。曾经，熊池里饲养着一些熊，供游人观赏。如今熊池只有几处熊的石雕了，小外孙玩得倒很过瘾，还买了一张有熊像的明信片寄给他父亲。

3. 老城的鬼屋和食人魔

伯尔尼建城已有800年的历史，定为首都也有160多年了。难能可贵的是，这里的老城区还完整地保留着中世纪的建筑风貌，伯尔尼的法律，禁止老城区建造新建筑。伯尔尼人对老祖宗的敬畏，赢得世界文化遗产的荣誉称号。

伯尔尼古迹多不胜数，城中心大街的钟楼别具一格。旅游信息提示，中午11点56分，钟楼会有奇特的表演。我们赶上了，11点56分，一分不差，钟塔上传来清脆的报时声，随即出现了旋转的小铜人，载歌载舞，赏心悦目。天文钟建于800年前，是中世纪钟表制作艺术的杰作，伯尔尼被誉为“表都”实至名归。

走过钟楼旁边的国会大厦和监狱塔，来到一座有600年历史的大教堂，教堂里15世纪的彩绘玻璃和一架5000多根铜管建成的管风琴都值得一看。大教堂旁的一条街上是市政厅，市政厅的街对面是住宅，当地一位路人指点我们，其中有一栋住宅闹过鬼，被叫作鬼屋，没人敢住，锁闭了很多年。在教堂和市政厅之间，夹着这么一个鬼屋，够“鬼”的。

瑞士人怕鬼，但不怕魔，在闹市的大街上，有一个景点叫“食人魔喷泉”，传说那食人魔专门抓小孩来吃，雕像上的食人魔面目狰狞，但过路人皆熟视无睹。我们也狗胆包天，就在食人魔旁的一家餐饮店进晚餐，坐在露天街边，品尝瑞士著名的点心土豆饼。

4. 玫瑰，玫瑰，我爱你

玫瑰公园在郊外的一个山丘上，爬上一段长长的山坡，出现在我们眼前的是一片玫瑰花的天地。我去过上海一个植物园的玫瑰苑，虽然是花开时节，但有的像披头散发的女人，有的耷拉着愁苦的脸，不忍一睹。伯尔尼的玫瑰公园，万枝千朵，绚丽烂漫。绯红色的娇媚迷人，淡黄色的是和平的使者，紫色的端庄淡雅，墨色的深沉神秘，一株株与人齐高的玫瑰树，满树满枝，像盛装的王后。微风吹拂，玫瑰公园仿佛一场盛装舞会，回荡着舒伯特的艺术歌曲《野玫瑰》。还有上海老歌《玫瑰，玫瑰，我爱你》：“玫瑰，玫瑰，最娇美，玫瑰，玫瑰，最艳丽，长夏开在枝头上，玫瑰，玫瑰，我爱你……”此刻，我真想摘朵玫瑰花，带回上海，给我老伴一个浪漫。

5. 爱因斯坦：伯尔尼的荣耀

伯尔尼，无论是“首都”的皇冠，抑或是“表都”的桂冠，其荣誉之巅当属爱因斯坦。

爱因斯坦故居，在伯尔尼的克拉姆巷，那条街被哥德赞为伯尔尼最美丽的街景。

克拉姆巷的美是古典的美，宁静的美。我们轻轻地走，走进临街一幢公寓三楼的爱因斯坦故居。故居不大，洁净明亮。墙上挂着爱因斯坦夫妇和长子的照片，他们的长子就出生在这间房间里，旁边摆放着孩子的睡床。墙上挂着一张图片，爱因斯坦的质能等量公式：$E=mc^2$。在这间房里，爱因斯坦还发现了光电效应定律，为此，他荣获诺贝尔物理学奖。对他来说，最伟大的成就则是《相对论》。我走近窗口，窗外就是伯尔尼最美丽的克拉姆巷，爱因斯坦在这里居住了 7 年，他曾以怀旧的心情回忆道：“在伯尔尼的那段日子很美好。”

爱因斯坦出生在德国一个犹太人家庭，为了逃避纳粹的种族迫害，1932 年，来到美国普林斯顿大学，直到 1955 年去世。临终前，他留下遗言，逝世后不举行任何悼念活动，大脑捐给医学事业，遗体火化后撒在不为人知的地方。

遗体火化撒发了，不为人知，但他永远留在世人的心里。前来他故居追思的人，络绎不绝。世界各地游客在留言簿上写着对他的怀念。小外孙留言道：“爱因斯坦爷爷……”我和女儿也签上了名。

第六天　“和平之都”日内瓦

1. 日内瓦湖畔的红十字

从伯尔尼乘火车到日内瓦，2 个小时。走出车站，马路边有个类似上海书报亭的旅游咨询处，只有一位接待员，一个年轻的美女。她微笑着，取出一张日内瓦城市地图，在上面写写画画，设计了一条完美无缺的旅行路线。

按照路线图，步行 10 分钟，来到日内瓦湖。湖面辽阔平静，湖面上升腾着一条水柱，直上蓝天。这是世界上最大的人工喷泉，高达 140 米，它是日内瓦的象征。

我们乘坐一艘游船到湖的对岸，上岸是一个著名的英国花园，在参天大树间装饰着喷泉和雕像，花园西边大道旁有座大花钟，一些园林工人们正在整修保养。花钟直径长达5米，钟面覆盖着翠绿的嫩草，钟点的阿拉伯数字是红色鲜花。瑞士是“花园之国”，也是“钟表之乡”，花钟是花卉之美和钟表的工艺之美绝妙的结合，花钟作为日内瓦的标记，印在城市的地图上。

日内瓦的老城还有一座圣彼得大教堂，教堂下面藏着欧洲最大的水下古迹，古迹有建于公元4世纪的洗礼堂，有精妙绝伦的镶嵌图画。

设在日内瓦的国际红十字会，我特别想去。20世纪末，我退休后在上海红十字会做志愿者，我担任《红十字理论与实践》一书的责任编辑。市红十字会也为我编印了一本《博爱生命》。怀着对红十字会的特殊情结，参观国际红十字会，内心的激动不言而喻。外孙对这里的博物馆很有兴趣，在一间一间红十字活动的展示室里，观摩图片看着录像，那些助人救人的故事让他深为感动。在这里，我在一面墙上读到曼德拉的名言：“红十字给人类带来益处，避免不幸。”

日内瓦联合国欧洲总部万国宫

2. 联合国：不是天堂，但……

我知道世界上有个日内瓦，掐指算来已有60多年了。那是1954年，我刚上初中一年级，传来一个令人骄傲的消息，周恩来总理参加了关于印度支那问题的日内瓦会议，那会儿，联合国还不让我们进。而那次会议就是在日内瓦联合国欧洲总部万国宫召开的。

今天，我拿着护照，买了票，来到周总理与会的万国宫。接待员是一位年轻的西方男子，相貌堂堂，一表人才，他毕业于大学的政治系，因为崇拜一位政治家，来到联合国步入他的政治生涯。他知识渊博，赞颂日内瓦是联合国政治中心，有200多个国际组织设在这里，日内瓦被誉为“和平之都”。我请教他：这里和联合国纽约总部是什么关系？他机智地答道：“纽约是大脑，日内瓦是心脏。”

万国宫的《北京祈年殿》

走进联合国会议大厅，大厅就像电视里看到的那样，庄严宽敞，设有1800多个座位。我佯装一个中国官员，坐在席位上，戴上同声传译的耳机，让女儿照了相。那位接待员介绍说：全世界有194个国家，但梵蒂冈不参加。国家的排名按英文字母顺序，第一个国家是阿富汗，排在最后的是津巴布韦。他知道我们来自中国，特地加了一句：“台湾只有20个国家承认，所以进不了联合国。”他应该说台湾属于中国。

随后来到理事会厅，就是当年周总理与会的会议厅，大厅富丽堂皇，许多世界大事就在这里讨论。接待员引用一位联合国秘书长的话说：“联合国不可能成为人的天堂，但可以免除人进监狱。”把联合国的作用说透了。

接着走到人权厅。已经是下午1点50分了，人权的维护者们在午餐，每人一盘饭菜，辛苦又节俭。

再过去是走廊，右边墙上悬挂着各国赠送的画幅，接待员特地向我们介绍中国油画《北京祈年殿》。外孙问他：“这是谁画的？”他幽默答道：“画上有名字吗？”参观者们开心地笑了。走廊另一边全是玻璃窗，远望窗外，可以看到法国的雪山。俯瞰楼下是广场花园，花园里有数只孔雀，接待员讲解说，万国宫是一个大家族赠送的，赠送的唯一条件就是让一些孔雀自由地在花园里活动，今天，孔雀花园成了一道美丽的景观，象征着联合国和平自由的宗旨。

第七天　蒙特勒和洛桑

1. 拜伦和西庸城堡

我喜欢乘船，我生长在故乡东钱湖，走亲赶集，舟楫往来。瑞士多湖，数日来，游船往返，看湖光山色，如画如绣，心静若水。今天，在日内瓦湖上乘游船，驶向蒙特勒城的西庸城堡，西庸城堡因英国诗人拜伦的长诗《西庸的囚徒》，名扬天下。

游船行驶了将近一个小时，远远看到，湖畔突兀处硕大的岩石，上面耸立着一座城堡，仿佛漂浮在湖面上，这就是西庸城堡。

船靠岸，走过跨在天然沟堑的木桥，走进城堡。整个城堡都用岩石垒成，连地上的路面也全是石头，“西庸”在法文中就是“石头”的意思。城堡有5个庭院，还有瞭望塔、主塔、大厅、卧室、监狱等，要花上两三个小时才能看遍。我们租用中文导游随身听，顺着编码走，一处不漏。

西庸城堡被称为“世界上最美丽迷人的监狱”，监狱又美丽又迷人，匪夷所思。

外观古堡，一边是青峰翠嶂，一边是碧水绿波，景色确实美丽迷人。但是当我一脚踏进监狱，阴气袭人，监狱全部以岩石建成，壁垒森严。拜伦写道：“西庸的地牢幽深而陈古 / 里面有七根哥特式的石柱 / 七根柱子灰白而高大 /……/ 每根柱子上挂着一只铁环 / 铁环中系着一根锁链 / 那铁器可是害人的东西 / 我的四肢上有它噬咬的痕迹 / ……”

去西庸城堡的日内瓦湖上

拜伦诗中的“我”，就是日内瓦独立主义神父博尼瓦，他因主张日内瓦独立，被铁链锁在石柱上，长达四年之久！

我在第五根石柱上看到了拜伦的留名，还有地面传说中的一只脚印。拜伦在城堡参观时，听到神父被铁链锁了四年的遭遇，写下了这篇《西庸的囚徒》，倾诉了神父被囚禁的心情，歌颂自由的神圣。

西庸城堡地牢，曾监禁囚犯达200名，每一个囚犯都有神父一样悲惨的故事。

城堡里有统治者萨瓦公爵家族私人住所，与地牢形成强烈反差。豪华的大厅，卧室的壁画上描绘着茂盛的植物；在木质大厅里，可以看到日内瓦湖和葡萄园的美丽的景色；有火炉取暖的大厅，还有酒窖和藏宝阁等等。这里还有一个小教堂，拱顶和内壁画着《圣经》里的许多人物。后来教堂也成为关押犯人的地方，如此亵渎神明，萨瓦家族最后灭亡咎由自取。

离开城堡，我们再次乘上游船。宁静的湖面，帆影如雁，远处是绵延不绝的阿尔卑斯山壮丽的风景。西庸城堡远去了，拜伦的诗句依然敲击着我的心房。

2. 在奥林匹克的五环旗下

走出令人窒息的地牢，走出岩石壁垒的城堡，在去洛桑的游船上，沉重的心情被日内瓦湖的湖水抚平了。湖的一边山坡上，从天而降，悬挂着一幅幅地毯似的翠绿，那就是著名的拉沃葡萄园梯田，这梯田也似汪洋碧波，荡漾在蓝色的日内瓦湖畔，交相映辉。那边有个沃韦小镇，称为葡萄园小镇，是瑞士的十大小镇之一。小镇上有卓别林的故居，这位绝世无双的喜剧大师在小镇上生活了 25 年。拉沃葡萄园被联合国科教文组织命名为世界文化遗产地。

游船在湖上行驶了一个小时，转眼就到了洛桑。

洛桑是全世界年轻人崇拜的圣地，“更高、更远、更强”的奥林匹克精神激励着他们追寻梦想。

上岸，沿着风光绰约的日内瓦湖走不远，蓝天下高高飘扬着一面色彩艳丽的五环旗，这里就是奥林匹克博物馆。

走进博物馆，外孙就兴奋起来。展馆很大，展示着从第一届雅典奥运会至今的上万件珍藏品，有录像，还有 3D 影像。女儿和外孙玩了很长时间，末了，外孙还不忘买了纪念明信片。

我毕竟老了，独自懒散地在一些展示馆兜来兜去。在大厅走廊的一面墙上挂着许多赞助者的名单。中国的赞助机构特别多，有中国石油、中国银行、CCTV、宝钢等。另有一块是台湾李登辉的铭牌，上面赫然写着：“永远怀念蒋经国。”蒋经国逝世后，李登辉替代了蒋经国，成为国民党的党首。曾几何时，李登辉与国民党分道扬镳，主张“台独”，另建联合党，而“永远怀念蒋经国”之“永远”二字还牢牢钉在奥林匹克博物馆的墙上。

告别洛桑，乘火车回伯尔尼去。

第八天　苏黎世：百万富翁之都

1. 班霍夫大街：世界上最富有的街

今天，乘火车离伯尔尼，去苏黎世。形容苏黎世，套用网络语言，那就是一个字：萌。它不仅是瑞士最大的城市，还是全欧洲最富裕的城市，苏黎世人的平均月薪相当于人民币 5 万元，享有“欧洲百万富翁都市”的称号。苏黎世的班霍夫大街，被认为是世界上最富有的街。传闻，有人仅仅为了去班霍夫大街购物，不惜飞越半个地球。我们就住在这条街上，住在一个有着百年历史的五星级宾馆。走进二楼的房间，装潢古典又豪华，临窗的林荫大道，绿树荫蒙，种满了菩提树，记得舒伯特的歌曲《菩提树》，只是孤零零的一棵，站在井的旁边。大街上缓缓行驶着有轨电车，街上禁止汽车通行，空气清新，我们住在这里，也得套用一句网络语言：“好嗨哇！”然而女儿更加得意，她是网上预订的，房价和其他城市四星级宾馆差不多。这就还原了一个真相：我们不是百万富翁。

近水楼台先得月，我们稍事休息，就下楼去班霍夫大街。

班霍夫大街还被誉为“欧洲最美的街道”。街道两旁的建筑大部分建于 19 世纪，古朴而典雅，街上铺满了石卵子，中世纪的风格。大街全长 1300 米，是欧洲最长的购物街。这里布满了世界顶级奢侈品店，是世界名牌的圣地。据说，所有你能想到的名贵品牌，几乎都能在这里找到。我们不时被一家家商店橱窗所吸引，驻足欣赏装饰得倍具韵味的橱窗，看到的已不是什么名牌，而是一件件艺术品。我们走进一家著名的百货商店，商品之多，眼花缭乱。我们对购物没有兴趣，不过是饱饱眼福而已。

大街中间是一长排小商品店，我们在一家冷饮店坐下，一边品尝冰淇淋，一边欣赏两旁靓丽的风景，听听街头艺人的弹唱，别样的享受。

班霍夫大街21号，是一家名叫马卡龙的巧克力商店，这里专供号称“瑞士精髓”的瑞士王牌巧克力，女儿拿出手机给我看，这里是瑞士最大的分店：Sprungi。巧克力很贵，小小一粒售价1瑞士法郎，相当于人民币7元。女儿说，在上海每一粒售价为人民币25元。回沪后去了新天地的一家巧克力商店，一模一样大小的一粒，正是人民币25元，我的天！我们买了3粒，商店送了2粒，算下来每粒4元。我当下吃了一粒，女儿问我味道，我想到在上海吃一粒要25元，就连连说好吃好吃，其实就是那个巧克力味吧。

班霍夫大街闻名于世的是金融业，这里被称为是“瑞士的华尔街”，进驻了来自世界各地的200多家银行，全球十大银行在这里都占有一席之地。对我们中国人来说，名气最响的当属苏黎世银行。我们看电影港台片常常听到一句台词：“请帮我把钱存入苏黎世银行账号。”原因是这家银行设有匿名储藏箱，只认钥匙不认人，替客户保密身份。记得前些年台湾特侦组追查前总统陈水扁的政治献金时，得知其在苏黎世银行有秘密账号，一筹莫展。

我们装出大款的架势，走进了建筑豪华的苏黎世银行。里面富丽堂皇，或许是周六缘故，银行里空无一人，或许客户都是VIP，只需一个电话就搞定千万资金的进出，或许我们没有进入银行腹地，不管怎么样，到此看看就心满意足了。好在很多银行里的黄金都储容在班霍夫大街地的下面，我们走在大街上，犹如走在“黄金大道”，走过大街，看看鞋底，没有沾上一点黄金，但也没有沾上一点灰尘，街上很清洁，无论有无黄金，值得走一走。

2. 浪漫的小巷：奥古斯汀

沿着班霍夫大街往南，折向左边一个小巷，眼前一亮，小巷宛如一幅层次分明的彩色画，每幢建筑上悬挂着瑞士红底白十字的国旗，层层窗台鲜花如锦，不少建筑的二层或三层，向外立体地撑挂着精巧的楼层，建筑学名是挑楼。小巷名叫奥古斯汀，这里虽是老城区，但装扮得很现代，小巷店铺林立，每家各具特色，富有艺术之美。

我们选了一家有挑楼的餐厅，门口有帅气的服务员殷勤迎候，从进门到餐桌，一切都布置得高雅温馨。我们在临窗的桌边坐下，一边品尝肴馔，一边欣赏窗外打扮华贵的游客。苏黎世是世界上生活成本最高的城市之一，往往名列前三名，一份麦当劳基本套餐，上海18元，苏黎世84元；1公斤苹果，上海12元，苏黎世50元。小巷的餐饮价格也不菲，但这家餐厅特设儿童优惠餐，我们要了一份，另外点了两份最廉价的面食，总共花了44瑞士法郎，相当于人民币250元，店里有免费的燕麦面包干，可以随意吃。我瞥了几眼其他顾客的餐桌，像我们这样低消费的，一个也没有，低价消费，高档享受，何乐而不为？

3. 各具特色的教堂

餐后，我们连连去了四个教堂，各具特色，都值得一看，首先来到小巷尽头的圣彼得大教堂，教堂有一座欧洲最大的教堂钟，那钟面计有8米之长，时针分针各有3米到4米。

接着去了苏黎世圣母大教堂，又名妇女大教堂，是苏黎世贵族妇女养老院。走进教堂入口左侧，在圣坛上端的玻璃窗，是典雅的彩绘玻璃，用独特的笔触描绘了基督像，这是著名画家夏卡尔1970年的作品。教堂右侧的圆形花窗玻璃上，有一幅名画出自画家贾克梅提之手。两幅作品都是世界闻名。外孙买了这两幅名画的书签。

接着去的教堂名字很特别，叫作水教堂。教堂的地下有墓窖，始建于1世纪，有2000多年的历史了。墓窖里有一个故事，传说有人在一块石头上被斩首，石头上留下了一道刀痕，小外孙很机敏，找到了这块有刀痕的石头，那个刽子手下手真有那么狠吗？

最后去了苏黎世湖畔的格罗斯大教堂，这座双塔形的教堂又名双塔大教堂，是苏黎世的城市象征。

4. 在《地狱之门》前

离格罗斯大教堂不远，是市美术馆。参观时间已过，大门关上了。我于美术绝对是个门外汉，来这家美术馆，是想见识一下美术馆门外那个著名的雕塑《地狱之门》。

外孙眼尖，立马发现了馆门左侧门上的那个雕塑，外孙很得意，但他并不知道这是罗丹的作品，不知道作品创意来自但丁长诗《神曲》中的“地狱篇”，但丁的诗中写道：“从我这里走进苦恼之城，从我这里走进罪恶之渊，你们走进来的，把一切的希望抛在后面……”罗丹把近代文明罪恶都集中表现在“门”上，刻画出为情欲、恐慌、痛苦、理想而争斗并折磨自己的形象，贯穿着希望、幻灭、死亡和痛苦的种种情感。罗丹在这群雕中塑造了186个痛苦群体，其中有几尊后来发展成了独立的雕塑，如《三个幽灵》《接吻》等。《思想者》最富盛名，我在“门前”装模作样，右手托着下巴，作《思想者》状，让女儿照了相。其实那一刻，我什么都没想，绝对是附庸风雅。回国后，外孙见了照片还取笑了我的那个怪模样。

然后乘船游览苏黎世湖，苏黎世湖被称为童话之湖，湖北称为“金岸”，湖南称为“银岸”。湖上有天鹅游弋，有小汽艇往来，有人游泳，有人冲浪。我们在游船上吃些小点，环湖一个多小时。

在《地狱之门》前

中篇　列支敦士登

第九天　告别瑞士的旅行

1. 迷你公国：列支敦士登

列支敦士登是个小国，它在对外宣传上自称“迷你公国”。“迷你”，面积160平方公里，只有上海6340平方公里的四十分之一。人口不到4万人，我居住的一个小区，人口就超6万人。至于“公国”，它是世袭君主立宪制国家，其王室是欧洲最古老的贵族，现任国家元首是汉斯·亚当二世。

公国离苏黎世很近，乘国际公交大巴，不知不觉就进入了列支敦士登的首都瓦杜兹。不知国界线在哪里，也没人查看护照，边境上没有军人防守，这个小国，早在150年前就解散了国家军队，把国家安全托付给了瑞士。

瓦杜兹只有一条街，总长不到1公里，这是一条步行街，禁止一切车辆通行。街上整洁，行人寥落，十分清静。街头，是一家旅游咨询点，柜台上有在护照上盖“列支敦士登”公国印章的服务，持该护照，据说凭着这枚印章去美国等国家，签证就很便捷。每盖一章需支付3欧元，女儿和外孙盖了，我没兴趣。

步行街很短，但宽阔。沿街有黑白立体造型的艺术博物馆、国家博物馆、

列支敦士登公国

教堂、体育场，街上立着享誉世界的雕塑家的雕塑作品，浓浓的文化气息。

我们去了邮票博物馆，这个国家邮票精美，驰名世界，国民经济收入的十分之一就来自方寸邮票，不容小觑，得睁大了眼睛细看。

小街背山，山上耸立着列支敦士登国王城堡，雄伟壮观。我们在一家小店问询上山的路，小店服务员是个华人中年妇女，在这里定居，女儿说，这是一个让人羡慕的选择。女同胞指点上山的路线，但又告知城堡是王室的居住地，不对外开放。上山的路又陡又长，我们没有时间了，只得放弃，在街上以城堡为背景留了影。街上有一家装潢豪华的钟表店，店门外竖着一面五星红旗，吸引钱包鼓鼓的中国游客。

这个“迷你公国”有4000多家企业。国民以富足生活而著称。“迷你公国”的自然风光和独特的风情确实迷我也“迷你”。

2.“最美的厅堂”：圣加伦图书馆

从“迷你公国”回瑞士，连着去圣加伦小镇，可谓长途跋涉。仅仅为了那里一个小小的图书馆。就因为这个图书馆，加伦小镇才冠上了“圣”的名号。

走出火车站去图书馆，还得走很长一段路。圣加伦小镇是瑞士十大小镇之一，被誉为“鲜活的童话”小镇。我们走在小镇上，街上不见行人，家家商店关着门，今天是周日，居民多去了乡村别墅。小镇静寂，虽不“鲜活”，但十分“童话”。我们在“童话”里没了方向，幸遇一个路人，才找到了图书馆。

图书馆是一幢古建筑，进门得换上拖鞋。迎面的墙壁上赫然写着一行希腊文“灵魂的治愈”，这里原本是一个修道院，建于中世纪。图书馆面积只有20多平方米，仅上下两层。这里不是我们概念里的图书馆，像个富人家的客厅，典雅而精致，所有的家具、地板全是木质的，图书馆被誉为“瑞士最美的厅堂”。第二层只是一围环廊，抬头看就是楼房的穹顶，穹顶上的壁画人物栩栩如生，就像中国敦煌壁画上的飞天。第二层不对外开放。

那么小的图书馆，却有17万件藏品，手稿多达2100件，其中至少有400件是1000多年前留下来的，那些修道士们精心手绘的乐谱，虽然书页已经泛黄，但保存完好。世界科教文组织的专家很有眼力，把这个小小的图书馆列入世界文化遗产，修道士们也得到了“灵魂的治愈”。

3. 李斯特：《旅行的岁月·瑞士》

离开圣加伦小镇，回苏黎世，启程去奥地利。告别相处九天的瑞士，恋恋不舍。想起了李斯特，这位音乐史上最伟大的钢琴家，被人们誉为“钢琴之王”，为了爱情，离去巴黎，移居瑞士日内瓦，和一位比他年长六岁的美女达哥尔伯爵夫人结婚。就在这段美好的日子里，李斯特写下了钢琴曲集《旅行的岁月·瑞士》，我带着这首浪漫乐曲，结束了瑞士的旅行。

下篇　奥地利

第十天　老城茵斯布鲁克

1. 婚丧之门

从瑞士到奥地利，不知国界在哪里，也没有海关安检查护照，一列国际列车，风驰电掣，长驱直入，把我们带到奥地利的茵斯布鲁克小城。欧洲共同体，把国与国连接成了好邻居。

茵斯布鲁克，虽然是小城，但资格蛮老的，早在15世纪，它就是奥地利的首都。一条茵河，流过城市，城市的名字就姓茵了。

正是傍晚时分，我们住进宾馆。新到一地，新鲜兴奋，我们稍事休息，便去市中心的特雷西利大街。

夜幕罩在小城的上空，大街空旷，没有车马喧嚣，也几无人影，两边的商店全部关上了门，偶有一两家漏出微弱的灯光，街上一片寂静，静得令人忐忑。朦胧中，有一座模糊的建筑，走近一看，是著名的凯旋门。法国巴黎的凯旋门是胜利之门，雄伟瞩目，眼前的凯旋门令我震撼。南面浮雕，呈现皇帝雷奥波德二世与公主玛利亚喜庆的婚礼，北面的浮雕记述的是其父法兰茨一世大帝的葬礼！250年前，法兰茨一世大帝从外地赶来参加儿子的婚礼，不料当场暴卒。凯旋门实在是婚丧之门。夜色朦朦胧胧，浮雕模模糊糊。还是模糊好，少一点悲凉。天有不测风云，人生充满了未知。

凯旋门不远处，竖立着一根大理石柱子，叫作安娜柱。安娜柱上，分别雕塑圣母玛利亚和圣安娜，也是黑魆魆的，看不清谁是谁。

大街的尽头通向老城，老城非常热闹，也是茵斯布鲁克的精华所在。夜深了，留着明天去。

2. 水晶的童话世界

今天去施华洛世奇水晶大世界。女儿在安排游程时，力排我的异议，执意要去，说，这是全世界最著名的水晶博物馆。女人爱水晶，我无法阻挡。

水晶大世界距茵斯布鲁克只有15公里，还有旅游专线车，一会儿就到了。

一下车就看见一座绿色山丘，那是一个巨人喷泉，伸展着双臂呵护大地，地下就是水晶宫殿。

施华洛世奇水晶大世界

走进地下甬道，满目是闪亮的水晶。来到第一个空间，这里是一个超现实主义的时装秀，奇声异光，时装木偶飞天一般，旋转着，舞蹈着，眼花缭乱。再往里走，是一个以视觉绘画和放射装置组合的艺术空间。这样的空间，多达14个，每个空间，是水晶石组合的艺术品，万花筒一般。

这个水晶大世界花了大本钱，由世界著名的多媒体艺术家主持设计，汇集了国际知名的绘画、雕塑和装置艺术家共同创作。这是一家有梦想的企业，他们的座右铭是：水晶幻想艺术。

在我的案头，有一方水晶镇纸，玲珑剔透，雕花精美，给我带来水晶般的心境。

3. 老城故事多

乘旅游专线车回来，去老城。

老城很老很老，该有800多岁了。但看上去很年轻很年轻，一幢幢哥特式楼宇应该是修缮过的，但修旧如旧，依然保留着800年前的风貌。城市之塔等墙体上，一幅幅精美的壁画，鲜亮典雅。老街尽头的黄金屋，一幢豪华的挑楼，悬空凸立，屋顶镶嵌着2600块镀金铜瓦，金光灿灿，高达3.7米，在老城的建筑群里独占鳌头。我尤为喜欢横街上的拱廊，穿行期间，仿佛回到了800年前。

老城虽小，古迹不少。我们先后去了皇宫、阿尔卑斯的民间艺术博物馆、宫廷、教堂，还爬上了148级的塔楼。

我们还赶上了去北山的最后一班缆车，俯瞰老城全貌。还遇上一个上海老乡，四十开外的女士，她热情外向，主动和我们用上海话攀谈。她嫁给了德国人，有三个孩子。同行的还有她父母，其母很健谈，他们住在上海虹口欧阳路上，俩老每年到德国照顾第三代。女儿女婿都做IT业，一个殷实人家。他们就一个女儿，远嫁德国，缺的就是亲情了。他们是开车从德国来奥地利旅游的，亲家也来了，男亲家很胖，体重100公斤朝外。我们在瑞士奥地利，经常见到“相扑”级

茵斯布鲁克的黄金屋

茵斯布鲁克的城市之塔

的西方胖子，男的女的，走路都像坦克车似的。上海的胖子去那里，个个显得苗条了。

4. 别开生面的家宴

今天的晚餐称得上是一次家宴。我们去超市买了食品，回到宾馆，外孙很有生活情趣，他不声不响，剪裁三张纸片，上面写上我们三人的姓名，设计成三块贵宾牌，分放在方桌的三边。然后郑重宣布，晚宴开始，我和她妈妈先后致词，举杯同庆。这是一家五星级宾馆，房间布置温馨，桌椅杯盘高雅精美。祖孙三代，其乐融融，我被感动了。天伦之乐，远在上海的千里之外。

第十一天　萨尔茨堡的魔笛

1. 唱在《音乐之声》的花园里

女儿在安排奥地利游程时，我唯一要求去萨尔茨堡。这座取名“堡”的小城，诞生了“不朽的莫扎特”，诞生了天才指挥家卡拉扬，诞生了荣获 5 项奥斯卡奖的好莱坞电影《音乐之声》，诞生了世界上最著名的圣诞歌曲《平安夜》。莫非那座被誉为“音乐之都”的城堡里，真的有一支莫扎特的“魔笛”吗？我很好奇。

从茵斯布鲁克坐火车去萨尔茨堡，倚窗而坐，一路风景犹如一部彩色电影风光片，一个多小时，看得悦目赏心。

萨尔茨堡老城是个千岁老者，但鹤发童颜，被誉为全世界美丽的城市之一。尖塔的教堂很美，庄重的宫殿很美，古色古香的马车很美，回荡在街心的马蹄声像音符一般，也很美，联合国教科文组织的专家们很有审美的眼光，把老城列入了世界人类文明保护区。

我们率先来到《音乐之声》拍摄地，美丽的米拉贝尔宫。早在 1973 年的“文革”时期，我有幸在上海市府大礼堂观看了《音乐之声》，我被女主人公玛丽亚和那 7 个可爱的孩子的故事深深打动，被萨尔茨堡童话般的美景和动人的音乐深深吸引。在那个闭关锁国的动乱年代，萨尔茨堡成了我可望不可及的梦想世界。做梦也没想到，今天，我就站在玛利亚和孩子们欢唱“哆来咪”的花园台阶上！

米拉贝尔宫是一座小小的街心花园，花园里特别耀眼的是色彩浓重的花草造型。中央有一座大型喷泉，四周是一座座希腊神话里的人物雕像。在《音乐之声》取景的草地台阶上，一个西方中年男导游，边走边模仿着“哆来咪”的舞蹈动作。台阶两侧有不少写生者，从这个视角下望，最适宜入画。

花园一侧是市政厅。里面有一个著名的大理石大厅，但不知为何，市政厅所有通道铁将军把门，没人办公。幸而遇见一位女士，指点我们唯一开着的一扇玻璃门。正如玛利亚重复说的那句话：“天主关上了门，又在别处开了窗。”

推开玻璃门。这个文艺复兴时期的宫殿，辉煌古典，大理石的楼梯，楼梯的回旋扶手上，雕刻着 22 个小天使，有的淘气地赤裸着小身子，有的憨态可掬在扶手上嬉戏，活泼可爱。楼梯通向一间大理石大厅，这里是世界上最美的最浪漫的婚礼大厅之一。我们在市政厅里，一楼一楼地观瞻，静静的，悄无一人，这是一个鲜为人知的景点。

米拉贝尔宫花园

2. 三访莫扎特

“不朽的莫扎特”，古往今来的音乐家中，他的天才无人匹敌。他 3 岁弹奏和弦，4 岁能弹小步舞曲，5 岁开始作曲，6 岁赴各地演奏旅行！是怎样的一个风水宝地，孕育出这位旷世奇才？

莫扎特诞生地在一个叫作粮食胡同里，这里是萨尔茨堡最漂亮的购物街。胡同 9 号的一栋建筑十分抢眼，黄色的外墙上涂画着奥地利红白相间的国旗，没有一个音乐家能获得这个至高无上的荣誉。我们走上一条窄窄的楼梯，三楼便是莫扎特的家。左侧是一间厨房，保留着旧时的灶头。右边的居室，陈列着莫扎特生前使用过的小提琴、木琴和钢琴，还有他亲笔书写的乐谱，其中有他 5 岁开始记录的乐谱，一个乳臭未干孩子的乐谱。这里又被称为“费加罗之家”，莫扎特在这里创作了著名歌剧《费加罗婚礼》。在莫扎特童年生活的环境参观，就会明白，他不同于贝多芬作品的深刻的苦闷，不同于肖邦作品的甘美的悲哀，他的作品是纯粹而平和的美，像阳春一般流溢着温暖的光。

萨尔茨堡 莫扎特广场

接着我们继续去参观莫扎特的另一处故居，现在是莫扎特博物馆。我们带上中文翻译的耳机，一间一间，走过了莫扎特的一生。莫扎特的人生太短了，仅仅 35 年。在完成了名作《魔笛》之后，他就把全部精力倾注在《安魂曲》上，有一天，他对妻子说：“我想为我自己作一首安魂曲。”不幸一言成谶，写完《安魂曲》，他竟因慢性神经热倒在病床上，一病不起。下葬那天，下着雨，参加葬礼者仅三四个人，在大雨中草草送到公共墓地。数日后，病中的妻子来到墓地，已不能辨别哪一棺是莫扎特的遗骨了。伟大的莫扎特落到如此凄凉的地步，让后人唏嘘不已。

莫扎特巧克力球

接着我们来到莫扎特广场，那天的情景我已在前言中叙述。需要补充的是，广场上的莫扎特全身铜像是由萨尔茨堡人捐款雕塑的，两个儿子出席了落成典礼，看到纪念碑上的碑文，让我十分欣慰。我们在广场的露天餐厅里喝饮料，莫扎特铜像下有五名男女卖艺人演奏爵士音乐。我们等到 6 点整，广场一侧的钟楼上按时响起了音乐，莫扎特的曲子，连奏了三遍。

当天的午餐在莫扎特故居旁的露天餐厅里，点了一份莫扎特蛋糕，还吃了有莫扎特头像的莫扎特巧克力球。外孙很喜欢莫扎特音乐盒，买了一盒，在回国的机场上，又买了一盒。小家伙在幼儿园里就爱唱莫扎特的童谣《小星星》：“一闪一闪亮晶晶，满天都是小星星……”

我们继续步行，走到萨尔茨堡大教堂，看了莫扎特演奏过的有 6000 把的管风琴。接着，走过有 4 座巨大雕像的主教堂，走过幽静而有历史感的老城区，来到卡拉扬广场。

卡拉扬广场在一座山崖下，有中世纪欧洲的建筑风格，广场是卡拉扬去世后命名的。在指挥界，卡拉扬曾被称为“皇帝”。我看过他导演的电影版歌剧《奥赛罗》，无论是镜头语言还是音乐语言，深刻诠释了莎士比亚这部悲剧的主题，我曾看过多部不同版本的歌剧《奥赛罗》，卡拉扬的电影版尤其让我感动。

第十二天　萨尔茨堡：盐之城

1.“一夫当关，万夫莫开”的要塞

今天去萨尔茨堡要塞，要塞是萨尔茨堡的地标，坐落在城里的山丘上。我

们乘缆车上去，这是奥地利最古老的缆索铁道，不消十分钟就登上了城堡。

城堡是中欧最大的城堡要塞，四周的城墙又高又厚，固若金汤。街道广阔，岔口很多，但没有路标，我们漫无头绪，撞到提线木偶博物馆，那里有栩栩如生的人偶，人偶中有《魔笛》中的帕帕基诺，外孙十分喜欢。

问了路，找到了主教大厅。拾级而上，是历代君主的寝殿和卧房，里面所有橱柜上的锁扣用镀金制成，估计柜里藏着金贵的财物。萨尔茨堡君主非常富有，他的经济收入来自产盐，萨尔茨在德语中就是“盐”的意思，萨尔茨城堡直译就是盐城。这让我想起我国江苏的盐城，解放前，那里天灾人祸，贫穷不堪，数以万计的难民逃到上海住“滚地龙”，苦得不行。同为盐城，贫富天差地别。著名作家吴伯箫的游记《阴岛的渔盐》里写道：“内地僻壤，食盐要比油还贵。”而我国的盐城落魄到了如此地步，也许我就是吴文中写的“草木之人哪会懂”吧。

要塞除了庭院，还有音乐厅、兵器馆、囚犯馆、博物馆等建筑物。博物馆通往城堡塔楼，塔楼原是这座防御工事城堡的侦察台，如今成了观景台。放眼望去，能全方位的俯瞰萨尔茨堡全城。要塞建成已近千年了，是中欧最大的城堡要塞，站在塔楼，从上面望下去，要塞确实可谓“一夫当关，万夫莫开”。

2. 神秘的依山修道院

今天还有一个景点是非去不可的，那就是半山腰的依山修道院。不仅仅因为它是阿尔卑斯山北部地区最古老的女修道院，不仅仅因为它是宗教综合建筑的典范，一千多年前建成以来一直保存到现在，也不仅仅因为它依山而建，十分雄伟。非去不可，因为电影《音乐之声》在这里拍摄了不少场景。

下山的路不好找，问了不下六七个人，才找到。路很陡，没有游人，极其幽静。下到一个拐弯处，是一条平坦的路，可以车辆来往。

走到修道院门口，似曾相识，原来这里就是一处电影拍摄地，玛利亚边歌边舞，孩子们请她回家。电影的片尾，玛利亚和孩子们一起逃往奥地利的一幕，一辆轿车也是停在这里。

我们走进修道院小门，一位工作人员不让参观。另一位中年男士听说我们特地来这里寻访，网开一面，领引我们走进屋内。在一间狭小的房间里，他掀开一块布幔，露出一只小窗，说，这里就是修女向神父忏悔的地方。他说，再往里，是修女们修道的地方，外人是严禁入内的。我们心满意足，向他道别。

修道院旁边是一座小教堂，300多年的历史。门开着，走进去，一股冷气袭来，光线幽暗。教堂右侧，有一个低矮的地下室，又黑又深，通向远处，这里就是玛利亚带领孩子们逃亡的小道。当年我看电影《音乐之声》，看到这个场景，手心里捏了一把汗。暗室外面一张长桌上放着一本留言簿，我们仨在上面签名留言，写道："愿上帝保佑天下人平安。"

依山修道院，回荡着美妙的音乐之声，修女们唱着圣歌：

> 你眷顾地降下透雨，使地大得肥美。
>
> 神的河满了水，你这样浇灌了地，好为人预备五谷。
>
> 你浇透地的犁沟，润平犁脊，降甘霖使地软和。
>
> ……

依山修道院

离开修道院，下山的路都是石级，两边花树丛丛。山脚是一条宽阔的河，河上有一座桥，桥上有锁扣，密密麻麻，这就是莫扎特桥。

第十三天　音乐之都维也纳

1. 半跪地上的皇帝

上午去了全景博物馆、美术馆，对萨尔茨堡送个飞吻。然后乘火车去维也纳。

维也纳是奥地利首都，地球人都知道。但很少有人读过奥地利作家斯·茨威格的话：“七颗不朽的音乐明星——格鲁克、海顿、莫扎特、贝多芬、舒伯特、勃拉姆斯、约翰·施特劳斯曾在这里生活过，向全世界放射着光辉。”维也纳是“世界音乐之都”。

从火车站到宾馆，步行仅需5分钟时间。女儿把沿途宾馆都安排在火车站附近，进进出出很便捷。稍作休息，就去著名的壕沟大道。

原本以为这里会有一条壕沟，但是没有。这是一条奢华的购物街，一栋栋欧式建筑物，摩登的商店。维也纳人保留了这个土里土气的街名，凸现了历史的沉淀感。

壕沟大道触目惊心的景点是“黑死病纪念柱”。黑死病是人类历史上最严重的瘟疫之一，死于这场鼠疫的欧洲人竟有2亿人之多，在1679年几乎夺走了三分之二维也纳人的生命，就像是世界末日！为了纪念受难民众，奥地利皇帝下令建造了这尊纪念柱。在纪念柱的台座上，描绘着神创天地、黑死病流行和《最后的晚餐》等浮雕。其中，有一尊记叙皇帝摘下皇冠，半跪在地上祈求上帝保佑臣民。这位皇帝名叫奥波特一世，与臣民共命运，了不起。

壕沟大道“黑死病纪念柱”

壕沟大道有一家维也纳最大的百货店，进去逛了一圈。百货店外的道路中央有一家露天酒吧，我们入座休息，街边有个衣着很旧的艺人，拉着手风琴，唱着苏联歌曲《莫斯科郊外的晚上》。

沿着环形大道，来到维也纳歌剧院。这是一座方形罗马式建筑，正面的门楼窗口上，有5尊歌剧女神的青铜雕像，分别代表着歌剧中的英雄主义、戏剧、想象、艺术和爱情。这里素有“世界歌剧中心”之称，可惜铁将军把门，只能在门口照相留念。

不远是菲哈莫尼克大街。这里有著名的萨赫尔饭店，我们进去，品尝了堪称奥地利国宝级的蛋糕，店家规定，每人至少点一份，蛋糕不甜不腻，丝滑无比，那巧克力香醇浓郁，吃上两份也不会嫌多。

再往前走是卡尔广场。卡尔广场大概是以罗马帝国皇帝卡尔六世命名的。广场上有座查理教堂，这位皇帝曾宣布："如果可怕的鼠疫能够停止，他就建造一座教堂。"瘟疫一结束，他就下令建造了这座教堂。美国作家马克·吐温曾来过卡尔广场，说："没有像这样古典和现代和谐同存的地方。"

2. 外孙躺在地上给我们照相

壕沟大道旁边是著名的教堂区域。

首先进了圣彼得教堂。这座教堂是以罗马的圣彼得教堂原型设计建造的。女儿说，它的面积只是罗马的六分之一。

不远处是斯蒂芬大教堂。这是维也纳的城市标志，它高达 138 米，世界第八高的教堂。抬头望去，颇像当年外地人来上海看 24 层国际饭店，生怕帽子掉在地上。教堂的南塔，高耸入云，顶盖外面镶嵌着青黄两色的瓦片，鲜艳瑰丽，光彩夺目，被称为"维也纳的精魂"。只是街面狭窄，近距离没法把人物和塔顶一起容纳。外孙机灵，他仰躺在地上，举起相机，给我拍了教堂全景照，他的妈妈立马给他照了相。

环形大道上还有一个城堡花园，花园里有一尊莫扎特纪念像，用大理石雕塑，基座雕塑着莫扎特歌剧《唐璜》里的一个场景。雕像前是一片草坪，草坪上用菊花拼成的高音符号，让人联想起莫扎特的经典乐句。

外孙躺在地上拍照片

3. 正逢维也纳电影节

回到宾馆，大堂服务员热情推荐去市政厅，那里正在举行第二十五届维也纳电影节，我们返身就去了。

市政大厅广场灯火耀眼，游人沸反盈天。

入口处的两旁，铺满了餐饮屋，就像露天夜市，品种很多，食客盈门，蜂拥蝶聚。

广场上，搭建着梯形观看台，可容纳数千人，迎面悬挂着一块宽大的银幕。9 点 30 分，电影正式放映。开头是一部宣传片，宣传片上有我国年轻钢琴家郎朗的弹奏镜头，让我颇为自豪。

正片是动画电影《彼得与狼》，外孙十分喜欢。《彼得与狼》原是俄罗斯作曲家普罗柯菲耶夫的管弦作品，一个童话故事。乐器中，笛子代表小鸟，双簧管代表鸭子，单簧管代表猫，大管代表爷爷，圆号代表狼，弦乐四重奏为彼得。电影版的《彼得与狼》，人和木偶融合一起，音乐丝丝入扣，很有童趣。故事结尾，彼得用绳套套住了狼的尾巴，猎人们赶来了，朝天鸣枪，彼得在树上大声叫喊："别开枪！我和小鸟已经捉住了狼，请帮助我们把他送到动物园去！"人们拖着狼，彼得走在头里，猫跟着爷爷，小鸟飞翔着，一起去动物园，体现了人类爱护动物的主题。

接着还有一部电影，太晚了，我们没有看。

第十四天　维也纳，古今相看两不厌

1. 皇帝给平民洗脚

上午去霍夫堡皇宫。

这个皇宫是个庞大的建筑群，有 19 个庭院，2500 个房间。相比我国北京故宫的恢宏庄严，中轴线布局的美轮美奂，霍夫堡显得大而无当。

但霍夫堡皇宫的内部十分精彩，有 20 多个世界级收藏馆，其皇家文化的珍藏堪称欧洲之最。

这里是皇室的寓所，可以真实看到皇帝的日常生活。对我们这帮平民百姓来说，可以大开眼界了。

可看可记的太多了。非记不可的有这么几处。

首先是皇后茜茜公主的一句话："我想死。"

茜茜公主我们早在电影《茜茜公主》就相识了。一个普通的少女，成为世人爱戴的奥地利皇后。她的起居室、客厅、工作室无不展示了她生活的优裕。在她的寝宫里有体操房，她为了使自己成为当时最美丽的皇后，努力健身，近乎疯狂。然而，奇怪的是，她说："我想死。"这是平民少女对宫廷礼仪的反抗和呐喊。很不幸，她在日内瓦遇难。让我叹息的是茜茜公主的扮演者，影后罗密·施耐德在拍完《老枪》后，才过 60 岁就早早离开了人世。

其次，是美景宫大厅，金门玉户。1955 年 5 月，在这里签订了奥地利独立条约，奥地利宣布“永久中立”。

第三，有一个橱窗，记载皇帝弗朗茨·约瑟夫一世的事迹，每逢绿色星期四，他邀请低层百姓 12 男 12 女来宫殿，皇帝一一为他们洗脚。他的爱民之心来自耶稣。《圣经》“约翰福音”第十三节就是“耶稣替门徒洗脚”。圣书上记载：“耶稣脱了衣服，拿一条手巾束腰，随后把水倒在盆里，就洗门徒的脚。”还在“新的命令”一段里，耶稣对门徒说：“我赐给你们一条新命令，乃是叫你们彼此相爱。我怎样爱你们，你们也要怎样相爱。你们若有彼此相爱的心，众人因此就认出你们是我的门徒了。”这位约瑟夫一世皇帝在给 24 名平民洗脚后，再分发给每人金币，众人也认出他是耶稣的门徒了。

2. 疗伤的“第二国歌”

维也纳城市公园，有好些音乐家的雕塑，也可称作音乐家雕像公园。

进园，就见一尊乐迷们熟知的雕像，小约翰·施特劳斯的镀金雕像。雕像金光闪亮，小约翰拉着小提琴，身着风衣，在白色大理石框架的映衬下，风度翩翩。小约翰被称为“圆舞曲之王”，他的《蓝色的多瑙河》圆舞曲被誉为“奥地利第二国歌”。以前我聆听过这首乐曲，常常陶醉在那旋律酣畅的意境里。后来才知道，这是一首疗伤之作，当年的普奥战争，维也纳被围攻，人们悲观、失望，施特劳斯为治愈人民的创伤，谱写了这首圆舞曲。音乐确实是可以治疗人们心灵的创伤。

往前走，是舒伯特的雕像，舒伯特是近代音乐史上的“歌曲大王”，他的音乐浪漫幻想，忧郁惆怅，自由清新。他的作品不是“作出来”，而是像泉水一样“流出来”的。他说：“我是每天作曲，一曲作完，一曲又开始。”我很喜欢他的艺术歌曲《冬之旅》，一共 24 首，其中有 6 首是在一个清晨作出的。在短促的 31 年的生命里，他写了有 1000 多编号的作品，其中有 600 多首是珍贵的歌曲。那首《未完成交响曲》，未曾作完便去世，然而这不完全的乐章也成为名曲，世界著名乐团常常演奏这首作品。贝多芬生前读了舒伯特作品说：“这里有神圣的闪光。”“我的灵魂属于舒伯特！”

继续往前走，就是交响乐和宗教音乐作家布鲁克纳的雕像。布鲁克纳是一位非常特殊的作曲家。他终身信仰上帝，他的音乐充满神性，一般世俗百姓，

施特劳斯镀金雕像

很少有人愿意听他冗长绵延的祈祷。一个指挥，也只有通神，手下的音乐才会有神韵，能出色指挥布鲁克纳的大师，屈指可数。我国一位乐评人认为，人的一生，其实就是过客，寻找灵魂的安宁，才是重要的。布鲁克纳的音乐，就是引领我们到达神性安宁的彼岸。布鲁克纳的《第七交响曲》恢宏壮丽，《第八交响曲》深情绵绵，《第九交响曲》意象高妙。总之，布鲁克纳会让你沉浸在神性的世界里。

公园里还有弗朗兹·雷哈尔、罗伯特·斯托尔茨以及汉斯·玛卡特等音乐家的雕像，我对他们知之甚少，只能一一仰望，以表敬意了。

3. 美景宫，美术风景的宫殿

我们去了美景宫。

美景宫这个名字很容易和维也纳著名景点美泉宫混淆，其实，美景宫就是维也纳国家美术馆，是展现“美”术的风“景”，这就分清了。

走进美术馆，画作的明亮和环境的静谧，无疑是一个艺术女神的圣地。在画廊里穿行，绘画的美艳，扑面而来。

美术是大众艺术，大众看了赞道：“真好看！”美术又是小众艺术，只有少数人读懂那线条、颜色、明暗、光影乃至于画布上的小颗粒等等构成的意象。我属于大众一类，看不懂那些意象。美景宫珍品无数，其中最引人注目的是奥地利著名分离派画家克利姆特的油画作品《吻》《金》《画》《朱迪斯》等，尤其是《吻》，别说是年轻人，像我这样的糟老头，看了也会怦然心动。画的原名叫《恋人》，就像挪威著名画家爱德华·蒙克的名作《呐喊》，原名叫《绝望》，都显得平庸。起个好画名，画龙点睛。平心而论，西方的写实画比起中国的写意画更接近当代的大众。我国山水画的虚空，适合在深山老林里，似道士一般，才能领悟画中的三昧。

在这个国家级的美术馆里走走，满满腾腾的愉悦。

第十五天　流连忘返多瑙河

1. 美泉宫：一泓美的泉水

美泉宫的名字有来头。这里曾经是罗马帝国的一座皇家猎宫。有一回，皇帝马蒂亚斯狩猎至此，发现一股泉水，禁不住高呼："啊，多么美丽的泉水！"皇帝一声喊，就喊出了闻名世界的美泉宫。我国也有相似的故事，乾隆皇帝下江南，在苏州昆山吃了一碗"齷齪面"（脏面），皇帝一声"奥灶面好吃"。齷齪面成了美食。

美泉宫素有小凡尔赛宫的美誉，又被联合国教科文组织列为世界文化遗产。

美泉宫的路面，细沙铺就，脚底发出轻轻的沙沙声。

美泉宫的房间多达 1500 间，有 40 多间对游客开放。

我们借助中文语言讲解器，挨着码号一间接着一间参观。走过无数的过廊和侧厅，穹顶华美纤巧，优雅别致。

第 16 号房间叫宁静厅，是女王举行小型音乐会的地方。6 岁的莫扎特曾在这里演奏，女王把他搂在怀里，莫扎特亲吻了女王，成为一段佳话。第 21 号房间，叫大庆节厅。洛可可的风格，乳白色墙面，吊灯多达 70 支。这里是近些年来国际首脑会晤处，其中最著名的是苏联的赫鲁晓夫和美国的肯尼迪的会晤。第 28 号和 29 号是中国式房间。墙纸是 18 世纪从中国进口的，天花板上镶嵌中国的陶瓷器皿，四壁镶嵌着紫檀、黑檀、象牙。房间里摆放着中国陶瓷，有明朝万历年间的彩瓷大盘和青花花瓶。我站在这里，民族自豪感油然而生。

美泉宫

随后，外孙和女儿去玩一个迷宫，我在室外餐厅用餐。餐厅里麻雀很多，每每跳上我的餐桌抢吃我的干点，

中央咖啡厅

麻雀脸皮厚，赶跑又来，非常有趣。

接着我们去美泉宫的凯旋门，在一座小山上。在这里可以俯瞰美泉宫壮丽的建筑，我想起维也纳金色大厅的新年音乐会外景，芭蕾舞演员们就在美泉宫的广场上舞蹈。

2. 从多瑙河到苏州河

接着，女儿陪外孙去了外孙特别想去的皇家马术学校。我在有百年历史的中央咖啡厅喝咖啡吃甜品。等外孙他们玩好，然后我们一起去多瑙河。

多瑙河流经欧洲好些国家，游客对奥地利的那一段河面情有独钟，在那里，施特劳斯奏响了《蓝色的多瑙河》。在施特劳斯生活的那个年代，维也纳的多瑙河又窄又脏，当他读到匈牙利一位诗人的诗句“蓝色的多瑙河”，灵光一闪，就流出了通往世界的名曲。这里的多瑙河经过精心治理，变得又宽又蓝。沿河有多瑙公园、多瑙塔，有维也纳第一高楼和墨西哥教堂，有人工的多瑙岛上建造的联合国城。一支乐曲改变了一条河，这是艺术的伟大。

多瑙河

多瑙河很蓝，一群白鹅红掌拨着清波。沿岸是彩色遮阳伞组成的咖啡吧、餐馆、酒吧。沙滩上有穿着泳装的俊男靓女，或躺着沐浴着阳光，或轻移莲步，或在河里戏水。此刻，我想起了上海的苏州河。20 世纪 30 年代陈歌辛作的上海老歌《苏州河边》，被誉为“春申小夜曲”，歌里唱道：“夜，留下一片寂寞，河边不见人影一个，我挽着你，你挽着我，暗的街上来往走着。”词雅曲优，姚莉唱得朦胧如梦。愿我们的苏州河，乘着音乐的翅膀，像多瑙河一样的蓝，一样的美。

3. 醉了，金色大厅

每逢元旦，我都收看电视直播的维也纳新年音乐会。看着看着，内心会掠过一丝“羡慕嫉妒恨”的阴暗，羡慕金色大厅的辉煌，嫉妒坐在现场高贵时髦的观众，恨不得自己也去占上一席。没想到，今晚，我竟然也坐在这金色大厅里了。

我们的座位在二楼一侧，居高临下，整个大厅一览无余。大厅金碧相辉，一支支水晶大吊灯散发出流苏的光彩，金色镂花梁柱间，画着飞天一般的音乐女神。上千位观众个个打扮时尚，坐在我身边的白人男女对我这个东方老头彬彬有礼，露出友善的微笑。

乐队上场了，大厅一片肃静。乐队每一个成员一式中世纪的宫廷打扮，一头金色的假发，一身华丽的宫廷礼服，指挥也是一样的着装，庄重典雅。演出的曲目大多耳熟能详，观众们几乎都是乐迷，当《蓝色的多瑙河》响起来，全场顿时发出有节奏的掌声，时而轻快时而激烈，人人酒醉一般。指挥醉了，乐手们醉了，金色大厅也醉了，直到音乐会最后的经典名曲《拉德斯基》的曲终，掌声连着呼喊声，谢幕再谢幕。个个醉醺醺的，细脚碎步走出大厅，恰似“桑柘影斜春社散，家家扶得醉人归”（唐·张演《社日》）。

金色大厅

金色大厅，金色的音乐会。

另外，还是要附带多说几句。

今晚音乐会最高价每张

是280欧元，相当于人民币2000元，座位是在舞台上的幕侧，有五排。我看到第一排坐着一对东方面孔的夫妻和他们未成年的三个儿女。他们听了上半场，下半场，第一排的那几个位子就空荡荡了，很显眼。我们的票价原价49欧元，提前在剧场外面的街头买的优惠价，每张29欧元。有位中国女游客以为兜售者是“黄牛”，不敢买。奥地利没有“黄牛”，可以放心地买。

第十六天　余音绕梁

今天下午要启程回国了。然而我还有一个心愿割舍不下，就是去看看维也纳森林。起因在很多年前听音乐，听到小约翰·施特劳斯的《维也纳森林的故事》，乐曲是那么的温存柔和，充满了大自然的生命气息，那异国风情的音符柔润明丽，轻盈纤巧，仿佛在娓娓述说森林里迷人的故事，从此，那片诱人的森林就根植在我的心田里。到了维也纳，那片森林就在心里茂盛起来。

我们一早就出发，乘火车，转公交，路漫漫，情浓浓，终于投进了森林的怀抱，终于登上了森林最高处的卡伦山城堡。在森林里，我们走进了著名的贝多芬小径。贝多芬小径是维也纳森林里的华彩乐章，全世界乐迷们的音乐圣地，我心中的音乐瑶池。这条小径非常难找，寻寻觅觅千百度，小径就在密林小溪旁。我回国后，写的第一行字就是“贝多芬小径”，游记发表在《上海老年报》的游记版上，附录于后，作为本篇《长行短歌》的尾声。

余音袅袅，绕梁久久。

维也纳森林卡伦山城堡

附录一

贝多芬小径

今年 7 月的一天，我们到位于维也纳老城区的城市公园，瞻仰了“圆舞曲之王”小约翰·施特劳斯的镀金铜像。随后饱览了多瑙河的景色，晚上在金色大厅聆听了被称为“奥地利第二国歌”的《蓝色的多瑙河》。

翌日早晨，睡到自然醒，我们前往维也纳森林。乘坐上山的公交车，山道蜿蜒，停了一站又一站。到了有名的卡伦堡，我们鸟瞰维也纳，远眺多瑙河，在林木葱郁的山道缓步前行。途中，我们寻访乐迷们憧憬的“贝多芬小径”。频频问询遛狗的当地人、公交车司机和游人，都不知晓。无奈，只得坐公交车下山。

车开了，车上另有五名乘客，四个是来自中国的年轻人，另一位是年过古稀的洋老汉。我们趋前询问，那真叫喜出望外，洋老汉就住在森林里，说到“贝多芬小径”，如数家珍。当他得知我们祖孙三代来自中国，赴欧自由行，要寻找“贝多芬小径”，他欣然在中途下车，为我们带路。四个中国的年轻人甚是雀跃，尾随同游。

这一站名为格林津小镇，盛产葡萄酒。我们跟随洋老汉，迈过一条石级铺就的大斜坡的脊岭，一片绿云似的葡萄园映入眼帘。洋老汉踏上一条绿荫掩映的小路，在葡萄园外的竹篱旁停下来，指着竹篱内的一株葡萄，说：“这是你们中国的主席习近平栽的。”果然，疏朗的竹篱上，一方小木牌上写有习主席的名字，大伙兴奋地拍照留念。他又说，紧挨着的几株葡萄，分别是普京、奥巴马和当地的一位大主教栽种的。那块木牌上正是四位的彩照和文字说明。洋老汉真挚地对我们说：“你们来自中国，我是特意拐到这里来的。”他的盛情令我感动不已。

过了葡萄园，眼前呈现一条平坦的水泥路。洋老汉指着路的尽头说，前面就是“贝多芬小径”了，他家里有事，和我们一一握别。

路的尽头是三岔口，我们沿着中间的一条走去，望见一尊白色大理石贝多

贝多芬小径

芬塑像，树丛间悬挂着路标“贝多芬小径”。终于来到向往经年的圣地，我情不自禁地欢呼一声。小径树木森森，山风低吟浅唱，婆娑的树叶筛下一串串光圈，仿佛五线谱在盘旋。右侧石岩下，一条清浅的小溪穿过一座古朴的石桥流向远方。置身其间，耳畔回荡着贝多芬《田园交响曲》的奏鸣，潺潺淙淙，啁啁啾啾。几天前，小外孙在瑞士蒙特勒的西庸城堡里见过英国诗人拜伦留下的脚印，此时，他俯着头看着路面，问我：“怎么没看见贝多芬的脚印呢？”我说：“贝多芬天天来这里散步，地上满是他的脚印。”

乘上返程公交车，回眸广袤的山林，我想起小约翰·施特劳斯的话：“维也纳，我的一切力量都扎根在这块土地上，我所感觉到的旋律，充满在她的天空中。”

（原载于《上海老年报》2015 年 10 月 20 日）

附录二

短笛声声

第一支曲：牛

孩提时，我曾当过放牛娃，而今，老夫虚度 78 载，身上仍挟带着几分牛劲。今夏 7 月，偕同年近不惑的女儿和正 10 岁的小外孙作赴欧自由行，游览了瑞士、奥地利外加一个袖珍国列支敦士登，历时长达16天。刚走进瑞士，就连续两天登临冰川雪山。先是登上被称为“欧洲之巅”少女峰，海拔3400米，在山顶，寒气透骨，真是高处不胜寒，赶紧买了一件名牌滑雪衫，价值人民币1000元，女儿竟说便宜。第二天登马特宏峰，比少女峰更高，海拔在3800米以上，马特宏峰颇像一个伟男子，刚毅挺拔，被选为著名的瑞士莲巧克力的标志，我一边欣赏它的外包装，一边品尝它的香浓美味，感觉特别的好。我的这段经历，有点儿牛吧，这牛可不是当牧童时吹的呀。

第二支曲：美

“瑞士对于自然和老城爱好者来说那是完美的。”

此话出自瑞士旅游局局长约尔格·施密德之口，我很认同。半年前，我从美国归来，写了一篇《美丽的阿美利加》游记。倘若先去了瑞士，这顶“美丽”的桂冠无疑归属瑞士了。

兹举一例。我们从湖边小镇因特拉肯乘坐“黄金列车”，前往阿尔卑斯山的少女峰。眺望窗外，我的车窗瞬间成了一架画框，画面上碧空湛蓝，远山苍翠，草地茸绿，湖光潋滟，还有色彩斑斓的牛群，花团锦簇的一幢幢小屋，映入眼帘的尽是一幅幅暖色的水彩画。沿途数十多里，每一寸土地仿佛都是精心描绘上去的。我很贪婪，生怕丢失宝贝似的，不让自己眨一眨眼。原本以为，如此美景仅在“黄金列车”沿线，后来乘坐了许多趟次普通火车，那窗外，也是一卷卷长长的风景画。是故，我很乐意重复瑞士旅游局局长的话：“瑞士，对于自然和老城爱好者来说那是完美的。”

第三支曲：爽

去瑞士旅游，不妨先在国内办一张通票。用这通票，无论乘公交地铁火车缆车游船，还是大大小小的景点（个别例外），无不路路畅通，又省钱又省时，只需举手之劳，那个爽啊，甭提了。

只有一回，通票遭遇梗阻。我们从瑞士苏黎世乘国际公交车，跨越国界去列支敦士登，司机看了我们出示的通票说“NO”，让我们付了32欧元，计人民币200多元。我的女儿有异议，多次与司机交涉，最后让其与车管处联系，才得以退款。返程时的另一位司机精通业务，看了一眼通票，便“OK”了。

第四支曲：友

瑞士离我国很远，但和我国又十分亲近。一路走来，竟然有四处景点和我国同结友好，每一处都有明显的中文标语，这在国际上实为罕见。①少女峰，被联合国列为世界自然遗产，是中国黄山的姐妹峰。②琉森的瑞吉山，被称为山峦皇后，和我国峨嵋山结为一对。③马特宏峰，是阿尔卑斯山的象征，有欧洲“群山之王”的美誉，2001 年，与我国云南丽江的玉龙雪山结为姊妹山峰。④苏黎世与我国昆明市结为姐妹城市，昆明市政府仿“翠湖公园”赠送“中国园”给苏黎世，是海外最大规模的中国式园林。

第五支曲：善

瑞士人的友善赢得各国游客的好口碑，或许是中立国的中庸之道，或许是富而有礼，或许是国民多信奉天主，在那里，你处处有宾至如归的感受。

有一回去乘火车，找不到车站，询问一位漂亮的中年妇女，她竟然撇下身边的丈夫，陪我们七转八弯走了很长的一段路，送我们到车站。

还有一回，我们玩了一个上午，直至下午 1 点多，还得乘坐半个多小时的车去外孙喜欢的景点。我走得又累又饿，突然出现少量尿失禁，生怕再犯病，就让女儿写了一张宾馆名称和地名的英文纸条，独自回宾馆休息去。走出火车站，鬼打墙似的迷了路。一路问了几位当地人，还是晕头转向。最后问了街边一家小公司的一位男士，他画了图纸指示走向。我走不远，那男士忽然赶了上来，直送我到宾馆门口，望着他的背影，我感叹不已。中立国好，富裕人好，还有，人还得要有信仰，上善若水，予人玫瑰。

第六支曲：准

瑞士的公交车站都设置车辆到达的时刻表，而每一辆车时误差绝不超过 1 分钟。

许多路口没有红绿灯，但有斑马线，每位司机一旦看见斑马线边有路人，必定停车让路人先过。瑞士、奥地利的街上看不到一个交通警察，但秩序井然。在我们上海街口，除了交警，还有协管员、志愿者，但行人依然习惯中国式过马路。这不能完全归咎人的素质，瑞士地大人少，面积是上海的 7 倍，而人口仅上海的三分之一。上海人满为患，交通隐患之多在所难免。有人告诫：“闯红灯，先一秒钟，就会先一辈子。”一句朴素的哲理。

第七支曲：纯

我外出旅游每天必带一壶茶水，这在瑞士、奥地利成了老皇历。那里，几乎所有的自来水都是纯净水，可以直接饮用，哪怕是厕所里的，极少数不能直接饮用的自来水龙头处，都有明显的提示标志。那里设有很多喷水龙头，仅仅在苏黎世城就有1224口泉眼，涌出世界顶级的饮用水，泉眼造型古典精美。我的小外孙非常喜欢畅饮，每每喝完就爽爽大叫一声：“好舒服！”

第八支曲：M

在瑞士、奥地利街头，有许多麦当劳M标志的餐厅，在16天里，仅见过一家肯德基，欧洲人偏爱M大叔。在我国，肯德基几乎独霸天下，在我住的镇上，有四家肯德基，仅一家麦当劳。据报载，我国的肯德基已超过4000家，报道说：“本土化也是肯德基在中国战胜麦当劳的关键原因。”依我观察，肯德基老爷爷慈眉善目的面容，比山羊胡须翘起二郎腿的麦当劳大叔，更讨中国孩子的喜欢。

第九支曲：贵

物以稀为贵，我在国外成了“老外”。自由行，所到之处，多为中国旅行团不去的“冷门”，当地人见了东方老头，常常会报以友好的微笑，惹得我的小外孙又羡慕又嫉妒：“外公有这么多的粉丝呀！”

在采尔马特小镇的教堂前留影时，我做了一个POSE，一位在街边喝咖啡的洋老汉，竖起大拇指夸奖我。在美泉宫的下坡路上，我小跑着，一位坐在路边长椅上的洋老汉更是情不自禁地鼓起掌来。在那里，我的身价陡然飙升了。

第十支曲：热

我们入住因特拉肯一家四星级宾馆，走进房间，又闷又热，发现室内没有空调设备。大堂服务员称，整个小镇都没有空调，经再三交涉，给我们找来两只电风扇驱热。后来在别的城市，也有类似情况。在维也纳，有一天天气预报气温在摄氏36度，但公交车上一概不设空调，车厢闷热得像蒸笼似的，当地乘客却习以为常。换在上海，人们不仅大喊大叫，甚至要投诉了。在瑞士的米伦小镇，甚至禁止汽油机车行驶，那里空气清新，被誉为桃花源小镇。欧洲人的环保意识，渗透在他们的生命中，融入在他们的生活里。

第十一支曲：老

行走在瑞士，比风景还养眼的是姑娘们，她们的颜值几乎个个够得上美女级。然而，让我失落的是，那些年过花甲的妇人，虽然打扮华贵，但绝大多数人的脸上只见皮不见肉，皱纹层叠。不像我们上海老太太，脸上多饱满，有纹无褶，我那92岁的岳母，满脸红润光泽。按理说，一方水土养一方人，风景如画的瑞士，怎么让天使般姑娘的脸，一过甲子就变成了核桃壳！我无聊地猜想，莫非白人喜欢晒太阳？在那阳光灼人的街头，他们多架着墨镜，却无人撑阳伞甚至戴遮阳帽。或许是瑞士姑娘太爱抽烟，在瑞士烟民中，女人占了半壁江山。尼古丁爬上了脸，会不会变成皱纹呢？皮肤病专家说："吸烟会明显加速女性皮肤的老化，这已是公认的现象。"

第十二支曲：差

常见媒体披露，在境外，洋人对国人不文明的现象多有微词，以至外交部也在我的手机上发短信提醒，要注意文明旅游。这回在欧洲才知道，那些不文明的诟病洋人们也犯。就在我们入住的四星级宾馆沿街，一地烟蒂。在火车上，洋人们把腿脚搁在对座的空位上，甚至有女士把光脚搁在对坐男士的大腿上，视觉污染不堪。从瑞士去奥地利的国际列车上，邻座一家三口玩扑克牌，女士大声说话，她的十来岁的儿子不时尖叫，我虽作了小声的手势提醒，但他们依然故我。

我们的舆论不必过多自嘲，国人也该入乡随俗，摒弃不良习惯，别让一粒老鼠屎坏了一锅汤。

第十三支曲：黑

慕尼黑有点黑，此话不是调侃。

从维也纳回国，在德国慕尼黑转机。机场大厅的餐厅里食客盈盈，唯独偏隅的一家空无一人，我们买了糕点入座。糕点中有两块酥饼，每块标价2.8欧元，营业员计价每块3.8欧元，女儿上前询问，那位中年男士，脸型像南亚人，他解释说，2.8欧元是小型的，女儿让其出示样品，称已售完。女儿说价目牌上没有3.8欧元的标价，那男士不予理睬。女儿要见店经理，那男士高傲地说："我就是经理！”无奈之下，女儿用手机录像现场，那男士讥讽说：“我店里有录像，你可以查看。”女儿来了个杀手锏，谎称我这里有朋友，过两天让他来交涉。话音刚落，那男士立马返回了 2 欧元。我把这个经历告诉曾旅居德国的朋友，他们认为这是天方夜谭，说德国人凡事严谨规矩，从不越雷池一步。我想，我们的经历该是第一千零二夜，纯属例外吧。

无独有偶，奥地利人见“利”忘义也让我们碰上了。

维也纳的中央咖啡厅，开业于 150 年前，贝多芬、弗洛伊德等知识阶层都曾是这里的座上客。奥地利作家彼得·艾顿伯格的蜡像就安置在进门处，他生前天天来在这里写作，他写道：“这里就是我的家。”店家把他的这句话写在宣传广告上。我们也去店里附庸风雅。咖啡厅装饰充满了古典气质，给人一种文化底蕴的享受。但这一切，在一位长得很帅的侍应结账时化为乌有。他指着账单暗示说：“账单上不包括小费。”在奥地利是不收小费的，问了邻座奥地利人，他们也说奥地利没有小费。那位男侍应把我们给的小费塞进了他的裤袋，我们还没起身，他就收拾杯盘驱我们离席，我不满地朝他摇了摇头，他才离去，这哪里是门口蜡像作家所称赞的“这里就是我的家”？这位男侍应知道我们是中国人，故有这般轻蔑非礼之举，我真想骂他一句：“狗眼看人！”国人啊，我们别再说“外国的月亮比中国圆”，凡有人群之处，都会有三教九流。嘿！

曲外曲：写

我的小外孙常常会突发奇想，这个暑假，小家伙宣称要写一部魔幻章回小说。这次赴欧旅行，飞机刚刚升空，他就迫不及待掏出纸和笔，伏案信笔疾书起来，连续写了近两个小时，我再三劝阻，他还是放不下笔。沿途，无论是乘火车还是入住宾馆，头一件事便是埋头写他的“大作”。我偶尔看了一些章节，他编讲故事的能力让我吃惊不小。在短短的 16 天游程里，他竟然书写了二季 20 多章回。某些章回的标题也颇夺人眼球，比如“时光电话”“宇宙泡面”“试胆大会”“水天之战”等等，令我刮目相看。但他毕竟刚读完小学四年级，还是个毛孩子，其作品的稚嫩显而易见。他有创新天赋，但我劝他别做当作家的梦，当下，作家多如牛毛，但真正配得上这个崇高称号的屈指可数。

让我欣慰的是，他在作品里呈现的善良的心。他对我说：“我写战斗，不写刀枪来去血淋淋的场面，只是在战斗结束回来后，简短写少了多少人。”我夸他有俄国作家托尔斯泰的人道主义精神，他听不懂，我的过誉也只是出于引导而已。但是他的生命观也曾令我不安。在念二年级时，他听了一位老师的生命课，在很长一段时间里，不吃任何荤菜，开口闭口“那些都是生命”。他的父亲在家里打死了一只老鼠，他一直耿耿于怀，责问为什么不把老鼠拿去门外放走，怜悯地说，这只老鼠应该也有孩子。我们对他很无奈，我也不知道该如何评判他的生命观。

回国后，他又一鼓作气写了第三季、第四季，在书桌前度过了酷热的暑假。我们不住在一起，我还没读过，不知道他后面写得怎样。“桐花万里丹山路，雏凤清于老凤声”（李商隐），总之一句话：后生可畏。

小注大来的泰国

（2016年2月16—22日）

引子　泰国国名畅想曲

东南亚国家有好些，我以为大多可去可不去，而唯独泰国非去不可，原因说出来颇为可笑，我偏爱上了它的国名。且听我说说泰国国名怎样拨动我的心弦。

1. “微笑国度”

我们的行程是清迈进，曼谷出。

清迈的导游，一位 49 岁的女士，名叫佳玉，其父是华人，母亲泰国人。她的中国话，说得结结巴巴，她的讲解常常需要领队重复一遍。我请教她泰国国名的由来，她愣了好一会才说：“微笑的意思吧。”说完嫣然一笑。在清迈的两天里，她的脸上一直挂着微笑，我真担心她的双颊会发酸。她的解释没错，泰国被世界誉为“微笑国度”，她就是一个标本。一个“微笑国度”，怎不令我心生喜欢。

2. “自由之地”

到曼谷换了一个导游，名叫阿雄，三十而立的小伙子，他是第四代华裔，祖籍四川，不仅中国话说得流畅，还是半个中国通，他能随口说出诸如“跳进黄河也洗不清”这样的中国俗话。我向他讨教泰国国名的由来，他答得头头是道。

他说，他们国家从前的国名叫暹罗，暹是日光升起的泰文，暹罗就是被阳光照耀着的大地了。他们国家建国 700 多年，历经五个王朝。从 16 世纪起，他们国家遭受好些国家的入侵，最后从外敌手中（他说是缅甸）夺回国土，建立了君主立宪制，随后改名为泰国。阿雄明确地说，泰国在泰语里就是“自由之地”。自由之地，一个绝好的国名。我年轻时喜欢朗读匈牙利诗人裴多菲的名诗：“生命诚可贵，爱情价更高；若为自由故，两者皆可抛。”年轻时，我还爱唱某个国家的歌曲：“我们没有见过别的国家，可以这样自由呼吸。”有人说，自由是美德的根本，自由是光明的源泉，我生性酷爱自由，痛恶束缚，诸如改革开放前我国的人事档案制度等。一个“自由之地”的国家，合我心意。

3. “黄袍佛国”

佛教遍及世界各地，他的老家在印度。到中国白马寺落户是公元 67 年，距今户籍也有 1900 多年的历史了。紧随其后，东方的日本、朝鲜、越南等国也争先恐后迎驾佛祖，千门万户，佛光普照。至于西方，佛经里的“西方极乐世界”，西方人当然喜欢，一个好口彩呀。法国作曲家比才的歌剧《采珠人》，男女主人公反复的咏叹，赞颂的就是佛：“啊，她是圣女，像观音飘然降临人间，多么娇美，多么纯洁。”“哦，佛祖在上，我们臣服在你的膝下。”“哦，万能的佛祖，愿你的手保佑我们。”“我身交给了佛祖，佛祖给我们以新生。”“在佛祖的指引下，我们飞向天堂。”“只有佛知道未来”，“别忘了心中有佛”，等等。

但无论东方还是西方，能冠以“黄袍佛国”美誉的似乎只有泰国了。

泰国的国教是佛教，95% 的居民信仰佛教。导游阿雄说：“在泰国，家家有佛龛，人人佩佛像。”说着即向我们展示挂在其颈项的一枚白玉佛像。阿雄还说，在泰国“三不骂”：一不骂佛祖，二不骂国王，三不骂父母。泰国现有青壮年僧侣 25 万人，泰国男孩未成年前就进寺院修行一段时间，每天清晨 8 点前，走街串巷，由众信徒施舍食粮，“一粥一饭，当思来处不易”，感恩佛祖、国王和父母。

在泰国，当我们的大巴被堵时，阿雄说，泰国道路狭窄，交通堵塞为世界之最，但泰国的驾驶者，从不按汽车喇叭，人人如此，全年如此，偶然轻轻一声，是遇上了对面车上的朋友，就像在大海上，两船相遇，互拉汽笛表示致敬一样。泰国的交通法规没有禁止按喇叭这一条，人人如此自律，哪个国家能做到呢？这是道德的力量，也是佛心的力量。

泰国有一禁：禁赌。没有赌场，没有麻将声，连玩扑克牌也要被抓。导游阿雄说，泰国的三色国旗，其中的白色代表人民纯洁。没有喇叭噪声，没有赌博，不可不谓纯。我感念的佛言“清净安乐”，清静，纯净，安心，泰国人，一切从容不迫，行事以“哉焉焉（泰语，意为慢慢来）”为宗旨。有道是“心安即故乡”，这个“故乡”该去走一回。

4. 小往大来

《易经》有八八六十四卦，其中第十一挂为泰卦，就是泰国的泰。泰卦的爻辞是：“泰：小往大来，吉，亨。”意思是，弱小者离去，强大者到来，吉祥，亨通。

泰国历史上先后遭受葡萄牙、荷兰、英国和法国入侵，1941 年又被日本占领，国衰民弱。导游阿雄说，他们三色国旗上的红色，象征人民用鲜血保卫了国家的领土完整。泰国是东南亚唯一没有沦为殖民地的国家，弱的离去，变得强大了。

旅游团曼谷大皇宫集体合影

泰卦的象辞曰："天地交，泰。后以财成天地之道，辅相天地之宜，以左右民。"就是说，天地相互交合，君主要掌握时机，善于裁节调理，护佑天下百姓，使他们安居乐业。曼谷王朝五世王，正是在天地交合之际，大量吸收西方经验，进行改革，护佑百姓吉祥。

泰卦爻辞又说："翩翩不富，以其邻不戒以孚。"就是说，要像飞鸟连翩下降，虚怀若谷，这样与邻居相处，不互相戒备，彼此以诚相见，讲信用。泰国奉行的就是睦邻友好的原则。导游阿雄说，正是曼谷王朝第三世，虚怀若谷，借鉴邻国柬埔寨文字，创造了泰文。阿雄还说，泰文很独特，每个字都藏头藏尾，也说无头无尾，就如我国著名书法家舒同的舒体，不显山露水，不张扬，尚圆通，亨也。

我把泰国和泰卦两者交合，不免有些牵强附会。但我欣赏中国翻译家把这个国家译为泰，否极泰来，走进泰国，小往大来，上上大吉也。

上述四个乐章，就是我的泰国国名畅想曲，让我遐想，扣我心弦，走，去泰国。

第一天　老来行路先愁远

想当年，我在电视部门干活，参加摄制组，"说走咱就走"，"风风火火闯九州"。眼下老了，每每出游前，左思右虑，犯起了行前综合征。先得操心必带物品，安眠药、麝香保心丸、牙刷、牙膏、毛巾、拖鞋等等，直到临走那天，突然想起还得带上游泳裤；又要操心天气，泰国正值盛夏，而上海还处在寒冬，为出发那天穿不穿羽绒服折腾半天；又因为年迈腿脚衰弱，听说春秋航空座位狭小，倘若坐在中间，形如坐牢，怕苦了老骨头（其实座位并不狭小）；更担心19名团友，大家都成双成对，唯我老头光杆司令，独居一室，万一睡过了头可麻烦了，等等。对他人来说，这些都不是问题，而我却心似双丝网，结连结。真是“老来行路先愁远”（金·元好问《羊肠坂》）。但我生性贪玩，没有办法，只好自寻烦恼了。

在机场，我多花了150元，选了经济舱第一排右侧靠窗舷的座位。飞机准时在下午6点15分起飞，我戴上耳塞，口含一粒水果糖，行前综合征顿时抛到了九霄云外。望窗外，也不知离地多少尺，只见远方的白云像一座座雪山，晶莹，宁静。此刻，我已乐而忘忧，不知老之已至。

飞行了约莫四个小时，晚上10点抵达清迈。泰国时间比我国慢一个小时，拨回了时针，过起了泰国“哉焉焉”的慢生活。

第二天　玫瑰清迈

1. 白象选址双龙寺

走进佛国，第一个景点就是寺院，正中我的下怀。

今天去双龙寺。导游佳玉说，这座寺院有神灵，清迈孩子，凡报考清迈大学（清迈最著名的国立学府），考前必来双龙寺拜佛，她的两个孩子考清迈大学前都专程来这里三叩九拜。

双龙寺，泰国原名为素贴寺，因山路石阶两侧有两条巨大的金龙守护，喜好讨口彩的当地华人就昵称为双龙寺了。

双龙寺门前有一尊白象雕塑，像菩萨一样被人供奉。传说锡兰（今斯里兰卡）一位高僧带了几颗佛舍利子到泰国，泰国高僧们决定把舍利子放在一头白象上，让白象随意游荡选址，白象走到双龙寺的现址趴下不走了，于是就在这里建造了舍利塔。

舍利塔位于寺院中庭，塔身贴满了金箔，在夏日的阳光下放射出奇异的光辉。

我有一个别样的心愿，在佛国的第一座寺院里，一定要恭敬礼佛。按照导游佳玉的指点，奉上 20 泰铢，取了一支小巧的白蜡烛和一支浅黄色的鲜花。我点燃蜡烛，烛光摇曳，映在我湿润的眼睛里，我把蜡烛插上烛台。随后手捧鲜花，闻着缕缕清香，围着佛塔缓步绕行三圈。绕塔祈祷的多为泰国人，他们默默地诵念佛经："南无得萨，波卡瓦多，阿诃多撒码撒……"我不懂泰语，导游只教会我们一句"您好"："萨瓦迪卡！"我就默默诵念"萨瓦迪卡"，我不祈求什么，也没许愿，只是向释迦牟尼表达我的"南无（致敬的意思）"。

双龙寺礼佛

双龙寺在素贴山上，因山上遍地玫瑰，清迈就有了"泰北玫瑰"的美名。也许是季节关系，山坡上不见玫瑰，远望，隐约可见清迈城。

清迈是泰国的古都，建于 13 世纪，老城区还保留着城墙城门的遗迹。车过护城河，导游佳玉说，当年河里放养着大量鳄鱼，抵御缅甸人入侵。鳄鱼再凶猛，怎敌过缅军的枪炮呢？缅军侵占了很多年，才被泰国军民赶走。历史真是个怪物，进入 21 世纪，缅甸人自相杀戮，战火连连，大量难民逃到泰国，建起了梅拉难民营。八年前，泰政府取消了缅甸人的难民身份，缅甸难民没有工作，陷入困境。不久前，我国影星姚晨作为联合国难民工作特使前往梅拉，面对难民，泪水涟涟。我们的旅馆离城墙仅咫尺之遥，住着，想着，历史的变幻莫测，远远超过白象选址的神话传奇。

2. 国王的园艺博览园

全世界的园艺园大同小异，唯独泰国清迈的园艺博览园例外。它是在 2006 年为泰国国王普密蓬·阿杜德登基 60 周年而建。国王今年 91 岁，是世界上仍然在世的在位时间最长的君主。

这座园艺园的最大亮点当属泰王殿。在蓝天绿地间，这座颇具泰国建筑

国王园艺博览园

风格的殿堂，雄伟壮观，金碧辉煌。历层阶而上，进门前先把鞋脱下。殿内也是一片金色，里面供奉着国王的雕像。在泰王殿的远近，散落着一座座亚洲各国的民族庭院，有不丹、尼泊尔、印度、缅甸等十多个国家，自然也少不了咱中国的庭院，取名叫中国唐苑。这些建筑也是各国为庆祝泰国国王登基 60 周年而特地建造的。这些国家的庭院座座简朴，导游佳玉说，中国庭院的建造仅用了七天时间。我想，这些国家庭院的简约犹如众星捧月，烘托着泰国国王殿的明辉。

泰国国王不理政，也从不干预国事。而他在泰国民众心中有着至高无上的威望。导游佳玉举例说，前两年，泰国在野党红衫军和执政党黄衫军数十万人对垒在曼谷街头，国家一度失去控制，正当两军面临流血冲突之际，泰国国王站了出来，呼吁百姓退出街头，回到各自家园。话音刚落，只见人们似蚂蚁搬家，悄然撤离。佳玉强调说，仅仅 15 分钟的时间，曼谷恢复了平静。听到这里，我由衷地用泰语向国王道一声："普密蓬，萨瓦迪卡！"导游还说，泰国的三色国旗中间最大的一块蓝色代表国王，实至名归。

我们乘坐园内游览车兜了一圈，最后回到正门前，那里有一个蝴蝶兰园，蝴蝶兰品种很多，五彩缤纷，满园蝶飞。

3. 无题

有话则长，无话则短，去了三个景点，兴意阑珊，小标题只能"无题"了。

按理说，"清迈艺术文化中心"是花了本钱下了工夫的。清迈的历史，古今泰国人的生活等，看点不少。然而导游佳玉肚子里毕竟少了墨水，她不讲解，几乎一步不停地兜了一圈，我们也只得跟着走马看花了。

大佛塔寺是清迈最重要的两座寺院之一。佛塔不算高，但因政府建筑限制，成了清迈古城最高的建筑。它的塔顶因地震被毁，但塔身完好无损。这是一座四方形佛塔，我们绕塔一周，并脱鞋进入一个殿堂。大佛塔旁边还有一座阿拉伯寺院建筑，大概是清真寺吧。

随后去了清迈夜市，夜市设在道路两旁的人行道上。大街很长，我从头到尾走了一趟。那里摆满了各式各样具有泰国民族风格的手工艺品，有一些西方人在淘宝，摊主笑脸盈盈，会说洋泾浜的英语。临街的商店与一般城市商街大同小异，最醒目的还是星巴克、肯德基、麦当劳之类。有几处进深的商店环境优雅。总体印象，不及台湾士林夜市有地方特色。清迈夜市人头攒动，看看也够热闹的。

第三天　清迈清景润如酥

1. 热带雨林竹筏游

游山玩水，最相宜最适宜的莫过于竹筏游了，尤其是在泰国的热带雨林里，小河委婉曲折，时而汤汤，时而潺潺，两边山峦，时翠时绿，一片纯粹的自然色彩。山水含清辉，我站立在竹筏前沿，心中涌动起年轻时电影《闪闪的红星》里的插曲："小小竹排江中流，巍巍青山两岸走。"同游的原海军战士张向群先生，一边提醒我"当心当心"，一边抢拍我那飘飘欲仙的痴情。《论语》曰："智者乐水，仁者乐山。"智者仁者无不乐水乐山，哪个伟男不暗恋水做的淑女？哪位淑女不倾心能依靠的磐石般的男子汉呢？山水之乐，阴阳交合也。

清迈竹筏游

当竹筏漂近一处浅滩时，涉水过来一队乘骑大象的西方旅人，见了我们东方人，哈啰哈啰挥手致意，两位金发女郎叫得更欢，我张开双臂向她们作欢迎状，逗得她们乐弯了腰。笑声脆脆，穿行在山水之间。

2. 骑乘大象

在古代泰国，坐骑大象驰骋丛林，是帝王将军们的至尊享受。曾经，我也有此奢望，没想到，这个奢望轻而易举地来了。

竹筏游后，我和领队朱晓青（小伙子）爬上了象背，同坐在后面背部一条铁木制的座椅上。大象的主人是个20来岁的小伙子，黝黑的脸庞，头戴一顶白色的宽沿帽，挺像美国西部的牛仔。小伙子能说带着泰国口音的中国话，爱说爱笑，说我是小朱的父亲，我装着严肃地口吻说：“不，他是我的领导。”他听了，露出洁白的牙齿笑开了。

骑乘大象

我们骑乘的那头大象，身躯高大，架子也挺大，自从恐龙在地球上绝迹后，它们便以老大自居了。我们的那位老大，老是眯缝着眼睛，从不看我们一眼，一对大耳朵，耷拉着，像倒挂的芭蕉叶，绝对是两耳不闻身外事。走起路来，悠悠闲闲，像乡里绅士，踱着方步。那张嘴老是张着，露出一对长长的月儿牙，摆显身价，得意呐。

大象能通人性，我们的这头大象也善解人意，它不容主人吆喝，就像老马识途，和伙伴们排列一行，不紧不慢走到一条河的岸边。下河前，它略略斟酌了一下，便跨出左腿踩到河里，身子一斜，仿佛要摔到河里，我猛然一惊，双手紧紧抓住座椅前的横杆，手心冒出了汗。只见那家伙跟上右腿，稳稳地下了河，河水很浅，只是浸没了他的小腿。然后一步一个脚印，“摸着石头过河”。河面上，凉风习习，须臾之间，我仿佛成了帝王将军。忽然想起，我们上海的小巨人姚明，他是保护野生象的形象特使，倘若此刻，他骑在大象上，那些至尊的帝王将军也只能望其“项背”了。

大象画作

3. 大象表演

泰国是名符其实的“大象之国”，泰国民众喜欢把其疆土形象地比喻为象的头部，瞧，它的北方是“象冠”，东北是“象耳”，暹罗湾是“象口”，那狭长的地带就是“象鼻”了。

去各处旅游常会有各类鸟兽等表演，大象之国就得去看大象表演，对成年人来说，看过马戏团表演，大象表演也在意料之中。但孩子们非常喜欢，无论是象跳舞，象踢球，象收取纸币等等都会招来阵阵欢呼。唯一让我意外的是5头大象同时作画。它们用长鼻握笔，在架子板的画纸上，画出一幅幅色彩鲜明的水彩画。它们的架势就像一位大师级的画家，无论是描绘勾勒，还是构图布局，居然都浓淡相宜，像模像样。我从头至尾看着中间那头大象画的树花，形象逼真，很有美感，那神秘的笔法很让我吃惊。据说，大象的智商相当于5岁的孩子。但5岁的孩子很难画出这样的作品。大象们的画当场一一售出了。大象外表看上去又笨又呆，皮肤又那么粗糙，但“人不可貌相，海水不可斗量”，大象也是一位大智若愚的朋友，姚明做得对，该好好保护它们。

4. 乘原始牛车去看长颈族

单单乘原始牛车，欣赏异国的山野，就令我心旷神怡。这牛车之制，极为古拙。两头壮实的公牛，拉着四人乘坐的车厢，颠颠簸簸，送我们去观看长颈族。旅行社的游程介绍说：“长颈族，这个民族有着与众不同的审美观，长颈是美丽与财富的象征。”我国清代章回小说《镜花缘》，写到海外有个毗骞国，其人生得颈长三尺，“他这颈项生得这长，若到天朝要教俺们家乡裁缝作领子，还没三尺长的好领样儿哩！”莫非作者李汝珍到过泰国，亲见了长颈族？想到这里，不免兴奋起来。

牛车徐徐辗行，长道漫漫，一直走到一个山脚下，我们一下车就急步上山去。走不远，在平坦的山坡上，两旁一字儿排开简陋的小摊铺，远远一看，摊铺里有穿着鲜艳的女子和各色泰国银制首饰等，光彩亮丽。走近一看，那些女子就是长颈族了，所谓长颈不是想象中的动物长颈鹿的脖子，而是女子在脖子上套着铜铸的颈项，一圈圈螺旋形的从锁骨直到下巴。导游说，那颈项起码有 5 斤重。长颈族女孩从 5 岁起就要套铜圈，10 岁开始每年增加一圈，直到 25 岁。她们什么活也干不了。女导游悄悄告诉我，她们一生能做的事就是生孩子，但愿这话不是真的。导游说，长颈族村在僻远的山里，旅游部门挑了几个女子来这里，供游客们猎奇。女子们套着枷锁般的颈项，远离家乡，远离亲人，任看客们指指点点。那些女子有的 30 多岁，有的年近花甲，脸上个个神色木然，乞求的眼神期待着游客买点她们的东西。我不忍再看，匆匆走下坡去，乘上回程的牛车，来时那美丽的风景全都幻灭了，满脑子想的只有四个字：“妇女解放”。

5. 失落，“失落的古城”

看着魏功甘失落的古城，我的内心随之也失落起来了。所谓城，遗址只有一个足球场那么大，所谓古，地面尽是泥土，四周是低矮的土砖。据记载，这里曾经是兰纳王朝的第一个首都。因连年水患，首都迁到了清迈，这座古城也在一次严重水灾中整个儿被烂泥覆盖，不久前才被发现，但未被深度挖掘。导游说，这里每年还是发大水，难怪，这附近见不到一栋像样的房舍，几乎也不见一个当地人。有意思的是，在遗址一侧，露天供奉着佛像，俗称小四面佛，分别代表婚姻、事业、平安和财运。可见，这里的芸芸众生并没有失去对生活的希望。我也默默许愿，祈求四面佛慈悲为怀，让这里的众生脱离水患的苦海。

6. 邓丽君，小城故事怪

从失落的古城回清迈老城途中，导游指向窗外不远处的一幢建筑说，那就是邓丽君住过的皇家美屏宾馆。顿时，有两三位团友取笑我说：“老史，你不是要去看看吗？”我十分尴尬，苦笑了一下。

昨天，导游推荐自费游项目时，我选了去邓丽君住过的宾馆一项，邓丽君因突发哮喘，在那里离开人世，我不是邓的粉丝，但我喜欢她“甜蜜蜜”的脸庞和歌声。让我意外的是，19名团员里仅本老头一个人报名，这个项目被取消了。

大伙儿为啥不去呢？我带着诧异问了一位年过花甲的何姓女士。因为昨天司机在行车途中播放了邓丽君唱的《小城故事》，何女士自告奋勇走到车前拿着话筒唱起了这首歌。虽然她容颜略显苍老，但歌喉清脆悦耳。在大伙的掌声里，何女士欲罢不能，邓丽君的歌连连唱了近十首。这么一位小邓的老粉丝为啥也不去美屏宾馆追思一下？不料，她淡漠地反问我：“死人的地方有什么可看的？”

哦，我想起来了，昨天，她主动跟我聊过，三年前，她丈夫去世了。心理学家说过，丧偶对另一方来说，打击的系数是百分之一百。记得我的一位朋友，丈夫去世整整十年后才回过神来。我带着同情对何女士说：“噢，你这个坎很不容易过啊。”没想到她竟爽快地说：“我没有坎，他死的当天也没难过。”原来，她丈夫生前不仅好赌，还时不时对她施行暴力。要不是两个年幼的孩子，她早就离婚了。几十年来，她忍着，熬着，度日如年，直到丈夫因肝癌去世，她才卸却枷锁，获得自由。她没有丧偶之坎，这是几十年的泪水兑换的，或者说是被泪水淹没了。她问我，丈夫临死那一刻，看到墙上爬满了蛇虫八脚，有什么寓意。我慰藉地说，那只是昏迷时，一种神经错乱的正常现象。她不信有天堂和地狱，也不信佛。然而，陪她一起旅游的女儿却是一位虔诚的佛教徒，在巴士行进途中，女儿常常双腿盘坐，手捧一部佛经《佛说大乘无量寿庄严清净平等觉经》，轻声念诵。她显得瘦弱，剪着近乎男式的短发，用餐时只吃素食，见佛就拜，她的眼神透露着善良的心。让我吃惊的是，她竟然在美国大学拿了金融和计算机两个专业的硕士学位，是“白（领）骨（干）精（英）”级的高端人才。我没打听她的工作和婚姻，但何女士夸女儿心地善良，其弟弟一家的生活全赖她扶持，听来她有相当的经济实力。何女士说，她现在非常快乐，女儿常陪她旅游。是的，她快乐，她就痛痛快快唱邓丽君的歌，她快乐，她就不去邓丽君那个伤心地了。

我又问了第二位团友不去的原因。他姓姜，大学退休教授，教授自动化专业。他性格外向，对我很友好，他刚年过花甲，我戏问他：“当我走不动路时你会扶我吗？”他当即做出扶我的动作，爽快地说：“扶！”今天，他听了我的疑惑，收起了笑容，严肃地说：“你不晓得呀，邓丽君是国民党特务，我们大陆禁止她入境。我为啥去看这么个人？”姜教授的话让我五雷轰顶。邓丽君，一个纯静的女子，怎么会去做特务呢？我不信。记得“文革”时，也有传闻，她唱的《何日君再来》的君暗喻日本皇军，“大大的（坊间学日本鬼子讲的中国话）”谣言。如今，可敬的姜教授还坚信特务之类的谎话，真是“谎话说上一百遍就成真理了”。

我无心再问第三位旅友了。小城故事多，小城故事怪。“古来万事东流水”（李白），往事不复返。邓丽君的伤心地，不去也罢。

7.“黄金古式按摩”

早在改革开放初，一位同事游罢泰国归来神秘兮兮说起泰式按摩：一个年轻娇小的泰国女子，光着细嫩的脚丫，在你背上踩踏，就像我国旧时乡下村姑，光脚站在七石缸里，踩踏着雪里蕻腌制咸菜那样，润如酥。自此，我就盼着去异国一睹那道风景。

今晚去按摩馆，女老板递给我一张名片，上面赫然用中文印着“黄金古式按摩”。导游说过，泰式按摩是从古印度传入的，被那些皇族们视为健身强体的宝贝。望着名片上烫金的中文，我莫名其妙地生发出思古之幽情来。

我们先是在一盆消毒水里烫了脚，随后去了按摩室。那是容纳6人的大统间，没有装饰，也没有分隔的布幔。地板上铺着床垫，我们换了睡衣套上睡裤，躺了上去，6双眼睛你看看我，我看看你，也是神秘兮兮的。6名按摩女齐刷刷进来。我的那位三十出头，身子骨瘦弱，大众化的面孔。她瞥了一下我的一头白发，友善地用我听不懂的泰语打了招呼，然后就盘坐在我的脚底后面，用软软的双手按捏脚趾，然后一寸一寸地揉拉腿脚、拽抻手臂、拍打胸背，直上我的脸颊。没有过猛的动作，更没有什么踩踏。我的按摩女喜欢和邻近的同事说笑，还不时用泰语和我交流，管我听得懂听不懂，轻声细语，入耳沁心。背景音乐也是泰国乐曲，悦耳动听。整整两个小时，我并没有像宣传资料上说的“安然睡去”，只是想着这位瘦小女子的劳累，内心颇为不安。当她那摸过我脚趾的双手，再按我脸额上的穴位时，有一点脏兮兮的不适。至于那夺人眼球的“黄金古式按摩”，不过是“草色遥看近却无”（韩愈）罢了。

平生，我曾有过两回按摩体验。第一回在上海一家颇有名气的按摩馆，也是几个人的大统间，不巧我躺在进门的风口处的床垫上，冷风飕飕，加盖了一块毛巾还是冷。那位男按摩师不时翕动鼻孔，发出咝咝的声音令我难受。第二回在吴哥窟做柬式按摩，更是遭罪，我已在《神啊，吴哥窟》一文中叙述过了。

有道是，二不过三，三而绝，做过三回了，应该对按摩道一声“拜拜”了。

第四天　佛光普照曼谷城

1.“四最”大皇宫

今天飞抵曼谷。

说到曼谷，脑海里就会涌出大皇宫的海市蜃楼，就像说起北京，眼前就会呈现北京故宫的画面。

大皇宫是曼谷的骄子。大凡曼谷的旅游书报杂志，大皇宫稳坐头把交椅，称颂之词眼花缭乱，诸如“四个最”的“泰国最完美、最壮观、规模最大、最富有民族特色的皇宫”等等。

我在大皇宫，最喜欢一个地方，那就是站在玉佛寺走廊壁画外的广场上，环顾一栋挨着一栋错落有致的建筑群，那“十”字形的碧隆天神殿，那金辉耀眼尖顶佛殿，还有藏经楼的圆形金塔，第一世皇为纪念父皇母后的双金塔，等等，在蓝天映照下，射发出红、绿、黄相间的神秘色彩，这就是泰国了。

大皇宫

大皇宫建于 1782 年，屈指算来，距今恰恰是 234 年，很好记。这里曾是拉玛一世到八世的住所。如今的国王不住在这里，这位国王称得上伟大，他生于 12 月 5 日，这一天就成了泰国的国庆日。他今年九秩，皇后好像 83 岁吧。他们有一个王子、三个公主。我印象很深的是二公主，她通晓中文，擅长中国书法。我曾在电视上见过，她亲临泰国华人学校指导书法。很难得的是，前几年，我国青海玉树地震，她慷慨解囊，可见她对中国的深情厚意。

我好比较，大皇宫的规模远不及北京故宫，但宫殿不论大小，凡是民族的，就是国际的，大皇宫和北京故宫不分高下。还有那泰国人最崇敬的玉佛，也没有上海玉佛寺的玉佛那么通体血脉透亮。但凡是佛，不论是泥塑木雕，还是铁铸玉琢，我们都得低下头去。我们看各国纸币上伟人头像也是人人会低头的。致敬的不是偶像，而是因为他们在人类心中点燃了一盏盏长明灯。

2. 湄南河水向南流

湄南河，本以为是湄公河南面的一条河。问了导游才知道八杆子也打不着。忽然想起那句哲言：人不可能跳进同一条河，这个联想也是八杆子打不着的。

无论是苏轼的“大江东去，浪淘尽……”还是汪无量的“北望燕云不尽头，大江东去水悠悠”，即便是李煜的“人生长恨水长东”，我们的思路都是一江春水“向东流”，而泰国的湄南河，河水向南流，流入曼谷湾。

网上有旅游攻略，湄南河是泰国母亲河。“湄南河被誉为‘东方威尼斯’，沿岸一群群多姿多彩的佛教建筑，与市内高层建筑，构成一道奇特亮丽的风光。”真的有那么美吗?

我们来到游船码头，集合处的棚屋旧得像破庙似的，十多支旅游团队几百号人，乱成一团又一团，一片乱嘈嘈的声音，在空气中颤动。

我上了观光船，挑了上层一个靠船舷的座位。河水黄黄的，我联想到了上海母亲河黄浦江的水也是黄黄的。或许我犯着“大上海主义”的毛病，浦江两岸的高楼大厦，仿佛是威武帅气的国宾仪仗队，此刻我看到的湄南河，两岸却像旷野里的村妇，不时闪着头饰和胸针的光亮。

河水南流，顺水顺风，水激动着船，风温柔着我的脸，心情也随之荡漾起来。船上自助餐，有酒有饮料，我喝着红酒，脸也烧红了。船上有歌女，煽情地唱，煽情地把话筒伸给游客，接唱的游客寥寥，歌女的钱袋浅浅，也许长相太一般，面妆又过艳，我的心里有点酸。

观过光了，吃得撑了，船儿也累了，转身返回码头。码头上，又见乱成一团一团的游客，个个张圆了两眼，盯着靠岸的游船，只恨不是“飞将军”飞上船去。

我下了船，没有回头再去“观光”一眼。

第五天　佛祖人妖共曼谷

1. 国王最爱的皇庙

九世皇庙，我左看右看一点也不像是泰国的庙宇，没有典型泰式“三顶式结构”的鱼脊形屋顶，也没有绿色瓷砖、紫红色琉璃、凤头飞檐的暹罗风格的模样，庙宇通体白色，在绿树丛中透露着，在茸茸草坪间静候着你，就像白衣莲花观音，纯净清幽。这样的穿着打扮来自国王的谕示，庙宇曾是九世王早年出家修行的圣地，也是当今国王最爱的庄严静妙圣境。

九世皇庙

九世皇庙的舍利子塔，珍藏着佛祖的舍利子，还供奉着历代高僧的舍利子，凡人无缘相见。但游客会在蜡像馆里，和22位高僧随喜相遇。这群蜡像是我平生见过的最喜爱的，22位高僧，个个像活着的大法师一般，默默地盘坐着，虽然面容各异，但个个慈眉善目，脸上挂着悲悯大爱。我真想盘坐在他们的面前，静听他们的佛音。导游告诉我，泰国高僧们的双手从不触摸金钱，“跳出三界外，不在五行中”，福慧双修，这或许就是高僧们面相纯净的因缘。而我等凡夫，所谓“赤条条来，赤条条去”则被拿来自我安慰，没有修得“出离心”。

2. 七珍佛山赠国王

山是佛，佛是山，名叫七珍佛山。

佛山雄壮，高达130米，比上海佘山还要高出32米。而在泰国华侨心里，它比喜马拉雅山还要崇高。

20世纪90年代，东南亚地区掀起一阵反华恶浪，泰国华侨人人自危。龙

七珍佛山

的传人们发现一条“龙脉”上的圣山，那是一座仿佛一斧劈开的半山，华侨们耗巨资买了下来，先是用镭射在山体上雕刻出佛的形象，然后灌了五吨纯金。佛经上说，佛的胸口珍藏着七颗价值无双的彩色宝石，即取名为七珍佛山。为求安定自保，在泰国国王登基 50 周年之际，华侨即以此山赠给国王，以示效忠。国王笃信佛教，他一声笑纳，全泰国的华侨顷刻平安无事了。“钟鼓馔玉不足贵”，“千金散尽还复来”（李白《将进酒》）。这是唐人独特的智慧。

以山为佛，蔚为壮观。我带着虔敬的心，在佛山下拍照留影，留下了四大皆空。

3. 男人的天堂，人妖的地狱

好些泰国旅游攻略渲染道：“芭堤雅，男人天堂。”“颠鸾倒凤，看人妖，男人动心，女人伤心。”“不看人妖，你都不好意思说自己去过泰国。”等等，真是天晓得。

早在 20 多年前，我去海南旅游就见识过人妖，想到他们似人似妖的奇形怪状，想到他们身心扭曲的心酸路程，我发誓再也不去看人妖表演了。

然而，今晚我还是去看人妖歌舞了，不为别的，只为怜悯我们的导游。导游给每个游客发放一张自费项目推荐表，上面列着两份套餐，务必请各位二选一，可是没有一个人响应。导游急了，恳求似地说，大家让我吃口饭，帮我一个忙。他反复多次，近乎乞讨了，但还是没让人同情。僵持很久，导游突然变了脸，口气决绝地威胁说：“那好吧，后面的旅游我也没有动力了。”他的话自然引起大家的不满，有的提出要投诉，有的要马上撤换导游。后来领队和个别游客跟导游做了耐心的沟通，总算把两份套餐拆为零碎，自由选择，一场风波才告平静。我怀着对导游的怜悯，左选右选，唯一可以考虑的项目就是人妖歌舞了。我不妨把两份套餐抄录一下，请你赏析：A. 开心游套餐：1. 东方公主号（您可以激烈狂热的喝啤酒大赛，还可以与泰国明星级人妖共舞欢乐）；2. 皇帝餐（鱼翅 + 燕窝）；3. 富贵黄金庄园（泰国华人首富花 14 亿建的私家庄园）；4. 宫廷精油 SPA（高档次的健身享受）。团体优惠价每人人民币 1080 元。B. 豪华游套餐。除了 A 套，另加一项：“六九！九六！秀中之王。”（想了解泰国变性人的真正面目吗？神秘、惊奇、刺激、超前）。B 套团体优惠价每人人民币 1280 元。

蒂芬妮，一座泰国最著名的人妖剧场。观众席上下两层，座无虚席。我坐在二楼右边最偏的座位，但视线没有任何遮拦。

灯光、舞美、音响，够得上国际水平，人妖更是艳丽窈窕，柔情万种。节目大多是世界各地著名民族歌舞，当然有中国的红绸舞、朝鲜阿里郎的象帽舞，跳得激情四射。美妙的歌声则是原版音带配上口型，但还能懵些观众。整体水平远不及我国的东方歌舞团，但他们毕竟是人妖，不是艺术家，很不容易了。让我欣慰的是节目干净，没有视觉污染，唯一招来观众尖叫的，也只是脱去风衣露出三点式。有一出小喜剧，演的是西方贵族的婚礼，人妖走到观众席的第一排，请一个男孩上台做伴郎，遭来一阵哄笑和羡慕声。在我看来，那男孩是个托。除了人妖，还有一些正常的男演员同台演出，多少淡化了人妖秀的妖艳。我邻座的男团友说，看这场秀很值得。我嘴上称是，但想到他们是人妖，心里还是难以接受。

演出结束，剧场外面有个灯火辉煌的平台，人妖们和观众合影，亲密无间，让年轻的女孩们欣喜若狂。人们哪里想到在享受欢乐的时刻，在人妖们看似轻浮的外表里，遮掩着多么心酸的人生。

我们的导游讲解说，人妖寿命和正常人一样，还说中国的某女明星也是人妖。把变性人等同人妖，无稽之谈。

我在参观泰国毒蛇研究中心时，私下请教一位华裔女接待员。这位很有气质的佛教徒，如实告诉我，泰国有专门培养人妖的学校，人妖都是来自贫苦家庭的男孩，两三岁便开始培养。让男孩以女性的生活方式衣着打扮，让他们服用女性荷尔蒙药，以抑制男性生殖器官的发育。男性生理特征逐渐萎缩，皮肤变得女性般的细润了。这位女士肯定地说，人妖寿命很短，我听了，刺心的痛。

人妖，一半是女人，一半是男人，灵与肉的搅拌。

芭堤雅，人妖的地狱。

第六天　且尽芳樽恋物华

1. 沙美的沙美岛

游泰国，旅行社多安排去芭堤雅海滩。有上海人形容海滩人满为患像“插蜡烛”，海滩乃人滩也。我们团号称“乐活清新之旅”，一分价钱一分货，我们去人稀沙美的沙美岛。

从芭堤雅出发，车程一个半小时，到达一个叫班佩的离岛，然后改乘小汽船去沙美岛。

小汽船看上去“衣衫褴褛”，但内心透露出强大，乘风破浪，直济沧海。海面万里，望不见地平线。问了导游，才得知我们竟然是在太平洋上了！乌云层层密密，像黑锅覆盖在我们头上，天空飘下丝丝小雨，远远的海水，放出寒冽的波光，我们的船就像汪洋里的一叶小舟。这让我想起拉赫玛尼诺夫交响曲音乐诗《死岛》。30多岁的小拉看了瑞士画家裴克林的名画《死岛》，在静止的海面上，一叶小舟，载着穿白衣的人，他想到了死亡。我们也是一叶小舟，海面也是那么平静，波浪倒像是摇篮曲的低吟轻唱。太平洋太太平平，船舷有飞沫飘落在我的脸上，心浪随之起伏，涌出年轻失恋时爱唱的一首歌：“深深的海洋，你为何不平静，不平静就像我爱人，那一颗动荡的心……”

沙美岛，名字很美，海滩的沙质也细软。当然，其色泽不及我国普陀山百步沙千步沙的金黄；游人也不拥挤嘈杂，其氛围也没有新加坡圣淘沙海滩的宁静清朗；海滩很宽也很长，但倘若和夏威夷海滩摆在一起，不过是盆景一个。

上述的比较欠厚道，对我来说，凡海滩无不喜欢。我每每换上游泳裤，光着脚，悠哉游哉，漫步在浅滩上，任凭海浪汹涌扑来，又殷勤地抚摸我的腿脚，任凭飞沫亲吻我的脸颊。人们比喻那海浪像雪花，像银色项链，像朵朵百合。我看那一字排开的长长的白色浪花，像我的苍苍白发，哦，“白发三千丈”（李白），近些年来，每临明镜如霜草，“缘愁似个长”。此刻，我望着那白发似的海浪，那么激情澎湃，去了又来，生生不息，看雪浪拍岸，听海潮呼啸，让我茅塞顿开，“自知白发非春事，且尽芳樽恋物华”（唐·杜甫《曲江陪郑八丈南史饮》）。

沙美岛

我恋着海滩，恋着浪花，忘了时间，忘了归去。

2. 水上市场杜拉拉

在岸边，一片广阔的水面上，层层密密，一栋栋泰国民居的小木楼。走进去，鳞次栉比的小店铺，各色小吃的气味飘进我的鼻子里，精致的工艺品闪闪烁烁，更有许多泰国地方特产，数不尽，看不够，兜来转去迷宫似的。木楼与木楼之间，有一条窄窄的小河，河上有小游船载着各色游客，缓缓行驶着。

这就是著名的四方水上市场，因电影《杜拉拉升职记》在这里取景，我国旅行社打出的牌子名为“杜拉拉水上市场”，借电影之名提升市场的知名度。可惜泰国人并不领情，仍叫“四方水上市场”。所谓四方，就是集泰国四个区域的特产。毋庸置疑，借水面打造具有泰国乡间风情的市场是一个绝佳的创意。可惜的是，除了旅行团队，几乎没有走过路过的游人。而旅行社游客也多走过路过不掏腰包。我想了想个中原因，一则这里沾染了过多“阿堵物”的商业气息，少了乡间小贩的纯朴。二则市场商铺的设计过于奢华，没有水乡民居的古朴。还有整个市场除了商品还是商品，与陆上市场并无二致，没有个性。倘若沿街有个体的民间艺人，有卖唱杂耍的，或有一台社戏之类的舞台，演出泰国的戏曲、音乐等等，可能更有吸引力。水上市场创意虽好，但布局缺少了新意，游客匆匆来匆匆走两手空空，也在情理之中了。

“杜拉拉”电影已逐渐被人淡忘，“四方水上市场”能振兴吗？“吹皱一池春水”，干卿何事？一个外国人多余的操心。

第七天　圆满

1. 平安，四面佛

今天要回国了。

泰国的最后一个景点是四面佛。记得到泰国的第一个景点是双龙寺。这一头一尾到寺院拜佛，“佛国之旅”画上了圆满的句号。

去四面佛的路上，心里有点忐忑。记得不久前几个暴徒就在四面佛殿内外引发爆炸物，损坏了佛寺，死伤了无辜。在佛寺造孽，报应是天注定的。

来到四面佛，香火很旺，四面佛安然无恙，看了叫人喜欢。四面佛四面是一样面容，一样姿态，都是佛教里梵天的形象，法力无边，泰国人家的庭院里也多有供奉。虽然四面是同一尊佛，但分别代表婚姻、事业、财运和平安四种功德。我的婚姻圆满，事业圆满，财运也够圆满了。所以我一一膜拜，但心里许愿祈求的只有一个：平安。

今晚 12 点左右，我平安回家了。

2. 旅游有什么意义

回国后，一位不喜欢旅游的朋友对我说："我问你三个问题。"

我说："好。"

他问："第一，你认为世界上最好的地方是哪里 ?"

我说："讲不清楚。"

他说："你知道，金窝银窝，不如家里的草窝，家里最好。"

我说："是的。"

他问："第二，你认为世界上最好吃的东西是什么？"

我说："我也讲不清楚。"

他说："你也知道，吃净滋味盐好，走尽天下娘好。世界上盐的味道最好。"

我愕然望着他："……"

他略带启示的口吻说："那我问你第三个问题，你到处去旅游有什么意义呢？"

我一时答不上来，突然想起一句台词，说："发生就发生了，为什么要有意义？"

他没听懂，苦笑了一下。

我是套用了电影《少年派的奇幻漂流》里主人公 PI 说的话。这部电影由华人李安导演，荣获第八十五届奥斯卡奖。

《易经》第五十六卦为旅卦，其卦辞为："旅：小亨，旅贞吉。"意为小心谦顺可以亨通，旅行虽是小事，但能坚守正道必然吉祥。我的朋友汪欣君精通易学，著有《周易大赋》，其《旅卦赋》曰："人生旅途最难之事兮，旅之义……观人生之旅途，犹如漫漫长夜。百滋百味，难于尽说。旅途珍重好自为之。"从人生观的角度揭示了旅卦的深奥哲理：贞吉。

十字星空下的澳大利亚

（2016年5月7—18日）

小引　南十字星座

儿时的一个夜晚，我在北半球的浦江边，仰头望着天上的北斗七星，久久发呆，天上的这七颗星星，真的越看越像人间酌酒的斗勺。今夜，我似乎返老还童了，在南半球的塔斯马尼亚岛上，遥瞻悬在那南天尽处的南十字星座，又一次久久发呆了。在广漠的天幕上，这奇妙组合的南十字星，放射着令人注目的光辉。那是耶稣拯救人类的十字架？还是生意盎然叶旋羽状的十字花？澳大利亚人，这块南方大陆的主人，伸手摘下，挂在了他们蓝色的国旗上，还表示，这南十字星代表了但丁描写的四种品质：正义、宽容、节制和勇敢。

今夜，我们住在岛上的一个度假村里，村子里一派田园风光。在这深秋的夜色里，四周柔软静谧，微风掠过草地，送来阵阵清香。一栋栋红顶的瑞士式小屋，疏疏朗朗，透出星星点点的灯火，与那辽阔高远的十字星座交相辉映。沐浴在天地之间的清辉里，我，一个北半球的行旅人，快乐着“南方大陆”之旅。

上篇　悉尼：都市风光

第一天　一次小众之旅

我们乘坐南航，从上海虹桥机场起飞，抵达广州白云机场，休息一晚。我参加“老小孩”网站旅游团，游客均为退休老人，这样的安排，避免了夜航班的劳累，很适合老年人。

行前，女儿看了我们的行程，羡慕不已：“你们是小众之旅。”她曾先后两次随医学代表团访问澳大利亚，长达一个多月，还没有像我们这样的深度游。

的确可称为小众之旅。“老小孩”网页上赫然标明“原创”，写道：“我们这一次，将跟随习大大（习近平）的脚步，邀请大家踏上澳洲最南端，犹如世外桃源一样的塔斯马尼亚州，这里是最接近南极的‘世界之心’，自从习大大和彭麻麻（彭丽媛）去过塔斯马尼亚后，这里的美丽和幽静才进入国人的视线……”

我们一行加上领队才 15 人，“小众”之团踏上了小众之旅。

领队戴女士，三十出头，一张白净的脸，长发披肩。小戴毕业于上海中医药大学，硕士学位。她先后在医院、药厂和中科院实验室工作。一个寒窗七年的医学硕士，义无反顾，华丽转身投入到为老服务的事业，这里面，有着一个温馨的故事，暂且按下不表。

第二天　悉尼，中国的上海

大约飞行了 9 个小时，抵达悉尼机场，黄昏已至，繁星闪烁。

“悉尼，中国的上海。”地陪小伙子小王在巴士上没有任何寒暄，开门见山的就是这句话。我们这帮上海人听了，个个脸上喜形于色。

果然，巴士刚开出几分钟，就见公路一旁赫然竖着一块硕大的中文广告牌：“交通银行”，在强烈灯光的照射下耀眼夺目，引得我们一阵惊呼。车开不远，又见一块同样巨大同样光亮的中文广告牌“建设银行”。奇怪的是，这一路直到市区没有见到一块英文广告。

我们入住的宾馆就在唐人街旁，门楣写着中文名字：湘聚里。唐人街，满眼的中文店名“朱妈妈台湾点心”“长春参茸味行”“贵州茅台”“福建科学养生中心”“岑氏钟表首饰行”“甜甜咖啡屋”“外滩海鲜”等等，我们的晚餐也是广东人开的“东海酒家”。地陪小王说：“在悉尼街头，你常常能听到上海口音。”

小王也是上海人，大名海光，寓意上海的荣光，30 多岁的帅小伙。他毕业于上海理工大学化学系，取得了硕士学位。来澳大利亚已有 8 年，拿了永久居住证，买了房，成了家，从事有关医药的工程项目。出于爱心，经过资格考核，他成了澳洲红十字会救护机构的高级紧急救助员，一年义务开救护车 72 小时，分文不取。

还有一位男导游名叫顾成，名字与旅澳诗人顾城十分相近，一下子就记住了。他也是 30 来岁，身高 1 米 82，获上海大学土木工程硕士学位，在澳大利亚，除了参与工程项目，还是澳洲全国翻译和口译机构的持牌人员。

两位年轻的华人，理工科的硕士，为我们这群退休老人当导游、做司机，日夜兼程，他们会有怎样的人生思考呢？

第三天　漫步悉尼

1. 在女王身边喝咖啡

地陪小王介绍说，我们到来之前，悉尼一连下了 7 天雨，悉尼人无不眉开眼笑。悉尼是个丘陵里的盆地，就连街道也多有斜坡，终年难得有雨。今天，我们来了，雨霁天晴，我们也个个笑逐颜开了。

清早，宿雨初晴，我们走在以英国国王乔治命名的大街上，神清气爽。沿街的屋檐、悬壁、拱廊、游廊，水洗一般的明洁。

那幢市政厅大楼，像一艘泊在港湾的巨轮，大楼门前的地上，抛着一只硕大的铁锚，好似刚刚浮出水面，船长拉响了汽笛，巨轮张帆起航。港城新的一天开始了。

往前是巍峨的银行大楼，大楼铁板着脸，墙壁上是三只猴子的雕塑，一只装聋，一只作哑，第三只眯缝着小眼装扮迷糊，这三位就是名闻天下的三不猴：“不看、不听、不说。”凡进出这家银行的大款们，个个学着猴样，不看不听不说。如今，银行大楼上上下下酒吧咖啡吧，灯红酒绿，那三只猴儿，依旧故我。沉默是金啊。

再往前，是一栋表亭模样的建筑，这里是英国女王的豪宅，据说宅内漂亮无比，但闲人不得入内。

抬头望去，一幢大楼上的“QVB”三个英文字母，十分抢眼，这就是著名的维多利亚女王大厦。大厦门前有一尊女王雕像，屋顶则是黄铜夹裹着玻璃，颇像天上的银河，熠熠闪光。

悉尼市政厅大楼

在 QVB 与网名“小竹林”合影

进门的长廊，地面全是彩色地砖，干净又艳丽，好像昨天刚铺上去。大厦里的店家很有艺术品味，布置得精致、艺术，大厦就像女王的宫殿。

我们沿着铁制的弧形旋梯，来到二层。在长廊上有一家咖啡店，我坐在店外的餐桌上喝咖啡，环顾左右，那一扇扇轮窗，镶嵌着七彩玻璃，长廊尽处，是一座古典大钟，这是“伟大的澳洲大钟”。

导游小王与我同桌，他向我们娓娓缕述女王大厦的前世。当年（1898 年），澳大利亚经济萧条，政府为扩展就业，招募一批失业的彩绘玻璃艺术家、工艺家、工匠、铜匠等，在这里建起一幢高楼大集市，以此庆贺维多利亚女王加冕 60 周年，命名为“QVB”。过了一年，集市大楼又加盖壮观的圆顶，改造成为葡萄酒大卖场。后来再一次精心打造，成了今天的女王大厦。法国著名时装设计师皮尔·卡丹称赞：“这里是世界上最漂亮的购物中心。”我们的导游小王赞美得更富诗意：“这里，有新的生命。”

小王望着穹顶，神秘兮兮地说：“伊丽莎白二世女王在圆顶里藏了一封信，是写给悉尼市民的，女王规定要到 2085 年才能打开。”也就是说，等上 69 年，悉尼市民将会迎来一次世纪狂欢。虽然我是见不到那一天了，但此刻坐在宫殿般的女王大厦里，就像坐在女王身边，喝着咖啡，耳畔仿佛有颂歌回荡，那首颂歌就是以前澳大利亚国歌《上帝保佑女王》。

2. 悉尼人只说：“那座桥”

悉尼的达令港，取自第七任总督名字：达令，英文 Darling，意译为“亲爱的”，于是，达令港便有了一个青春的雅号：“情人港”。

走进港湾，那窈窕的环形码头给我们一个热情的拥抱。早在 20 世纪 50 年代初，一位英国诗人登上悉尼海岸，也被它的热情感染，作诗赞美：

哦，我不会忘记透明清晨的你！
你无垠的港湾，你深绿色的大树，让人窒息。
摩天大楼，水畔小屋，公园和广播塔，
还有小巧的引航船，“库克船长”号，
冒着蒸汽将我们恭迎。

恭迎我们最热情的要数拱形的“悉尼港大桥”了，它张开强壮有力的双臂把我们搂入怀中。我国香港人爱昵叫它“雪梨港湾大桥”。爱得深切的当然是悉尼人了，他们在平日的交谈里只说“那座桥”，就像我们上海的女士，称自家老公为“阿拉屋里”一样。“那座桥”，自从1924年开展“所有澳大利亚人的桥梁运动”以来，便架在悉尼人的心上了。“那座桥”，确实值得他们骄傲，它是世界上最大的单孔桥，还是现代世界七大奇迹之一。

悉尼港大桥

然而，我不是悉尼人，我更钟情海湾上的另一座桥“英雄纪念大桥”。那是午餐后的漫步……

午餐，我们入坐在悉尼鱼市场的一家露天餐厅里，我的身边是海港码头，那里停泊着渔船，平静的水面偶有小汽艇驶过，画出粼粼波光。晌午的阳光照在我的身上，尝着澳大利亚著名的美食炸鱼加薯条，美食美景，美在我的心头。

餐厅旁就是南半球最大、世界第二的海鲜市场，大家都到那里开眼界去了。我更喜欢海港码头，请导游小王陪伴，小王欣然答应。这里叫莱克沃特尔小湾，水岸边，宽阔的草坪，浓浓的绿树，静静漫步，风景处处。小王指着不远处的一座大桥说："这是英雄纪念大桥，是人们为第一次世界大战中牺牲的将士建造的。"我听了，心头为之一震。小王告诉我，在一战中，澳大利亚自愿参军的多达40万人，在一次土耳其战役里，一支6万多人的澳军将士全部阵亡，震惊世界。我望着大桥，久久回不过神来。哪里有战争，哪里就有死亡。法国文艺复兴时期思想家蒙田说过："人的幸福生活就在今世。"倘若今世死于战争，那还有什么"幸福生活"可言？

3. 乌松：悉尼上空的丹麦风帆

悉尼歌剧院，世界建筑艺术的宠儿！有人说它像贝壳，有人形容它是风帆。我独自一人，静静地围着它走了一圈，它三面环水，感觉确实更像风帆。它的设计者约恩·乌松，一个丹麦的年轻人，他的家乡赫尔辛格，是一个宁静的小镇，他的设计灵感就来自小镇河里的片片风帆。歌剧院的白色屋顶，腾空而起，就像帆船驶向大海。

悉尼歌剧院

我们走进歌剧院，迎接我们的讲解员，一个来自中国东北的姑娘，是个美女，说着一口标准好听的普通话，向我们揭示歌剧院的种种奥秘。她说，我们头顶由一块块钢筋混凝土板合成，表面铺贴上百块的瓷砖，光亮平滑，看上去的确像一只巨大的贝壳，哦，我站在里面，就成了贝壳里的一只小虫。

大厅环形走廊的墙面，全都设计成斜形的玻璃，东北姑娘打趣地让我们猜，这环形玻璃为什么设计是斜形的呢？谁也没猜着。姑娘得意地说，那是为了避免我们人影的反射。果然，透过明亮的玻璃望去，是眼花缭乱的码头，是绕水而建的商店，是一群悬飞的海鸥，海港的景色一览无余。

随后，我们来到音乐大厅的二层，舞台上灯火明亮，那里正在排练歌剧《悔愁》。指挥家来自日本，乐队齐齐整整，一对男女歌唱演员轮番唱着咏叹调，指挥还不时打断他们，纠正再唱，观看这样的排练场面比看正式演出更真切感人，一场完美的演出就是这样精心打磨出来的，这就是艺术。

回到一楼大厅，东北姑娘用深沉的语调介绍设计者乌松。当年乌松才 38 岁，来自丹麦，他在众多设计者中脱颖而出。但在剧院建造中途，他与公共工程部部长发生冲突，他愤然辞职回国。歌剧院耗时 14 年，竣工时邀请他参加开幕典礼，被他拒绝。东北姑娘说，那年，在落成的工地上，工人们唱起了著名歌曲《老人河》，向乌松致敬：

> 黑人劳动在那密西西比，
> 黑人劳动白人来享乐，
> 黑人工作到死不得休息，
> 从早拉船直到太阳落。
> ……

约恩 · 乌松，您听到了吗？

悉尼歌剧院，那片片风帆，从北欧的丹麦驶来……

4. 伟哉，囚犯

接着我们来到著名的旅游景点岩石区，原以为整个街区乱石嶙峋，山崖矗立。一看，不过是在海湾的沙滩上，布置着数块方方正正的大石头而已。曾经，这里是太平洋最著名的水手城镇之一。

时光倒转 200 年前。那是 1787 年，英国的第一舰队在亚瑟 · 菲利普船长的驾驶下，来到安全的下锚处停泊，这就是悉尼。船舰载着 800 名犯人，船上的水手们和犯人们，在砂石裸露的岩层边，搭起了茅屋，成为最早的澳洲移民。舰队接二连三来到港口，一批批粗野之徒，在狭窄的小巷里杂居。在水兵酒馆里，大批暴徒海喝狂饮，盗窃乱淫，岩石区成了罪恶的代名词。直到一百年后的 1900 年，黑死病爆发，岩石区的罪恶之地也被吞灭。灾后，当局把当年的恶习定为非法，岩石区才迎来文明的曙光。今天的岩石区有鳞次栉比的摩天大楼，沙石路边绿树丛丛，没有一处囚犯们的生活遗迹，岩石区的臭名声已成为历史。

囚犯中也不乏优秀人才，著名的圣玛丽大教堂的设计者弗朗西斯 · 格林威就是其中一位佼佼者。

圣玛丽大教堂不仅雄伟，而且宏大，教堂长达 108 米，竖起来比我们上海的佘山还高出 10 米，这是世界上最长的教堂。

为了建造这座大教堂，当年的总督拉克伦·麦夸里独具慧眼，不拘一格，在囚犯中挑选格林威担任教堂设计。这位总督，士兵出身，被奉为澳洲之父，是个优秀的规划师，他以当年国王名字命名了乔治街，以首相名字命名了皮特街。他把最漂亮的大街以自己的名字命名，在悉尼，以他姓名命名的街道多达 23 条。然而强龙斗不过地头蛇，一帮拥有实权的大地主，把澳洲之父撵出澳洲，麦夸里卒于伦敦。在悉尼，没有一尊麦夸里的雕像，但他的名字已铭刻在澳大利亚人的心中。

让人们记住的还有麦夸里起用的囚犯格林威，他因伪造罪被判服刑 14 年，在圣玛丽大教堂 1882 年落成时，他先于两年前病故。总督麦夸里给他以殊荣，在教堂里竖立了他的雕像，伟哉，囚犯格林威。

5. 人去椅空水自流

悉尼皇家植物园内，有一处发人遐想的景观，那就是麦夸里夫人之椅。我们马不停蹄玩了一天，有点累，时近黄昏，大家仍然奋着余力直奔那里。

植物园原本是总督麦夸里的私人花园，古木参天，翠绿怡人。其夫人伊丽莎白，每天傍晚在海滨的拐角处散步，等候丈夫下班路过这里，夫妻双双把家还。为报答夫人的柔情深爱，麦夸里让石匠们在这里的一围小山丘上，开凿出了一张石椅，长达两三米，供夫人小憩。

麦夸里夫人之椅

伊丽莎白坐在石椅上，望着海港的入口处，每有船只进港，便勾起了她的思乡之情，在遥远的英国，有年迈的父母和亲友，孤帆天际看，凭添两行泪。她的丈夫每隔五年须回国述职，来回费时长达两年半，独守空房，相思浩荡如海港流波。那年，麦夸里被驱逐回英国，伊丽莎白才因祸得福，得以回到故国，和家人团圆。

如今，人去椅空，花自飘零水自流，夫人凝望的港口被称为“麦夸里夫人角”。我也坐上石椅，欲亲历当年伊丽莎白那“人自伤心水自流”的感伤，但游人纷纷跳将上来，哪有遐想之趣？我也不是伊丽莎白，我的家在中国上海。

第四天　蓝山蓝蓝

1. 欢乐在血泪谷

蓝山在悉尼的西部，车程约一个小时。蓝山的名字有色彩，让我联想到了非洲的蓝山咖啡，虽然牛头不对马嘴，感觉倒是一样的美好。

天色蓝苍，山岚也蓝苍，蓝山上遍植桉树，树脂挥发出蓝色的烟雾，蓝山折射出一层淡蓝色的光焰，正和澳大利亚国旗的蓝色吻合，山也被取名蓝山了。

我们沿着一条专用徒步通道，在灌木丛中穿行，桉树的清香沁人肺腑。原以为原始林带没有人烟，却不料，山崖被开凿出一个巨大的窟窿，原来，这山蕴藏着丰富的煤，一个多世纪前，这里成了煤矿，沿路有运煤的轨道，破旧的煤车，还立着煤矿工人的塑像和马匹，让游人想象当年开采的情景。这里距山下深达 1 000 米，人们下山乘坐缆车，这是世界最陡峭的载人矿车，52 度的倾斜，通过透明玻璃，岩壁扑面而来，最狭处犹如一线天，坐在上面游客们像坐过山车似的，发出阵阵惊恐的尖叫。这是运载矿工的铰链车，记载着矿工苦难的历史，如今，成了游客们的观光缆车。在半山的平台上有一块留言壁，我们的团友高先生在墙上写道：“人生得意须尽欢，万水千山再复来。”

哦，“天若有情天亦老，人间正道是沧桑”。曾经洒满血泪的山谷成了欢乐谷，换了人间。

2. 三姐妹峰：罗密欧与朱丽叶

在蓝山，被称为“美景世界”的站台一侧，是蓝山的标志：三姐妹峰。我左看右看，那三座山峰形状一点不像三个姐妹。导游倒是津津有味地给我们讲了她们的传说：有三位出生在 K 部落的姐妹，个个长的美如仙女，山下 N 部落

在三姐妹峰和三女士合影

有兄弟3人，个个是帅哥。他们三对双双坠入爱河。但是这两个部落之间结有怨仇，为这三对恋情又引发了新的战争。K部落有位巫师，为避免这场战争，就把三姐妹点化成石头，就是三姐妹峰。这个传说让我联想到莎士比亚的悲剧《罗密欧与朱丽叶》。意大利的一个城里，卡、蒙两大家族世代仇怨，在卡普莱特家为女儿朱丽叶举办的假面舞会上，朱丽叶与蒙泰古家族的罗密欧一见钟情。为此，两大家族激起了斗争，两个恋人也因而付出了生命。两个悲剧如出一辙。

我在三姐妹峰前留影纪念，刚摆好姿势，团里的赵丽娟、于丽云、钱嘉芳三位女士热情地拥到左右，嘻嘻哈哈和我一起合影。想想相聚左右的三位姐妹，虽然性格各异，但都活得那么潇洒，那么幸福，三姐妹峰的那三位该是多么的羡慕。

3. 四海一家唐人街

去国外看唐人街，是我多年的心愿。前年在美国旧金山，导游居然跳过了行程安排中的游唐人街景点，让我抱憾至今。明早就要离开悉尼了，晚饭后，我硬着头皮向导游小顾提出去唐人街的份外要求，小顾虽有杂务在身，仍欣然陪我前往。

唐人街头有一棵柱状的树，树干披裹着金黄色的绸布，这棵树是唐人街的标志，英文名为“Golden Tree”，华人则俗叫“发财树”，祈愿唐人街生意兴隆。

在街的入口处竖立着古色古香的牌楼，夜色蒙蒙，牌楼依然金碧焕然。匾额上醒目的行书“四海一家”，两边的楹联分别是上联“四海种族同仁修睦合群如兄弟”，下联“一家金兰结义精诚博爱贯澳中”。龙的传人，把“四海之内皆兄弟”的训导传播到了澳洲。牌楼的背面还有一副楹联，分别是“继往万国衣冠维护自由正义”，“开来大同世界发扬民主精神”，横批是“继往开来”。我们华人的智慧，丝丝缕缕散发在这条唐人街。

街两边的店铺一式的中文店名，霓虹的设计也洋溢着中国味。小顾颇为自豪地对我说：“这里，西方人只是个点缀。”我环顾行人，还真见不着一个碧眼儿。这里是我们背井离乡的游子们，思念故土的释怀之地。

唐人街是条小街，可是在街的尽头又立着一块牌楼。牌楼的两脚是两尊中国式的镇门石狮子，雄狮脚下有绣球，雌狮怀里并没有幼狮，估计是雄狮刚接到绣球，还没有入洞房吧。牌楼照例有楹联和匾额，其内容振聋发聩，虽然夜色沉沉，我依然看得清晰，一字一句抄录下来。上联“德业维新万国衣冠行大道”，下联“信孚卓著中华文明贯全球”，横批“通德履信”。华人的“德业”“信孚”，深得澳大利亚人的尊敬，接下来的一幕便是明证。

唐人街走到了尽头，该打道回府了。一路下来，小顾似乎察觉到我对华侨特殊的情怀，他继续陪我前行，走过一条马路，来到了一个华人纪念广场。广场有一座大理石的纪念碑，用中文写着“华人纪念碑”。石碑上铭刻着长篇的中文，记载着自 1788 年澳大利亚立国以来，华裔军人在一战、二战、越战、韩战中捐躯的事迹，这是一块澳大利亚华裔军人的光荣榜，铭文高度评价中国华人的牺牲精神和为人谦恭的品质，这块纪念碑立于 2002 年，是以澳洲政府名义建立的。我默默伫立，既为华人的“德业”“信孚”精神骄傲，又为澳大利亚人民博大胸怀所感动。

其实，澳中友谊从澳大利亚立国的第一天就结下了。

1788 年，当英国亚瑟・菲利普船长率领第一批舰队抵达悉尼时，我们中国人也随之上岸了。这第一舰队里有两名中国厨师一起随往。一百年后，在悉尼的中国人已达 14000 千多人，而今，中国移民跃身成为新南威尔士州的第三大移民军团，他们形成了中国人社区，建立了中国城。中国人的“十八般武艺”，在澳洲风风光光。早在 19 世纪 50 年代，中国人在澳洲的第一个行业是制作咸鱼，这让我突发奇想，在中国做咸鱼最有名的是宁波人，宁波咸鲞鱼名扬世界，还有咸带鱼、咸黄鱼等等，宁波人喜欢吃咸货也全国闻名。而宁波人又是出洋最早的一群，1916 年，孙中山先生就夸赞过：“即欧洲各国，亦多甬（宁波）商足迹，其能力之大，固可首屈一指也。”我猜想，那最早在澳洲制作咸鱼的人就是宁波人吧，我沾沾自喜，我乃宁波人也。

中篇 塔斯马尼亚：原野风光

第五天 走向世界的尽头

1. 跟随习大大的脚步

你想呼吸全世界最纯净的空气吗？请到塔斯马尼亚来；

你想喝上全世界最纯净的水吗？请到塔斯马尼亚来。

这是我杜撰的广告语。它的始作俑者，联合国也。据联合国评测：塔斯马尼亚的空气和水是全世界最纯净的。

2014 年 11 月，国家主席习近平和夫人彭丽媛访问了塔斯马尼亚，给我们带来了一股清新的风，我们一行，跟随习主席的脚步踏上了那片澳大利亚的世外桃源。

从悉尼出发，乘飞机，飞越巴斯海峡，不消两个小时，就来到这块澳大利亚唯一的岛州。

巴士在公路上撒欢，公路在草原上奔跑。导游小王说："塔斯马尼亚是原野风光。"原野极目无垠，满眼碧绿，如画如绣。一群乳牛，毛色黑白相间，静静地嚼着嫩草，一群绵羊欣欣然跑过，喜得满车人一阵欢叫。再往前，又是风吹草低见牛羊，不见牧马人，也不见放牛娃，导游说，晚上它们睡在草地上，草地就是它们的家。领队小戴已经来过一次，她感慨地说："从悉尼过来，一到这里，我的心胸立马开阔起来。"导游小王曾听我讲过瑞士风光的美丽，他问我："这里和瑞士有什么不同吗？"我脱口而出："瑞士精致。"小王毫不犹豫地接上："这里大气！"没错，做个形象的比较，倘若瑞士景色是 4 ∶ 3 遮幅式电视屏，或是 16 ∶ 9 的宽屏电视，这里的风光便是 360 度的球幕电影了。看吧，从飞驰着的巴士窗里遥望过去，公路两边的草原，无边无垠，和蓝天相接，连成一片，一个天地交融的寰宇。此刻，小戴播放起音乐，第一支歌曲就是《草原之夜》："……草原上只留下我的琴声……"琴声歌声，悠悠扬扬，一路洒去，也洒在我的心里，整个儿身心仿佛被洗涤似的，清清的，柔柔的，融化在原野里。

塔斯马尼亚，被森林、牧场、农田覆盖了一大半。这个岛的名字取自荷兰航海家阿贝尔塔斯曼，他在远航南太平洋探险途中发现了这个岛。再往南航行就是南极了，于是，这个岛就被称为“世界的尽头”，呵，多么奇妙，我们走到世界的尽头了！人们从高空俯瞰，惊喜发现这个绿岛像一个心形，于是，人们又称它为“世界之心”，一个让人一见倾心的新世界。

2. 碰杯，酒杯湾！干杯，朋友！

在原野放眼了六七十公里，我们来到了酒杯湾。

“在那里，我们看见了有生以来所见最壮丽的景色，我时常回忆起自己坐在那里的美好时光：微风吹拂，海浪轻轻拍打着我们的脚趾，我惊奇地凝望着这湾清彻无垠的蓝色海水向岸边涌去，岸边银白色的沙滩正如酒杯的边缘一样完美……”

这段美文不是我写的，是 2006 年《旅游指南》的评说。这“酒杯的边缘”引诱我，多想醉醉地抿上一口。

“沙滩与塔斯曼海形成轮廓分明的半月状，我独处在这海水一色的辽阔天地，感受自然景观的旷野、宁静和伟大……”

这句赞美词也不是我的点赞，这是 1999 年美国旅游杂志《户外》的描述，酒杯湾被该杂志投选为全球十大最美海湾之一。我要为你举杯，荣耀的酒杯湾！

我们“老小孩”网站也发了一张五彩照，酒杯湾、蓝天、碧海、金色沙滩，还有一弯乳白色的杯环。澳大利亚盛产葡萄酒，酒杯湾散发着浓郁的酒香。

怀着种种美好，终于来到了酒杯湾。

这里是酒杯湾吗？我愣愣地站着，一个大大的问号久久遮挡我的视线。脚下湿黏黏的尘土，海水一片灰褐色，没有白色浪花，不见一粒沙石。灰蒙蒙的天，远处海湾边隐约显露鳞次栉比的别墅。酒杯在哪里？寻寻觅觅，不见踪影。唯一可以自己骗自己的解释是，旅游攻略上明白写着：“要真切看酒杯湾的美景最好是登上山顶的瞭望台，往返要一个半小时；要看美丽的沙滩，往返需要 4 个多小时。”我们的日程不允许，也就无缘真正的酒杯了。

美景无处不在，看你有没有发现美的眼睛。此刻，我想起了曹操的诗句：“对酒当歌，人生几何！”还有李白的：“永结无情游，相期邈云汉。”我已年近八旬，这个岁数莫不处处皆仙境？于是，我双手合成酒杯状，与酒杯湾碰杯，请团友缪月芳（网名月亮）照相。缪月芳照完，立马吩咐其丈夫吴建民和我一起双手作酒杯状，一声“干杯”，笑声四溅。这杯酒比世上任何名酒更馥郁，更甘冽。

吴建民缪月芳是一对奇妙的伉俪。

夫妻俩家住上海远郊南汇乡下的一个小镇上，他们身上有着乡里人的纯朴。缪月芳曾是赤脚医生，整天光着脚板走在田间小路上，一开口就是大嗓门，说话不打弯，一根肚肠通到底。她纯正的南汇口音，不时蹦出乡里人的俚语，比如她说："粪坑边挟臭，香炉边挟香。"比文人说的"近朱者赤，近墨者黑"形象生动得"斜气斜来"（南汇土话，意为非常多）。丈夫吴建民是个"老实头"，基督徒，脸上似乎写着上帝的"爱"。他的父亲是基督徒，一度瘫痪，卧床不起，一位牧师三天两头到床前为其祷告，后来他父亲竟然神奇地站起来走路了。老吴亲眼目睹，见证了上帝的奇妙，原本信佛的他诚服主了。但是缪月芳当着丈夫的面对我说："我就是不信耶稣，我爷（父亲）是镇上有名的医生，我的亲眷里也有好几个当医生的，我是赤脚医生，相信科学，我还是共产党员，无神论者。"老吴听了，只管微笑，不吭一声。我问他："你给她传道吗？"他说："我不传道，她信她的，我信我的。"夫妻俩从未为信仰拌过一次嘴。也许是，妻子坚持共产党的"信仰自由"，在家里也搞统一战线。也许是丈夫听上帝的话，《圣经》如是说："顺服掌权者。"一对有神论者和无神论者的夫妻，成了伊甸园里的亚当和夏娃了。这个家庭是我们社会和谐的写照，是家庭和睦的典范。两位，"干杯！"祝愿你们："死生契阔，与子相悦。执子之手，与子偕老。"还得谢谢两位一路热情为我拍了好些照片，回国后还配上了音乐，我是"困梦头里"（南汇土语，做梦）也发笑。

3. 罗斯小镇的美食

我一直羞于落笔提及美食。山珍海味是尝过的，但除了"好吃、好吃"，再也抖不出别的赞美词了。今天午餐，导游小王宣称："这是澳大利亚最高档的美食！"最高档的美食再不记上一两笔，真的要有愧于那份佳肴的美意了。

"最高档的美食"在罗斯小镇。

罗斯小镇实在是小，纵横只有两三条小街，从一头走到另一头，5 分钟就走完了。但小镇名气很大，远播东南亚，因为日本动画大师宫崎骏的《魔女宅急便》在这里取景。宫崎骏不远万里来罗斯，慧眼独具。这小镇建于 200 年前，遍布古迹。在教堂街和桥街的十字路口，就有四座风格迥异的建筑，被称为"罗斯的四角"，四角分别有四个雅名："诱惑"（酒吧）、"消遣"（市政厅）、"诅咒"（旧监狱）和"拯救"（罗马天主教堂）。站在路中，如同站在人生的十字路口，得三思而后行。小镇旁是晃眼的麦考尔河，所有房屋一律米色墙壁，绿色尖屋顶，映衬在高大的橡树、榆树和针叶林的绿影里，一派田园风光，清洁宁静。我们慢慢欣赏闲逛，不经意间，有一棵奇特的大树立在我们眼前，树干周身不见一丁点树皮。导游小王说，这是箭树，不长树皮，耐得住澳洲的干旱。我猎奇地在树旁照相留影，“人要脸，树要皮”，这箭树不要皮，人可是不能不要脸的。

小镇有两家古老的面包房，一家就是宫崎骏《魔女宅急便》里小魔女打工的地方，另一家店名就叫罗斯小镇面包房，建于1830年，我们就在这里用午餐。

那份“最高档的美食”端上了桌，我打量了一会才动筷。这份美食名为澳带派，许多旅游攻略确实点明是澳洲一份顶级美食。那个带子，就是扇贝里的瑶柱，但导游微笑着和我耳语说叫“屌丝”，我愣了一下，他忙改口说也叫“诺丝”，还说又叫“飞鸟嘎啦”，听得我稀里糊涂，反正“最高档”就是了。我细细嚼了一口，那口味也是稀里糊涂，我不是美食家，也不必碎玻璃冒充金刚钻了。另外有一份牛筋排，导游说牛筋排是放在炭火上，烤至表层变色，略带着焦味才上桌，那焦味沁入我的鼻孔里，美食的形、色、香、味全齐了。那块牛排特厚，在上海红房子的西菜坊里至少可以切成三五块。牛排肉质嫩嫩的，上面浇着酱汁，咸里带着甜味。盘子里还配着薯块、圣女果、生菜和沙拉酱等，这便是“澳洲最高档的美食”了。

面包房的餐厅，小而雅，用餐的就我们一个团队。导游说，老板另有主业，因我们事先预订，特地赶来为我们张罗，这似乎只是他的业余爱好，而在我看来，他该有欧美厨艺米其林星级水平了。服务员也只有一名，是他的妻子，长得楚楚动人。

4. 厕所也是风景

写游记，拿“厕所”做标题，似乎有伤风雅。我之所以敢如此“放肆”，是因为有个每年11月19日的“世界厕所日”撑腰。

在罗斯大饱口福后，巴士也憋足了劲，呼呼地开了一个多小时，在原野，无人烟也无厕所，大伙也憋足了劲。

远远的，猛然闪出一座建筑，导游说那是厕所，那建筑高耸入云，像古城堡，大伙又喜又疑。巴士在公路旁歇下，去厕所还得跑上一二百米。原野的风挺大，我们的眼睛眯成一条缝，看那“厕所”更迷糊了。那外墙有一二丈高，外体坚固，灰蒙蒙的古旧，让我想起《三国演义》里的“空城计”。司马懿攻下街亭直逼西城，几十万人马兵临城下，诸葛亮手下无兵将可遣，独自坐在城头抚琴饮酒。司马懿举目城楼，疑有伏兵，率千军万马，仓惶退去。我们举目高墙，也心生疑端，那真是“厕所”吗？但大伙憋得要命，或大步流星或百米冲刺，勇往直前。

踅入高墙，是一个宽敞的空间，正是洗手间。洗手间的设施够得上星级，没见到管理人员，也没闻到异味，洁而净。大伙“齐唰唰，齐唰唰”地“唱完歌”，一身轻松，走出高墙，便打量起那栋建筑，建筑的顶层很特别，但不知派何用场。这是世界上独一无二的WC，纷纷拍照留念，厕所成了风景。人类从野蛮走向文明，“茅坑”就是一个分界线。据考古发现，中国在石器时代就有厕所，古称“偃”“屏”等，都是有屏障的。我国是厕所的文明古国。

5. 五星农场的“小驿店”

今晚，“入住澳式五星农场”，游程上写着。

进化论之父达尔文，他的祖父是位诗人，写过一首赞美澳洲农场的诗：“农场在金黄色中摇摆，果园中间涨红了脸。”

我们要去的农场，名叫“茶树葡萄庄园”。庄园有份精美的宣传册，那文字写着：占地50亩，员工800人。那照片里的茶树，“在金黄色中摇摆”，葡萄也“涨红了脸”，红得发紫了，酒柜里的葡萄酒香得我也醉红了脸。有道是，英伦三岛，英格兰出律师，爱尔兰出酒鬼，苏格兰出诗人。我们农场的主人来自苏格兰，他自然会像达尔文祖父那样，把一腔诗情融化在他的农场里。

农场旅馆

下午，我们沿途走过著名的塔马河谷，走过精致的坎贝尔小镇，走过200公里的路，天色渐渐暗了下来。公路边，从朦朦胧胧的灌木林里，蹦出一只袋鼠，在车灯的光影里，横穿公路而过。在“袋鼠之国”，头一回见那宝贝，好奇好兴奋。片刻，我便沉静下来，驿动的心飞向那“五星”闪闪的农场了。

到了，终于到了，农场

就在我的脚下。

巴士停在空旷的泥地上，白天下过雨，地上湿漉漉。放眼望去，柳昏花暝，漆黑的旷野里有点点微光，导游指着一处平屋对我和王老师说："你们就住在那里。"看那里，内心不禁掠过疏散的清凉。我俩拖着沉沉的拉杆箱，踏着砂石和泥土，在微明半暗中，一脚高一脚低走去。眼前横着木栅围墙，好不容易打开栅栏门，走到了一栋平房。

推门进去，我愣了一下。房间里除了两张床，两只床头柜，两只小木椅，空空荡荡，让我想起了成语"四徒壁立"。卧室旁有盥洗室，除了简易的水斗、马桶，淋浴莲蓬头孤零零地挂在墙上，连一块遮拦的布幔也没有，一放水，盥洗室可谓"水漫金山"了。我疑惑自己是否来到了我国塞外的客栈、驿站、招待所？卧室里有个壁炉，炉灶里堆满了树棍，这才让我闻到了农场的气息，我请王老师给我拍照留念。

我不知道其他团友们住的怎样，室外一片漆黑，天冷风又大，只好学学鲁迅的《自嘲》："躲进小楼成一统，管他冬夏与春秋。"夜深了，万籁俱寂，吃了安眠药，抱着自嘲上床去做梦了。

第六天　亚瑟港，世界第一美监狱

1. 别了，樱桃园

天有点白茫茫地曙了，揉着惺忪睡眼，梳洗更衣，推开房门，去一睹那五星农场的风采。

于晨光曦微中，放眼农场，恰似一片旷野。远远近近散落着一些上了年纪的老树，我身旁一棵，苍老地斜歪着身子，老树身旁有一条小溪，小溪两侧杂草丛生，像是一个蓬头散发的野女孩。不远处，停着一辆拖拉机，身上斑斑驳驳的锈迹，病恹恹地耷拉着脑袋。旁边有一个小小的棚架，四面无遮无拦，杂乱地堆放着农具。我寻找，寻找我憧憬的"五星"，却不见茶树葡萄，不见稻麦蔬果，不见青青草地，满眼荒凉。远处有一杆小小的旗帜，导游小王说，那是高尔夫球穴所在。

带着疑惑，小王陪我去参观了农场的展示馆。那是一栋欧式风格的小别墅，

农场小牛犊

踏进门去，走廊里摆放着农场历史的书籍、图片和实物。第一件实物是一桶高尔夫球杆，球杆旧得发黑。小王指着其中一杆说，这是一百多年前最早玩的球杆，很珍贵，我肃然起敬。展品很少，全在短短的走廊里了，但这些旧物走过了好些年代。走廊一侧是卧室，贵族似的典雅，小王说，这是员工睡的，农场总共才两名员工。走廊另一侧是客厅，富丽静洁。我问小王："农场主住在哪里？"小王答："住在农场外。"我听了似乎明白了许多。走出别墅，门外看见一只可爱的小牛犊，小王告诉我，那小牛出生才一个月，我欣喜万分，赶紧搬来一把座椅坐下。那小家伙温顺地挨着我，用软软的小嘴亲吻我的裤脚，哦，我终于看到了农场，请小王给我拍照留影。

我确实明白了许多。那农场建于1830年，小王说这里是澳大利亚最早的高尔夫球场，想当年，农场是何等的风光。几代过去了，这一代农场主更发达了，把眼光投向了农场之外，这里成了一个过时的旧物，任其荒芜了。

想起了俄国著名剧作家契诃夫的四幕喜剧《樱桃园》。主人公柳苞芙是樱桃园的园主，旅居巴黎，耗尽了家产，多年后回到自己的樱桃园，拍卖家园用以抵债。她听着远处花园里传来的斧头砍伐樱桃树的声音，动情地说："我可爱的、温柔的、美丽的花园，别了。我的生活，我的青春，我的幸福，别了！"谁不留恋往昔的青春，但谁也无法让时间停留，每个人的心中都有属于自己的《樱桃园》，但过去的"樱桃园"终将会消失。我也一样，别了我的青春，别了我的壮年，但我并不留恋"过去"，也无须期盼"未来"，只是平静地、默默地过好"现在"，那属于我自己的"樱桃园"。

下车伊始，对农场说长道短，未免有些多嘴了。别了，农场，别了，澳洲的茶树葡萄庄园，你依然属于你的主人，那苏格兰人的后裔正在享受属于他自己的“樱桃园”。

入住这个农场，让我窥见了澳大利亚农场的一页历史，一次难得的经历。

2. 原始的船民菜

新一天的旅程开始了。

我们的巴士老弟很精神，卯足了劲儿在公路上奔跑。公路尽处，太阳老兄在那里静候我们，我们就像夸父追日，傻傻地迎向前去。公路两旁，大片大片的菜地，绿一片，红一片，像泼洒在画纸上的大块大块颜料，闪烁着阳光的七彩，有一两只野鸟，踽步其间。塔斯马尼亚，整个岛屿不见一只烟囱，没有一家工厂，不生产一只螺丝钉，工业产品全进口。天空没有雾霾，常年清爽透亮。

车开过，惊起翩翩海鸥，我们来到塔玛河畔。大河入口处，在两边岩崖上，岩石架起一扇门，这就是著名的塔斯曼拱门，壮观的岩石溶洞。拱门老了，满脸皱纹，但老而弥坚，挺立在大河之上。

巴士开到另一个景点，导游宣布：“这里是魔鬼厨房！”听来怪吓人的。走近一看，所谓厨房，其实就是，在对峙的峭壁之间一道急流，这是奇特的地质地貌。问题是，动物们跑到峭壁，以为前面也是一马平川，勇往直前，坠落在河道里。岂料，这条河道生活着魔鬼一般凶残的水怪，他们专以坠落动物为美餐，人类便授予这条河道“厨房”的美名。“魔鬼厨房”竟也成了一道风景，呜呼哀哉！不幸的动物们，“一失足成千古恨”，人类也一样，会遭遇不测，带来厄运。

接下来的景点叫里士满小镇。巴士停靠在一个空旷地的路边，不远处，有一座孤零零的古建筑，墙体破败，老朽的木门上着锁。导游小王说，别小看了这栋老屋，它可是澳大利亚第一座天主教堂。我听了不禁哑然，那屋顶连十字架也没见着。这座名叫圣·约翰的教堂，不知何故，在 1980 年就被关门废弃，成了古迹。小镇也多古迹，不远处有座泛着黄色的石桥，就建于 1823 年，近 200 年前，这桥是一位囚犯工程师设计建造，石桥落成，囚犯也被赦免了。被“赦免”的还有一座监狱，如今也成了古迹，供游人们怀古了。

今天的午餐在一家名叫多纳利的餐厅，餐厅设在太平洋的海岸边，餐厅平台直面大海，海面上有座大桥，导游说，每当船来，大桥会自动旋转张开，待船驶过，又会自动合拢来。我们呆呆地等了许久，不见船过，有点遗憾。

这家餐厅匠心营造着古拙的氛围，墙壁上悬着一只巨蟹的蟹脚外壳，十分醒目，还挂着一根老式的鱼竿。餐厅的过道很宽，摆放着各式渔具，都是很古的，一只硕大的蟹笼就是古董，让我好奇的是一台古秤，估计在博物馆也难得一见。这些古老的渔具足以让旅人们作为谈资，我猜测，这里的店主该是一位文化人。

每天清晨，有渔船停靠在餐厅码头，船舱里全是新鲜的海鲜。

店主上菜了，手捧着用报纸卷裹的东西，打开墨香的报纸，一股热气和着香味沁入我的鼻孔里，定睛一看，竟是三明治汉堡似的食品，夹着生蚝、鱼片、生菜等等。惊讶之间，导游笑着说：“这是澳大利亚最原始的船家菜。”他的话，顷刻让我遥想当年，渔民的生活场景浮现在我的眼前，品尝着异国古风的美味，望着窗外茫茫大海，心中泛起一阵想哼唱渔歌的冲动。澳大利亚的渔歌我没听过，我国 20 世纪 30 年代的老歌《渔光曲》，还能哼上开头的两句：“云儿飘在海空，鱼儿藏在水中，早晨太阳里晒渔网，迎面吹过来大海风……”

3. 亚瑟港的黑桃 A

午后，我们踏访了亚瑟港的历史遗迹。1830 年，英国殖民当局在这里建立了囚犯流放站，亚瑟港成了“鬼域”“监狱中的监狱”“一台将囚犯改造为老实人的机器”。

在遗迹的入口处，每个游客领到一张扑克牌，待游览结束，在一个博物馆里将会揭晓扑克牌上相对应的犯人的故事。我的那张是黑桃 A，我非常好奇——他是一个什么样的囚犯？

走近一处山丘，那里寸草不生，一片焦黄。那就是“鬼域”遗迹，曾经的两场丛林大火烧毁了所有的建筑，留下了一堆堆废墟。

一个移居澳洲的中国姑娘为我们讲解，从山脚的监狱开始，顺着山势，一一告诉我们，哪里是警戒塔、营房、指挥官寓所，哪里是法院、医院……直至位于山顶的最高指挥官的豪宅。

在监狱的遗址，原先的四层牢房只剩下第一层的

黑桃 A 正面

黑桃 A 反面

残垣。每一间牢房都很狭小，除了一张靠墙的石头床，余下的空间，连转身都困难。我请一位团友为我拍照留影，把双手交叉摆在胸前，做出一个“NO”的姿势，聊表对那些殖民者残酷统治的抗议。

亚瑟港三面临水，和外界之间唯一的通道只有 3 米宽，人称“鹰脖子”，当年有卫兵把守，还拴着十多条警犬。曾经有一个囚犯装扮成袋鼠试图越狱，只蹦跳了几步就被识破。

随后，我们参观了保存完好的遗迹：邮局、会计室、医生寓所、文官住的排屋和政府的花园。

行程的最后，我们来到博物馆。我在墙上找到了黑桃 A——那是一个名叫罗伯特的英国男子，26 岁，因入室盗窃判刑 14 年。旁边的团友缪女士手里的扑克牌是草花 7，那个囚犯因盗窃 21 把阳伞，服刑 21 年。

手执那张黑桃 A，就像挽着那个罗伯特。扑克牌很轻，我的脚步却像灌了铅，沉甸甸的……

第七天　远山近水皆有情

1. 摇篮山，英式摇篮

摇篮山，世界的遗产区，这世界值得去看，何况，这山名温暖又神秘，摇晃起我遥远童年的回忆。

从草原来到森林，我们的巴士停在山脚下，山的海拔有 1500 多米，一辆景区的巴士送我们上山去。

山路穿行在茫茫森林里，留下一条长长的白色绸带。山上很是平坦，巴士停在一个湖畔，“高峡

摇篮山

出平湖”，天然又原始，这世界真是奇妙。湖水清清静静，水面上映着山峰的倒影。那倒影是两座高高耸起的山峦，两山对峙又相连，举头眺望，那形状很像一只大元宝。导游说，中国人看上去像元宝，或许会命名为元宝山，然而早年的英国移民一看，却像英式的摇篮，这就是摇篮山的由来。导游又说，山名另有深层次含义，我们身旁那个湖，湖名圣加尔湖，当地人俗称鸽子湖。瞧那湖躺在群山里，就像婴儿睡在摇篮里；山上的冰雪汇入到湖里，湖水流淌到山下，滋养了牧场、农场，滋养了那里的民众，摇篮山是生命的摇篮。山是那样的祥和，湖是那样的怀柔，远山近水皆有情。

山水有情人更有情，景区巴士在下山途中，司机突然停车，指向路边草木丛里的一只动物说：“瞧，那是袋獾。”大伙惊喜不已。就在路边的灌木丛里，一只肤色黝黑的动物，形状像袋鼠，个儿比袋鼠壮实。我们望着它，它也还以注目礼。哦，这家伙就是被早期欧洲移民辱骂的“塔斯马尼亚恶魔”，因为这“恶魔”长着尖锐的爪子，还有爱咆哮的“坏脾气”。其实，袋獾是现存世上最大种类的有袋食肉动物，人类有责任珍惜保护才是，袋獾长期来蒙受莫须有的恶名，也该平反昭雪了。

2. 壁画小镇的崛起

摇篮山下，有个名叫谢菲尔德的小镇，小镇走过了一百多年，人口才两千。人丁不旺，古镇萧条，冷冷清清，民众的日子不好过。30 年前的某一天，镇上的公仆们想出一个主意，打造一个壁画小镇，发展旅游业。民众纷纷挥毫，把整个小镇的墙壁绘画打扮，哪怕是荒废的房屋也斑斓清显，小镇获得了新的生命。他们还施以大手笔，每年举办一次国际壁画节，全世界的人都可以在网上申请参加各项壁画比赛。获奖作品被展示在壁画公园里，如今，壁画小镇名扬世界。

我们的巴士直接停在壁画公园门外，导游神秘兮兮地说，公园里有一幅画，因为习近平主席来过，特地被展示出来，大家找一找吧。

壁画公园陈列着近百幅壁画，都是去年国际比赛的获奖作品，一直会展览到下一届获奖作品评选出来。我兴致勃勃，很快找到了习主席见过的作品，壁画很高很宽，右侧是中国的五星红旗和一只熊猫，左侧是澳大利亚的十字星旗和考拉。我站在中间，张开双臂，一手抚摸着熊猫，一手牵着考拉，请团友照了相，象征着中澳两国人民的友谊。

随后，我又独自一人走向小镇，无论是咖啡店、餐厅，还是唱片店，几乎所有的墙上都是壁画，有的绘着小镇的历史，有的表现小镇开拓者的故事，一幅幅透露出澳洲的文化和浓浓的乡土气息，都是名人高手之作，小镇就像一本3D的立体画本，看了十分的震撼。

3. 差点错过的树雕小镇

维勒特小镇不是旅游景点，也不在我们团队的安排之中。当我们的巴士途经这个小镇，导游在车上说，这是一个树雕小镇，也叫园艺小镇，家家户户门口树草被修剪成各种动物。他话音刚落，巴士就倏然飞过去了。然而导游的话引爆了大家好奇的热情，导游自己闯的“祸”，只得让巴士掉头回去。

士兵树雕

这个小镇几乎都是珍奇小屋，一家一家的风采各异，每家每户的门外园花庭草，一棵棵茂密的小树丛被雕塑成各种动物，有大象、小鹿、乳牛、仙鹤等，还有乐器吉他，更有骑士和渔翁，个个惟妙惟肖，栩栩如生。这里还有一个二战阵亡士兵纪念碑，碑前立着用树雕塑的四名士兵，我站在第五岗，拍照留影，像小镇居民那样，向英烈们致敬，珍惜和平。这里，我们没见到一名当地的居民，小镇很静很静。

西方园林和中国古典园林是截然不同的美学概念。我们是法其自然，对植物几乎不做任何修剪，西方国家则是几何式，按照人的美学观念修剪打造。这座树雕小镇，把几何式观念推到了极致，非常独特，难得一见。

第八天　古城霍巴特

1. 习近平到过的露天集市

在澳大利亚，霍巴特是座古城，位居第二。对中国人来说，好像是刚刚盛开的薰衣草，散发出一股股清香，国家主席习近平携夫人彭丽媛在 2014 年的 11 月到访过。

习近平夫妇到过的萨拉曼卡集市

今天，我们也来到这座古老又新鲜的霍巴特，这个塔斯马尼亚岛的首府拥有 20 多万人口，充满了活力。

很难得，我们有幸赶上了萨拉曼卡的露天集市，习近平、彭丽媛也来过。这个集市是澳洲十大集市之一，只在每周六开市。今天正逢周六，我们直奔那里。

萨拉曼卡集市始于 1883 年，一百多年，能够延续如今，因为商品里注入了文化。集市设在海边的一条老街上。老街的广场是老式的砂岩石厂房，那是殖民时期留下的独特建筑。这里是本土画家和手工艺人的聚集地，古朴而幽静的生活方式给他们提供了创作的氛围。久而久之，一个以私人画廊和艺术家小店形成为今天这个集市的特征。

集市沿着老街一字儿排开，我们也一字儿走去，穿梭于各个摊位之间，一睹当地艺术家的精湛工艺，有塔斯马尼亚的风景画，也有东亚女士画，有本土的木雕饰品，也有西亚的手工艺术品，还有鲜花和美食。习近平和彭丽媛两位曾在一个手工艺摊位前驻足，据说买了一个紫色小熊。我来到这个摊位前，摊主摆放着习近平和彭丽媛造访的照片，我也在两位的照相架前留影作纪念。

2. 美华楼里“堕楼人”

午餐在中餐馆美华楼，老板是香港人。香港一度被视为文化沙漠，当我们踏进这家香港餐厅，却见一片文化绿洲，四壁满满当当全是中国字画，让人目不暇接。所有中国画都是耳熟能详的作品，比如四大美女、梅兰竹菊、百子同乐图、龙凤图、古钱币图、泰山图等等。还有一幅名画“八骏图”，乍一看是中国画，细一读却是西洋画，画家原是意大利人郎世宁，香港老板不一定清楚，也无伤大雅。书法的条幅也是中国风，有聚宝诗:“关公乾坤正气，聚宝地藏菩萨。”有赞颂美华楼的：“新颖脱俗客满堂，美酒佳肴菜根香，华庭高贵宾朋聚，楼台雅洁远近扬。”等等。

有一首诗是：“少年不知愁滋味，老大方悔读书迟。日暮东风怨啼鸟，落花犹似堕楼人。”其中堕字，我一时没辨认出来，请老板娘识，老板娘认不得，请来老板，老板也歉意地说不认得。这首诗其实是两首诗拼凑的。后两句出自杜牧诗《金谷园》：“繁华事散逐香尘，流水无情草自春。日暮东风怨啼鸟，落花犹似堕楼人。”写的是晋朝富豪石崇，有宠妓名绿珠，绿珠貌美，晋朝奸臣孙秀欲霸之，石崇不肯，被捕下狱，绿珠得知，自投楼下而死。“落花犹似堕楼人”，是指绿珠的命运就同落花一样可怜，自己不能做主。我搞不懂，这位香港老板为何把这诗挂在美华楼里，或许他也有隐情，或许他就如不识“堕”字一样，根本不懂这首诗的含义，如果是后者，那美华楼也是文化沙漠了。

导游说，美华楼是霍巴特最顶级的蒸点店，有清蒸鲜带子、碳烤猪腩肉、椒盐焗鲜鱿、挂炉烤肉、虾皇饺等等，应该说，这位香港老板厨艺还是挺不错的。

3. 惠林顿山的“风琴管”

惠林顿山，霍巴特城外最高的山，海拔 1270 米。据说，习近平和彭丽媛伉俪登临过。

我们来到山脚，绿意浓浓，野草花盛开，这里是温带气候，如春似秋，微风拂面。盘旋而上，车程不过半个小时，到了山顶，车门一开，一股刺骨的冷风劈面而来，狂风不分东西南北，旋转着，咆哮着。云层厚厚，天空灰蒙蒙，山顶是寒带气候，我们似乎跌进了冬天。

山顶上，怪石嶙峋，最奇特的是竖立着一根根石柱子，人们称之为“风琴管”。

风盘旋着，石柱子发出阵阵奏鸣，此刻演出的是冬之旅奏鸣曲。

山上有多处观景点，最高的叫日照平台。站在平台上，据说在晴天可以俯瞰霍巴特城貌、城外的大海，远眺还能看到新西兰，甚至南极。但此刻，云层密密，什么也看不见。

天气冷得不得了，风很大，几乎站都站不住，我们小跑着把几处观景点兜转，便匆匆上车下山去了。

山下有个小镇，叫磨坊风车小镇。那座磨坊外貌很旧了，有点像粮囤，屋顶一只大风车，也转不动了。小镇入口处有堵墙，全部用石块垒叠，石头与石头间不用混凝土，看上去天衣无缝。导游说，这是镇上 13 名女子的杰作，只有她们精通这门技术。

天色已暗，小镇鸦雀无声，也不见一个人影，更见不到 13 名传奇女子，我们稍稍停留片刻，就离去了。

4. 老板年轻的奥秘

晚餐也是在中国餐馆，可惜店名给忘了，好像叫天同。但店老板给我的印象很深。这位陈姓男士，面容光鲜，脸庞福相，看上去才 40 岁出头，一问竟然年过花甲，61 岁了。大家很是惊讶，围着他打听年轻的奥秘。他的回答很简单，常年吃花胶。花胶就是鱼肚，富有胶质，具有滋阴、固肾、培精的养生功能。但常吃能年轻 20 岁，似乎过于神奇了。

我忽然发现餐厅旁边有一个小小的内室，点着香烛。好奇地进去窥看，佛龛里供奉着一幅活佛像，这位活佛年轻且相貌端庄。我请教老板娘活佛的名号。老板娘在我的小本里写下“大宝法王”。哦，他们信奉藏传佛教。大宝法王的法名是明朝永乐赐封，是藏传佛教白教的第五世。现在的大宝法王是第十七世，本名噶玛巴·邬金欣列多杰，30 多岁，属于 80 后，太神了。人们会奇怪，这位教徒怎么不供奉释迦牟尼或观音菩萨等等，而供奉一位才三十出头的活佛呢？佛教认为，凡达到真正善知识的活佛与佛无二无别，佛教就是靠善知识代代传承。“视师如佛”，当下这位十七世大宝法王是师也是佛。佛法核心是调心，老板天天膜拜大宝法王，心念菩提，或许就是他保持年轻的奥秘。餐馆的墙上有一条幅可以佐证：“但愿人人有空间，天下众生尽开颜。酒醉还留三分醒，各路小鬼勿乱来。”这家餐馆有活佛保佑，各路鬼怪不敢来，陈老板天天尽开颜，加上食补花胶，怎能不年轻？

第九天　花园古城朗塞斯顿

1. 粉红女郎苹果

塔玛河，源头在古城朗塞斯顿。

沿途除了草原，还是草原。草色青青，河谷蜿蜒，疾驰后退的原野，好似一部风光纪录片。车到一个路口，停了下来。那里有一个简易的木棚，木架上放着一袋袋的苹果。导游说，这是无人售货摊，货架上的每袋苹果分别是澳币2元和4元。导游说，4澳元的苹果名叫粉红女郎。我看了那粉红女郎，长得小巧，皮色粉红光泽，就把4元澳币投进钱箱，拿了一袋。粉红女郎又脆又嫩又甜又香，带回两只给老婆吃，挑剔的老婆赞口不绝。

这无人售货摊彰显了人与人之间的信任，展现了澳大利亚人的文明。然而，我也见过一则报道，称澳大利亚的种植与销售环节不畅，将近有三分之一的水果在上架出售前即被丢弃，浪费现象严重，真可惜。这个原野上的无人售货摊似乎也印证了这个报道。粉红女郎们，上架去，大家喜欢。

2. 巧遇马术大赛

沿着塔玛河去古城朗塞斯顿，巴士奔了大半个小时，塔玛河还在那里。

忽然看到远处浓荫绿地上，有红色小旗在飘扬，骏马扬蹄奔腾。我们怀着好奇，在路边停车下去张望。广阔的草地上，用长绳围起了一条长长的警戒线。一位上了年纪的女警迎上来，友善地和我们攀谈。得知这里即将举行一场澳大利亚全国青少年马术大赛，导游小王喜不自禁对我们说，他来澳10年，第一次见到这个场面。那位女警听说我们来自遥远的中国，破例让我们进入比赛场里，近距离观看。

但见马匹有白色、黑色、棕色，外形矫健壮实，胸宽臀圆，毛色光泽，都是专门用于马术比赛的良种马。骑士们都是十七八岁的俊男靓女，骑在马背上，个个英姿飒爽。他们有的策马奔腾，有的闲庭信步，这是何等惊艳的场景啊！一位参赛少年的母亲，过来和我们交谈，她说，在澳大利亚，马术比赛是一项贵族运动，家里不仅配上马车、马厩，还要有专职兽医，夫妻俩的工资得有一

马术比赛的少女骑士

人花在孩子的这个喜好里。他们是中产阶级，工资蛮高的。

我忽然看到一位少女骑士慢条斯理走过我身边，我赶紧迎上去，和她作了一个合影的手势，那漂亮的女孩很乐意地停下马来，我向她竖起大拇指，祝愿女孩在大赛中取得优异成绩。领队小戴眼快手快，一个咔嚓，抢拍了这美好的一刻，女孩一身骑士装，甜甜地笑着，很美，很可爱。

3. 古城，万人空巷

终于来到了塔玛河的源头，古城朗塞斯顿。

古城很小，但弥漫着英国 19 世纪的古韵，楼宇建筑完全是古代欧洲风格，古朴明亮。街道不宽，但典雅清洁，居然没有任何行驶的车辆，我们的巴士在街道楼宇间穿行，所有的商店打烊，而且见不到一个路人，空荡荡，静悄悄。据说，古城有人口 10 万，怎么会路上无人？导游解释说，今天是星期天，这里的居民袭承着古老的生活方式，或去做礼拜，或亲友聚会，或去郊外度假，他们不逛街购物，不娱乐狂欢，星期天就是休闲日，优哉游哉，闲情逸致，令人羡慕的民风！

朗塞斯顿遍布公园和花园，居民以此为荣。我们来到市郊的一个峡谷，山坡上有一家小巧精致的咖啡馆，我们推门进去，果然见到一些当地人在喝咖啡，还有几个中学生模样的女孩在庆祝生日，人们轻声低语，安安静静。

我们喝了咖啡，吃了糕点，到山坡下的草莓园继续享受宁静。山坡的停车场有 10 多辆轿车。团友曹泗弟退休前在上汽集团工作，对汽车十分内行，他望着这些轿车全部都是轴距很短的普通车，有三菱、本田、吉普、客货两用等，每辆人民币 10 万就能买到。他没见到一辆是名贵的，感叹地说：“这里的人不炫富，不虚荣，不攀比，把生活打理得平平淡淡，这才是真正的生活。”

离开朗塞斯顿古城，我们也要告别塔斯马尼亚岛了。天色已近黄昏，太阳还在为我们送行，但月亮已经出来迎驾，日月同辉，一幅美妙的景象。

日月同明，报十二时吉祥如意；
天地合德，庆亿万年富贵寿康。

光绪皇帝举行结婚大典时，英国维多利亚女王送给他一座自鸣钟，钟上面是用中文写了上面这副贺联。如今，这副喜联挂在了澳洲的蓝天上。

我们来到码头，踏上一艘名叫“塔斯马尼亚之心”的邮轮。在邮轮上用了自助餐，我和两位导游同睡一间海景房。邮轮将穿越巴斯海峡，去墨尔本。倾听着海浪的声音，睡到天明。

下篇　墨尔本：艺术风光

第十天　将士泪洒大洋路

到墨尔本首选的景点，应该是被誉为“墨尔本名片”的大洋路。

人们对大洋路还有许多赞美的话。

旅行家说，这是“全球最壮观的景观公路”，的确是。大洋路一边是浩瀚的太平洋，海岸风光瑰丽秀美，我看到，宁静的海湾里，海的颜色竟有白、蓝、绿三色，金色的沙滩和奇石，令人陶醉。有一个海湾，我们看到岩石像城堡一般，导游说，这里被称为城堡湾；大洋路的另一边是气势恢宏的悬崖峭壁，茂密的雨林，郁郁葱葱，赏心悦目。

政府当局说，这是“墨尔本的镇州之宝”。说的也对。大洋路全长257公里，蜿蜒崎岖，奇幻妙境。一路坐落着一些有趣精致的海边小镇。在阿波罗湾，有一个可爱的滨海小镇，镇名罗思。这是一个幽静的渔村，我们下车欣赏，海滩上有各色海鸟，我们的身旁脚边有一种白色鹦鹉，黑色的嘴，黄色的独角，很有趣。这个渔村是品尝海鲜的最佳地点，导游小王特地跑到镇上的海鲜市场，买了生蚝给大家分尝，我吃了一只，又嫩又鲜，回味无穷，欲罢不能。公路旁是装潢精美的商店，我在那里买了一顶鸭舌帽，淡蓝色，雅雅的，戴着它，常

罗思小镇的生蚝

让我想起罗思镇，那阿波罗湾淡蓝的海。

我认同这些对大洋路的赞美，然而我更想赞美的是为建造这条公路的人们。一战结束后归国的将士，为了纪念牺牲在异国他乡的同胞，从1919年到1932年，整整化了13年的时间，修建了这条景观公路，这是何等伟大的壮举！回顾一战历史，战争贩子们为了瓜分世界，争夺殖民地，发动了世界大战，战火波及20多个国家，死伤无辜3000多万人，日本军国主义也出兵霸占了我国的山东。人们怎能忘掉这段惨痛的历史！在一战中，澳大利亚阵亡将士将近6万人，受伤超过15万人，英雄恨，泪满巾，澳大利亚的将士们用热泪和汗水铺就了这条大洋路。行进在这条绵长的大路上，我百感交集。我为死难的将士们哀悼，我向修路的将士们致敬。在我国历史上，我们屡遭外国列强的入侵，今天，我们已经是一头醒来的雄狮，我们再也不会允许侵略者们霸占我国的一寸疆土。我们的心里也筑起一条“大洋路”：反对战争，保卫和平。

大洋路的终点有“十二门徒”景点。正当我们即将到达时，天空突然翻脸，狂风大作，暴雨铺天盖地，猛烈的雨柱就像水枪的扫射，啪啪地击打着巴士的玻璃窗，我又想起那腥风血雨的一战战场，内心不由生出一阵惊悸。

天色很暗了，导游无奈地说，今天没法前往“十二门徒”了，待明天吧。

第十一天　玩转墨尔本

1. 十二门徒，哪五位走了

今天上午，我们去“十二门徒”巡礼。雨停了，天是暗暗的沉滞。下车时，狂风阵阵，虎啸一般，好些团友猝不及防，被打得晕头转向，像喝醉酒似的，脚步踉踉跄跄，到海岸边还得走一段路，那海风肯定更加凶猛，很多人怯步了，只有我和另外四位像吃了豹子胆似的豁了出去。我们顶风前往，那不是走，而是弓着腰冲刺着小跑。过了几个弯，终于来到海岸边。

我们站在岬角的步道上，看见了一座座巨大独立的岩柱，最高的一座据说有 45 米。大自然的鬼斧神工，把那些石柱雕刻成如人的面孔，有的温婉，有的慈祥，有的哀伤。在 20 世纪 50 年代，人们从岩柱的数量和形态，恰巧酷似耶稣基督的 12 个门徒，他们虔诚地守护在海岸，于是“十二门徒”变成了大洋路上最著名的景点了。据考察，这些独立在海中的巨石，原是陆地上的断崖，经过千万年海水和强风的冲蚀，形成了拱形的中空状，因无法支撑岩石的重量，逐渐坍塌，形成了今日海上的巨石奇观。

我们一座一座地数着，数来数去只有 7 座岩柱。导游说，是的，5 座岩柱耐不住风吹海打而损毁了，就在十年前，就先后有 2 座轰然倒坍，并说，日后，剩下的 7 座也将全部消失。

我站在步道上，一边吹着海风，一边听着海浪拍岸的声音，思绪万千。

耶稣的十二门徒，走了五位。他们完成了上帝的使命，回到天堂，回到耶稣身边去了。我思忖，是哪五位离开风雨交加的苦难人间呢?

当然不会是出卖耶稣的犹大。在那个星期四逾越节的夜晚，在“主的晚餐”上，犹大为了获得 30 块银子的报酬，居然用“亲吻”的暗号指认耶稣，一个口蜜腹剑的家伙。犹大在出卖耶稣后就死去了。门徒们补选了马提亚为第十二个门徒。

会不会是门徒彼得呢？在犹大出卖耶稣的那一刻，彼得拔剑只砍掉了犹大的右耳。耶稣说：“把剑收回。”彼得才没刺出第二剑。《圣经》说：“凡事忍耐。”百忍成金，一时冲动会铸成大错。但是，当耶稣被审讯时，彼得三次否认自己是耶稣的同伙，彼得因谎话而痛哭起来。

也许是门徒多马吧。当耶稣死后，在房间里第一次向门徒显现时，多马不在场，他也不相信，说除非亲眼见到。六天后，耶稣再次在房间里显现，多马见到了，终于相信耶稣复活。圣多马怀疑耶稣复活，后来成为一个被人比喻为多疑的名字。《圣经》说：“凡事相信。”基督教有《使徒信经》，佛经曰：“生无信仰心，恒被他笑具。”人不能没有信仰。

离去的也可能是门徒司提反。当敌人拘捕了他，把他拖到城外，投掷石头，他祷告上帝：“耶和华，不要为这恶事惩罚他们。”说完就死去了。《圣经》说：“凡事包容。”如果别人待你不好，你会试图报复吗？司提反没这么做，仁慈对待别人，司提反是我们的榜样。

离去的可能是保罗，保罗就是用石头打死司提反中的一个。13 年后，耶稣选中他成为门徒。《圣经》说："凡事盼望。"再糟糕的遭遇，也会有峰回路转的希望。后来，保罗也被敌人囚禁在罗马，被人杀死。

离去的也可能是原在橄榄山上的安德烈和彼得兄弟，雅各和约翰兄弟。

海风凛冽，我望着留下的7位门徒，当他们一次又一次拯救前来的原罪的游人后，也会回到耶稣身边。我不是基督徒，但《圣经》和佛经、《古兰经》一样，都是人类文化财富，值得了解。上述《圣经》里的四个"凡事"便是一例。

2. 免费观光巴士

告别"十二门徒"，去游览墨尔本。我们中国人知道澳大利亚首都叫堪培拉的不多，但很多人可以随口说出墨尔本的城市名字。那里不仅有被国人称为"新金山"的掏金山，不仅有澳大利亚最大的唐人街，还因有四大网球满贯赛的澳网公开赛，2014年，我国女子网球选手李娜夺得该大赛的女单冠军而轰动全中国。墨尔本还是澳大利亚第二大城市，又是维多利亚州的首府，可看的观光景点非常之多，而我们晚上就要乘飞机回国了，墨尔本能看得过来吗？能，而且时间很宽松。因为城里有免费的观光巴士，几乎把墨尔本全城景点连在一起。观光巴士司机一边开车，一边不停地讲解，说的是英语，我听不懂。我们上上下下，三次换乘，玩转了墨尔本。

3. "×点钟，在钟底下见面。"

第一趟乘观光巴士，我们在第九站上车，第十三站下。沿途经港口区域，到可林斯街，街上一个突出的标志是一只老鹰雕像，老鹰是澳洲土著人之神。再过福林德斯大街，到亚拉河畔，岸边是尤利卡大厦，88层，这是世界最高的住宅大楼。再经过皇家植物园、纪念二战神庙，下车到联邦广场。

联邦广场是墨尔本真正的市中心，是墨尔本的地标。广场的建筑在世界上独一无二，建筑师们把静态的图形变成动态几何形，不规则不平行的构图，成为很现代感的建筑。站在广场上，眼花缭乱。地砖是红砂岩石，建筑外体是大片玻璃帷幕，广场四周有11幢诡异奇特的建筑，如国立美术馆、国家电影馆、媒体大楼等等。广场马路上，我看到有轨电车、汽车和马车同时行进，秩序井然。

广场一侧是圣派翠克大教堂，是南半球最大最高的天主教堂，哥特式尖塔高103米，前后花了90年才建成。教堂以蓝石砌成，纹路精致的墙壁闻名于世。

让我印象深刻的是教堂靠墙的走廊上，有两只玩具台，上面摆放着各种玩具，几个孩子在静静地玩着，做礼拜的成人安静地祈祷。进教堂是不准戴帽子的，有工作人员会友好地提醒。

广场旁，最令人注目的是火车站，这是墨尔本第一个火车站，也是澳大利亚最大的火车站，整个墙体用黄铜镶拼，一片金黄色，圆形的穹顶，那建筑看起来就像一座城堡，建筑正面有一面巨大的钟，墨尔本人有一句约定俗成的话：“× 点钟，在钟底下见面。”那钟，就专指火车站的大钟。

随后第二趟乘免费观光巴士，途径黄金宝藏博物馆、体育中心板球场等。

4. 库克：从小马倌到中尉船长

在一家以苏杭小吃命名的中国餐厅午餐。

餐后，继续感受墨尔本。又途经许多美景和热门景点。去了富人区，那里的住宅装潢得精致独特，有一栋小型天主教堂，是私人教堂，专供家人礼拜，可见富人们的生活就在天堂了。

菲兹洛伊花园是墨尔本市最大的公园，已有 150 多年的历史。花园里比花园更古老的一个著名建筑，名叫“库克船长小屋”。

库克船长在悉尼我们已经相识了。是他发现了澳大利亚，是他开创了澳大利亚的历史。很难置信，这样一位澳大利亚人的“国父”，他竟是英国农场一个帮工的儿子，库克年幼时就成为农场里的小马倌，后来到一家杂货店打杂，又去一家轮船公司当学徒。他命运的转折，是应征服役进入皇家海军做水手，年复一年，努力奋进，库克晋升为中尉，成为“奋进号”船长，奇迹一般，又成为澳洲大陆的发现者。这位小马倌是天下无产者们的楷模。

1934 年，墨尔本建市 100 周年，澳大利亚实业家拉塞尔出资买下了库克父母在英国的故居，作为一份厚礼赠送给墨尔本的市民。

故居重达 150 吨，分装在 253 个箱子里，千里迢迢，从英国运到墨尔本，在菲兹伊花园里，照原样重建，就连小屋上的青藤也是从原址剪枝种下的。“库克船长小屋”堪称澳大利亚最为古老的房子，小屋简约、朴实，石砌的墙面，暗黑的褐色透露出古老和沧桑。

5. 又见南十字星

我们第三次乘免费观光车，途经墨尔本大学、州图书馆、意大利美食街等景点，最后来到海港城购物中心。这里被称为墨尔本最具人气的餐饮、购物和娱乐中心，一条条露天巷道，商铺琳琅。我和导游在一家咖啡店，露天喝了咖啡，兴奋着乘巴士去机场。

暮色苍茫，海港上空，蓦然看见一轮灯火在夜幕中闪闪亮亮，那不就是南十字星座吗？对，那是墨尔本南十字星观景摩天轮。炫目的光亮印在我的心幕里，不禁回想到塔斯马尼亚那晚奇妙的十字星空，又勾起我对黄浦江夜空北斗星的思念。南十字，北斗，南北星斗映照在我的心灵深处。

宇宙茫茫，那里还会有另一个地球吗？地球自转，怎样转来了芸芸众生？我的生命又是谁在主宰？哦，哦，一片混沌。

回程的飞机上，那玄妙的十字星烁烁陪伴在我的心头，我记住了，澳大利亚国旗上的四颗主星，分别代表但丁描述的四种品德：正义、宽容、节制和勇敢。

金银双城俄罗斯

（2016年8月14—22日）

引子　我的俄罗斯绰号

我有过两个绰号，多情如我，好比纽扣套纽襻，一一和俄罗斯攀上了亲。

绰号一：“小罗宋”。

我祖籍宁波，出生地在汉口，名字里就嵌了一个“汉”字。生不逢时，正逢抗日战争之际，兵荒马乱，“人比黄花瘦”，母亲奶水不足，无奈把我送到了故乡的一个小乡村，请一位农妇奶大，及至3岁，祖母把我抱回老家，乡亲们围上来一看，我比村里同龄小孩长得又大又结实，禁不住夸我：“像个小罗宋！”罗宋是当年俄罗斯“Russia”的音译，瞬间，我便成了乡亲们口中的“小罗宋”了。后来在上海，见了罗宋面包、罗宋汤，倍感亲切。

绰号二：“史汉夫斯基”。

走上工作岗位，正是“苏联老大哥”时代，时兴说俄语，我们单位办了一个俄语学习班，我也进去学那卷舌音。班上同事把我的大名“史汉富”戏谑改叫“史汉夫斯基”。说来也怪，自此，我对俄国人名中，凡尾带“斯基”者，情有独钟，比如《钢铁是怎样炼成的》作家奥斯特洛夫斯基，阶梯诗人玛雅可夫斯基，《天鹅湖》作曲家柴可夫斯基，与《天鹅湖》合称为两只不死鸟的《火鸟》作曲家斯特拉夫斯基，著名的钢琴组曲《图画展览会》作曲家穆索尔斯基，名著《文学的幻想》的文艺评论家别林斯基，等等，不胜枚举。至于我的“史汉夫斯基”，只是叨光陪侍而已。

不该遗漏的一位“斯基”，十分了得，他就是著名作家陀思妥耶夫斯基。他的长篇《罪与罚》《被侮辱与被损害》《白痴》和《白夜》等等，世称复调小说，连伟大的思想家尼采也为之折服。

陀思妥耶夫斯基被誉为“神秘的天才”，他有一句名言：“坚信西方人不可能领悟俄罗斯的神秘。”让西方人耿耿于怀。幸而我是东方人，也许我能够领悟俄罗斯的神秘吧。

百闻不如一见，正值暑假，我携同女儿、小外孙踏上了俄罗斯土地。我们去了金环莫斯科和银环圣彼得堡，从东走到西，从古代跨到现代，可以告慰陀思妥耶夫斯基在天之灵：一个东方人，领悟到了俄罗斯的神秘。

上篇 金环和莫斯科

第一天 莫斯科说："我是我"

1. 莫斯科郊外的晚上

当下，航班延误是正常的事儿，就像情人约会，女方姗姗来迟一样。原本上午 11：40 从浦东机场起飞，被告"因故"延迟了两个半小时，直到晚上 7 点才到达俄罗斯莫斯科机场。

走下机舱，已是莫斯科的晚上，暮色朦胧，惠风披襟，心神为之一爽，不由得哼起了苏联的歌谣《莫斯科郊外的晚上》："夜色多么好，令我心神往，在这迷人的晚上……"哼着哼着，把十几小时飞行的劳累，撒向飞机的跑道上了。

2. "小黑炭"和"小白桦"的异国之恋

我接触过的导游不下百个，莫斯科的这位导游无疑是最有趣的。

小伙子姓张，中国留学生。其貌不扬，矮墩墩的个头，肤色黝黑，上海人习惯用的绰号"小黑炭"。

小黑炭自报家门，先声夺人，他说，今年 23 岁。在国内高考时，语文总分全省第一，作文题目是《拒绝平庸》，得了满分。毕业于俄罗斯莫斯科大学，他"拒绝平庸"，高调宣称要成为一名社会活动家。

他对自己的长相心知肚明，他问道："各位知道俄罗斯盛产两样东西是什么吗？"他自问自答："天然气和美女！在莫斯科，满街都是美女。俄罗斯的姑娘肤色白净，身材高挑，像一棵亭亭玉立的白桦树。俄罗斯姑娘被叫作小白桦。告诉各位，我的女朋友就是小白桦！"

在大伙惊讶的目光下，他掏出手机给大家看他和小白桦的合影。果不其然，和"小黑炭"亲昵合影的正是一个俄罗斯美女，脸庞白里透红，长长的睫毛下一双清澈的蓝眼睛，一头金黄色的长发，还有黄金分割的长腿细腰。他俩依偎缱绻着，一个像白雪公主，一个恰似可爱的小矮人。

他又说起小白桦的父母从拒绝到接纳的曲折，得意洋洋。他以一瓶中国茅台酒作为上门礼，最后得到了手表和戒指的回赠。他把成功的原因归结为一点："俄罗斯姑娘审美标准和我们中国女孩不一样，她们就喜欢像我这样又矮又黑的中国男人！"

此话不可全信，但俄罗斯姑娘确实喜欢嫁给中国男人。中国男人不打老婆，会干家务，最关键一点就是不酗酒。俄罗斯男人酗酒，全世界出了名的。俄罗斯有句名言："不管谁来执政，俄罗斯永远都是伏特加劫持的人质。"执政者也不例外，同样酗酒。俄罗斯男人迷上酒精，普遍早颓早逝，俄罗斯1亿4000万人口中，女人要比男人多出1000万人。俄罗斯姑娘要嫁一个俄罗斯男人真的很难。所以，我国的"小黑炭"被俄罗斯的"小白桦"相中，也在情理之中了。

夜色苍茫，大巴驶到莫斯科的郊外，道路两旁长林丛森。张导介绍说，莫斯科是世界绿化面积最大的城市，城市分五环，不是花园就是森林。他说着就动情地为大家唱起了《莫斯科郊外的晚上》，结尾的歌词是："长夜快过去，天色蒙蒙亮，衷心祝福你好姑娘，但愿从今后，你我永不忘，莫斯科郊外的晚上。"其实他是唱给他的"小白桦"的。

他是莫斯科的导游，他说，莫斯科的特点就是一句话："我是我。"莫斯科的一切全是俄式的。圣彼得堡的特点恰恰相反："我是你。"里里外外全部欧化。

大巴徐徐驶近宾馆，有游客问张导："明天天气怎么样？"张导讪笑答："莫斯科人说，明天的天气，后天告诉你。莫斯科的天气，像男人的心、女人的脸，多变！"

第二天　金环，一串金色的古城

1. 走进俄罗斯的中世纪

倘若想真切感受中华五千年的文明，最好去黄帝陵、秦兵马俑和敦煌莫高窟，实地看看。同样，只有去了莫斯科的金环古城，才能领悟俄罗斯的神秘。

金环，莫斯科周边一串中世纪的古城，因那些古城教堂的金顶而得名。我们将去其中典型的三座：谢尔盖耶夫、弗拉基米尔和苏兹洛夫。

2. 中国人戏说俄语

日出北方，此时东方的中国还在子夜里。金光满天，人影数丈，我们去俄罗斯最北的古城——谢尔盖耶夫。见大伙都带上了雨具，张导会心一笑，说：“我在俄国的名字叫安纳托里，那意思就是日出，身为日出，我也天天带上雨具。”

车一发动，张导就口若悬河，说：“我的名字安纳托里其实是土耳其语。俄罗斯人叫中国为契丹，那是蒙古语。俄语是世界最难学的语种，但我们中国华人擅长谐音，一学就会，比如谢谢，读作‘洗吧睡吧’，洗完澡就睡吧。比如再见，读作‘打死你大娘’。来，大家跟我一起说。”车上都是上海人，讲“洋泾浜”话个个是天才。说“洗吧睡吧”“打死你大娘”，不过是小菜一碟。大伙你一句我一句，笑成一片。

望窗外，街上车辆如蚁，莫斯科是世界闻名的堵城。大白天，所有的车灯大放光明，张导说，这是莫斯科的交通法规，无论白天黑夜，车灯一律打开，这一措施使车祸发生率降低了 20%。张导又说，那些开摩托车的，都是大款，没钱的人开奔驰。因为俄罗斯的奔驰比摩托车便宜许多，每辆人民币 30 万元左右，而且不上税、不年检。张导得意地说：“本人开的就是奔驰。”

3. 谢尔盖耶夫：套娃中国制造

巴士开出堵城，向着东方疾驶，71 公里的车程，71 公里的田野和森林。天空净碧，茫茫绿野里拥出一座城池，天际耸立着金色的圆顶，一道红墙，绵延数公里。一转眼，谢尔盖耶夫到了。

古城的拱门进深达数十米，走入门洞，光线昏暗，似乎看不到尽头，为了抵御敌寇，筑得固若金汤。

走进门道，豁然洞开。那彩色斑斓的教堂，那金光闪闪的圆顶，处处轮奂炫丽。普京总统曾说过：“世界上没有比这里更漂亮的修道院了。”当你站在这里，信了！

被普京称赞的修道院叫“谢尔盖三一修道院”。谢尔盖就是古城的奠基人谢尔盖耶夫，一位圣人。他本是莫斯科的一个贵族子弟，信奉东正教。24 岁那年，他身披树叶，以野果充饥，游走四方，追随者多达 71 人。传说，他们在离莫斯科 71 公里的此地停住了脚步，靠着神力建造了这座三一修道院。

三一修道院的金顶是俄罗斯建筑的母体。这独特的金顶俗称“洋葱头”，

谢尔盖耶夫的喷水池

听起来一个很土的名字，其实不然。自古希腊起，建筑多以食品命名，比如哥特式建筑被称为“玉米”，罗马式建筑叫“馒头”，三角形建筑被称作“三明治”等等。俗话说，“民以食为天”，天下大同。

修道院有五个“洋葱头”，错落有致。最高的一个代表上帝。金顶上的十字架很不一般，中间架着一弯月牙，据说是征服土耳其入侵者的象征。月牙下面横着一杆秤，一端高起，另一端垂下，分别象征善人的天堂和恶人的地狱，被称为“上帝的秤”。

走进教堂，迎面是三层高的圣壁。圣坛上烛光融融，一侧是棺柩，安葬着圣人谢尔盖耶夫。男女信徒们挨着上前，亲吻棺柩，祈求圣人保佑。棺柩一旁，穿着神服的男士颂唱着赞美诗，那浑厚低沉的男声仿佛来自天堂。

修道院旁边有一座钟楼，钟楼共五层，按着比例一层一层缩小，外墙黄绿相间，远看淑女一般，被誉为俄罗斯最美的钟楼。

钟楼下有一座彩色的伞型喷水池，池的中心竖着十字架，十字架的横杆口喷射出一道弧形的泉水，这泉水称为“圣水”，再穷的人也要远道而来，喝这里的圣水，还要带回家作治病用。我们也虔诚地捧水啜饮。

古城还有许多教堂，另有一个神学院。年轻的学员们身穿黑袍，清秀挺拔，穿行在我们中间。

张导特别指出，这里还是世界闻名的套娃出产地。套娃分别是俄罗斯村姑和古代壮士的形象，构思精巧，工艺精湛，色彩艳丽，深受世界各国游客的喜爱。张导还神秘地告诉我们，这些套娃全是中国义乌制造，我们听了，又自豪又纠结：这俄罗斯的特产，买，还是不买呢？

4. 俄式美食：五四三

我不是美食家，也不是吃货，仅是一只馋痨虫。每每见闻佳肴，便如俄国生理学家巴甫洛夫学说的“条件反射”，垂涎三尺。

今天的午餐，游程上写着“享用俄式风味餐”，吊足了我的胃口。

古城处处古朴，但不破旧。走进一家精巧的俄式餐厅，是一间皇家风范的雅室。走道上悬隔着水晶帘幔，金色壁灯间，挂着一幅幅俄国细密画。两边靠墙是四人座的长方形餐桌，桌上放着各种仿古的银色餐具和细薄的玻璃酒杯。我们绅士淑女一般，斯文地坐着，细声低语。

餐前，关于俄式风味菜肴，张导归纳为“五四三”。他说：“俄式菜肴总称五大领袖、四大金刚、三剑客。”所谓五大领袖，即土豆、面包、牛奶、香肠和奶酪；四大金刚就是生菜、甜菜、白菜和黄瓜；三剑客即黑面包、鱼子酱和伏特加。这“五四三”的吆喝可谓是“阳春白雪”的包装，“下里巴人”的内容。食客们的心里落差太大了。

不一会儿，一道一道的“俄式风味”菜端了上来，色香味形俱佳，只是叫不出菜名。我们这帮馋痨虫狼吞虎咽，只只“光盘”。只是我的小外孙喝了一口罗宋汤，无法下咽，童言无忌地说：“这么难吃！”往常在上海，他外婆烧的罗宋汤，甜甜酸酸，他百吃不厌。而这里的罗宋汤，本名红菜汤，配料是胡椒粉和柠檬汁，味道酸酸辣辣。原来，这红菜汤传到上海后，海派厨师把配料改良了，成了酸酸甜甜，迎合了上海人的口味。

“俄式风味餐”最后一道是传统的甜点。张导说，俄国民间宴会吃到一半就起身舞蹈。我们中国人习惯“食不语”，吃完才拍拍屁股“手之舞之，足之蹈之”，走人。

5. “我爱弗拉基米尔”

一顿美餐，坐上车，大伙还是兴致勃勃，看窗外风景。在一条公路拐弯处，出现一家醒目的“7”字招牌商店，张导说：“俄罗斯人不喜欢数字 6，喜欢 7。”《圣经》里写着，上帝用 6 天时间创造了天和地，第七天就休息了。信徒们把每周固定为 7 天，第七天是礼拜上帝的日子，所以叫作礼拜天。不过我们现在去的古城弗拉基米尔，那里的幸运数字是 33。

古城到了，果然，街上的车牌号码全是“33”开头。街上房屋的门墙，也镶嵌着 33 块紫金。张导解释说，耶稣诞生于公元 33 年，在世也是 33 年。数字 33，寓意耶稣和古城人同在，正如《圣经》全书最后一句经文：“愿主耶稣的恩惠常与众圣徒同在。阿门！”

古城最耀眼的是金门。玉白色的城门皓光洁亮，建于 12 世纪。金门一度被蒙古帝国军队攻破，大肆杀戮，最后仅剩 1 万余人。而古城人没有放弃，经过浴血奋战，击退了蒙古军队。金门旁有一条残存的防御土堤，我们登上土堤眺望，远处是一个陡峭的山岗，山岗上屹立着圣母升天大教堂。教堂在战火中毫发无损，五个金色的大圆顶闪闪发光。这是俄罗斯现存最古老的教堂，被联合国列为世界文化遗产。教堂内部墙壁上的石刻画和水彩画，讲述了耶稣一生 33 年的故事。

弗拉基米尔虽然是座小城，但教堂多达 700 余座，耶稣无处不在。

大街的人行道上，有一块红色的俄文字母标语牌：“我爱弗拉基米尔！”作别时，我拍照留念，我的心情和古城人民一样，“我爱弗拉基米尔”。

“我爱弗拉基米尔”

第三天　苏兹洛夫：上帝庇护的城市

金环，无论怎么环绕，古城苏兹洛夫绝对是环绕不过去的，它的名气太大了！

苏兹洛夫，俄语的意思：“上帝庇护的城市。”它是一座建在山丘上的小城，面积只有9平方公里，比不上中国的一个小山村，居民也仅万把人。因“上帝庇护”，教堂多达50多座，修道院也有5个。

古城建于11世纪，早于莫斯科城100年。莫斯科城的红场和克里姆林宫的原型就在苏兹洛夫。

古城的红场确实是一个“美丽的红场”。广场的内城就是克里姆林宫。宫墙坚固，长达1.5公里，至今保存完好，真是奇迹。

我们登上宫墙，纵目远眺，一条清澈的河水蜿蜒流淌，河畔有一幢幢白色砖瓦的建筑，晶莹剔透，好似天上散落的珍珠。其中有一座名叫圣诞大教堂，奶白色的堂身，金箔光泽的大门。五个“洋葱头”蓝色的尖顶，这蓝色象征纯洁，无穷无尽。

苏兹洛夫的小克里姆林宫

走进古城，仿佛来到一个不问尘事的世外，别有一个境界。一栋栋小木屋，全用千年橡木构建，不用一根钉子。屋舍历经200多年风风雨雨，眼下依然色深光泽，我凝视许久，实在难以置信。

我们走进一间小木屋，本是村长住所。屋墙外层包着麻席，里面用棉花充塞，冬暖夏凉。走上二楼，楼梯旁站着一位俄罗斯老妇人，穿着朴素，面无表情，对进出游客熟视无睹，对一切像厌倦了似的。她的脚下有只花猫，也是不动声色地走着它的猫步。客堂的墙上挂着一幅褪了色的圣像，右边一侧隔作厨房，餐桌很小，古代俄罗斯的风俗，女人不得与男人共餐。客堂左侧是一间小小的卧室，像是姑娘的闺房，房门外挂着两件俄罗斯风情的衣裙，据说是姑娘出嫁时穿的。

苏兹洛夫的小木屋

接着去了一家村民住的小木屋，一楼凌乱地堆放着农具，二楼是生活起居室，摆设简陋，散发着中世纪俄罗斯普通农家的生活气息。

这里还有传统的水井、水车、粮仓和磨面粉的风车等。所有建筑，不得超过二层，其产权为 999 年。行走在这里，就是行走在俄罗斯的中古时代，一种超然神游的感觉。

苏兹洛夫被联合国列入世界文化遗产保护名录。

第四天　红星照耀莫斯科

1. 中国军人行进在红场

别离三座中世纪的古城，穿越时空隧道，一脚跨进了 21 世纪的莫斯科。

倏忽之间，天地绚烂，流光溢彩，几乎让我睁不开眼来。克里姆林宫的围墙红绸长舞，瓦西里大教堂的圆顶金碧焕然，红场地面条石散发着幽幽青光，无不令我眼晃目眩。空旷的天空里，一颗红星照耀着青天，凝神遥睇，一股邈远的感伤忽而袭上心头来。大约在 60 年前，上海建造了一座俄罗斯风格的中苏友好大厦，大厦尖顶亮起了一颗巨大的红星，照亮上海的星夜，十几里外都能看见，引来上海市民簇拥街头巷尾，竞相争看。人们传说，这是苏联莫斯科克里姆林宫红星的缩小版。此刻，在莫斯科亲眼目睹，果然不虚。张导介绍说，这颗红宝石五角星高至 80 米、重达 20 吨，还能随风缓缓转动，此景此情，梦幻一般。

我们来到红场，在入口处的地面上，雕刻着一个很大的圆圈，这是莫斯科中心位置的标志。红场，称为莫斯科的心脏，我漫步在红场，感受到了俄罗斯民族心脏的跳动。

回想去年，红场上举行了大阅兵，为纪念反法西斯战争胜利 70 周年，我在电视上看到，俄罗斯军人独特的步伐，十分震撼。张导说，俄罗斯军人采用提踢式走步，每一步腿脚横踢的角度一式 50 度，表现出横扫敌寇、所向披靡的气势。这次大阅兵最为吸引全世界观众眼球的，是中国军人也列队参与检阅。张导说，因为红场地面铺的条石，是一根一根垂直嵌入地下，地面凹凸不平，为了整齐步伐，我国军人提前了一个月来红场训练。中国军人的威武气概赢得全球媒体盛赞。二战中，中俄两国人民在东西两个主战场击败了共同的敌人，战友情深，彪炳在史册上。

记得俄罗斯 20 世纪 30 年代有位著名电影人，名叫鲍里巴。鲍里巴，俄语的意思就是战斗。张导说，俄罗斯民族被称为“战斗民族”，这是一个骁勇善战的民族。今天，克里姆林宫的红星依然光芒四射，挂在青天里。

2. 克里姆林宫的斯大林

走去克里姆林宫，有点像进北京故宫，沿着一样又高又长的红墙，这堵红墙障景，引发游人对宫内景物的遐想。北京故宫是我国清王朝的宫殿，如今已改作博物馆了。克里姆林宫原本也是沙俄皇宫殿，“十月革命”后，承袭前朝，由苏维埃政府首脑坐镇，苏联解体后，仍然一脉相承，成为总统府。改朝换代，克里姆林宫风韵依旧。

克里姆林宫俄语的意思是“要塞”，蒙古语意为“堡垒”。进去一看，既不是“要塞”，也非“堡垒”，而是一组宏伟壮观的建筑群，林立着好些个大教堂，好些个塔楼，好些个钟楼，一个建筑大观园。

克里姆林宫的总统府

在这些美轮美奂的建筑群里，总统府大厦独占鳌头，吸引游客们的目光。大厦门前是一个开阔的广场，戒备并不森严，没见着荷枪的卫兵，只是在游人途径的外侧，有一个便衣保安，提醒游客不要走上广场的阶沿。张导告诉我们，前几年，习近平主席去总统府会见普京时，就在这个广场下的车。张导还说：“今天普京没在这里办公，凡普京在时，大楼顶上就会升起俄罗斯国旗。”我们抬头望去，楼顶果然不见国旗。大厦门楣上，俄罗斯红色国徽十分醒目，盾形国徽上面有一只双头鹰，一头朝东，另一头朝西，双头鹰象征着俄罗斯是一个横跨欧亚大陆、地域广阔的国家。

总统府总共才四层。张导说，那平顶的第四楼层就是普京的办公楼。第三楼层曾经是斯大林办公处。第二楼层上有两根圆柱，从前是列宁办公室。我凝视着第三层，勾起我对斯大林的思念。

还在读初中一年级的时候，1953年3月的一个下午，我们班主任林群婵，一位善良的女教师，她哽咽着向我们宣告：“斯大林同志去世了。”全班起立，低头默哀。当年，在我们心目中，伟大的领袖就是“马恩列斯毛”。曾记何时，斯大林“忠诚”的接班人赫鲁晓夫，反戈一击，一份“内部报告”，把斯大林送上了历史审判台。中国共产党发表“九评”，捍卫马克思主义。我记得有一个传说，赫鲁晓夫见了周恩来，讥讽说：“我是矿工的儿子，你是地主的后代。”周恩来机智地反讽：“我们都背叛了自己。”赫鲁晓夫死后，他的墓碑是黑白两色的花岗岩，盖棺定论了。

“斯大林的克里姆林宫。”这是斯大林女儿斯维特兰娜·阿利卢耶娃回忆录里的说法。在那本《致友人的二十封信》里，她写道："父亲很少在克里姆林宫的新房子里住，他只是到这里来吃午饭。这所新居是很不适合于生活起居的。新寓所位于'议会'大厦的二楼，……当时二楼有个正式用途的长长的过大厅，大厅的一面是一排房间，都很单调，毫无特色，墙壁有一米半厚，天花板是穹形的。""把一个旧式的办公大楼给我父亲新改成寓所，只是因为他的部长会议主席和党中央第一书记的正式办公室设在这个大楼的三层上，他只要下一层楼就可以'回家'吃午饭了。他的午饭一般都是下午六七点钟开始，一直继续到夜里十一二点。饭后他就坐上汽车去勃利日尼别墅。次日午后两三点钟再到中央的办公室来。他的这一生活日程一直保持到战争开始。"

斯大林的女儿后来皈依了宗教，她忠实记录了斯大林的功过，写道："千百万的人毫无意义地牺牲了，成千累万的天才、智慧的明灯过早地泯灭了。""这是我对父亲的感情中从来感受到的东西：爱他，怕他，不了解他，同时责备他。"这位虔诚的宗教徒在书尾写道："每个活着的，呼吸着的，跳动着的，发着光的，开着花的，结着果的，都为着善和理智而生存，都以善和理智的名义而生存于我们亲爱的、灾难深重的大地上。"她因这本书涉及苏联内幕的罪名，被苏联政府剥夺公民权，尔后加入美国国籍，而她始终深爱着她的祖国俄罗斯。

凝望着这幢大厦，耳边传来两个声音，一个来自二楼的列宁："忘记过去，就意味着背叛。"一个来自四楼办公的普京："回到过去？大傻瓜，没良心。"作为中国人，我想到一句俗话："公说公有理，婆说婆有理。"我的唯一选择是：思考。

3. 圣母升天大教堂和普京的婚姻

走进圣母升天大教堂，仿佛我们也升天了。玛利亚的厅堂，迎面是金碧辉煌的圣像壁，高达五层，圣母、圣主、圣灵的画像，多达 68 幅，集寰宇圣像之大成。画像栩栩如生，即使你是一个无神论者，仰望着，也会不由自主地合上眼，默默祈祷起来。

大厅里，一根根粗大的大理石圆柱，撑起 5 个硕大的穹顶，12 间贯连的厅室，墙壁上全是神的主题画，多不尽数，倘若细看，恐怕一天也看不过来。我们的张导举其几幅，娓娓道来。其中一幅名为《最后的审判》，很有名，画幅满满当当铺盖了整堵西墙。画作最上端的是耶稣画像，耶稣前面是一张供桌，桌上摆着耶稣受难的刑具。供桌两侧，分别是亚当和夏娃，双双跪拜在地。在亚当的脚下缠绕着一条蛇，毒蛇象征魔鬼撒旦，是罪恶的化身。张导让我们看那扭曲的蛇形，说："反过来看，就是阿拉伯数字 6，俄罗斯人视 6 为罪恶。"这和我们汉民族恰恰相反，我们喜欢数字 6，六六大顺也。

圣母升天大教堂，在俄罗斯众多教堂中地位最高。沙皇时代，专门用来举行国家级的庆祝活动，一些沙皇的婚礼也选在这里举行，比如瓦西里三世、伊凡雷帝等。张导说，斯大林也曾到这里祈祷过。《无神论者做弥撒》，这是巴尔扎克著名的短篇。小说的主人翁德普兰，著名的外科医生，一个无神论者"怀着医生的良好心愿"做弥撒，难道无神论者斯大林也会怀着"解放全人类"的心愿做祈祷吗?

张导还补充说，普京总统的婚礼也在这里举行，此话可信。普京说过：东正教是国家和全体人民精神世界的核心。前几年，普京的婚姻"解体"了，他们的分手平静友好，当告白天下时，世界没有吹皱一丝波痕。他们解除婚姻的方式，契合东正教"精神世界的核心"：宽容和爱。普京并不孤单，俄罗斯人时兴一句话："嫁人就要嫁普京。"但普京心里似乎只有他的爱犬。

4."大处男"的沙皇炮和"老处女"的沙皇钟

刚才，大家见到伊凡大帝金钟，无不惊呼："好大的钟啊！"金钟重达 65 吨，高高挂起，竟然摇摇不坠。此刻，我们站在"世界第一大钟"的钟王脚下，那座伊凡大帝金钟是"小钟见大钟"，只好屈蹲为"小八腊子"了。

钟王因沙皇铸造，尊称为"沙皇钟"，重达 202 吨，重量是伊凡大帝金钟的 3 倍。沙皇钟的钟体上，除了精致的浮雕、肖像和文字，还有一个大的窟窿。张导说，1737 年，当大钟还在坑里铸造时，遭遇一场大火，人们用水浇泼，热胀冷缩，钟体上的一块铜片爆裂脱落，那块铜片重达 11.5 吨，这就留下了这张虎口般的大嘴。张导戏谑说，钟王从未敲响过，被当地人称为"克里姆林宫的老处女"。大家听了，会心一笑。

无独有偶，"老处女"咫尺之遥，还呆坐着一位"大处男"，这也是当地人对"炮王"的戏称。这座炮王，名不虚传，重达 400 吨，世界第一。和钟王一样，在青铜铸造的大炮架上，有精美的浮雕，浮雕上有沙皇费奥多尔一世的雕像，故称为"沙皇炮"。沙皇炮的炮弹一枚就重达 2 吨，士兵们无法搬动，也就无法发射了。炮王诞辰400多年了，从未发过一声。张导戏称是克里姆林宫的“大处男”，游兴所至，大伙也就颔首听之。

“大处男”沙皇炮

5. 中国“三圣”餐厅和古姆商场

走出克里姆林宫，投去最后的一瞥，依然如北京故宫一般，围墙似红绸长舞。

午餐在一家俄罗斯餐厅，门口一块铭牌，雕刻着红色的人像，竟然是中国的“三圣”：孔子、孟子和毛泽东。

餐厅从布置到菜肴，全是俄式，没觅到一丁点中国元素。真想问问店主何以在铭牌上凸现“中国三圣”，是为招徕中国食客，还真是他的偶像呢？店主不在，只得索取店家名片，名片的正反面同样用红色印着孔子、孟子、毛泽东的画像。这让我联想到世界球王阿根廷人马拉多纳的纹身也是毛泽东，马拉多纳坦言：“毛泽东是我的偶像。”东方红，太阳升，世界出了个毛泽东。

“三圣”餐厅的名片

餐后回到红场，走进一幢米黄色的建筑：

古姆商场。商场很老了，建于19世纪，但至今仍然是世界知名十家百货商店之一，老而弥新，壮心不已。商场不是摩天大楼，仅三层而已。与其说是一个商场，更像一座宫殿。两列之间的穹顶全用透明玻璃覆盖，我们从一层走到三层，每一层无不阳光明媚。商场有许多名牌店，更有不少复古小店，古朴的摆件散发着俄罗斯古老的气息。张导说，普京总统也曾陪同外宾来这里观光，还买过一块尼卡手表赠予贵宾。我不稀罕，早在50多年前，我就拥有一款苏联机械表，大归大，重也重，戴在手腕平添了几分男子气，如今成了我的收藏。张导还推荐，商场出售“全世界最好吃的冰淇淋”，受其诱惑，我们三人各买了一支，品尝下来，与上海爱西西里、DQ的冰淇淋一般滋味，难分伯仲，“全世界最好吃的冰淇淋”，尝过了，了了好奇心。

6. 无名烈士长明火

站在红场，东瞻是克里姆林宫的红墙，西眺是无名烈士墓的红墙，无名烈士墓一炬红火。红场，红红火火，名副其实。

我们听说，下午正2点，无名烈士墓卫兵换岗，这个换岗仪式是莫斯科一大景观，不容错过，我们提前赶到。

墓前的一炬火焰，呈深红色的五角星状，昼夜长明，终年不熄。长明火前，2名卫兵站岗，威武伟岸，纹丝不动，棕榈树一般。他们是总统卫队士兵，俄罗斯最高级别的礼兵岗位，号称“全国第一岗”。

2点整，换岗仪式开始，围看游客层层密密。我站在前排，卫兵换岗的一招一式，看得清清楚楚。在墓道远侧，正步走来2名士兵，一步一个提腿，腿脚高踢90度，随后立停、转身，与站岗的士兵互致军礼。下岗的士兵也是正步提腿90度，整个换岗仪式激动人心。

此刻，我的心里波澜激扬，想起二战中，俄罗斯有1200万生灵无故倒在血泊里，想起成千上万热血青年为保卫他们的祖国捐躯，没有留下名字。无名烈士墓地上雕刻的一句铭文：“你的名字无人知晓，你的功勋永世长存。”我站在墓前，静静默哀。致敬，俄罗斯无名烈士！致敬，中国的无名烈士！致敬，全世界反法西斯斗争中牺牲的无名烈士！

圣火，熊熊燃烧，照红了莫斯科红场。

第五天 “莫斯科，在俄罗斯人的心坎上”

1. 地铁：地下艺术宫殿

清早，去莫斯科地铁站观光。

张导上车就夸下海口，说：“莫斯科地铁建造上百年了，至今仍然是世界上最漂亮的地铁，漂亮得像宫殿。旅行社只安排参观一个站，我奉送两个，去三个站！”大家如得了洪恩一般，又是叫好，又是鼓掌。

地铁“革命广场站”

第一站站名叫“革命广场站”。踏上滚梯，滚梯滚滚直下，直至50米还停歇不下来，感觉就像从前我去唐山开滦煤矿下矿井一般，不同的是，矿井越深越黑，地铁深处则是辉煌夺目。晶亮的吊灯，花岗岩的地面，穹顶的马赛克，五光十色。青铜雕像似真人一般，有荷枪的哥萨克老人，有威武冲锋的红军战士，列宁、斯大林的青铜雕像尽显领袖风采。“革命广场”就是以十月革命为主题的地铁站。作为一个苏联时代过来的老人，我亲切有加，浮想联翩。

随后，我们转乘另一列地铁去基辅站，正逢上班高峰时间，在上海，我在这一时段乘地铁，曾被挤成沙丁鱼似的透不过气来。这里，车厢里乘客不多，我们团队人人有座位。张导解释说，莫斯科地铁一分钟发一班，时速快达90公里，上班族们永远不会担心上班迟到。莫斯科人一半以上交通出行乘地铁，“没有地铁就没有莫斯科人的生活”。

基辅站展现着乌克兰的风土人情，在一幅幅的马赛克画面上，有旖旎风光，有丰收的喜庆，人们载歌载舞，洋溢着欢乐祥和的生活气息。乌克兰曾经是第一个加入苏维埃联邦的，如今，苏联解体了，乌克兰独立了，一个转身，如今变成了俄罗斯的仇敌，两国争斗不绝，充满了火药味。今天的乌克兰人来到基辅站，面对这些画面，会作怎样的感想呢？

第三站是红场站，同样是一个地下艺术宫殿，让人感受着来自克里姆林宫的皇家气息。

一百年前，地铁设计师们立下誓言："我们想把地铁建得像宫殿一样。地铁不只连接我们的生活和工作的交通网，还应当反映我们的心灵、我们的性格和我们的思想。"

在莫斯科地铁里，我们真切感受到了俄罗斯人的心灵、性格和思想。

2. 普希金的步行街

大凡中国的读书人，无不知晓"俄罗斯诗歌的太阳"普希金，即使豆蔻年华的少男少女，也会捧读普希金的《假如生活欺骗了你》强作愁。我年轻时的一位女同事，也曾饱含深情给我背诵达吉雅娜写给奥涅金的一封信："我在给您写信——还要怎样呢？我还有些什么好说的……"我也是，每每走过上海汾阳路、岳阳路、桃江路的三角地，总会停下步子，瞻仰耸立在街心的普希金雕像。

此刻，在莫斯科的阿尔巴特街上，我遇见了普希金，沉淀了大半辈子的情感，从心底喷发。

阿尔巴特街，是莫斯科市中心的步行街，就像上海南京路步行街，闻名世界。

我们来得太早了，商店的门只开了两三家，街上，除了我们团队，没有别的游客。一条直街，砖石铺路，虽然只有十来米宽，没有行

普希金夫妇雕像

人，显得疏阔。街头架着鲜花装饰的拱门，穿门而过，清香拂面。街道两旁的建筑，古典优雅，沿续着500年前的风貌。

不经意间，在一栋房屋的门墙上，我看到青铜雕刻的普希金头像。头像下端镌刻着“1831”字样，1831年，这里是普希金和他的妻子的婚房，虽然住了不到100天，但却是他一生中最幸福的时光。他在给一位朋友的信中写道：“我结婚了，觉得非常幸福。”

普希金的妻子娜塔莉亚·冈察洛娃，被誉为“沙俄第一美人”。张导说得更夸张，上至沙皇，下至全俄罗斯男人，她是他们的梦中情人。

普希金是在一次朋友家的舞会上见到这位美人儿的，这位曾经有过“112个爱”的情种，在给朋友的信中惊叹道：“我爱上她了！我的头昏了！”他曾在一首《美人儿》的诗中写道：“你心怀虔诚如对神明，对美的极致由衷崇敬。”然而，他因在《自由颂》等诗篇里冒犯沙皇，一度流放，他的求婚遭到冈察洛娃父母的反对。但他对“美的极致”的美人，由衷崇敬，不懈追求，终于抱得美人归。但是，被普希金痛骂为“你这独断专行的恶魔”的沙皇统治者们，施展阴谋手段，唆使法国流亡分子丹特士觊觎并调戏他的妻子，血气方刚的年轻诗人普希金中计与其决斗。一个只会手拿鹅毛笔的文弱书生，怎敌得过流氓的心狠手辣？普希金身负重伤，在病榻上缠绵了十多天，抱恨撒手人寰，年仅33岁。“俄罗斯诗歌的太阳”落下山去，多么凄伤的落日！

决斗是他的宿命吗？我记得他在叙事诗《叶甫盖尼·奥涅金》里有过命定的伏笔，年轻诗人连斯基就是在决斗中倒下的。连斯基在决斗前夜咏叹道：

> 那枪弹会射中我，叫我倒下，
> 还是从我身旁飞过，
> 两者都好：是清醒还是沉睡，
> 就要到来了，那命定的时刻；
> 操劳的白昼固然美好，
> 黑夜的来临也很美妙！

子弹飞过，黑夜来临了，普希金同连斯基一样，也很美妙！

此刻，还不到9点，普希金故居的门闭锁着，后来才知道要到10点才开放。而我们的张导用善意的谎言安慰我们说：“故居已改成办公楼了。”张导向着对面街边的雕像说，那是普希金和妻子冈察洛娃的雕像，过去看看吧。

在一个方形花岗石的座墩上，新婚燕尔的一对情人，他们手牵着手，含情脉脉。一个身穿燕尾服、系着领结，一个长裙飘逸、面容姣美，雕像记录着婚礼的瞬间。谁会料到，这幸福的婚礼，没走远，成了葬礼！

普希金没有倒下，他还站在故居的大街上，和游客们一起合影。

普希金在他的诗篇《我给自己建起了非手造的一座纪念碑》里写道：

我给自己建起了一座非手造的纪念碑，
人民走向那里的小径不会荒芜，
它将它坚定不屈的头颅高高抬起，
高过亚历山大的石柱。

不，我绝不会死去，心活在神圣的竖琴中，
它将比我的骨灰活得更久，不会消亡——
只要在这个世界上还有一个诗人，
我的名声就会传扬。

我将长时期受到人民的尊敬和爱戴：
因为我用竖琴唤起了人们善良的感情，
因为我歌颂过自由，在我的残酷的时代，
我还曾为死者呼吁同情。

人们在阿尔巴特街上，为普希金建造了一座纪念碑，普希金弹奏者“神圣的竖琴”，和我们一起，歌颂自由。

普希金深爱着莫斯科，他浓墨讴歌：“莫斯科啊，我时刻把你怀念！莫斯科……在俄罗斯人的心坎上。”普希金也在俄罗斯人的心坎上，也在我的心坎上。“俄罗斯诗歌的太阳”永不落。

3. 莫斯科大学的“斯大林蛋糕”

莫斯科的天气说变就变，刚才还晴着，一忽而飘起了雨，真是“男人的心，女人的脸” 。更让我们看不懂的是，在蒙蒙细雨中有一辆洒水车，唱着歌儿清

莫斯科大学

洗街道。张导解惑说，在莫斯科，哪怕暴雨，洒水车也得照常出车，否则司机就拿不到工资。

街边有一幢醒目的大楼，宽大的底座，高耸的尖顶，中间的楼层一叠一叠，那形状颇像一只叠层大蛋糕。张导说，这幢建筑建于斯大林时代，人们把它叫作“斯大林蛋糕”，这样的蛋糕建筑在莫斯科共有七座，号称“七姐妹”。这一幢是外交部大楼，楼顶上挂着俄罗斯国旗。

此刻，我们要去的莫斯科大学，也是“七姐妹”之一。

莫斯科大学是张导引以为荣的母校，在我们的旅程里没有这个景点，张导作了特例的安排。

天放晴了，我们在大学正门下车，眼前耸立的“蛋糕”恢弘庄重。张导神采飞扬，叙述母校光荣的历史和现状。还兴奋地说，在校校友多达 3 万人。

学校门前有一方巨大的喷泉池，两旁绿树成荫。行道树旁竖立着许多名人雕像。张导说，莫斯科大学培养出 8 名诺贝尔奖获奖者，还出过诗人莱蒙托夫，作家屠格涅夫、赫尔岑，文学批评家别林斯基等，都是耳熟能详的大名人。

莫斯科大学坐落在麻雀山上，我记得从前叫作列宁山。我问张导麻雀山山名的由来，张导含糊其辞，说是山上多麻雀。有道是，林子大了，什么鸟都有，天下林山都有麻雀，为何此山独独称为麻雀山呢？循名质实，不妨允我穿凿附会。据国际组织调查，俄罗斯 50% 的孩子至少有 100 册的家庭藏书。学校里的莘莘学子，个个怀着像麻雀一样轻快的心，唧唧喳喳，雀跃争食，他们不就像一群麻雀儿吗？麻雀儿长肥了，振翅飞出山去，闯荡世界，蜕变成了凤和凰。麻雀山，是一座“凤凰传奇”的圣山。

4. 小彼得的励志和小伊凡的凶残

莫斯科近郊的卡罗明斯克庄园，和中国承德避暑山庄一样，均为皇帝的避暑圣地。区别在于，我国承德避暑山庄属中国古典园林，假山池涧，楼台亭阁，可以清心。卡罗明斯克庄园则遍布教堂别墅，著名的教堂就有圣格奥尔教堂、耶稣升天大教堂、约翰圆顶大教堂以及喀山大教堂等，用来祈祷上帝。

走进庄园，不远处，有一栋俄罗斯风格的小木屋，小木屋门前竖着一块铭牌：彼得小屋。门关着，不让参观，张导便作口头描述。彼得大帝儿时住在这里，小彼得自小喜欢上了造船，7 岁那年，自己动手建造了一艘颇具规模的小船，在花园附近的莫斯科河下水，张帆航行。有道是，3 岁看大，7 岁看老。7 岁造船的小彼得当上沙皇以后，在圣彼得堡创建了俄罗斯第一支海军舰队，打败了瑞典，驶出芬兰湾，进入波罗的海。有志者事竟成，7 岁小彼得的志向成就了伟业。

庄园里有一幢别墅，是伊凡雷帝建造的。这位沙皇在建筑史上还留下一座丰碑，那就是红场上最美的地标——圣瓦西里大教堂，教堂 8 个彩色圆顶，9 个金色洋葱头，美轮美奂，赛过克里姆林宫。

在圣瓦西里大教堂落成时，伊凡雷帝为了确保不再出现同样的建筑，骇然下令刺瞎了所有建筑师的双眼，令人发指，伊凡雷帝也因此背负了“恐怖沙皇”的恶名。还是应了那句老话，3 岁看大，7 岁看老，伊凡雷帝自小就是一个小动物虐待狂。有一天，他把小宠物从克里姆林宫大楼上扔下，一连摔死了 30 多只，小伊凡赢得了凯旋般的快乐。凶残的小伊凡日后成了“恐怖沙皇”，可谓江山易改，本性难移。

5. 见了列宁，见了高尔基

昨天到红场，首先想到的不是克里姆林宫，而是列宁墓。从前，每每在电视上看到红场大阅兵，国家领导人向人们挥手致敬的时刻，我就会联想到主席台下面的列宁墓，那些领导人无不感慨说过："我们是站在列宁的肩膀上，引导人们前进。"我也渴望有朝一日，亲眼去见见这位世界伟人。昨天在红场，红场为了举行 8 月 27 日的俄罗斯国际军乐节，检阅台正在装修，我只能从密密的脚手架的缝隙里，星星点点窥见检阅台的模样。我问导游是否安排参观列宁墓，被告知列宁墓不开放，我心犹不甘，独自去寻找，在导游指点的方向兜来兜去，抱憾而归，因为列宁墓也在装修范围里。

今天下午要飞圣彼得堡了。午餐后，我们又一次来到红场，导游带大家去蜜蜡专卖店，我们对此毫无兴趣，自费去参观圣瓦西里大教堂。参观时，遇到一位来自深圳的女游客，她刚刚去瞻仰了列宁墓。我听了，又惊又喜，但距离集合去机场的时间仅有半个小时了，我赶紧与女儿、外孙分手，三步并作两步奔向列宁墓。

远处就看见花岗岩的列宁墓，入口处排着长长的队伍，排队挨着进去至少半个小时。我急中生智，径直跑到入口处，用肢体语言向卫兵表达我急切的心情，那位年轻的卫兵，欣然做了一个请进的手势，容我入场，我的感激之情难以言表。

走进墓道，一片漆黑。我的前后没有一个参观者，我只能摸着墙壁，小心翼翼挪动脚步，终于来到墓室。只见一束柔和的灯光投入在水晶棺椁里列宁的身上，他的身上覆盖着苏联的国旗，脸上泛着红光，左手微握，右手自然松弛着，神气自然端庄，去世百年的列宁面容，仍然像电影《列宁在十月》里的那般鲜活。在我的身旁瞻仰者只有一两位，我静静地站了片刻，向着安眠中的列宁默默致礼。

走出墓室，红墙边是一排名人廊，有 12 块墓碑各归其主，他们中有我熟悉的斯大林、捷尔任斯基、契尔钦科、安得罗波夫、勃列日涅夫、朱可夫和加加林等。在高尔基的墓碑前，有两位西方男士献上了鲜花。待他们离去后，我借花拍照留影。高尔基是伟大的苏联作家，在我读完初中踏上社会，读到了他的自传三部曲《童年》《在人间》和《我的大学》，他在"社会大学"自学成才的历程惠及了我，为我架设了一条向上精进的阶梯。他的名篇《海燕》，更成为我逆境里的一只鸿鹄："这是勇敢的海燕，在怒吼的大海上，在闪电中间，高傲地飞翔，这是胜利的预言家在叫喊——让暴风雨来得更猛烈吧！"我也曾一次又一次叫喊："让暴风雨来得更猛烈吧！"逆境而上，走向胜利。

见了列宁，又见了高尔基，金环和莫斯科的风光，差不多看到了十之八九，没有遗憾了。坐在去圣彼得堡的飞机上，透过舱窗，向着金环和莫斯科，投去喜悦的目光，圆圆地画了一个金色的光环。

下篇 银环和圣彼得堡

第六天 银环小镇

1. 豪华导游组合

到圣彼得堡机场迎候的有两位导游，都是中国留学生，颜值特高的小伙子。

导游陶冶，身高 1 米 93，挺拔伟岸，打篮球的料。自小因其爷爷取了“陶冶”情操的名，迷上了音乐。他是圣彼得堡音乐学院毕业的博士，专修单簧管，单簧管俗叫“一捆柴”，在木管中最富表情性，这个博士学位不好拿。而且他还擅长拉小提琴、弹钢琴、演奏吉他，这在我们国内可以冠上音乐演奏家的称号了。他 2005 年来到圣彼得堡，11 年了，购了房，成了家。而今，他成了旅行社的金牌导游。他还告诉我，准备回国，去新疆经商，这些都让我匪夷所思。

另一位是实习导游，名叫丁凡，1 米 85 的个子，长得刚毅，像绅士，一丁点也不平凡的“高富帅”。他毕业于俄罗斯著名的喀山大学，拥有心理学和公共关系学两个学位。我听他聊心理学，见解独特。但他沉默寡言，一路上只管帮陶冶干点人头、发门票之类的琐事。让我意外的是他的“富”，他在国内深圳，是一家文化传播公司的董事长，麾下有十多名专业管理人员，专营培训输送模特儿、影视导演、摄像等人才，他在圣彼得堡坐镇遥控，几年下来，没有烧钱还有积余。他悄悄对我说，做导游，可以深层次考察俄罗斯的文化，日后他会把业务扩展到圣彼得堡，他的心理学和公共关系学双料硕士学位，实实在在。

我们的上海领队名叫朱翔，一路下来，不显山露水，直到圣彼得堡才让我刮目相看。那回在车上，一位女游客正在看佛经《佛说大乘无量寿庄严》，这是一部冷僻的佛经。朱翔见了，悄悄地背诵起来，我侧耳一听，好奇地问他："你会背《心经》吗？"他说会。我又问他是否佛教徒，他否定后又怕我不信，说他会背诵很多名篇，说着他背诵起王羲之的《兰亭集序》，一口气背到底，一字不差。经深入交流，我得知他毕业于华东师范大学中文系，毕业后在《青年报》社当记者，擅长写散文。他熟悉沪上许多文化界名人，他拿出手机让我看了几位大家写给他的题词。为了扩大视野，他当了导游，不经意间，在全市导游比赛中连连获得金牌奖，从此成了专业导游。他 30 来岁，有个可爱的女儿刚上小学，他淡然对我说，不想成名成家，只想经营好小家。他是一个地道的上海好男人。

导游，在国内多有微词，其实是一个令人羡慕、教人尊敬的职业。

2. 圣彼得堡："我是你"

从莫斯科来到圣彼得堡，似乎到了一个完全不同的国家，没有了俄罗斯风格的洋葱头建筑，满天下欧洲的巴洛克、哥特式。"全面西欧化"，这是老祖宗彼得大帝定下的法令，萧规曹随，即便列宁、斯大林、普京也不敢动其一根汗毛。圣彼得堡人也以此为荣，向着西欧套近乎："我是你。"

早上 8 点敲过，在晨光朝日中，街上寂静无声，清爽怡人。导游释疑道，这里的商店 10 点开张，名品店家推迟到 11 点，连政府机关也 10 点半才办公。每逢周六，商铺一律打烊，今天适逢周六，此刻街头能不空寂清静吗？

我们的巴士驶过一座钢筋水泥桥，导游说，这是"断桥"，也叫"开桥"，每天晚上有一段时间，桥身分开，人车无法过往，凌晨 1 点半才会合拢。圣彼得堡河流纵横，小岛屿多达 44 座，华人多居住在一个叫瓦里西的岛上，已有 200 多年的历史。一些社会名流则住在一个名为石头岛的岛上，岛上的房价比上海高很多，一栋 500 平方米的小屋上亿人民币，门面很小，但里面开阔，有花园，有草坪，富人们的天地。

市区多为红砖层楼，基座尽用石头。彼得大帝在建城初期，下过一道"石头令"，凡过往船只一律交纳大块石头，小船 10 块，大船 30 块。城内建筑不得超过三层，300 多年来，圣彼得堡的房屋只修葺，不拆迁，保持了原汁原味。今天我们看到的就和当年彼得大帝看到的一模一样，很有古味。

沿街的房子，每一栋堪称博物馆，每一块石头都是纪念碑。许多建筑物上镶嵌有纪念碑牌。比如，一栋标着"1837"字样的建筑物，就是标明诗人莱蒙托夫1837年在这里完成了诗篇《诗人之死》；还有一栋建筑铭刻柴可夫斯基在此辞世的文字；连普希金决斗处也有纪念碑，等等。在我们驶过的一个十字路口，耸立着一座英雄纪念碑，纪念圣彼得堡人民反德国法西斯战争胜利，那场被称为“列宁格勒保卫战”的战争打了967天，纪念碑也俗称“967天碑”。纪念碑全部用战后收集的弹片熔炼后建造的，也被称为“胜利光环”。

很难想象，这座美丽宏伟的城市，原本是涅瓦河边的泥泞沼泽地。彼得大帝自打7岁那年，在莫斯科的避暑庄园的小屋里造了一只小船，就把目光投向了遥远的波罗的海。当上沙皇后，1697年，他化名乘船，秘密去了英国、荷兰学习考察，1703年回国，在一夜狂酒后，醉梦里，决定在距莫斯科650公里外的涅瓦河两岸，芬兰湾贫瘠的三角洲，拔地建造一座新的都市。

今天我们向着一个银环小镇进发，车程两个多小时，导游陶冶滔滔不绝，纵谈彼得大帝。

他崇拜彼得大帝，说，建城初期，彼得大帝不时亲临工地，又是拿圆规测量，又是握斧子劈石，身体力行，毫不吝惜自己。花了整整20年时间，按照他的蓝图，建成这座全面西欧化的首都。取名圣彼得堡，与他本人无关，圣彼得是耶稣的信徒。

彼得大帝的伟大不只是这座城市的西欧建筑，他还全面推行“西方化政策”，他用“鞭打慢牛”的强硬手段，改造俄罗斯落后的农奴制。他钦定“青春宝典”，实施用餐礼仪，用餐巾纸改变原来用手擦嘴让人丢脸的陋习；他下了“剃须令”，改变胡须是上帝赐予的观念，规定凡不剃须者，每年每人交纳100俄币，并把“款已收讫”的木牌挂在人们的脖子上，凡不从者判以死刑；他认为俄罗斯人穿的民族服饰喇叭裙裤影响工作，改穿西装；还把不准在公共场合喧哗，不准乱丢东西列入法律。他把俄历改为公历，与西方同步。他让农民进城做工，比我国当今的“农民工”现象早了300多年；他又学习英国人的绅士作派，提倡在上流社会的社交场合抽香烟，喝咖啡。这些大刀阔斧的改革必然遭到旧势力的反抗，彼得大帝大开杀戒，屠杀了40多万人。他说：“对野蛮民族用更野蛮的方法，改革必须这样。”彼得大帝因尿毒症去世，去世前在夏宫为妻子叶卡捷琳娜加冕，他当场向神灵忏悔：“我对子民非常苛刻，但我也没有办法，真正希望未来会更好。”听者莫不唏嘘不已。

今天的俄罗斯人依然感谢彼得大帝，说，没有彼得大帝就没有俄罗斯的今天。彼得大帝建立了俄罗斯第一支海陆军舰队，两次对土耳其开战，打了20年的“北方战争”。从瑞典手中夺得波罗的海出口权，通向黑海，通向欧洲，通向世界。

俄罗斯有一句谚语：“莫斯科是俄罗斯的心脏，圣彼得堡是他的头颅。”又说，莫斯科是旧时代的传统象征：“我是我”；圣彼得堡是新时代的西方标志：“我是你”。

3. 如厕难，难于上蜀道

早餐，咖啡、牛奶、饮料、水果，一肚子的水，吃喝拉撒，下水道的储水池满了，游客里的老头老太们更是憋得慌。去银环小镇的路上，草原连着草原，一个多小时里竟然见不到一个公共厕所，到古镇至少还得一个小时。好不容易看见一个服务区，大伙呼地起身，直奔目标而去。但是这里也没有公厕，只有一家门面很小的食品商店，人人争先恐后小跑着进门去，左顾右盼找不到厕所标志，导游也急了，问一位女服务员，答曰店里没有厕所，“你们的厕所呢？”“我们也没有。”这实在是一件不可解的事，大伙听了，目瞪口呆，急得涨红了脸。

我一听立马转身跑出商店，远远地跑到商店屋后的一处无遮无拦的沟壑处，四望无人，匆匆给野草施了肥。过后，四五个男同胞也急急过来，一字儿排开，仰天长澈，泄洪一般，个个长啸了一声。

上车去，看女游客们的脸色轻松了，我也不便多问怎么个小解，中国人有句口头禅：“办法总比困难多。”

其实，到俄罗斯的第一天，莫斯科的张导就开宗明义讲过该国如厕难。他说，俄罗斯实行全民五免，免水费、电费、天然气费、孩子入托幼儿园费和医疗费。只是医疗费有点特别，感冒可以住公立医院，不仅免医疗费，还管一日三餐。但骨折之类的大病只能进私人医院，费用昂贵。除了五免，今年5月，普京还签署“远东1公顷土地法”，俄罗斯所有公民都有权在远东地区无偿获得1公顷土地的使用权。我们听来，真是“海外奇谈”了。

张导说，这样一个高福利的国家，政府就是舍不得花钱造公共厕所，原因是公厕的面积大，还要接水管、天然气管，工程浩大。张导谐谑道：“无论莫斯科还是圣彼得堡，找一座公厕比找一套总统套房还难。”

“蜀道难，难于上青天。”在俄罗斯，如厕难，难于上蜀道，切记，上路少喝水。

4. “伟大的新城”：诺夫哥罗德

诺夫哥罗德，银环上的一座古城，地处俄罗斯最北端，在莫斯科和圣彼得堡两城之间，一片大草原，环境之静，景色之美，空气之芬芳，绝尘超世之地也。

诺夫哥，俄语意为“新”，罗德即是“城”，俄罗斯人叫它“伟大的新城”，它是俄罗斯最古老的城市，又是俄罗斯的第一个首都，俄罗斯国家的发祥地，要探索俄罗斯的神秘，是非去不可的。

诺夫哥罗德的克里姆林宫

下车远望，眼前便是中世纪的古貌，大地上散落着一栋栋木屋，有农舍，有粮仓，有教堂，全是中世纪原封不动留下来的，就像野外的古建筑博物馆。我们沉浸在古色古香的气息里，仿佛身处中世纪。

古城也有一座克里姆林宫，无疑是俄罗斯首个克里姆林宫。远在 1044 年，宫外筑起一道围墙，围墙里盖起一座教堂，名叫圣菲亚大教堂，六个金色的洋葱头，教堂一侧配一座钟楼，这些都是当今俄罗斯建筑的范本。

古城有一座“千年纪念碑”，纪念大公留里克即位 1000 周年，留里克在这里建立了俄罗斯第一个王公政权。

我们走到一条大河岸边，站立在岸边的平台上眺望，前方是一片苍茫大森林，长林绵延，伴着长河远去。导游解释说，在那片大森林地下，全是矿藏。这让我联想起前苏联的一首歌曲：“我们祖国多么辽阔广大，他有无数田野和森林……”俄罗斯，一个地大物博的国家。告别古城，又是无尽的原野，回到圣彼得堡，天色阴阴地晚了，华灯初上。

第七天　涅瓦河，圣彼得堡母亲河

1. 彼得大帝的夏宫

圣彼得堡的夏日，白夜刚刚褪去，清白的曙光已经披撒在云霞里了。

走进夏宫，夏的绿荫，阳光温柔。蓝天下只见一道道喷泉灿烂缤纷涌现眼前，美妙的弧线如珠帘绣幕，上下争辉，水花争艳，彩虹层叠，疑似身在光明的天堂里。导游说，这里的喷泉有 150 口之多，喷射的水柱达到 2000 柱，水池中央耸立着一座名为隆姆松的喷泉，高 3 米，重 50 吨，喷射的水柱高有 22 米，夏宫的喷泉群，在世界喷泉当中真可以称霸了。水池两侧，立着大大小小雕塑 200 多座，两道梯形的瀑布隐隐如雷鸣，名为“跌下瀑布”，飞流直下花园居中的水道，流淌汇入芬兰湾。我追随着长达两公里的水道，走到辽阔的芬兰湾，碧波万顷，一览无尽，水天相接处便是波罗的海了，遥想当年，彼得大帝就是从这里出发，驾船驶向西欧的吧。回国的头等大事就是在这里仿照“凡尔赛宫”建了这座夏宫，他亲自规划，至今还保存着他设计的十余幅图纸。建造这座世界上最大喷泉的园林，表明他改造俄罗斯的巨大决心。夏宫又被叫作彼得宫，非常贴切。

夏宫最为辉煌的建筑就是两层楼的宫殿。一楼进去是宴会厅，红砖白瓷，壁炉是 18 世纪的。导游说，彼得大帝常常在此宴请俄罗斯贵族，一餐饭常常花上 4 个多小时。一楼还有一个中国馆，彼得大帝特邀中国大师前来设计，厅内有明末风格的屏风，白底蓝花的瓷器。彼得大帝住在一楼，卧室的床上，有彼得大帝睡觉时的塑像，导游说，他身高 2.04 米，所以床榻很大很长，他的脚也特别大，脚上套着鞋。他右手张开，象征权力，左手紧握，象征着财富。

彼得大帝的夏宫

彼得大帝不喜欢光，窗帘特别厚实，尺寸是 179 厘米乘以 60 厘米。彼得大帝在这里住了 2 年，并在这里寿终。二楼住着他的妻子叶卡捷琳娜，室内装饰华丽，舞厅的圆柱之间的镜子来自威尼斯。大厅里有一幅叶卡捷琳娜女王骑马的画像，身穿男装，她的儿子和大臣们陪伴左右，威风凛凛。巾帼不让须眉，她要超越住在一楼的彼得大帝。

2. 要塞上空的感叹号

下得车去，但见天高地阔，涅瓦河水绕着一个形似兔子的小岛奔向大海。临河一侧，高墙绵延环围，这就是圣彼得城的堡垒，以两位信徒的名字命名：彼得保罗要塞。要塞的上空，耸出了一座全城最高的建筑，著名的圣彼得大教堂。教堂高达 122 米，它的穹顶像糖块，穹顶的塔尖直入云霄，就像一个巨大的感叹号。它在感叹彼得大帝抵御了瑞典国的入侵，更感叹它成了俄罗斯的巴士底狱。

走过桥，穿过水泥地的拱门，一座六棱体的古堡赫然在目，这里有黄底黑字的造币厂，有十二月党人的纪念碑，还有兵工厂、炮楼旧址。

我们来到红色砖墙的监狱，一间间从门到窗只有几步的囚室，潮湿阴森，让人不寒而栗。这里关押过政治犯，他们中间有俄罗斯伟大的作家车尔尼雪夫、高尔基等。被称为“神秘的天才”的陀思妥耶夫斯基，因反对沙皇的革命活动，被羁押幽闭在这里，继而走向刑场。他在写给其兄米哈伊尔的信中，叙述了这惊心动魄的一幕：

“哥哥，我珍贵的亲人！一切都定了！我被判处在要塞（我想大概是奥伦斯基要塞）服 4 年劳役，期满后当列兵。今天是 12 月 22 日，我们起先被押到谢苗诺夫练兵场，在那儿，有人向我们宣判了死刑判决书，命令我们吻了十字架，在我们的头顶上折断了我们的宝剑，最后换了尸衣（白衬衫）。接着有三个人被捆在刑柱上准备行刑，我是第六名，每次叫三个人，因此我在第二批，最后只有一分钟活了……后来，突然吹起了回营号，绑在刑柱上的人都被押回来了，有人向我们宣布，说皇帝陛下赦免了我们的死罪……”

一分钟的死里逃生，陀思妥耶夫斯基被改判到寒冷荒芜的西伯利亚，长达十年。这位总是笼罩着玄奥和谜一样氛围的伟大灵魂，释放后写下了影响西方文学的数百万字的作品，掩卷沉思，多少感叹！

沿着昔日监狱的走廊，来到十月革命的起义司令部，在这里，列宁发

彼得保罗要塞

出了炮轰冬宫的信号，要塞上空再一次升腾起巨大的感叹号，延续了13位的沙皇统治寿终正寝了。回溯那13位皇帝，个个留下了巨大的感叹号。

第一位彼得大帝，建立了要塞，抵御了外敌，但数以千计的劳工为此丢掉了性命。为了改造落后的俄罗斯，全盘欧化，他又残暴屠杀了40万生灵。接位的妻子叶卡琳婕娜，一个其貌不扬的胖女人，终日吃喝玩乐，但留下了俄国第一个科学院，还自己做歌剧作曲，思考人生。第三位沙皇彼得二世，11岁就继位，不料14岁患天花夭折。第四位安娜女王，热衷探听他人隐私，设立秘密军机处。第五位伊丽莎白女王“以经济为中心”，设立银行，还建起圣彼得大学；第六位彼得三世是女王的侄子，却是一个德国人，拱手放弃战争成果，终被七世女皇废掉。七世女皇也是德国人，父亲出身屠夫，嫁到俄国时得意洋洋，说：“我来，不带一个卢比，不陪任何嫁妆。”但俄罗斯人喜欢她，她留下了琥珀宫。第八位是保罗一世，七世女皇的儿子，他恨自己的母亲，痛恨女人当皇帝。他执政5年，每个月都颁发法令，其中有一个《贵族自由主义宣言》，宣布贵族不服兵役。这样荒唐的法令，没人接受。第九位沙皇亚历山大一世，是保罗一世的长子，与拿破仑交战，以10万人打败60万大军，把拿破仑关押在小岛上。拿破仑的一生就输在这个皇帝手里。第十位沙皇尼古拉一世，他发明了火车，是第一个开火车的皇帝，他残暴镇压了十二月党人，还想吞并克里米亚，没能如愿。第十一位是亚历山大二世，他废除了农奴制，却遭暗杀在如今的滴血教堂处。第十二位是亚历山大三世，建立了俄罗斯第一家博物馆；第十三位就是被十月革命推翻的尼古拉二世，身为末期沙皇，东正教会给了他生日纪念日，上帝接纳了他。

13 位沙皇，13 个感叹号。如今，要塞上空的感叹号仍然在继续。

3. 青铜骑士像和《青铜骑士》

涅瓦河，圣彼得堡的母亲河，她穿过这座城市的胸膛汩汩东去，光前裕后，两岸留下美貌，留下无限荣光。最瞩目的是伊萨基夫教堂尖顶的金光，与白色的海军部大厦镀金塔顶的帆船互相辉映。那栋黄色的古老建筑是参政院，两座红色的罗斯特拉灯塔，导航着凯旋的英雄；还有两座铁铸人面狮身像，展现了古埃及法老的风韵；岸边停泊着一艘让中国人为之振奋的阿芙尔号巡洋舰，“十月革命一声炮响，给中国送来了马克思主义。”阿芙尔，古罗马神话中的司晨女神，1917 年 11 月 7 日，“曙光”女神在这里孕育了苏维埃政权。

绵延 78 公里的涅瓦河，在岸边的十二月党人广场上，耸立着一座圣彼得堡城市的标志：青铜骑士像。骑士头戴桂冠，骑着腾跃的骏马，两眼炯炯目视远方，手臂伸向天空，给人以一种舍我其谁的英雄气概，这位骑士就是彼得大帝。普希金写了一首著名长诗《青铜骑士》赞美彼得大帝：“时而是院士，时而是英雄，时而是航海家，时而是木工，一位胸怀博大的帝王，一个一生一世的劳力！”自此，这座彼得大帝像便改称青铜骑士像了。如今，这首诗句被镌刻在雕塑旁的石碑上。

这座雕像最吸引人的地方，不是雕像本身，而是彼得大帝站立的一块巨石。

彼得大帝的妻子，继承皇位的叶卡婕琳娜，为彼得大帝建立这座雕像，彰显一个开创者、改革家的帝王形象。建造时，在芬兰发现了这块重达 1600 吨的天然巨石，她下令数百名农奴，没有任何畜力，单靠人力，拖出沼泽地，从几千里之外，

青铜骑士像

运到圣彼得堡。叶卡婕琳娜对其随者说:“无论我要你们做的事,看起来多么困难,听起来多么疯狂,你们只管去做就好了。”整整两年,这块巨石终于运到十二月党人广场,成为彼得大帝站立的基石。这是专制独裁的象征。

涅瓦河水,汩汩长流,流荡着许多俄罗斯的历史影像。青铜骑士上的彼得大帝,他面向涅瓦河,检阅他建立的海军舰队,驶向大海,驶向欧洲。普希金的不朽诗句赞扬道:“他头脑中有怎样的思想,他身上蕴藏着多么大的力量,而这匹马怀着多么大的激情!你要跑向哪里?高傲的马,你要把四蹄停在何方?”

如今这匹骏马依然停在十二月党人广场上。1825 年 12 月,俄罗斯贵族革命家宣誓,“富人要让穷人过上好日子”,高举起义大旗,从这里冲进沙皇的枢密院,要求废除沙皇统治,解放农奴,进行了伟大的斗争。直到 1917 年 10 月,“阿芙尔号”一声炮响,推翻了沙皇。

4. 欢乐在涅瓦河的游船上

涅瓦河畔,停靠着一艘漂亮的游船,我们临风披襟,登船走上顶层的二楼。进门口,乐队吹奏着古老的俄罗斯乐曲,一下子把我们带入到 20 世纪 50 年代熟悉的氛围里。

船舱宽敞,大红大紫的俄罗斯装饰营造节日般的喜庆,两边窗口摆放着四人座的餐桌,桌上有甜点、水果、伏特加,还有一瓶开启的香槟。整个船舱只有我们一个团队,我独自一人坐在第一排的窗前。游船启动了,窗外摇晃着一栋栋古老建筑的倒影,风吹着河水,河水激动着游船。乐手们走到舱前,一位中年男子举起酒杯和我们干杯,大家齐喊干杯。我第一回抿了一口香槟,身心立马有了醉的激情。

涅瓦河游船上

穿着俄罗斯传统服饰

的男女演员开始唱我们熟悉的《喀秋莎》，我们一大帮上了年龄的中国人合着拍子，用中文齐唱："正当梨花开遍了天涯，河上飘着柔漫的轻纱……"随后，演员们又跳起了俄罗斯古老的民间舞，他们时而击打手掌，时而双手拍击脚尖，又腾空跃起，男的剽悍，女的热烈，衣裙飞舞。接着是一对男女歌手对唱，然后是一个小丑的滑稽表演，接下来的互动把气氛推向了高潮，好些游客被请坐在椅子上，跟着演员拍手拍脚，又喊又叫，忘情地手舞足蹈，像喝了伏特加似的，沉醉忘形。一位三十来岁的女演员走到我的桌边，邀我共舞，她身材柔软，蔚蓝色的大眼睛含着热烈温柔之情，我未能免俗，忘记了白发，卸去了尊严，随着她翩翩起舞，舞罢，她给了我一个拥抱，我顺势从衣袋里掏出一张 100 卢布，握着她的手，悄悄塞在她的手心里，她向我鞠躬致谢。最后一位大胡子的俄罗斯汉子拉着手风琴唱起《三套车》，这是我非常喜欢的俄罗斯歌谣："冰雪覆盖着伏尔加河，顿河上跑着三套车……"当他唱到"你看这匹可怜的老马，它跟我走遍天涯，可恨那财主要把它卖了去，今后苦难在等着它。"他深情地用手抹了一掬眼泪。那汉子五十开外了，长得敦厚老实，穿着俄罗斯情调的服装，完全是俄罗斯画家笔下哥萨克汉子的伟岸形象，他那浑厚的嗓音，深沉的表情打动了我，我禁不住上前和他合影，舱内响起一片掌声。一位钢琴女老师夸我外表气质像上海老克勒，说："你一点也不输给他啊！"中俄两国人民之间没有输赢，只有友谊，欢娱虽短，友谊久长。

游船载满了欢笑，来回涅瓦河一个多小时。游船靠岸时，一位船员让我带走桌上的一瓶伏特加，刹那间，我的心中涌动起浓浓的惜别之情。我从不喝白酒，但回沪后，我会和朋友们分享这瓶俄罗斯国酒，分享俄罗斯民族的热情。

第八天　领悟俄罗斯的神秘

1. 天下三分帝王相，二分无赖在冬宫

冬宫，对于我们这一代老人来说，岂止是如雷贯耳，简直是炮声隆隆了。冬宫，俄国沙皇的皇宫，阿芙尔号一声炮响，列宁率领苏联红军一举攻下冬宫，推翻了沙皇统治，建立了苏维埃政权，改变了世界。

冬宫

今天，当我走进冬宫，才明白冬宫不仅仅是沙皇宫殿，它更是一个艺术天地，与法国巴黎卢浮宫、英国伦敦大英博物馆、美国纽约大都会艺术博物馆和中国北京故宫博物院，并列为世界五大博物馆。北京故宫博物院院长单霁翔曾风趣地说过，这五个国家是联合国常任理事国，没有一个强大的博物馆，就不能成为一个常任理事国。走不尽的走廊，过不尽的大厅，看不完的展品，这就是冬宫的写照。

走进宫殿，先得上楼梯，这大理石的楼梯，气度轩昂，高高向上。导游说，这是大使楼梯，各国前来上任的大使，从这里去觐见沙皇。我们也从这里起步，走进被称为世界最长的艺术长廊。这长廊长达 22 公里，也就是说，我们开始了一场马拉松式的参观。

当我们走进第一个大厅，岂止是金碧辉煌，简直让人目眩神迷。水晶宫灯熠熠生辉，天花板上彩画艳丽，金色立柱一字儿排开。随后的叶卡捷琳娜大厅中有一座英国造的孔雀大钟，纯金的公鸡，和一只日夜守护的猫头鹰让人啧啧称奇。这样的大厅多达 400 个，展品从东方古埃及的木乃伊，到西欧文艺复兴时期的作品，当然少不了咱们中国的文物，诸如甲骨文、丝绸、瓷器、仕女图等等。

在意大利厅里，伦勃朗的油画被称为世界级的灯光照亮。彼得大帝从西欧拿回来的第一幅画就是伦勃朗的作品。在西欧艺术馆，我们看到了达芬奇的《戴花的圣母》和《圣母丽达》，还有拉斐尔和米开朗基罗的珍品，纵然我不懂他们的艺术特点，但看着都很养眼。展厅里，仅仅线条画就多达60万幅。导游说，倘若在每幅画前停留1分钟，就得花上13年的时间，而我们整个参观时间只有一个多小时。有言道："三分天下帝王相，二分无赖在冬宫。"冬宫，俄罗斯的一座艺术丰碑。

2. 神奇的琥珀屋

叶卡捷琳娜宫，是彼得大帝送给妻子的宫殿，这栋蓝色墙体、淡色屋顶的宫殿，有两处与众不同：

其一，宫殿的建筑结构呈8字形，无头无尾，循环不尽，寓意生生不息。进宫就看到一尊叶卡捷琳娜的鎏金雕像，女王的眼睛呈橙黄，肌肤纯白，当年凡进出者无不低头走路，以示向女王致敬。宫内有一间沙皇卧室，沙皇穿着盔甲睡觉，时刻准备奔赴战场。室内留有沙皇的一封亲笔信，我不懂俄文，不知写些什么，但很珍贵。宫内有一个天使厅，厅内四壁烧成焦黑，那是德国法西斯军队纵火留下的罪证，俄罗斯人没有修缮，为的要让人民记住这段历史不要重演，让我十分敬佩。

叶卡捷琳娜宫

叶卡捷琳娜宫最亮的看点就是琥珀宫，整个房间墙壁上布满了琥珀，世间独一无二。琥珀是数千年形成的天然有机宝石，每一颗都不雷同，它的色泽有白色、黄色、玛瑙色，内部的流淌纹千变万化，有的像舒卷漂浮的云彩，有的似一片日落的晚霞，给观赏者以无限的遐想。有趣的是，叶卡捷琳娜女皇每天都要到琥珀宫中休息，除了遐想，主要是寻得安宁。她患有心脏病和失眠病，据说在这里休息后，她的失眠症得到了改善。这话不假，我国的中医学上也把琥珀用于镇静安眠药，主治惊悸、失眠等症状。另外，佛教徒们更把琥珀视为珍宝，佛经《般若经》把琥珀列为七宝之一。

琥珀盛产波罗的海沿岸，俄罗斯 70% 的琥珀用于出口创汇。这间琥珀屋在二战时期被德国整个夺走，至今仍然了无踪迹。我们今天见到的是 2003 年重新修复的。

如今，叶卡捷琳娜宫依然散发着皇家气息的余韵。

3. 生活就像涅瓦大街

涅瓦大街，俄罗斯漫游的最后一站。导游安排一个半小时，随后我们就去机场起程回国。

俄罗斯伟大作家果戈里在涅瓦大街居住过，他在短篇小说《涅瓦大街》赞美道："最好的地方莫过于涅瓦大街了……我知道，住在圣彼得堡的平民百姓和达官贵人，无论是谁都宁肯要涅瓦大街，也不稀罕人世上的金银财宝。"俄罗斯民众的赞美更是无以复加，说："生活就像涅瓦大街。"涅瓦大街对他们来说，就寓意着顺利、平坦、繁荣和富足。

面对如此无与伦比的大街，我心里却惴惴不安，莫名的恐慌袭上心头。下车前，导游正色说："涅瓦大街小偷很多，各位务必保管好自己的钱包。"重要的事情说三遍，他连说了三遍安全第一。记得出国前旅行社召开的说明会上，一位资深的俄罗斯导游再三叮嘱说："俄罗斯小偷特别多，他们尤其关照中国人鼓鼓的钱袋，圣彼得堡的小偷很猖獗，他们往往公开抢窃。"在游览冬宫排队时，我们亲眼目睹几个小偷结群盗偷游客的财物。此刻去涅瓦大街，导游不陪同，让大家自由活动，我的活动怎么能"自由"？

下车没走几步，迎面是一个大教堂，名叫喋血大教堂，也有翻译叫滴血大教堂。这里曾经是沙皇亚历山大二世遭到暗杀的地方，他是一位解放农奴的"仁君"，后人建造这座大教堂以志纪念。无论"喋血"还是"滴血"，经过此地，联想到大街上的小偷，恐怖更是笼罩心头。我的室友是位巡警，抓过小偷无数，我说，你做我的保镖吧。他的脸上现出一痕微笑，随即跟着他的妻子和女儿快步走了。果戈里又在《涅瓦大街》里写道：“可别相信这条涅瓦大街！当我走过这条街时……一切都是骗局，一切都是梦幻，一切都是表里不一。”我做好心理准备，万一被小偷盯上，我就摆出“中国功夫”的架势，把他们震住。

滴血教堂

涅瓦大街并没有我想象中的上海南京路那样游人如潮，它更像上海淮海路，优雅浪漫。过往的有挽臂细语的情人，有谈笑风生的俊男靓女，偶尔见一两个或踩高跷或装扮成卓别林的艺人，四下望去，并无小偷的踪影，我的内心渐渐平复下来。

大街宽阔，车马稀落，街景很美。两边的建筑物，每一栋几乎都精雕细刻，展现俄罗斯18世纪的风貌。在这条被称为“贵族大街”的街道上，18号是普希金咖啡馆，当年是一家甜品店，普希金就是在这家店里，喝了最后一杯咖啡，走向决斗场。74号是果戈理故居，他就在这里创作了小说《涅瓦大街》。沿街散发着浓浓的咖啡文学气息，我走进一家星巴克咖啡店小憩。

漫步街头，有博物馆、音乐厅，有百货大楼、宾馆、餐厅、银行。还有一座座教堂，教堂不仅有东正教的，也有新教、天主教、荷兰教和亚美尼亚教的，多种宗教相处一街，相安无事，涅瓦大街是一条包容宽容的街，小偷会有，但上帝在那里。果戈里描写“一切都是骗局”的时代过去了，这位被称为俄罗斯批判主义文学奠基人之一的作家，在他的《狂人日记》里，以狂人的口吻写道：“我发现中国和西班牙完全是一个国家，只是由于人民的无知，才认为它们是两个国家。”果戈里提及中国让我倍感亲切，把中国和西班牙视为同一个国家，这就是他的主义。果戈里出生在乌克兰，乌克兰和俄罗斯曾经完全是“同一个国家”，如今已是两个国家了，果戈里该归属哪个国家呢？这或许就是我开篇写到的陀思妥耶夫斯基所说的“俄罗斯的神秘”吧。

想起红场旁的那家三圣餐厅，店主把中国五千年的文明史归结为三个人：孔子、孟子和毛泽东，很有见地。又想起莫斯科的导游小张说过，了解了彼得大帝、叶卡婕琳娜大帝和“普京大帝”，就了解了俄罗斯。他称普京为大帝，这或许就是一个东方人对“俄罗斯神秘”的领悟了。

转瞬之间，飞回上海了。一个颠倒了几十年的俄罗斯梦醒了，冗长的俄罗斯游记也该煞尾了。

附录　法国行

附录一

莫奈花园纪游

去岁，一个偶然的机缘，我在上海观看“新印象莫奈艺术展”，缩小版的莫奈花园实景就此印在心上。今夏作法国自由行，自然要一睹真容。

从巴黎乘火车西行，不消 1 个小时就来到弗农小镇。弗农（Vernon），法语的意思是绿色的土地。1838 年，莫奈乘火车途经这里，被宁静的田园氛围迷住，携全家在此隐居，住了 43 年，直至 86 岁去世。

我们在弗农改乘“莫奈小火车”游览静谧的古镇，再沿着绿意盎然的田野来到吉维尼农村的莫奈花园。

莫奈说：“花园是我最美丽的作品。”当年，他在此买下一栋农家住宅，把一个粮仓改建成二层楼的画室，大画室长 23 米，高达 5 米。如今，这幢古旧别致的画室依然保持着莫奈在世时的原状。他的卧室在 2 楼，面积约 30 平方米，窗户开阔，直面花园。莫奈每天凌晨起床，展开画布，临窗作画，一张接着一张，如他所说：“一天到晚画，停不下来。”

莫奈花园

窗外的花园里，夏花似锦，红绿辉映。我到过凡尔赛宫花园、枫丹白露宫花园、杜乐丽花园和卢森堡花园，它们都是按几何图形栽种和修剪的法式园林，唯独莫奈花园是东方式的古典园林。莫奈买下这块土地时，遍地荒草杂树，他亲自挖土，栽花种树，最多的时候雇佣了五个园丁，依照花木的自然形态设计花园，让高低错落的花丛呈现自然的视觉，契合了印象派的光影艺术观。

花园一侧就是诞生传世之作《睡莲》的水池。8 月，正是睡莲绽放的时节，垂柳竹篁，葳蕤蓊郁。我徜徉在池边，倚着绿色日本桥的栏杆，微风行于水上，池面灿若锦缎。睡莲早已醒了，静默地绽放，纯绿的叶子，火焰般的花朵，难怪哲学家巴什拉赞叹“这就是一面照出世界之美的镜子。”莫奈画过 181 幅睡莲。他说：“我唯一的功绩就是直接在大自然中作画，寻找稍纵即逝的瞬间，将它们付诸笔尖。”有人说，法兰西最美的夏天就在莫奈的花园里，今夏，我就在莫奈的花园里。

莫奈花园外是莫奈街，沿街有许多画室。莫奈刚到吉维尼的时候，这里只有 279 个村民。此后，世界各地有 100 多位画家相继迁居此地，形成名副其实的画家村。莫奈街的一个小山丘的斜坡上，一个不显眼的拐角处，安葬着莫奈和他的几位亲人。

回程依然乘坐那辆“莫奈小火车”，法国一家电视台正在采访车主。小火车体乳白色，镶嵌着金色条纹，靓丽典雅。我和同行的女儿以及 12 岁的小外孙在火车头前面照相留影，被摄影师抓拍，带给法国电视观众一个惊喜——瞧，祖孙三代中国游客都喜爱莫奈！

（原载于《上海老年报》2017 年 9 月 9 日）

附录二

美丽的马赛女郎

年轻时，听过《马赛曲》，我才知道法国有座叫马赛的城市。法国大革命时期，工兵上尉鲁热·德·利尔谱写了这首进行曲，后来成为法国国歌。

今年夏天，我携女儿和小外孙游览马赛。有条游船游览线路从马赛旧港出发，先后去伊夫岛和度假胜地弗里乌岛。年轻时读的小说《基督山伯爵》里，伊夫岛是主人公邓蒂斯被囚禁的地方。那里还是国家监狱，囚禁过许多王子和政治犯。我一直想到神秘的伊夫岛上看看。

马赛旧港码头

游船驶出港口，我坐在船舱里，脑海里不时闪现着邓蒂斯乘坐着小船被押往伊夫岛的身影：“宪兵用枪管对着邓蒂斯喝着：‘你要动一动，我马上请你脑袋开花。’”游船行驶了半个小时，眼前出现了一个石灰岩岛屿。船上响起广播，说的是法语，我们一句也听不懂。船舱里的游客都安静地坐着。俄顷，游船离开码头，继续行驶在海上。女儿赶紧询问服务员，一位金发碧眼的女郎回答，船已经停靠过伊夫岛，现在正开往弗里乌岛，回程会直达马赛旧港，不再经过伊夫岛。她建议我们回旧港码头重新买票，改乘下一班船；或者待在这艘船上，等半个小时或一个小时，游船会再次启程。

到了弗里乌岛，度假的游客都上了岸，只剩下我们祖孙三个。回程开始，眼前是一片茫茫大海，我的脑海也是茫茫一片。不一会儿，那位金发女郎过来告诉我们，她和船长商量了，决定专程绕道送我们去伊夫岛。

我们仨面面相觑，难以置信。望着美丽善良的马赛女郎，我感动不已。

终于登上了伊夫岛，大仲马笔下的景象一一展现在眼前：走过壕沟上的一座吊桥，入口处是一道铁栅栏，邓蒂斯“过了那道门，门就关上了”。前面是石头堆砌的庭院，一间间岩石砌成的牢房，走道上分别标着“克莱伯将军囚室”“米哈勒伯爵囚室”等等。按照小说的布局，邓蒂斯囚室的拱顶特意挖了一个洞，如书里的描述——“蜘蛛在夜的静寂里织网”。隔壁是法利亚长老的囚室。大仲马写道：“在十五个月终了时，地道掘成了。”如今，囚室里也专门挖了一条地下通道。我好奇地往地道里张望，竟然瞥见自己的身影，着实吓了一跳。原来那深处设有录像装置。最后，我们走过一间死囚室，登上观察哨的天台。站在低矮的护墙边，我望见了灯塔和浩瀚的大海。

回到马赛旧港后，我们在一家餐厅的二楼用餐。临窗眺望，那一湾旧港码头好似一架硕大的竖琴，渔船的桅杆像一根根琴弦。我仿佛看见游船上的那位马赛女郎弹拨着《马赛曲》：“我祖国之骄子，驱赴戎行。今日何日，日月重光……”

（原载于《上海老年报》2017 年 11 月 28 日）